不忠臣蔵

井上ひさし

集英社文庫

不忠臣蔵　目次

不忠臣蔵

吉良邸周辺図

昭和55年(1980)2月4日作成。

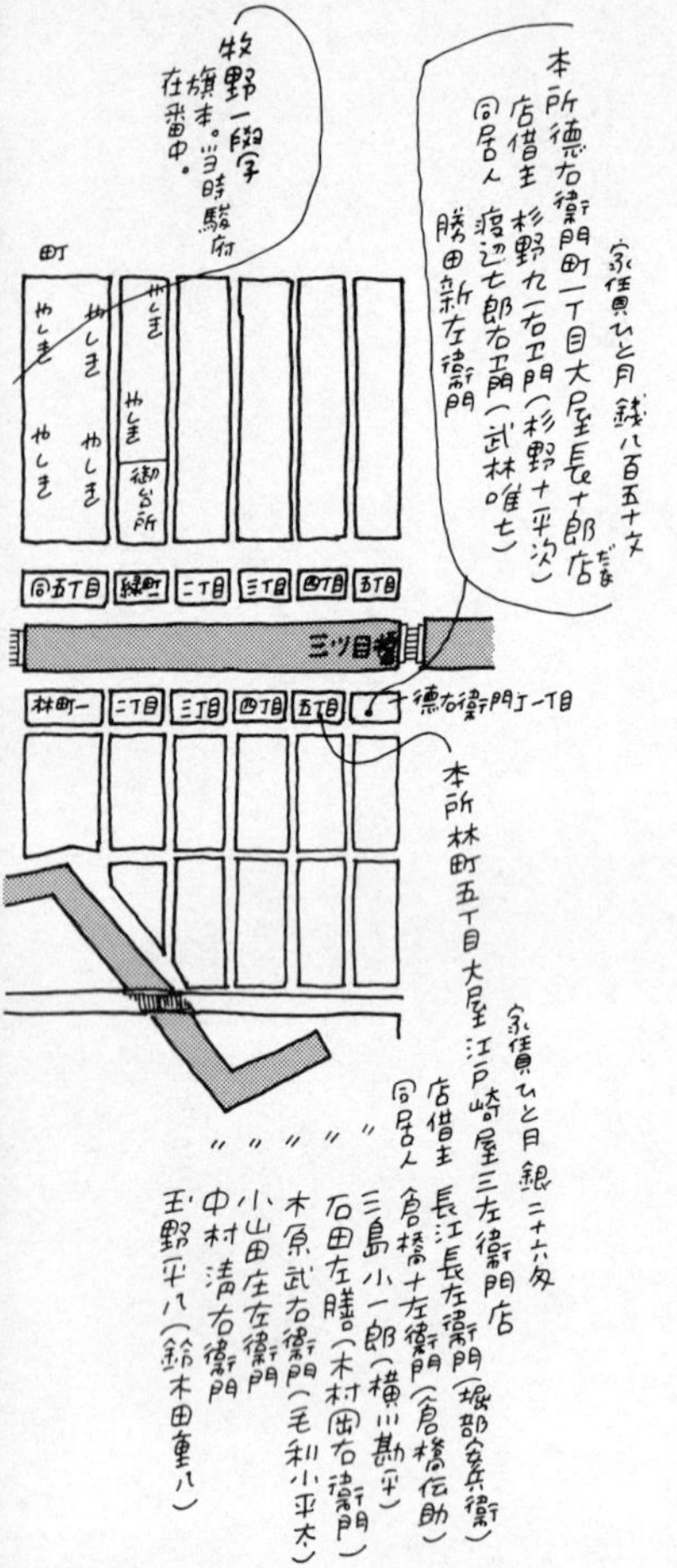

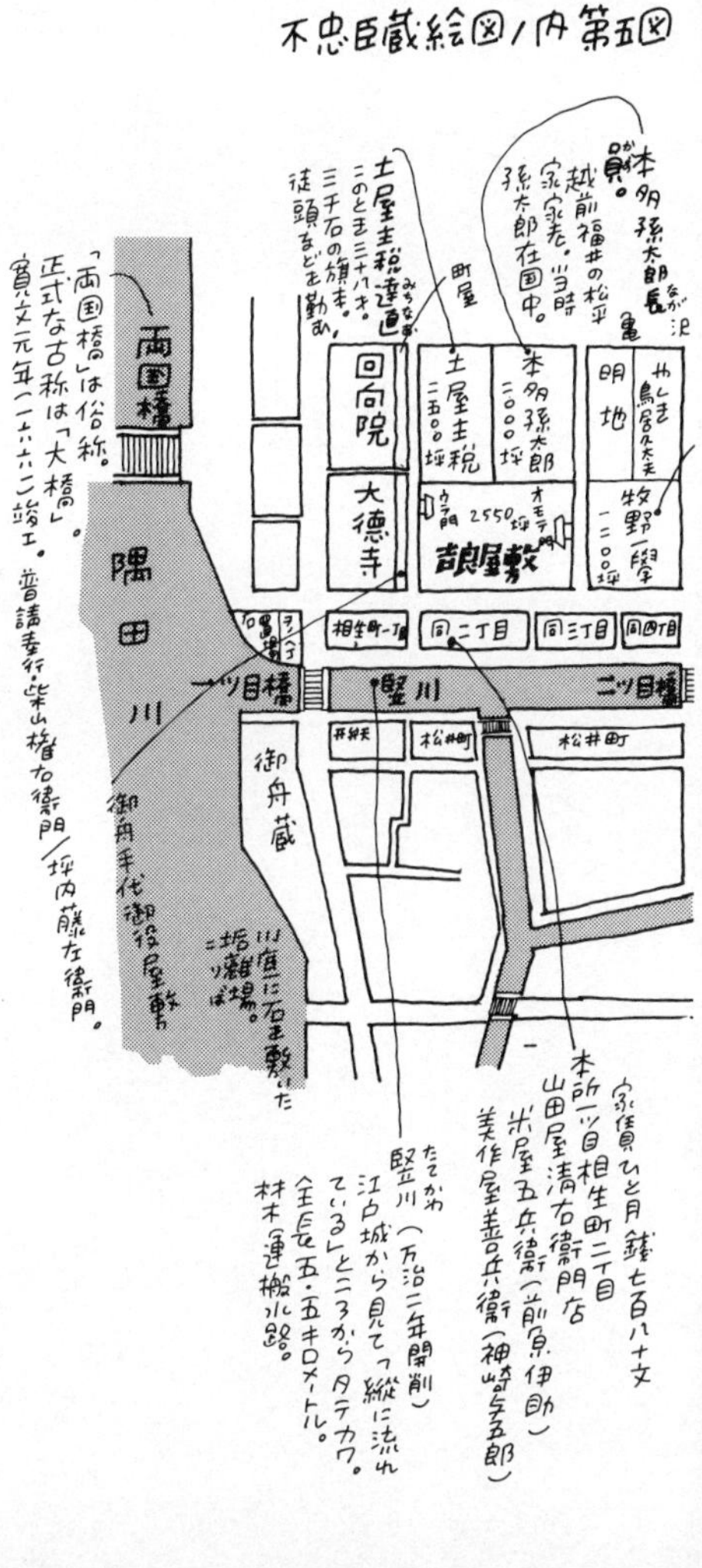
不忠臣蔵絵図ノ内第五図
本多孫太郎長員
越前福井の松平家家老。当時孫太郎在国中。
亀沢
土屋主税逵直《みちなお》
このとき三十八才。三千石の旗本。徒頭なども勤めた。
町屋
回向院
大徳寺
土屋主税 二五〇〇坪
本多孫太郎 二〇〇〇坪
明地
牧野一學 一二〇〇坪
裏門
表門
2550坪
吉良屋敷
両国橋
「両国橋」は俗称。正式な古称は「大橋」。寛文元年（一六六一）竣工。
普請奉行・柴山権右衛門／坪内藤左衛門。
隅田川
石置場
相生町一丁目
同二丁目
同三丁目
同四丁目
一ツ目橋
竪川
二ツ目橋
弁天
松井町
松井町
御舟蔵
御舟手代御役屋敷
川底に石を敷いた垢離場《こりば》。
家賃ひと月銭七百八十文
本所一ツ目相生町二丁目
山田屋清右衛門店
米屋五兵衛（前原伊助）
美作屋善兵衛（神崎与五郎）
竪川《たてかわ》（万治二年開削）
「江戸城から見て縦に流れている」ところからタテカワ。
全長五・五キロメートル。
材木運搬水路。

地図作成・著者

小納戸役　中村清右衛門

へい、いらっしゃいまし。すぐ飯《めし》になさいますか、それともその前に酒をおやりになりますか。今日は煮物がよくできましてね、山のいもとごぼうとふきをちょっと辛く煮付けてみたんだが、こいつが今日の評判で……。あれ、なんだ、源さんに六さんじゃないか。入口にぼーっと突っ立っているから、初めての客かと思っちまった。さあさあ、入った。「煮物が評判」といったが、じつは大嘘《おおうそ》さ。この神田明神下《かんだみようじんした》の連中、飛鳥山《あすかやま》へ花見にでも繰り出したんだろう、正午《ひる》前から人ッ子ひとりやってこない。かわりにやって来たのは赤犬様が二匹、黒犬様が三匹。かまぼこの悪くなったやつを差し上げてお引き取り願いました。ところが、この頃のお犬様ときたら舌がこえてやがる。入口の柱に小便ひっかけ見向きもせずに行ってしまった。腹が立つったらないねえ、まったく。こんな御時勢でもなければ思い切り蹴《け》っ飛ばしてワンとかキャンとかいわせてやるところだが。おっと、犬目付《いぬめつけ》に聞かれでもしたら所払《ところばらい》か入牢《にゅうろう》だ、口はわざわいのもと。とにかく神田明神下界隈《かいわい》、花見で浮かれて、割を喰《く》ったのはここ、一膳めしの越前屋《えちぜんや》だ。閑古鳥《かんこどり》の鳴きっ放し、煮物が山となって残っちまっている。源さんと六さんに好きなだけ喰ってもらおうかな。むろんお代はいただかないよ。

源さんは神田明神下界隈八十五人の大工の肝煎《きもいり》、六さんも同じく神田明神下界隈七十二人の左官職の肝煎、今日あたりは大工、左官の御一党を引きつれて飛鳥山へ出かけるらしいと聞いていたが、桜はどうでした。弓は袋に刀は鞘《さや》に、鎗《やり》は鼠《ねずみ》の通い路《みち》、鎧《よろい》は端午《たんご》の飾り物、幕は日除《ひよけ》に用いられ、四夷八蛮《しいはちばん》の恐れなく、四海波風穏やか、月は弥生《やよい》(三月)の中旬《なかば》なる、四方の山々時ならぬ、雪かとまごう桜花、今を盛りの飛鳥山、さぞ賑《にぎ》やかだったでしょうな。もっとも今は八ツ(午後二時頃)、飛鳥山へ花を見に出かけて八ツに神田明神下へ御帰還ということはないな。飛脚屋でもあるまいし、いくらなんでも帰りが早すぎる。すると日延べですか。お節介を焼くようだけれども、花は人間様の都合にあわせてくれはしませんよ。向うが勝手に咲くんだ、人間様の方で向うの都合にあわせなくちゃ。明後日《あさって》じゃ手遅れだな。明日《あした》あたりが最後の……。

ひどいなあ。せっかく煮物を皿にとってあげたのに、いきなり土間へ叩《たた》き落すって法はないでしょう。わかってますよ。この定七《さだしち》が中村清右衛門先生の道場に朝晩、飯を運び届けているのが気に喰わないというんでしょう。中村道場に飯を届けるのはよせ、と意見しに来なすったんだ。そういうことでしょうが。このところ十日ばかり、この越前屋へ飯を喰いにくる客は減る一方、たまに縄暖簾《のれん》をかきわけて入っておいでになる客を見れば、きまったように初めてのお人だ。つまり、町内のお得意様はこの定七の炊いた飯は喰いたくないとおっしゃっている。源さんに六さん、お二人が、

「定七の店《ところ》で飯を喰う野郎は、ただじゃおかねえぞ」

と、うちのお得意を脅して回っているってことも知っていましたよ。定七の目は、これでも節穴じゃない。いってみれば、うちのお得意様を足止めしているのは源さんに六さんなんだ。まあまあまあ、そうこわい目付きをしちゃいけません。お二人とも、あまり鏡を覗いたことがなさそうだから、目を吊《つ》り上げたときの自分の顔のおそろしさ、ものすごさというものはおわかりにならないでしょうが、源さんは仁王様、六さんは鍾馗《しょうき》様だ。お二人からいっぺんに睨《にら》まれたら、女子供なら引きつけをおこしてしまう。そりゃあ角《かど》の中村道場の清右衛門先生が、元播州《ばんしゅう》赤穂《あこう》の士《さむらい》だったということは知っていますよ。ひと月と十日前の二月四日、肥後《ひご》五十四万五千石の細川越中守《えっちゅうのかみ》様芝白金下屋敷《しばしろがねしもやしき》、伊予《いよ》松山十五万石久松松平隠岐守《おきのかみ》様芝三田中《なか》屋敷、長門長府《ながとちょうふ》五万石毛利甲斐守《かいのかみ》様日ケ窪《ひがくぼ》屋敷、岡崎五万石水野監物《けんもつ》様三田屋敷、この四ケ所にお預け中の四十六人の赤穂のお士《さむらい》の方々が切腹を命じられなすった。源さんも六さんもあのときは頭から湯気をたてて怒っていましたねえ。日本橋の御制札場には例の御条目を書いた板看板がかかってい

ます。ほら、《忠孝をはげまし、夫婦兄弟諸親類等むつまじく、召使の者に至るまで憐《れん》愍《びん》を加ふべし。若し不忠不孝の者あらば重罪たるべき事》ってやつですが。あの御条目が気に入らないというので、源さんと六さんは酒を引っかけてここから勢いよく飛び出して行った。こう喚きながらね。

「赤穂の士《さむらい》は忠義者だ。世の中にあの四十六人より忠義な士《さむらい》なぞいやしねえんだ。その忠義者に腹を切らせるとは、お上《かみ》はもう忠義なんてものはあってもなくてもどうでも構いはしないと思っておいでにちがいない。それなら、くそ、見ていやがれ」

あくる日は江戸市中ひっくりかえるような大騒ぎ。何者かしらん、真夜中に御条目を墨で黒々と塗り潰した者がいた。御制札に墨を塗られたのは江戸御開府以来はじめてだといいますから、これは騒ぎにならないほうがおかしい。

「公儀を恐れざる不逞《ふてい》の輩《やから》」

と御奉行様はご立腹、お手の者を四方八方におつかわしになって厳重なる御詮議《ごせんぎ》をなさる。しかし下手人は知れない。そこで新しい板看板をおかけになる。ところが四、五日するとまた真ッ黒になってしまっている。こうなりゃ根《こん》くらべです。また新しいのをかけかえる。四、五日すると墨が塗ってある。とうとう御奉行様が根負けなさって、文章を変えてはいかがでしょうかと御老中様に進言なさった。新しい御条目はたしかこうでしたかな。

《親子兄弟夫婦を始め諸親類等したしく、下人等に至る迄、これを憐むべし。主人ある輩は各奉公に精を出すべき事》
つまり忠孝の二つの文字が消えてしまったわけですな。へっへっへ、下手人は神田明神下の滅法威勢のいい大工左官連と睨んでおりますが、源さんに六さん、定七のこの眼力、そう的を外してはいないと思いますよ。いや、別に、おそれながらと御奉行所へ訴えて出ようというんじゃない。源さんも六さんもそこまで赤穂の四十六義士、いや本懐成就の後、泉岳寺《せんがくじ》の門前でいずこへともなく姿を消した寺坂吉右衛門なる足軽《あしがる》を加えれば四十七義士になりますか、とにかくお二人とも義士の方々にぞっこん惚《ほ》れ込んでいるから、それ以外の赤穂の浪人衆にはきびしい顔付きをなさる。不忠者、卑怯者《ひきょうもの》、人でなしと、罵詈《ばり》雑言《ぞうごん》、悪態悪口《あくたいあっこう》の言いたい放題。わかりますよ、その気持は。中村先生がそこの角《かど》に間口二間半、奥行四間のかわいらしい道場を構えられたのは去年の極月《ごくげつ》（十二月）中旬《なかば》、それから、わずか百日足らずのお交際《つきあい》だが、角の中村清右衛門先生がどんなに立派なお人柄か、源さんも六さんもよく知っておいでのはずですよ。驕《おご》らず、怒らず、笑顔を絶やさず、おまけに滅法腕は立つ。その上、男でもうっとりするような美男子です。三十歳というのに四十代のように落ち着いていて、六さんは「おれの妹を中村先生が貰《もら》ってくれればいうことはないんだが」というのが口癖だったじゃありませんか。源さんときた日にゃ「命の次に大事な嬶《かか》ァだって中村先生が欲しいとおっしゃれば差し

上げる覚悟よ」といって、おかみさんに引っぱたかれていた。それがこの弥生の初旬《はじめ》になって、

「角《かど》の中村道場の清右衛門先生は、元は赤穂の御家中で、百石取りの御近習《ごきんじゅ》、小納戸役《こなんどやく》を兼ねていなすった中村清右衛門という士《さむらい》らしい」

と噂《うわさ》が立って、それ以来、源さんや六さんの、いやこの神田明神下の住人の態度が、手の平をかえすようにクルッと変っちまいました。清右衛門先生はこのへんの子に読み書きも教えていなすったが、まずその子どもたちがぱたっと寄りつかなくなった。琴指南の看板も掲げていなさったから、ひところは道場の連子窓《れんじ》から娘さんたちの笑い声や琴の音が外まで聞えて、あの角のあたりそりゃあ賑やかで華やかなものでした。しかしそれもぴたりとやんだ。それぐらいならいいが、米屋に酒屋に魚屋に炭屋、これまで出入りしていた連中が、あの角を避けて通るようになった。あんまり露骨すぎるように見えますがね、この定七には。放っておいちゃ清右衛門先生は干乾しになる。この十日あまり、わたしは夕方になると、肴《さかな》に徳利、お櫃《ひつ》にお菜を持って道場へうかがってます。あんないいお方にひもじい思いはさせたくはありませんからな。

おっとそう凄《すご》んじゃいけません。ははあ、中村道場へ酒やお櫃をもう運んではいけないというんですね。あの先生が明神下から出て行くように仕向けよう。それが、源さんに六さん、あんたがたの肚《はら》なんですな。それはどんなもんですかねえ。大工肝煎、左官

肝煎といえば職人衆の束《たばね》でしょう。どうでもいびり出すというのは人を束ねる役目にふさわしくありませんよ。いやに清右衛門先生の肩を持つようですが、じつはこれには理由《わけ》がある。この定七ひとりの胸に仕舞っておこうと思っていたんだが、それもならねえようだ。下手すると、中村先生といっしょにこっちまで町内から叩き出されてしまいかねないからね。こっちもめし屋を開業してまだ半年、ようやくお馴染《なじ》みさんがつきだしたというところ、そう簡単に店仕舞いするわけには行きません。さて、中村清右衛門先生が討入りの義挙に加わらなかったのは、どうも長い話になりそうだ。冷酒《ひや》でも舐《な》めながらお聞きいただきましょうな。源さんも六さんも冷酒の肴は塩でしたっけね。へい、塩。赤穂塩ですよ。むろんお代はこっち持ちです。

あれは、七日ばかり前の、しとしとと春雨の降る正午《ひる》過ぎのことでした。鯛《たい》の生きのいいのが入ったので、そいつと一升徳利とをぶらさげて中村道場へ出かけて行った。清右衛門先生は、道場の隅の、ほら、畳を二枚敷いたところがあるでしょう、あそこへ左手で肘枕《ひじまくら》、ごろんと寝そべって、右手でコロシャンコロシャンと琴の糸を弾いていらっしゃった。

勝手知ったる他人の家というやつ、道場の横のお勝手へあがり込み、鯛を刺身に拵《こしら》えはじめた。目ざわりだろうと思って道場とお勝手との境の障子は閉めておいた。もっとも、あそこの障子はどこもかしこも穴だらけ。だから閉めておこうが開《あ》けようが、同じようなものですがね。

と、間もなく、ジャラジャラジャランと琴の糸の切れる音がした。おや、と思って、障子の破れ穴から様子を窺《うかが》うと、士《さむらい》がパチンと脇差《わきざし》を鞘におさめたところです。大刀のほうは横においてあった。その士《さむらい》は年の頃二十八、九歳。身体《からだ》つきは大柄だが細《ほそ》い貌《かお》。色は浅黒く、目は細いが、暗闇《くらやみ》の猫の目のようにピカッと光っている。それにしてもいつの間に入ってきたのか。案内を乞《こ》わずに入ってきたところをみると、これは吉報を届けにきたのではない。それだけはたしかだ。

「勝手で肴を拵えているのは、この近くの一膳めし屋の親爺《おやじ》だな」

士《さむらい》は坐り直しながら勝手へ声をかけてきた。ということはこの定七が見世《みせ》を出るときからずっと後をつけてきたんでしょうな。

「そのまま、そこにいて話に立ち合え。これからはじまる果し合いの生き証人をつとめるのだ。肴を拵えつづけてよいが、しかしおそらく無駄になるのではないかな。つまり拵えおわったときには、もう肴を賞味する人間はこの世にはおらぬ」

仕方がないから、それからずーっと庖丁《ほうちょう》を使いの、障子の破れ穴から成行きを覗きの、一人二役をあいつとめましたよ。心ここにあらずのびくびくもの、だいぶ庖丁で左手を切ってしまいました。ごらんの通り切り傷だらけでしょうが。

「京の吉岡流の小太刀をお使いになるようだな」

清右衛門先生がここでようやく起きあがった。

「琴の糸を断ち切るときの脇差の用い方、鞘におさめるときの捌《さば》き方、すべて吉岡の流儀に叶《かな》っている。それとも外れたかな」

「それがしは肥後熊本細川家の家中、御小姓《こしょう》組の吉富五左衛門と申す」

士《さむらい》は清右衛門先生の問いには答えず、鯱《しゃちほこ》張った口調で名を名乗った。

「ほほう……」

清右衛門先生はにやりと笑った。

「石河自安《いしこじあん》、二村寿安《ふたむらじゅあん》、絲屋随右衛門《いとやじゅうえもん》、家原自元《いえはらじげん》など天下に聞えた大金持から金を借り、すべて踏み倒してそれら大金持を潰したあの細川様の御家中か。巷《ちまた》では細川様のことを『踏み倒しの名人、不埒《ふらち》な御家柄』と噂しているようだ。ははは、琴の糸を何の挨拶《あいさつ》もなく断ち切った非礼への、これはお返しだ」

怯《おび》えるでもなく慌てるでもなく、そして腹を立てるでもない、清右衛門先生の態度たるや堂々としたものだった。

「その細川様、近頃では大石内蔵助《くらのすけ》殿以下十七名の、いわゆる〝義士〟をお預かり遊ばし、これを手厚くもてなされて、だいぶ世間での評判を盛り返されたようだ。いや御同慶に存ずる。もっとも、そのための費用がかさみ、借金で穴埋めしよう、ひとつこの中村道場からもいくばくか借り出そうと、そうお考えならあて外れ、それがし鐚銭《びたせん》一枚、持ち合せてはおらぬ。現に喰う飯にさえ事欠いて、あのように一膳めし屋の親爺のお慈悲にすがって命を繋《つな》いでいる」

「主家に対する只今《ただいま》の悪口雑言、そのつけは後ほどまとめて払ってもらおう。この吉富五左衛門、中村清右衛門という犬侍に言いたいことがあってやってまいった。それをまず並べ立て、その後《のち》に命を貰い受ける」

「犬という言葉を悪口に使ってよいのかな。犬目付が捕えにくるぞ」

「黙れ。……中村清右衛門、おのしは元赤穂浅野家の家中であったな。百石。御近習衆の中村清右衛門に相違ないな」

「うむ、小納戸数寄屋《すきや》道具預役も兼ねていた」

「よし。それがしはこの二月四日、御家がお預かりになった十七義士のうち礒貝《いそがい》十郎左衛門正久殿の介錯人をつとめ申した」

清右衛門先生の面《おもて》から笑いが消えました。

「礒貝の、だと」

「うむ。切腹の順番はまず大石内蔵助殿、つづいて吉田忠左衛門殿、原惣右衛門殿、片岡源五右衛門殿、間瀬久太夫殿、小野寺十内殿、間《はざま》喜兵衛殿、そして八番目が礒貝殿……」

「細川様お預かりの中には堀部弥兵衛老人もおいでになったはずだが」

「堀部の御老人は九番目、礒貝殿のすぐ後に腹を切られた」

「絶妙だ。申し分のない順序だ」

ふたたび清右衛門先生のお顔に笑みがあらわれた。それも以前のような皮肉な笑いではない、なんというか、この優しい、ほのぼのとした笑いでしたな。

「礒貝は江戸生れの京育ち、京の愛宕《あたご》山教学院で小姓をしているところを堀部弥兵衛老人に見込まれ、御老人の推挙によってお殿様の児小姓になった。この清右衛門も当時は御小姓組、礒貝が入ってきたときは目をみはった。匂い立つような美少年ぶりだったなあ。とにかく礒貝にしてみれば、堀部弥兵衛老人は実の父親も同然、その御老人がすぐ後に控えていてくれる。安心して腹が切れたろう」

「残念ながら、それがそうでもなかった。見苦しい、というほどではないが、最後の最後で、かすかに乱れ申した」

「ふうむ……」

「松平家や毛利家では人手不足ゆえ、一人が二人ずつ義士の介錯人をあいつとめたという。他家のなさり方に批判がましいことは申したくはないが、一人で二人も受け持つとはあまりに安直すぎる。気がふたつに殺《そ》がれて集中できぬではないか。もしもその気が、振りおろす刀筋にあらわれて、肩口を斬《き》ったり、あるいは狙《ねら》いより高くそれて首もろとも顎《あご》の先を斬り落したりしては、義士の最期を泥足で踏みにじるようなものだ。そこで当家では、お預かりした最初から、万一御切腹ということになったときは、義士一人に介錯人一人と決めていた。そして介錯には、大石内蔵助殿以外は、すべて御小姓組がこれに当る、と。事実、大石殿の介錯人は御徒頭《おかちがしら》の安場一平殿がつとめられたが、残る十六義士には御小姓組から十六名が選抜された。おのしの如《ごと》き卑怯未練、臆病《おくびよう》至極の不忠者にはその心得はあるまいが、近ごろは切腹人が三宝《さんぼう》の小脇差をどのように扱ったときに介錯を済ますべきであるか、これがまちまちだ」

「臆病だからこそ切腹の作法にくわしい、ということもあるぞ。昔は切腹人が腹をすっかり切り廻したところを見すましてズンと首を斬り落すのが定法だった。だが近ごろは小脇差を腹に当てがったところでズンと行く……」

「われらは衆議の末、義士の方々に存分に腹を切り廻していただくことに決めた。すなわち、小脇差を左下腹に突き立て、それを右下腹へ一文字に召され、斜め左上にはねあげられたときを合図に介錯申しあげることにした。作法にのっとっていただくことによって、義士たちの偉功はいっそう不滅のものとなる」

「終りよければすべてよし、か」

「そうもいえよう」

「余計なお世話というものだ。できるだけ苦しみをすくなくして黄泉国《よみのくに》へ送り出してやればよいのに」

「おのしのような者と、切腹の作法、介錯のつかまつり方なぞを話し合ってもはじまらぬ。さて、『間喜兵衛殿、首尾よく御仕廻《おしまわ》しなされ候《そうろう》。……礒貝十郎左衛門殿、御出で候《そうら》え』と八木市太夫殿の呼び立ての声。礒貝殿はすっくと立って御楽屋口の出口から、大書院上の間の前の御庭へ足を踏み出された。御小姓組の者が二名、右と左から介添え申して、お白州《しらす》の上に敷いた薄縁《うすべり》を行く。礒貝殿の足どりは軽く、とてもこれから白屏風《びょうぶ》の前へお坐りになるお人とも思われぬ。この吉富五左衛門、礒貝殿のあとについて歩きながら、その胆力につくづく感服しておった。能の御舞台の前をかすめて十間、そこで薄縁が尽きる。上の間の御検使荒木十左衛門殿、また当家旅家老三宅藤兵衛殿に一礼なさって、能の御舞台の並びに立てられた白屏風の内へ入る。三枚の畳、その上に白木綿《もめん》の大きな風呂敷が敷いてある。背後は白幕。礒貝殿、座に直る。そしてこの吉富はその左に添い直る。やがて麻上下の御使番が三宝に小脇差をのせてあらわれ、それを切腹人の前に置くわけだが、御使番が三宝を置いて立ち去ってすぐ、礒貝殿がふっとこう呟《つぶや》かれたのだ。

『琴が聞きたいな、清右衛門の。中村の顔が見たい』

うろたえたぞ、この吉富は。予想もしていなかった伏兵に後から斬りつけられたような気がして思わず震え出した」

清右衛門先生は切れた琴の糸をいじりながらじっと聞いていらっしゃいましたな。この定七はもう刺身を拵えるどころじゃない、障子の破れ穴に貼《は》りついていました。

「必死の思いで震えをおさえながら、この吉富は『このままでは礒貝殿、腹を切りそこなうは必定《ひつじょう》だ。そうなると末代まで恥をさらすことになる。最期を飾って差しあげなければならぬ。立派に死んでいただかねばならぬ』と考えた。そこで……、三宝の小脇差を見られて首をかすかにおのばしになったところを……」

「介錯したのか」

「うむ」

「さほど血は出なかっただろう」

「どうしてそれを知っているのだ」

吉富という士《さむらい》はぎょっとなって清右衛門先生を見た。

「礒貝は労咳《ろうがい》を病んでいた。それも重症だった」

清右衛門先生はあいかわらず琴の糸を玩具《おもちゃ》にしながら、

「大病をわずらっている者は血の吹き出し方が弱いものだよ。礒貝とこの清右衛門とは、あいつが十四、おれが十九のときから、かたく言い交した仲だ。礒貝のことならどんなことでも知っている」

「念者《ねんじゃ》仲間か」

「ああ、兄弟の契りを重ね、そのために命を落すことがあっても悔いなし、と誓った間柄だよ。だからよく知っている。自分のことよりくわしいぐらいだ」

「だとしたら、どうしておのしは討入りの義挙に加わらなかったのか。なぜ、義挙の直前に脱落したのか。おのしが脱落したのは、たしか討入りの十日前の、去年の極月四日……」

「くわしいな。おれが儀貝をよく知っているように、おのしはおれをよく知っている。どういうことだろう」

「御家に堀内伝右衛門と申すお方がおいでだ。お役目は御使番だが、この堀内殿が去年の極月十五日からこの二月四日までの五十日間、十七義士のお世話を一手にお引き受けになっていた。十七義士も堀内殿にお心を開かれ、日常の雑談の折々に、義挙までの苦労話をぽつりぽつりと洩《もら》された。つまり、その堀内殿を通して、たいていのことならば承知している。おのしは二年前の三月十四日、田村右京大夫《うきようのだいぶ》様屋敷で切腹召された浅野内匠頭《たくみのかみ》様の御遺骸《なきがら》を引き取りにまいった六人の家中のひとりだろう」

「糟谷《かすや》勘左衛門殿、片岡源五右衛門殿、建部喜六殿、田中貞四郎殿……、それに儀貝とおれ。たしかに六人だ」

「このまま御遺骸《なきがら》を泉岳寺へ送葬し、髻《もとどり》を切った。ちがいないな」

「髻を切ったのは片岡殿、田中殿、それに儀貝とおれ。この四人だった」

「髻を切るとは、つまり亡君の御跡を追うという意味ではないか。お上より殉死《じゆんし》は禁じられている。そこで殉死になぞらえて髻を切った。そういうことではないか」

「まあな」

「しかるに田中貞四郎とおのしは脱落した。また、おのしは決死籠城《ろうじょう》連盟六十一人のひとりであった。浪人してからは大坂で暮していたらしいが、大石内蔵助殿が堀部安兵衛殿ら急進派をなだめに江戸へ下られた節には、とくに選ばれて同行している。去年の十一月末、義挙に加わろうという決心の浪士が五十五名いたという。むろんおのしもその一人、本所林町で堀部安兵衛と同宿し、そのときの来るのを待っていた。ところが極月に入って、その五十五名から八人抜けた。思うに、この八人が最も汚い、最も狡《ずる》い、最も卑怯だ。亡君のお恨みをお晴らし申すには命を捨てなければならぬ。さあ、その命を捨てることができるか。その覚悟ができぬなら連盟に加わらなければよい。臆病者とそしられるかもしれないが、それはそれなりに正直で、ひとつの徳行だろうと思う。しかし、命を捨てる覚悟もつかぬくせに忠義面《づら》して、最後まで真の忠義の士の足手まといとなる輩《やから》、これは許せない。不忠に加えて不正直、まことに唾棄《だき》すべき人間だ。すくなくとも士《さむらい》ではない。左様、中村清右衛門は士《さむらい》ではない。それを言いたくておのしを探し回っていたのだ。そしてもうひとつ、礒貝殿の大事な御最期に、おのしは泥を塗ってしまった。卒《あしがる》の口はさがないもの、礒貝殿の御遺骸を畳ごと片付けた小者どもが、『腹に小脇差を召した気配がない』と騒ぎ立て、その噂はいまや江戸四里四方へひろまっている。介錯人としてこんなに辛《つら》いことはない。どうして礒貝殿と生死を共にしてくれなかったのだ」

「礒貝の差し料は貰い受けたか」

「これがそうだ」

吉富という士《さむらい》が大刀を引き寄せました。清右衛門先生が斬られなさるかもしれない。そう思うと、背筋へ氷柱《つらら》でも落されたようで、ぞくぞくッと寒気がしました。

「切腹人の差し料をもって介錯し、その差し料を頂戴《ちょうだい》つかまつる。それがならいだ。刀の銘は……」

「光盛だろう。長さ二尺九寸。そして脇差が国宗のはずだ。長さは二尺。刀の下緒《さげお》になにか付いていなかったか」

「小袋がさげてあった。小袋には琴の爪《つめ》がひとつ」

「おれが愛用していた琴の爪だよ。そして、これが礒貝の愛用の琴の爪」

清右衛門先生は腰の印籠《いんろう》をとって、宙にかざすようにし、

「印籠もあいつのものさ」

とおっしゃった。印籠の紋は〈立木瓜〉でしたよ。そういえば、清右衛門先生の御紋は黒地に白い丸の〈黒餅〉です。〈立木瓜〉ではない。

「別れる時に、琴の爪と印籠、このふたつをたがいに取り替えたのだよ。さて、いいた

いことはそれだけか」

「うむ」

「では、今度はおれがすこしばかりいわせてもらおうかな」

「卑怯者の未練がましい弁解にかす耳はないぞ」

「亡君の遺志をつぐ。亡《な》き殿の恨みをお晴らし申す。そのためならば命のひとつやふたつ惜しいとは思わぬ」

「やめろ。命が惜しいからこそ生き残り、そうやって生き恥さらしているのではないか」

「まあ、聞け。いったいわが亡き殿に吉良殿に対して恨みなどあったのか。亡君の遺志をつぐというが、わが亡君に家中の者がつぐべき遺志などあったのか」

「なんということを吐《ぬ》かす」

「なかった。なにもなかった」

よく子どもが炭火を野良猫の背中にのっけたりすることがあるでしょう。もっとも、いま、そんな悪戯《いたずら》をすればよくても所払、悪くすると島送りですが、昔はよくやったものです。源さんや六さんにもおぼえがあるでしょうが。猫はギャッと叫んで六尺も飛び上り、鉄砲玉よろしく突っ走る。ちょうどその猫そっくりでしたぜ。吉富という士《さむらい》は猫のように跳《は》ねて清右衛門先生へ突っかかって行った。だが、清右衛門先生はできるねえ。ほれぼれするほど腕が立つ。あっと思ったときには、吉富という士《さむらい》の右腕をねじりあげていた。

「そうだ。相手を殺したければ、いまのように突くに限る」

吉富という士《さむらい》の右手からぽろっと脇差が落ちた。むろん抜身さ。ぴかぴか光っているおっかないやつだよ。清右衛門先生は吉富という士《さむらい》をぽんと突き離し、脇差を返しながら、なおもこうおっしゃったねえ。

「ましてや殿中においては得物《えもの》は脇差しかない。わが殿が上野介《こうずけのすけ》殿に遺恨をお持ちなら、命を捨て、家来を捨て、御家断絶のお覚悟を遊ばして意趣を晴らそうとなさるなら、突かねばならぬ。切りかかったのでは何もならぬ。吉岡流の小太刀を使われるおのしには、これは説くまでもないだろう。いや、士《さむらい》ならば、これぐらい誰でも承知している。だが、わが殿は切りつけられた。なぜだろう。おれはこのことをずうっと考えていた」

「いわれてみればたしかにその通りだ」

吉富という士《さむらい》は脇差を鞘におさめながら小声でいったね。清右衛門先生のできるのに驚いて、態度がだいぶ尋常なものになっていたよ。

「が、しかし、カッとなれば人間、だれでも思わぬことを仕出かしてしまうものだ。浅野様もおそらく……」

「十九年前、やはり殿中で刃傷沙汰《ざた》があった。大老堀田筑前守《ちくぜんのかみ》様を若年寄の稲葉石見《いわみの》守《かみ》様がお刺し申した。いいかな、お刺し申したのだ。しかも稲葉様はそのために周到な用意をなさっている。わざわざ虎徹《こてつ》を手に入れられ、前日は自らそれをお研《と》ぎになっている。意趣晴らしというなら、これぐらい御念を入れてもらいたい。でなければ捨てられる家来が哀れではないか。逆にそこまで御念を入れられ、その揚句、御運つたなく相手を討ち洩しあそばしたというのなら、そのお恨みの深さがおれを動かす」

「屁《へ》理屈だ」

「まだ言いたいことがある、もうしばらく聞いてくれ。わが殿は音というものがお嫌いだった」

「音だと」

「琴、太鼓、鼓の音などはとりわけ苦手の御様子でな、琴の好きだった礒貝やおれは、いつもお叱《しか》りを蒙《こうむ》っていたよ。そして能楽、これはわが殿には敵同然。さて、御刃傷の前日、殿中でなにがあったか。饗応《きようおう》御能興行があった。番組は五番。五ツ半(午前九時)から七ツ(午後四時)までぶっつづけだ。わが殿にとってこれは地獄の責め苦にもひとしい。加えてわが殿の御持病は痞《つかえ》病《やまい》、俗にいう癪《しやく》だな。気がいらいらなさると決まって『胸に大石がかぶさってきたようだ、苦しくてならぬ』とおっしゃる。あのときもそうだった。夕食もおとりにならなかったし、御刃傷の当日も朝餉《あさげ》を召しあがろうとはなさらなかった。さらに松の御廊下の高窓は連子《れんじ》だという。つまり御廊下には光と影の縞《しま》模様ができている。そこを痞病《つかえやまい》で苦しみ御空腹のまま往《ゆ》き来《き》なさる。光がちらちらする。さあ、どうなる。御逆上あるのみだな」

「しかし浅野様は、そのとき『此《こ》の間の遺恨覚えたるか』とおっしゃって上野介殿に切り付けなさったときくが。御遺恨はおありになったのだ」

「それほど大きな御遺恨がおありなら、お傍《そば》の者がすぐそれと察し申すよ。たしかに上野介殿とはお気がお合いにならなかった。『あの爺《じじ》ィめ、どうもいやなやつ』とお洩しになったことも二、三度ある。しかし『どうもいやなやつ』ということばと御家断絶ということが釣り合うものだろうか。もし釣り合うとなさるならばそれは狂気の沙汰。その御狂気をおれは、どう引き継げばいいのだ」

「…………」

「いよいよ討入りは十四日と決まった日に、おれは大石殿に心中を打ち明けた。大石殿はおれの問いにはお答えくださらなかった。が、かわりにこう申された。

『儀貝と中村とは義兄弟だったな。念者仲間だったな。よろしい、ではもし、儀貝が命を捨ててかかった仕事を、しのこしたときはどうか。上野介殿を討つ。その仕事を儀貝が果せなかった。儀貝としては死んでも死に切れぬ。たとえようもなく切ない思いがこの世にのこる。そのとき、中村はどうする』

おれは言下にこう答えた。

『その儀貝の思いを、どんなことをしてでも晴らしてやります』

『では残れ。第二陣にまわれ。儀貝やこの大石がもし仕事をしのこしたときは、たのむぞ。しかし第一陣が本懐をとげたときは、第二陣はつらいことになるが、それは承知か』

おれは儀貝と二人でたっぷり半日、琴を弾いた。それから琴の爪と印籠とをたがいに取り替え、堀部安兵衛殿の浪宅を出た」

「巧妙な理屈だ。じつにうまい言い逃れだ」

「さっき突っかけられたとき、受けるのではなかった。が、まだ間に合うかもしれぬ」

清右衛門先生は吉富という士《さむらい》に背をお向けなすったね。

「さあ、やってくれ。儀貝の介錯人の手にかかって死ねるなら本望だ。切っかけがいるというなら、脇差で腹に筋をつけようか」

吉富という士《さむらい》は、ちょっと考えていたね。それから突然、

「わからん。がしかし狂気だろうとなんだろうと引き継ぐべきではないか。それが忠義というものではないか。そうではないか」

と首ふり立ててわめき、外へ飛び出して行っちまった。これでおしまいさ。清右衛門先生がほんとうに第二陣だったのかどうか、清右衛門先生にしかわからない。もしほんとうだとすれば清右衛門先生も義士のお仲間だ。うそだとすれば、清右衛門先生の言い

逃れ、まことにお見事ってことになる。どっちにしたってたいしたものさ。源さんに六さん、ちょっとの間、勝手にやっておくれ。清右衛門先生のところへ煮物を届けてくるからね。山のいもとごぼうとふきの煮付け、じつはこれ清右衛門先生の大好物なんだよ。じゃあ、行ってきますか。

おっとっとっと、お犬さま、あっちへ行った、あっちへ行った。清右衛門先生、あの吉富という士《さむらい》がやってきて以来、どうも食が細くなっちまって。しっ、しっ。あっちへお行きというのに。まったく、やり切れないねえ。だれか一人ぐらい犬公方様《いぬくぼう》（綱吉）に楯《たて》ついてくださる士《さむらい》はいないものかねえ。浅野様の敵は四十七義士が討ち果した。だが、わしらの敵のこのお犬さまを討ってくれるのは……。やあ、清右衛門先生、いまそちらへ伺おうと思っていたところで。……先生ッ、ど、どうしたんです、抜身なぞぶらさげて。あっ、いけません、お犬さまを斬ったりしちゃ。死罪ですよ、先生ッ。……清右衛門先生！

江戸留書役　岡田利右衛門

すっかり待たせてしまったな、刈右衛門。すまぬ、すまぬ、そう睨《にら》むな。朝餉《あさげ》を済ませて茶を一服、「そろそろ食物《くいもの》も腹におさまった頃合い、いざ、この物書《ものかき》部屋へ出陣」と、腰をあげて廊下に出たところへ客が来た。おそろしく長《なが》ッ尻《ちり》の客でな、あとからあとからと埒《らち》もない世間話を繰り出す。とうとう昼餉までつきあわされてしまったよ。どうもその客の狙《ねら》いは、わしが語って刈右衛門が筆記してくれている『梶川氏筆記』にあったらしいぞ。この屋敷の者しか知らぬはずのことがもう世間に洩れている。「噂《うわさ》の早足」というがまったくおそれいった。おそらく口軽《くちがる》な足軽あたりが植木職人なぞに、「うちの殿様がここ十日ばかり、物書役《ものかきやく》の織田刈右衛門どのと物書部屋に閉じ籠《こも》っていなさる。察するところ殿様はついに例の一件の顚末《てんまつ》を文字になさろうとお心をお決めになったにちがいない」などと得意顔して喋《しゃべ》り散らしたのだろう。門外に出れば、もう後は一瀉千里《いっしゃせんり》だ。たちまち御府内へひろまって、さっきの客のようなほじくり屋がやってくる。まあ、気持はわからないでもない。なにしろ、十八年前のあの折、内匠頭《たくみのかみ》どのや吉良《きら》どのともっとも近いところにいたのはこの梶川与惣兵衛だからの。いや〈もっとも近いところにいた〉ばかりではない、この梶川が内匠頭どのをおとどめ申した。その梶川が「筆記」をのこしはじめたと知れば、それを覗きたくなるのは当然かもしれぬな。ほう、今日の硯《すずり》も洮河緑石《とうがりよくせき》の長方硯だの。刈右衛門はその硯がよほど好きとみえる。わしは知っての通り梶川家の婿でな、婿に来た当座は毎日のように、その硯の講釈を義父《ち》からうけたまわったものだ。

「この洮河緑石の長方硯は、唐《から》渡りの絶品だぞ。洮河《とうが》という川の川底から採《と》った緑石でつくられており、この日本《ひのもと》にも二つとない名題の硯じゃ。それからこの堆朱《ついしゅ》軸の筆だが、これも唐渡りでな、明《みん》代の作という。こちらの墨は徽墨《きぼく》じゃ。南唐《なんとう》代に徽州《きしゅう》で製された名墨、表面が鏡の如《ごと》くてろてろと光っているが、これは仕上げに漆《うるし》を塗ってあるせいだ。三品とも秀忠様からわしの父が頂戴したもの、いえば梶川家の重宝《じゅうほう》である。万一、火災の際はなにはさておいてもこの三品を安全な場所へ移すこと、これが梶川家の家訓じゃぞ。それからもうひとつ、硯はとにかくとして、筆と墨とは使用を禁ずる。使えば磨り減ってしまうからな。最後にくれぐれも硯の手入れをおこたるな。よいな、胆に銘じておけよ」

わしはいま七十三歳、そしてわしが梶川家に来たのが十七歳。あれから五十六年も経《た》つが、義父《ちち》のことばをこの通りちゃんと憶《おぼ》えておる。どうかね、刈右衛門、これをもってしてもどれだけくどくどと口やかましく言われておったか、おおよその察しはつくだろう。

　もっともわしは梶川家にふさわしくない婿養子であったわ。文房具には爪《つめ》の垢《あか》ほども興味がもてぬからだ。刈右衛門が梶川家に物書役として雇いあげられたのはいつだったか。うーむ……そうそう、それを忘れてはいかんな、それを忘れては、梶川与惣兵衛頼照もついに老いたり、耄碌《もうろく》せりと嗤《わら》われてしまう。これまた十八年前じゃ、元禄《げんろく》十四年巳《み》（一七〇一）の夏のはじめじゃ。内匠頭どのを抱き止めし臨機の措置あっぱれ至極、ということでわしは五百石御加増になり、それまでの七百石と合せて、千二百石いただく身分となったが、あのときじゃ。当時、世間ではわしのことを、

「片手で二百五十石摑《つか》んだ果報者」

　とか噂をしておったようだな。両手で抱き止めたから五百石の御加増、片手になおせば二百五十石を濡《ぬ》れ手で粟《あわ》……。この噂にはそういうからかいがこめられていた。ふん、愚か者めらが。わしの心のうちを知りもせず、世間は結果だけを喋々《ちょうちょう》しておったわい。

　まあ、そう、睨むものではないぞ、刈右衛門。今日は取っかかりから話が横道へ逸《そ》れっぱなしだが、なに、そのうちに本道へ引き返すさ。『梶川氏筆記』の口述へしゃんと立ち戻る。なあ、刈右衛門、わしはこのたびのこの『梶川氏筆記』の口述を、己《おの》が最後の仕事と思い定めている。生涯最後の仕事の、今日がその最終日よ。そういう次第でわ

しの脳味噌《のうみそ》は、夏場の天水桶《てんすいおけ》の腐れ水のようなもの、さまざまな思いがウンカの群れよろしくわらわらと湧いてくる。しばらくそのウンカの群れとつきあってくれ。

さて七百石と千二百石では、同じ旗本とはいっても、その暮しぶりはずんと違ってくる。慶安《けいあん》の軍役規定では、七百石の旗本が責任をもって召し抱えておかねばならぬ家の子郎党は、侍四人、甲冑《かっちゅう》持一人、槍《やり》持二人、馬の口取二人、小荷駄二人、草履取一人、挟箱《はさみばこ》持一人、立弓一人、鉄砲一人の計十五人となっている。このほかに用人、門番、下男、下女、飯炊きがおる。あれこれ合せて屋敷のなかにはざっと三十人はいるといった勘定になるだろうな。ところが千二百石になると、刈右衛門も知ってのように、侍が二人ふえるほかに、槍持に甲冑持に小荷駄に挟箱持もおのおの一名ずつの増員、さらに新しく長刀《なぎなた》持、押足軽、沓《くつ》箱持、雨具持を新設して、家の子郎党は以前より十名増しの計二十五人じゃ。用人、門番、下男、下女、飯炊きの数などもそれに合せてふくれあがる。また新しく物書役なども雇い入れねばならぬ。算盤玉《そろばんだま》を弾きながらの人探し、あのときは目の回るような忙しい思いをした。それは高い給金を出せば人間はいくらでもおるさ。しかし交際《つきあい》はひろがる、ひろがれば金が要《い》る。そこで安い給金で、しかも有能の人材を集めなくてはならない。その上、雇人志願のなかには冷かし半分の面白半分という輩《やから》が大勢おった。

「浅野の殿様を抱き止めたあの梶川が人集めをしているというぞ。おもしろいじゃないか。梶川は旗本第一の力持だという話だ。きっと仁王様みたような大男にちがいない。顔や姿をみるだけでも話の種になる。おい、行ってみようぜ」

とまあ、この種の連中が二百人は押しかけて来《て》たろうな。ところがそういう連中は、すぐにそれとわかるから世の中というものはよくしたものでな、わしを見て、

「あれ、あれ」

という表情になるのだな。わしは見ての通りの小男じゃ。顔も、よく言えば美男面《づら》、有体《ありてい》に申せば世上の噂に言うあの大石内蔵助なみの昼行燈《ひるあんどん》、ぽやーっとしたやさ男だ。そこで、

「こんな小兵によく猛り狂う浅野様が組み止められたものだ」

とさもいぶかし気に眺めている。そういうやつは片っ端から追い返してやったさ。そしてようやくのことで員数を揃《そろ》え終ったが、そのあたりではなかったかな、わが梶川家の菩提寺《ぼだいじ》、天徳院住職に連れられて、刈右衛門がやってきたのは。

「殿様、こちらが天徳院の門前で書法教授をしておいでの織田刈右衛門どのじゃ。京の、さる御門跡《もんぜき》で寺侍をしておいでだったそうじゃが、このほど事情があって江戸へ出てこられた。楷書《かいしょ》に行書に草書の三体のほか、篆書《てんしょ》や隷書《れいしょ》もよくなされる。物書役に雇われてはいかがかな」

こう住職が言った。わしはたしか、年に五両しか払えぬが、それで承知かと訊《き》いたは

ずだ。そして刈右衛門、おまえの答はこうだった。

「御当家は洮河緑石長方硯を御秘蔵とうかがっております。書家のはしくれとはいえ、この刈右衛門も書家は書家、ひと月に一度、いや年に一度でもよろしゅうございます、どうかその洮河緑石長方硯を使わせてくださいまし。いや、使うなどはおそれ多いこと、指で触れるだけでも充分でございます。このお願いをお聞き届けいただけますならば、五両どころか三両でも……」

世の中は広い、飛んでもない物好きがいるものだと思った。そのとき傍から天徳院の住職がこう付け加えた。

「寺侍をやめるに至った事情をひとこと申しあげておきましょうな。刈右衛門どのは御覧のように目付きが険《けわ》しい。きゅっと睨みつけるように他人《ひと》を見てしまう。御門跡様にはどうも刈右衛門どのの目付きがお気に入らなかったらしい。『いまに睨み殺されてしまう』とおっしゃって刈右衛門どのに暇をお出しになったという」

だいぶ話が遠回りしてしまったのう。わしは、十八年前の元禄十四年巳《み》の夏に、おまえが物書役として御長屋に住みついてくれてから義父《ちち》のことばがようやく守られるようになったということを言いたかっただけなのだが。いずれにもせよ、

《くれぐれも硯の手入れをおこたるな》

という義父《ちち》のことばは、おまえによってそれこそ完璧《かんぺき》に実行されておる。礼を申すぞ、

刈右衛門。

さて、昨日《さくじつ》、わしが語ったのは、刃傷のとき、そして、その直後の内匠頭どの、および吉良どのの御様子についてであったな。どれどれ、昨日分の筆記を見せてもらおうかの。うーむ、あいかわらずの能筆じゃな。御家伝来の重宝《じゆうほう》の硯さえ道端の石ころ同然にしか見えぬわしにも、刈右衛門の筆蹟《て》のみごとなことはわかるぞ。

「吉良殿と拙者儀、互に立ち居候《そうろう》て、今日の勅使院使の刻限、早くあいなり候儀を一言二言申し候ところ、誰やらん、吉良殿の後より、この間の遺恨覚えたるかと、声を掛け、切り付け申し候。我等も驚き見候えば……」

まてよ。この「切り付け申し候」の後に、一行、付け加えよう。昨夜、当時の日録をめくっていて思い出したのだが、そのとき、わしは鋭い太刀音を耳にしておる。「太刀音が強く聞えた。しかし後でうけたまわったところでは、そうは切れ申さず、吉良殿の傷は意外なほどの浅手であった」。書き留めたかな、刈右衛門。今の一行を「切り付け申し候」の後に書き込んでおいてくれるか。さてと。

「我等も驚き見候えば、御馳走人の浅野内匠頭殿なり、上野介殿、おおこれは、とて、後の方へ振り向き申され候処《ところ》を、又、切り付けられ、そのままうつむけに倒れ申され候、その時に拙者、内匠頭殿へ飛びかかり申し候、右の節、拙者の片手、内匠頭殿の小《ちい》サ刀《がたな》の鍔《つば》に当り候故、その小サ刀もろともに押し付け、すくめ申し候……」

さあ、ここだぞ、大事なところは。そうは思わぬか、刈右衛門。

「梶川与惣兵衛は武士の情けを知らぬ、情けない武士」

これが十八年前のあの日から今日《こんにち》までのこのわしの通り相場じゃ。たとえば、わしに五百石の御加増が決まって数日経《た》ったある昼下りのこと、とある旗本が下城するわしを田安御門の外で待ちうけてこう難詰《なんきつ》してきたことがあったぞ。

「江戸御城内で刃傷に及べば、わが身は切腹、御家は断絶、居城は召し上げ、家中一同は路頭に迷う。このことは内匠頭どのも充分に御存知だったはずである。だが、それでもなお内匠頭どのは吉良どのをめがけて小サ刀を振りかぶられた。ということは、内匠頭どのにはよほどの恨みが、深い深い仔細《しさい》があったに相違あるまい。その内匠頭どののお心をそこもとはなにゆえ察してやらなかったのか。どうして内匠頭どのが上野介どのを討ち果すまで待っていてやらなかったのか。そこもとには武士の情けというものがないのか。そればかりではない、そこもと御加増をおとなしく受けられた由、そうなればもはや武士でもなければ、人でもない、鉄面皮《てつめんぴ》の化物じゃ。しかも御勘定奉行の戸川備《び》前守《ぜんのかみ》どのに『只今の知行所には、近くに川がなく、通路の儀、はなはだ難儀をしております。今度はなにとぞ、川岸に近い知行所を拝領いたしとうございます』と申しあげたそうではないか。なんたる厚顔、なんたる恥知らず。これより以後、それがしはいつ、どこで、そこもとと出会っても挨拶はいたさぬ故、左様、心得られよ。武士ではなく、ましてや人であるとも申せぬ御仁《ごじん》に挨拶いたすいわれはござらぬからな」

この梶川家の長屋門には、よく貼紙《はりがみ》がしてあったな。うむ、こういうのを憶えているぞ。

「大奥の番犬に黍《きび》団子、やんぬるかな」

当時のわしは大奥の、御台盤所《みだいばんどころ》様付き御留守居《おるすい》役を仰せつかっていた。つまり御台所様の秘書役さ。洮河緑石長方硯などという名題の文房具に埃《ほこり》をかぶせていたことでも知れるように、わしは〈文〉とは縁のない男だ。といって〈武〉の才もない。取柄といえば話好き、自分でいうのもなんだが、他人様の話を聞くのはうまい。下世話にいう聞上手というやつだ。御台所様は、だから、よいことがおありになっても「梶川、ちょっと聞いてくやれ」、悲しいことがおありになっても、「のう、梶川……」、雨が降れば「ときに、梶川……」、雨が止めば止んだで「これ、梶川……」、梅咲けば「まあ、梶川……」、桜散れば「なんと梶川……」、いつまで言っていても際限《きり》はないが、この梶川をお傍から片時もお離しにならない。あのときも、御台所様から、勅使には御小袖《こそで》十重《がさね》、院使には同じく御小袖六重、下しおかれることになり、実は上野介どのとそのことで立ち話をしておったのだが、傍目《おかめ》にはこういったことがすべて「番犬の尻尾《しっぽ》が今日もまたよく振れているぞ」と見えるらしいのだ。つまり「尻尾の振り賃が五百石」と、貼紙の文句は当てこすっていたわけだの。

人の噂も七十五日というが、この諺はあてにはならぬぞ、刈右衛門。十八年経《た》ったいまでも当てこすりはやまぬ。つい二十日ばかり前にも、同役の御槍奉行のひとりがこんなあてこすりをした。

「梶川どのもそれがしも定員十人の御槍奉行衆の内《うち》、そこで同役のよしみであえていわせていただくが、それがしがもし大石内蔵助ならば、手勢を二手に分けただろうと思う。本隊を本所の吉良屋敷に向け、別隊には、失礼だが、田安御門外《そと》は御留守居役の梶川屋敷を襲わせたことであろう。主君の意趣晴らしを途中で邪魔した男、これは吉良どの同様、家中の者にとっては敵《かたき》も同じ。それにしても浅野の遺臣が誰一人として梶川どのを討とうとしなかったのは、まったく意外であった。たしかに場所は殿中であり、しかも刃を持っての振舞いを目《ま》のあたりに見ながらじっと見物していたとすれば、それこそ常軌を逸しておる。止めて当然、止めなければどうかしている。しかし、止めるのをもうすこしおくらせればよかった。内匠頭どのにたっぷりと恨みを晴らさせた後、時を見計って抱き止めればよかった。抱き止めるのは形だけでよかったのだ。それをやっきになって刃傷させまいとしたところに、率直にいって梶川どのの落度があった。そしてその落度は、浅野の遺臣にとっては許し難いはずのものであったと思う」

もっともこうなるとあてこすりの域をはるかに脱して正面切っての大批判、いっそさっぱりしてかえって気分がいいぐらいのものだがね。

ふん、だが、わしを非難する連中は、そのとき、内匠頭どのとわしとの間がどんなに近かったか、それを思ってみようともしない。刈右衛門、この「その時に拙者、内匠頭殿へ飛びかかり申し候」のすぐ後に、こう書き加えておけ。よいか、これからその文を申す故、反古《ほご》の裏にでも書き留めておいてくれよ。

「……拙者、飛びかかりしは、吉良殿倒れ候と大方《おおかた》途端（ほとんど同時）にて、間合《まあい》は二足《あし》か三足《あし》程のことにて組み付き候様《よう》に覚え申し候」

たったの二足か三足だったのだぞ、刈右衛門。手をのばせば届くような、ごくごく近《ちか》間《ま》で、内匠頭どのは小サ刀を振りかぶってぶるぶる震えていた。誰でもいい、わしと同じ場所に立ったとして、その者はいったい待てるものだろうか。どうしたところで「およしなさい」と言い、止めに入るだろう。それが咄嗟《とっさ》の人情というものではないか。百人が百人まで「およしなさい」と言う。賭《か》けてもよい。「もっとやれ」とは、人間なら絶対に言えぬ。ここの道理が世間にはどうしてわからぬのか。

……あるいはこうも言えるかのう。あのときの内匠頭どのには、乱心があるばかりで、どうでも吉良どのの息の根をとめてやるぞという気迫、気魄がなかった、と。その気迫のなさ、気魄のなさが、このわしにさえ止めに入らせたのだ、と。内匠頭どのには「はじまり」や「その最中」ではなく「すべて終った。それにしても飛んだことをしてしまった」という気配があって、それがこの小兵で、五十五歳の初老のわしにさえ、飛びかからせたのである、と。ひっくるめて言えば必殺の気合いというものがなかったのだよ、内匠頭どのには。〈武〉の不得手なわしにも「これでは斬れん」と判断がついた。とすれば止めなければならぬ、わしはそう考えたのだ、というより、くどいようだが、内匠頭どのの全体が一瞬のうちに、わしを「止める」という動きへ誘《いざな》ったのだ。……これがあるいは真実であったのかもしれないのう。あのとき、内匠頭どのに必殺の気合いがあれば、その気合いに押されて、飛びかかるどころではない、かえって飛び退《じさ》っていただろうよ。つまり世間がこのわしを、「なぜもうすこし待ってやらなかったのだ」と非難するのは筋違い、むしろ内匠頭どのに向い「止めに入らせたは内匠頭どのの落度ぞ」と難詰すべきだ、その方が筋よ。

どうした、刈右衛門、おまえの目から今にも火が吹き出しそうだぞ、火矢を放たんが如き勢いだ。わしは初中終《しよつちゆう》、睨みつけられているから一寸たじたじとなるぐらいで済んでいるが、今のその睨み、赤ん坊なら引きつけをおこす、小娘なら失神はきまり。なにが言いたい、うん、利右衛門？　おっと、利右衛門ではなかった。おまえは刈右衛門であったな。近頃は人の名があっちこっちになって困るわ。年齢《とし》じゃ、ぼけてきておるのよ、わしもな。

さて、今日の口述にかかるとしよう。よいか。これこれ刈右衛門、膝許《ひざもと》の畳に筆が落ちている。筆をとり落したまま茫《ぼう》としておるなぞ、おまえらしくもないな。よいよい、畳の墨はあとで下女に拭かせなさい。ごそごそ紙で擦《こす》ったりしてわしの気を逸《そ》らせてくれるなよ、これからが『梶川氏筆記』の最も肝腎なところなのだからな。

「その内に近所に居合せ申されし高家衆、並びに内匠頭殿同役の伊達左京亮殿など駆けつけられ、その外、居合せ候者ども追々駆け来たり取りおさえ申し候」

飛びかかり、背中へまわって羽交いに締め、小雀《こすずめ》か小鶸《こひわ》のようにぴくぴくと震えている内匠頭どのの肩越しにお歴々の衆の近づいておいでなさるを見ながら、そのときのわしは何を思うておったか。わかるまい、誰にも。貞享《じようきよう》元年子《ね》（一六八四）の八月の、同じく城中は御用部屋の朱に染った畳を思い浮べていた。見る間にとろりと固まって行き、赤漆を流したように見えた血溜《ちだま》り、血の池、血の海。どうやって血の匂いを嗅《か》ぎつけたのか、蚊《か》が何十となく畳すれすれに飛んでいた。それから銀蠅《ぎんばえ》に青蠅。左の脇腹からぐさりと脇差で刺し貫かれ、そのまま柱に縫い付けられたような恰好《かつこう》、立ったまま絶命しているお方があったが、これが御大老の堀田筑前守様、そして血の池にぷかりと浮いている恰好で息絶えておいでが若御年寄の稲葉石見守様だった。稲葉様のお背中には縦に横に斜めに何十もの切傷があった。まるで膾《なます》よ。御部屋の隅に、御老中の大久保様や阿部様などのお歴々が腑抜けのように坐っておいでになる。傍らには血脂のついた脇差が転がっていた。貞享元年子歳というとわしは三十八か。御書院番を仰せつかっておった。ちょうどその八月二十八日は勤番に当っていてな、恐しい叫び声が二回、少しの間をおいて聞えて来た故、駆けつけて行ってその光景を見た。

刈右衛門はわしとちょうど三十、年がはなれていたな。すると今が四十三、貞享元年子歳のこの御刃傷のときは八つか。ではこの御刃傷についてはあまり知るまい。ほう、有名な御刃傷だからあらましぐらいなら存じておるだと。それなら好都合じゃ。知っての通り、先《ま》ず稲葉様が堀田様を刺し、すぐにその稲葉様がお歴々によって膾に刻まれた。膾、膾、膾……。わかるか、刈右衛門、わしは内匠頭どのが膾に刻まれるところを未然に防いだのだ。わしが抱き止め申さなければ、内匠頭どのは、依然として御乱心のさなかにありと見なされ、滅多斬りの目に遭われたことじゃろう。だがわしが抱き止め申したことで、内匠頭どのは、遠くからでも〈乱心から正気へ戻られつつある〉ということが一目瞭然たるものとなった。つまり〈騒ぎがおさまったところである〉と、どなたにも見てとれたわけだな。

「内匠頭どの、膾になられてはいけませぬ。膾になられては御家中がお泣きになりましょう。膾ではあんまり惨めです」

内匠頭どのの耳にそう囁《ささや》きつづけながら、わしはお歴々が間近かにおいでになるのを待っていた。内匠頭どのの両股《また》の間に割り込ませていたわしの右の太股《ふともも》が生温かなもので濡れているのに気付いた。失禁なさったのだよ、あの御方は。

この十八年間というもの、梶川与惣兵衛頼照は〈武士の情けを知らぬやつ〉という非難を甘受してきた。いまこのときをただ耐えよ、と何千遍何万遍も自分に言い聞かせた。その何千遍何万遍が積み重って十八年の歳月となったのじゃ。辛《つら》かったと嘆いているのではない、口惜《くや》しがっているわけでもない。わしには、「抱き止め申した」ことで内匠頭どのに武士の情けを施して差し上げたのだという自負がある。膾になるべきところをこのわしがお防ぎいたした。そう思うたびに心がふくらむ。しかし梶川家の子孫は〈あやつの先祖に武士の情けを知らぬやつがいた〉と非難されつづけることであろう。肩身せまく、頭《こうべ》を垂れて生きなければならぬ梶川の後裔《すえ》よ、心ふさがるときは『梶川氏筆記』を紐解《ひもと》くがいい、おまえたちの先祖は武士の情けの極を尽したのだからな。

「内匠頭殿の御刃傷の事ども後々にて存じ出し候に、拙者が内匠頭殿へ取り扱い候事、誠に思慮ありて侍の道にも叶《かな》い……」

これ、利右衛門、筆記をせい。大事な結尾を口述しておるところなのだぞ、わしは。赤穂の遺臣、岡田利右衛門、いくらわしを睨み殺そうといっても益のないことさ。おまえはこの十八年間、朝から晩までわしを睨みつづけて来た。だがその効能はあったか。あるわけがない。その証拠にわしはこの通りぴんしゃんとしておる。

ああ、ああ、ああ……。硯をひっくり返してしまった。正体を見抜かれたからといってそれほどうろたえることもなかろうに。浅野家江戸留書役《とめがきやく》、岡田利右衛門、十五人扶《ぶ》持《ち》。十五人扶持のう、見抜かれて困るほどの正体でもあるまい。改めて墨を磨らなくてもよい。筆の穂先がたくわえている墨で充分に用が足りる。ではもう一度授けよう。

「内匠頭殿の御刃傷の事ども後々にて存じ出し候に、拙者が内匠頭殿へ取り扱い候事、誠に思慮ありて侍の道にも叶い、末々代迄も語り継ぐべき美談と秘に自負致し居り候、侍の情、外に顕《あら》わるは下品也、隠れて顕われぬものこそ珍重珍重」

はい、これで擱筆《かくひつ》。筆をもつ手が震えておるのう。おまえがそのように頼りなく、心細気に運筆いたすのを見るは初めてだ。只今のは大事なくだり。しっかり書いてもらわぬと困るぞ。目付きも定まっていないが、やはり正体の露見したのがこたえているのかな。いつ、なぜ、露見したのか気になるか。よしよし、種明しをしてやろう。……昨日、口述を終えてから御城内紅葉山の御書庫へ出向いてまいった。御書庫十二人の御書物同心のなかに、当家の遠縁の者がおってな、その同心にねだって、赤穂の一件資料をちらちら眺めさせてもらったのさ。これというものはなかった。わしが狙いをつけていた『元禄年録』(『柳営日記』)もない。討入り直後に吉良家から提出された『口上書』も見当らぬ。それからほれ、吉良どのの御首の請取証《うけとりしよう》もない。浅野の遺臣たちが、吉良どのの御首を内匠頭どのの墓前へ手向《たむ》けた後、泉岳寺の僧二人に托して吉良家へ返した。その際、吉良家の用人が、《一、首一つ。右之通りたしかに請取り申候、念のため此の如くに御座候ウンヌン》という文面の請取証を書いたと伝えられているが、それもなかった。これはとんだ無駄足だったわいとぶつくさ言いながら、『元禄十三年・浅野内匠頭侍帳』をぼんやり眺めていたが、或《あ》る名前の上へ目が行ったとたん、心ノ臓がぴょんと跳《は》ねたぞ。

十五人扶持　江戸留書役　岡田利右衛門

「オカダリエモン」。あるいはトシエモンと読むのかもしれないが、わしにはリエモンという音の方がなぜかぴったり来た。わが梶川家には織田刈右衛門という物書役がいる。「オダカリエモン」。「カ」と「ダ」を入れ替えれば、岡田利右衛門になる。……あの刈右衛門が梶川家御長屋住いとなったのは、元禄十四年の夏だった。そんなことも思い出した。そして物書役と留書役。もう間違いない。織田刈右衛門は偽名、その正体は浅野の遺臣岡田利右衛門。梶川与惣兵衛は利右衛門にとっては主君の仇、敵討《かたきうち》のために住み込んだのだ。

ところがだよ、利右衛門、わしはすぐにわからなくなってしまったねえ。十八年間、仇と同じ屋敷内に寝起きしておりながら、なにゆえにあの男は大事を決行しないのか。ひょっとしたら、あの男は梶川与惣兵衛の人となりに惚《ほ》れ込み義と情との板挟みになって、この十八年間、悶《もだ》え苦しみつづけているのではなかろうか。ふふふ、そういうおめでたい考えも湧いてきた。もっとも、わしは自分というものをよく知っておる、この考えは残念ながらすぐに引っ込めた。そうして夜通し首の捻《ひね》りつづけよ。おかげでまだ首が痛む。

そのうちに、この難問を解くには、おまえの部屋を探索するのが一番の早道であるわいと思い当った。ははは、睨むな、睨むな。

長ッ尻の客人というのは口実さ。おまえがこの物書部屋に入ったのを見届けておいて、わしはおまえの部屋を家探しいたした。

利右衛門、行李《こうり》の底から、こんな虫喰い帳面を見つけたよ。『諸国仇討書留帳』。ずいぶん仇討《あだうち》について調べたものだな。数えてみたら、四十七種あったぞ。特に惹《ひ》かれたのは、えーと、これこれ、これじゃ。読み上げるぞ。

「諸国仇討三十八番。慶安《けいあん》年間、安房国《あわのくに》に不思議至極の仇討あり。仇、事情あって僧となり、遺子は仇と巡り合えぬを嘆きて、これまた僧となる。さる古寺に大法要あり。二人、互いに古寺へ向う。そして相逢《あ》って共に驚愕《きょうがく》す。されど遺子は既に仏に仕うる身なり。僧形なり。刀を加うることあたわず。そこで遺子、妙計を案ず。日々夜々、仇を睨み、五年後、遂に睨み殺す」

腹の皮がまだ痛む。さっき笑いすぎたのでな。時折、差し込みのようなやつが来るのは、よじれた皮がまだ元へ戻りきっていないせいだろうな。

「自分には武芸のたしなみがない。得物は一管の筆があるのみである。それをお察しになったのか、堀部弥兵衛どのがこう申された。『利右衛門は御家に召し抱えられてまだ一年半。しかもあえていえば微禄《びろく》。あまり考え込まずに、筆を活かすよう心掛けるがよいぞ』と。たしかに自分のような者がおっては足手まといになるだけであろう。さいわい、睨み殺すというやり方も見つかったことであるし、自分一人で主君のお恨みをお晴らし申そう」

右は朱筆による書き込みじゃが、利右衛門、無駄な十八年間だったの。わしがおまえに睨み殺されることもなく、七十三歳の今日まで小患《こわずら》いひとつするでなく過せたは何故か。畢竟《ひっきょう》するに、わしが正しかったからだ。わしがあのとき内匠頭どのに飛びかかったのは、思慮ありて侍の道にも叶うことであった。だからこそ天はこのわしにこの長寿をお授けになったのだ。わかるな、利右衛門、世間がどう言おうと、おまえがどう思おうと、あのとき、わしの取り扱い方にまちがいはなかった。

ここに五両ある。餞別《せんべつ》じゃ、持って行け。わしも間もなく致仕《ちし》願を出すつもりでおる。そう、二人とも舞台を降りるのさ。そして勝負はこの梶川のもの。ご苦労だったの、利右衛門。

狂言部屋の先生方、居てはりまっか。わて、表方の丹六だす。今しがた、稀代《けったい》なお年寄りがこんなもん置いて行かはりました。年の頃いうたら八十歳前後、キツイ目付きしてぼろ引き摺《ず》って、へ、臭《くそ》うて臭うてかなわんようなお人だした。けど、これ、えらい達筆だすな。口上はこないだした。

「わたしは今から三十年前まで、御直参《じきさん》梶川与惣兵衛の物書役を相勤めていたものである。この夏、大坂道頓堀《どうとんぼり》西の竹本座で『仮名手本忠臣蔵』なる外題《げだい》の浄瑠璃《じようるり》をなさると聞き、『梶川氏筆記』の写本を携え、はるばる江戸より参上いたした。参考になればこんなうれしいことはない。主人梶川の語りを清書する毎《ごと》に写しをとっておいたので、正本の内容と完璧に一致している。では大入満員、日延べ続演を祈る」

なァ、口上も稀代《けったい》でっしゃろ。けど、梶川与惣兵衛はん、えらい反省してまんな。ドンケツでこないなことを言うとりまっせ。読みまひょか。

「此度の事ども後々にて存じ出し候に、内匠頭殿の心中察入候、吉良殿を討ち留め申されず候事、嘸々《さぞ》無念にありしならんと存じ候、誠に不慮の急変故、前後の思慮にも及ばず、抱き止め候事、慙愧《ざんき》に堪えず深く恥入り候……」

大坂留守居役　岡本次郎左衛門

　なんという怖しいことを仕出《しで》かしてくれたのだ、岡本次郎左衛門。おのれはこの向井《むかい》将監《しょうげん》になにか恨みでもあるのか。おのれはこの由緒ある向井家を取り潰す気か。おのれは……。

　おのれがこの向井家に用人として入ったのは、今年の、たしか八月の初旬《はじめ》だったな。以来、この十二月までの五ケ月間、いや閏《うるう》八月がある故、半年間か、おのれはまことによく働いてくれた。

　さすがは赤穂浅野家にその人ありとうたわれた男だ。大坂留守居役として赤穂米や赤穂塩の売り捌《さば》きに当り、生き馬の目をも抜く悪聡《わるざと》い大坂商人を向うにまわして五分に渡り合った凄腕者《すごうでもの》という噂は嘘《うそ》ではなかった。計数に明るく、金の出し入れの勘所はピシャリとおさえている。ここ二十数年、ずうっと欠損続きであった向井家の台所も、この岡本次郎左衛門という男の手腕によって、来年あたりから、めでたく余り金《がね》も出よう。この向井家の台所はぐんと楽になることであろう。ああ、この向井将監は良《よ》き用人を得た。

ありがたいことだ。

……そう思って一途《いちず》によろこんでいたのだが、そのよろこびにこのような怖しい裏があったとは。まったくおのれというやつは……。このことがお上《かみ》に聞えてみよ、閉門蟄《ちっ》居《きょ》で済めば儲《もう》けもの、まず遠島はまぬがれぬ。なのにおのれは……。

向井家の内証《ないしょう》でグルグル回っていた火の車がぴたりと止まり、余り金《がね》が出るようになったら、わしはおのれに霊岸島《れいがんじま》にある御船蔵《おふなぐら》御番所の事務一切を任せようと思っていた。知っての通り、向井家は代々江戸御船手頭《おふなてがしら》を仰せつかっておる。お上の御召船《おめし》「天地丸」はじめ、大川御座船、御駕籠《かご》船「安宅丸」など十隻《せき》の御船を御預かりし、その上、二名の御召船上乗役《うわのりやく》、三十名の御船手同心、八十四名の御船手水主《かこ》、合せて百十六名の配下がおる。向井家の石高は七百石と旗本としては中の下といったところだろうが、支配下におく人数は多勢、いわば四千石、五千石の大身旗本にも匹敵する大世帯じゃ。その大世帯の切り盛りを任せ、存分にその手腕をふるってもらおう。そうすれば具眼《かきやく》の士が必ずやおのれを認めるであろう。そうして、やがておのれは御番所の筆頭書役に任ぜられよう。百俵高で御役料百五十俵、しめて二百五十俵はかたい。赤穂浅野家で二百石を食《は》んでいたおのれには、二百五十俵はすこしばかり物足りぬかもしれぬ。がしかし赤穂浅野家断絶となった現在《いま》、そう贅沢《ぜいたく》もいえぬはずだし、御番所筆頭書役ということになれば、もう押しも押されもせぬ歴《れっき》とした御家人だ。損得の算盤《そろばん》玉を弾くのは、おのれの方がわしよりもはるかに上手、そこで多くは言わぬが、おのれは赤穂浅野家の遺臣約三百人のうちの、一番の出世頭になるだろうことはハッキリしておった。恩着せがましいことは申したくないが、わしはそこまでおのれの将来《さき》を心掛けていたのだ。にもかかわらずおのれは。

　岡本次郎左衛門、おのれはなぜ無主犬（野良犬）に毒を喰らわせたのか。使用人の落度は主人の落度、おのれが犬殺しで犬目付に捕まれば、わしも同罪となる。狙いはそこだな。なぜ、わしを無理心中の道連れにしようというのだ。なぜ……。

　門番小屋の吾助が、昨夜、わしに、

「御殿様、御用人の岡本どのが、どうも怪しゅうございます」

　と申した。

「八月初旬《はじめ》、こちらの御長屋に移って来られたときからずっとそうなのでございますが、岡本どのは、三日に一度は必ず外出なされます。それもきまって戌《いぬ》ノ刻（午後八時頃）に潜《くぐ》り門を出て行かれ、お帰りは真夜中を過ぎる。潜り門を開け閉めするのが面倒でこんなことを言っているのではございませんが、なんとなく臭い。今夜あたり、岡本どのの後をつけてみたいと思いますが、いかがでございましょうか」

　わしは吾助にこう答えた。

「亀戸《かめいど》村光明寺の裏の百姓家の離れに、岡本は老母を住わせているはずだ。岡本は、ここへ用人として入るときに『ただひとつ、お願いの筋がございます。勤務《つとめ》にさわらぬよう心掛けますが、時折、病身の老母を見舞わせていただけますまいか』と注文をつけてきている。大方《おおかた》、用事はそれよ。だから気にすることはない。ひとつ快く潜り門をあけてやってくれ」

そうだったな、吾助、わしはたしかそう言ったな。ふん、わしは岡本次郎左衛門という男を頭から信じていたわけだ。いま思えば愚かしいことだな。そうだ、わしは吾助にこうも言ったぞ。

「この屋敷の長屋内《うち》には、親子の口論が絶えないようだが、みな、岡本次郎左衛門を手本とするがよいぞ。岡本は周知のように左半身が不自由だ。左腕は手首から先がなく、しかも肘《ひじ》が曲らない。左足は引き摺って歩かねばならぬ。岡本が赤穂浅野家で持筒組（鉄砲組）の副頭をつとめていた時分、塩剝《えんばく》と称する雷薬《らいやく》（大音を伴って爆発する火薬）がこぼれたのを、左隣に居た配下の若者がうっかり踏みつけてしまい、炸裂《さくれつ》をおこした。左半身の不自由はそのときからだというが、岡本はその不自由な身体を往復二里も運んで三日にあげず老母に会いに出かけている。本朝二十四孝の第一に挙ぐべき尊い孝心ではないか。身近かにある手本を見て、長屋内《うち》でも孝行にはげむことだな」

いまから見れば、とんだ買いかぶり。わしの目は節穴同然。顔から火を吹きそうに恥しい。

　ところが吾助はわしより人を見る目はたしかだった。わしのお説教はお説教として聞いておいて、昨夜、抜からずおのれの後をつけた。あとはおのれも知っていようが、老母を見舞っての帰り道、おのれは横川を法恩寺橋で渡った。吾助は、「はてな」と思ったというぞ。そうだったな、吾助。亀戸村光明寺からこの向井屋敷へ引き返すには、業《なり》平《ひら》橋を渡るのが普通だ。業平橋を渡れば、殆《ほとん》ど一直線に向井屋敷に戻ってくることができる。だが法恩寺橋を渡れば、南へ十町以上も遠まわりすることになる。前の夜に大雪が降って、道は泥濘《ぬかるみ》の海と化している。しかも時刻は真夜中に近く、泥濘の海はガチガチに凍りつき、卸《おろ》し金《がね》さながらに凸凹《でこぼこ》しており、歩き難《にく》い。不自由な足を引き摺って、その凸凹道をなぜ遠回りしなければならないのか。吾助は首を傾《かし》げながらついて行った。と、法恩寺橋を渡ってすぐの吉田丁で吾助は、おのれの後姿を見失ってしまった。間もなく、近くの天水桶のかげで犬の吠《ほ》えるのが聞えた。

「あ、あそこだ」

　吾助は天水桶に忍び寄って、そっと様子を窺《うかが》った。すると天水桶のかげに、おのれが悪い左足を横へ投げ出すようにしてしゃがんでいた。そして右手に、団子をのせて、犬を誘っている。しばらく犬は団子の匂いを嗅《か》いでいたが、やがてガッと団子に喰らいついた。がしかし半分も喰わぬうちに例《くだん》の犬はキャンと奇妙な声で鳴き、四肢を突っ張って痙攣《けいれん》し、揚句に血反吐《へど》を吐いて軒下の残り雪の上にのびてしまった。

「岡本さん、なんてことを」

思わず吾助がおのれの前へ飛び出した。そのときはさすがに驚いたようだな、次郎左衛門。腰を抜かしてしばらくは立てなかったというではないか。

咄嗟《とっさ》の機転で吾助は、襟巻《えりまき》がわりにしていた六尺手拭でおのれの胴と手をぐるぐる巻きに縛り上げた。それから犬の死骸《しがい》を担ぎ、おのれを後から追い立てながら裏道を選《よ》ってここへ引き揚げてきた。そしておのれをこの門番小屋に押し込めた上で、わしを叩き起したというわけだが、なあ、次郎左衛門、おのれが懐《ふところ》中に油紙に包んだ毒入り魚肉《ぎょにく》団子を用意していたこと、これは明かに、無主犬の毒殺が狙い、老母の病気見舞いはただの方便だったことを物語っている。さよう、老母の病気見舞いは口実、おのれは三日に一度の割で、無主犬毒殺のために他出していたのだ。どうだ、あまりにも罪状は明白すぎて、打ち消しのしようもあるまい。

不幸中の幸いは、

「御船手頭向井将監の用人は犬殺し」

という怖しい事実を吾助が、世間に洩れる前に防ぎ止めてくれたことだが、次郎左衛門、おのれはいったいどういうつもりで無主犬に毒団子なぞばらまいていたのだ。

相変らず答はなしか。

さる旗本の若党が頰に止まって血を吸うやぶ蚊をぴしゃりと叩き殺した。この若党は、それで流島になった。また、そのとき若党と話をしていた朋輩は江戸十里四方所払《ところばらい》になった。「傍におって蚊の叩き殺されるのを見ていたのはけしからぬ」というわけだ。日本橋の商家の小僧が天水桶の古水を道に撒《ま》いた。この小僧も江戸追放になった。古水にはボウフラがいる。古水を道に撒けば、その古水を慕ってボウフラが低く飛ぶ。すると通行人の足がボウフラを踏み殺すことになろう。すなわち天水桶の古水を道に撒くのは生類《しょうるい》を憐《あわ》れまぬの行い、不届至極。小僧に水撒きを命じた番頭も同じく江戸から所払になった。

なにもここまでくどくど言わなくても、次郎左衛門にはよくわかっているだろうと思うが、蚊やボウフラを殺してさえ、流島に所払なのだ、犬を毒殺したりしたらどうなる。考えただけでも身の毛がよだつ。さらに、生類を殺せば、殺した当人はむろんのこと、周囲の者までがとばっちりを食うのだぞ。

命が惜しくてぶつぶつ言っておるのではない、流島がこわくておのれを叱っているのでもない。もしもどこかの海上で、関ケ原の御戦《おいく》さのようなものが起ったとしてみい。この向井将監は、矢弾、鉄砲玉が雨霰《あられ》と飛び来るなか、御召船の屋形に立てた、白地吹貫に赤で三葉葵《あおい》の御紋の御船印を守って、仁王の如く身ゆるぎひとつするものではないぞ。御召船の御船印の下で死ぬならば武士としての向井将監の一分は立つ。だが、蚊やボウフラや犬のせいで死ぬのではそれこそ死んでも死に切れぬ。だからこそこのようにうるさく詮索《せんさく》しておる。次郎左衛門、なぜわしを犬殺しの一味に巻き込もうとしたのだ。

おお、よしよし、天地丸か。腹が空《す》いたか、天地丸。しかし、寝所の襖《ふすま》をしっかりと閉めて出たのにどこから抜け出してきたのだろうな。吾助、天地丸のために魚肉団子を二つ三つ拵《こしら》えてきてくれないか。ただし毒入りは願い下げだぞ、ははははは。おっと、小屋を出て行く前に焚火に四、五本、薪《まき》をくべて行ってくれ。ああ、わし一人で大丈夫だ。胴に両手を縛りつけられている上に左足が不自由、次郎左衛門は逃げやせぬさ。天地丸、魚肉団子がくるまでわしの膝の上にいるがいい。そうそう、おとなしくわしの指でも舐《な》めていろ。

ふふふ、こそばゆい、こそばゆい。生れついての犬好きは、犬に指を舐められたり、歯を立てられたりするたびにうっとりとなるそうだが、わしはだめだ。こそばゆくてかなわない。あまり犬好きではないのだよ。ただ、近年、大名旗本衆の間で、この天地丸と同種の狆《ちん》を飼うのが流行《はや》っておる。そういう世の中に一人だけ異を立てて狆を飼わずにいるのは目立つ。目立つだけで事が済めばよいが、やがて「向井将監は上様《うえさま》の犬愛護令を何と心得ているのか。犬愛護令が気に入らぬらしいぞ」などと陰口を叩かれよう。そこでわしも人並みにこの狆を手に入れたのだが、このひしゃげた面《つら》のどこが可愛《かわい》いのやら、わしにはまるでわからんな。もちろん全身が絹糸のような長毛でおおわれているので、抱き心地はそう悪いものではないがの。

　この天地丸は、ほれ、次郎左衛門も存じていよう、柳沢吉保様の江戸家老平岡宇右衛門どのの許《もと》から当家にまいっておる。天地丸の兄弟はいずれも出世しているぞ。まず長兄が柳沢吉保様に飼われている。次兄は上様《うえさま》の御生母の桂昌院《けいしょういん》様のお膝の上を犬小屋にしているとか、この次兄がまず柳沢吉保様並みの大出世じゃな。また、三兄は尾張《おわり》様へ、四兄は加賀《かが》様へ貰《もら》われて行ったという。尾張様の御屋敷にはすでに四十頭、そして加賀様の御屋敷にはなんと二百四十一頭のお犬様がおいでだったそうだが、三兄四兄ともそれらのお犬様を一気に抜いて、いまはそれぞれ尾張様や加賀様のお膝の上をひとり占めにしているらしい。そこへゆくとこの天地丸は七百石の犬嫌いの旗本の膝の上に甘んじておる。不憫《ふびん》といえば不憫じゃな。おまけにその飼主がついこの間まで日に一度はきまって、

「悪い虫にでも取りつかれて、早く、あの世へ旅立ってくれまいか」

　などと穏やかならぬことを呟《つぶや》いていたとあっては、なおさら、ひとしお、不憫なはなしだ。まあ、しかし、ものは考えようじゃ。この天地丸を上様の生れかわりと思えば、可愛がりようもある。可愛がり、尽しに尽す。そのことが上様に忠義を尽すことにもなるのだよ、次郎左衛門。わしは、この夏、そう悟りを開いた。それ以来、天地丸を寝所に入れている。天地丸が上様の生れかわりであるということ、これには根拠がないでも

ないのだ。たとえば上様の御生母の桂昌院様の御信任あつい護持院の隆光《りゅうこう》僧正も、「御世嗣《およつぎ》の徳松様がおなくなりになってからこの方、上様に御子の恵まれぬは、前世において上様が殺生をなされたむくいでござる。御子をお求めならば、現世では一切生類を殺《あや》めてはなりませぬ。上様は戌年《いぬどし》のお生れ。とくに犬をお大切になさいますように」と申されていたではないか。そもそも愛犬令はこの隆光僧正のことばから始まったわけだが、わしは上様は前世ではお犬様であられたにちがいないとこのごろは信じておる。この夏、上様は角田川へ大川御座船をお出しになったが、そのとき、御小姓のひとりが上様の御意に沿わぬ振舞いにおよび、お叱りをこうむった。上様は全身を硬くなさり、御両足をこう踏みはられ、お鼻に皺《しわ》を寄せられ、お上唇をあげて歯をお剝《む》きになった。あっ、犬が怒ったときとよく似ていなさるとわしは……。

待てよ。うーむ、そうだったか。次郎左衛門、おのれの心底がどうやら読めてきたぞ。おのれの犬殺しは、おのれ流の仇討だったのだな。どうだ、図星だろうが。

おのれもこの将監と同じく、犬を上様の生れかわりと思っているのだろう。犬を殺すことは、おのれの心の内では上様をお討ち申すのと同じことなのだ。そうだろう。おお、ますますおそろしい。おのれは島原の切支丹《キリシタン》よりもおそろしい男じゃ。あの由比正雪《ゆいしょうせつ》にさえ匹敵する謀叛人《むほんにん》じゃ。だが、そう考えれば、ものごとはすべて割り符の如くぴたりと合うぞ。

赤穂浅野家の遺臣は、一時、

「公儀の御裁きは片成敗でござる。鎌倉の御成敗式目以来の武家法則を一貫してきた喧《けん》嘩《か》両成敗という大鉄則からは大きく外れているではないか」

と、不服を申し立て、収城御目付の到着を籠城《ろうじょう》でむかえ撃とうという不穏な動きさえ見せたことがあったな。つまり上様の御裁きが気に入らなかったわけだ。しかしこの将監に言わせれば、赤穂の遺臣はあまりにも無知じゃ。上様を、また桂昌院様を知らぬ。ほう、おのれ、はじめてなにか言いたそうにしているな。だが、待て。わしの考えを聞け。

上様の御信心の深さ、これは並大抵《たいてい》ではない。まず日光東照宮の大修復。その御入費は慶長《けいちょう》小判で十三万両、米で八千石と聞いている。次に伊勢神宮、熱田《あつた》神宮、石清水《いわしみず》八幡宮、春日神社、久能山、比叡山、高野山などの修復に二十一万両と米二万石。さらに護国寺と護持院の御造営。これにはいくらかかったかわからぬとまでいわれておる。

さて、なかでもとりわけ留意しなければならぬのは、上様の京の朝廷にたいする篤い御崇拝のお気持じゃ。よいか、次郎左衛門、上様は六十六の御陵の大修復をなさってお るのだぞ。また御生母の桂昌院様の御生家は、表向きは「二条関白光平様の御家来衆の本荘太郎兵衛正宗どの」となっているが、巷《ちまた》の噂話の好きな雀どもが囀《さえず》っているように、本荘家は名目上の養家じゃ。桂昌院様はじつは京の堀川通西藪屋村《にしやぶや》の八百屋仁左衛門の女《むすめ》でお玉、いや、わしは桂昌院様をおとしめようとして申しているのではないぞ。そんなおそれ多いことはせぬ。事実を申しているだけじゃ。この事実をふまえぬかぎり、どうして、内匠頭《たくみのかみ》どのは御切腹か。お家断絶か。領地、居城召し上げか。そして家中離散か。また一方、吉良どのにはどうして「公儀を重んじ、急難に臨みながらも時節を弁《わきま》え、場所柄を慎みたる段、まことに神妙。これに依って御構なし。手疵《てきず》療養いたすべし」という優しい御言葉が下ったのかわからぬ。誓って悪口ではないのだ。そのあたりを取りちがえてくれるなよ、次郎左衛門。つまりたとえて申せばこうじゃ。身分の低い御家人ほど「上様は、上様は」と言いたがるもの。人殺しの現場から遠い者ほど「おれは見た」と言いたがるもの。内匠頭どの刃傷のときもそうじゃ。遠くにいた茶坊主どもは「わたしの目と鼻の先で突発いたしましたのじゃ。血しぶきがわたしの膝へかかってまいりましてな、それぐらい近間《ちかま》におりましたよ。そのときの内匠頭どののお顔ときたら、悪鬼羅刹《らせつ》もかくやと思うばかり。いや、今でも時折うなされますな」と手柄顔に語り、一方、内匠頭どのを抱き止めた梶川与惣兵衛どのは何も申されぬ。

勅使院使は京の朝廷からのおつかい。その勅使院使の御登城のまぎわに勅答のお席が血で穢《けが》れた。まず桂昌院様が激怒なされたというぞ。だが、もしも桂昌院様が位高き公《く》家《げ》の出であればあれほどお怒りにはならなかったのではないかな。いやいや、わしはもうこれ以上、突っ込んだ話はしたくない。われながら空《そら》怖しくなってきた。とにかく桂昌院様のお怒りが上様に伝染《うつ》り、上様から直々に内匠頭どの切腹の厳命がくだされた。つまり内匠頭どのは、皇室御崇拝を第一となさる御生母の桂昌院様や上様に楯《たて》をついた。そこのところに対する洞察が浅野の遺臣にすっぽりと欠けている。上様は「喧嘩」とはお思いになっておらぬのだ。「皇室尊《たつと》しを念願する母や自分の思いが、どうして内匠頭にはわからぬのか。どうして勅使院使の御登城寸前に、このようなばかなことを仕出かしてしまうのか」と腹をお立てあそばされたのだ。だからこそ内匠頭どのへ即座に切腹をお命じになって、「皇室尊し」の態度をいっそう明かになされた。そういうことなのだよ、次郎左衛門。喧嘩両成敗の大鉄則を持ち出したところでどうにもならぬわけさ。

大石内蔵助とか申す家老も愚にして鈍じゃの。「浅野家再興」と「吉良どのへのしかるべき処罰」の、このふたつを実現しようとして、護持院の隆光僧正や柳沢吉保様に必死の働きかけを行ったらしい、いや、次郎左衛門を前にして「らしい」などといってもはじまらぬな。なにしろ大石の意を体し、江戸と山科《やましな》との間を忙しく往復しながら柳沢吉保様に喰らいついていたのが他《ほか》でもないおのれ、次郎左衛門だったのだからな。柳沢家江戸家老平岡宇右衛門どのとわしとはよく将棋を指した。そこで平岡どのの役宅にしばしば通ったものだが、昨年の五月から今年の七月にかけては、必ずといってよいほど、おのれと顔を突き合せた。

雨が降ろうが陽が照ろうが、おのれは平岡家の門前に筵《むしろ》を敷き、左足を投げ出しながらも、その上に行儀よく坐っていたな。平岡どのはおのれの日参に音をあげて、そのうち門前払いを喰らわせた。ところがおのれはそれでも一向に諦《あきら》めようとせず、日の出と共に門前に坐り、日没までそのまま坐り通していた。かといってその表情は「悲愴《ひそう》」とか「必死」とかいう感じとは程遠かった。なんというか、春風駘蕩《しゅんぷうたいとう》というか、野道のお地蔵様というか。恩着せがましくいうのではないが、わしの方が気の毒になってしまって、或る日のこと、平岡どのにこう言った。

「柳沢様に一度、引き合せてやってはどうだろう。柳沢様にお目にかかってもだめ、ということになれば、あの男にも諦めがつくと思うが」

「浅野家再興と吉良どのへのしかるべき処罰。このふたつを本気で実現しようとしているならば、大石という男も愚の骨頂だ。なぜというにこれは上様に対し、前の御裁定をくつがえせ、と強談判《こわだんぱん》を行っているのと同義ではないか。絶対に容《い》れられるはずはない。そして柳沢様はいわば上様の御代理。その柳沢様にあの男を引き合せては、その分だけ上様の権威が損われよう。本来なら門番に命じて杖《つえ》で叩かせ、追い立てるところだが、どうもあの岡本次郎左衛門という男にはそれができぬ。そこで御覧のように放置してある。いずれ、お上から内匠頭どの御舎弟大学どのに対する御沙汰《ごさた》があろう。そのときまで、あの男に門前を貸しておくさ」

これが平岡どのの答だったよ。「喧嘩」だと思っておいでにならぬ上様に、喧嘩両成敗の鉄則を持ち出し、御裁定を改めよ、と迫る。戦さ下手だな、大石は。

そして次郎左衛門、おのれもその大石と同じだ。上様の御裁定は浅野家にきびしすぎ、吉良家に優しすぎる、喧嘩両成敗の鉄則はどうなった、片成敗をなされた上様がうらめしい、そのうらみをお犬様を毒殺することによって晴らそう。おのれはこのように思い込んで毒入りの魚肉団子を持ち歩いているのだろうが、それはいま縷々《るる》説いたごとく、見当ちがいも甚だしい。断じて毒団子を捨てよ。いますぐそう誓え。さもないと、この将監はおのれを斬るよりほかなくなってしまうぞ。

いたたた……。くそ、天地丸がわしの拇指《おやゆび》に嚙みつきおった。この小憎い狆ころめが。まったく犬嫌いには辛い世の中だわい。お上の御船をお預かり申し、海上の運送のことを司《つかさど》る。この御役目を立派に果せばそれこそ忠義、ほかに忠義はない。なのに狆に指を嚙まれても耐えしのぶのが新手の忠義とは。吾助、なにをしておる、魚肉団子はいかがいたした。お犬様にはご空腹のために気が立っておられるぞ。吾助。ちっ、吾助め、どこへ消えてしまったのか。

内匠頭どの御舎弟大学どのが閉門を免じられて、広島の浅野御宗家へ永《なが》の御預かりときまったのは、あれは今年の七月十八日のことであったな。これで赤穂浅野家再興の筋はぷつりと断たれた。先に吉良どのは致仕《ちし》し、孫の義周どのに家督を譲っており、すでに「吉良どのへのしかるべき処罰」の筋も消えていた。すなわち、江戸での次郎左衛門の役目は終った。そして役目はなにひとつ成就しなかった。

七月十八日という日付を憶えているのは、前日に上様の角田川御船おあそびがあったからでな、平岡どのにいろいろ御骨折いただいたことへのお礼もあり、また大事なお役目もすんだことだしここらでゆっくり将棋を二、三局というたのしみもあって、夕景近く、わしは平岡家を訪《おとの》うた。

日中の暑熱がまだ残っていて、平岡家門前にはおのれのほか人影もなかった。みな、屋内で涼んでいるとみえる。門番を呼び出し余計な汗を掻かせるのも気の毒じゃ。潜り門が開《あ》いていればよいが、開いていたならば案内を乞《こ》わずにズイと通ってしまおう。と埒《らち》もないことを考えながら次郎左衛門の横を通り抜けようとしたとき、つんと硝煙の匂いが鼻を刺した。おのれがガバと上半身を折り筵に身を伏せるのが見えた。いつもの穏やかさに似合わぬがさつな動きだったから、これはなにかおかしなことが起ろうとしているぞ、とぴんときて、おのれの肩を摑《つか》み引き起した。

おのれは下腹に太い竹筒を抱いておったな。竹筒には長さ三尺、太さは火箸《ひばし》ほどの紙の紐がくっついており、その紙紐の先がシュシュシュルシュルと気味の悪い音を立てながら竹筒に向って燃え進んでいる。この紙紐は、後におのれが話してくれたことだが、桐炭《きりずみ》の粉、硝石、硫黄《いおう》の三種による炸裂薬を、たっぷり糊を塗った糸の束に満遍なくまぶし、乾いたところを上からゆるく紙を巻いてつくった導火線というおそろしげなものだった。

「その竹筒は炸裂玉だな。やめろ」

　とわしは叫び、おのれもまた、

「お見逃しくだされ。武士の情けをたまわれ」

　と叫んだ。だが、おのれは左半身がきかぬ。おのれを突き飛ばし、おれは紙紐の火を踏み消した。もはや将棋どころではない。駕籠《かご》を呼び、わしはおのれをここへ連れ戻った。一日二日はわしを恨んでいたようだな、次郎左衛門。わしの顔を見るたびに、

「それがし生きていても詮《せん》ない身体、どうか炸裂玉をお返しください。このような不具の身ゆえ、自分で自分の腹を割《か》っ捌《さば》くことができない。どうしても炸裂玉が要《い》るのです」

　と口説いていた。もっとも三日たち、四日たちするうちに、おのれはいつもの野道のお地蔵様然とした穏やかな表情を取り戻した。そしてここへ来て四日目だったかな、この向井家で用人の真似事でもしてみないか、というわしの誘いにウンと頷いてくれたのは。

　わしとおのれとの間には、なにかはしらぬが深い因縁がある。次郎左衛門、その因縁を大事にしようではないか。お犬様の毒殺なぞはもうやめたがいい。お犬様の十頭や二十頭死んだところで、この世の中、びくともするものではない。なにも変りはせぬ。た

のむぞ、次郎左衛門。

どうした、吾助。出て行ったっきり行方不明《ゆくかたしれず》になってしまったと思うと、こんどは突然、猪《いのしし》みたようにすさまじい勢いで飛び込んでくる。まったくもって騒々しい男だな。

なに、次郎左衛門の居室を探索しただと。それでなにか見つかったか。毒入り魚肉団子が十五個。ふむ、その手文庫の中味が毒団子だというのだな。別に珍しくもないのう。あとで裏庭に穴を掘って埋めておけ。

居室の床下に、炸裂薬が乳鉢《にゆうばち》に三つもあった？　それに長さ六尺の導火線が二十本以上だと？　うーむ。まてまて、わしが直々たしかめよう。吾助、天地丸を抱いておれ。

……吾助、天地丸をよこせ。さて、次郎左衛門、わしもおのれの居室の天井裏から奇体な代物《しろもの》を見つけてきたぞ。まず、この本所《ほんじよ》絵図。よいか、ひろげてみよう。西は角田川、東は亀戸村。北は水戸様下屋敷、そして南は竪川《たてかわ》。本所がこの絵図にすっぽりとおさまっている。ところどころに朱筆で×印《ばつ》が書き入れてある。それから丸印がひとつに、二重丸がひとつ。

二重丸は南竪川《たてかわ》筋の一ツ目之橋《ひとめのはし》の斜め右上、べつに申せば回向院《えこういん》の右下、吉良屋敷の上につけられている。そして丸印は吉良屋敷から南へ、通りをひとつへだてた相生町《あいおいちよう》二丁目についている。この丸印の意味だけはどうもよくわからぬが、おそろしいのはこの×印じゃ。その数二十四。すべて吉良屋敷の北、あるいは北東。

次郎左衛門、この×印を眺めているうちに、九月から十二月まで、本所で起きた火事がすべて、この×印を付されたところから発しているのに気がついたのだ。おそろしい、これこそ真におそろしい話だ。おのれの狙いお犬様の毒殺にあったのではない。ほんとうの狙いは放火だった。そうだろうが、次郎左衛門。おのれは導火線を巧みに用いた。つまり藁《わら》の山や小屋の羽目板に導火線の火が移るまで、さよう線香の半分のそのまた半分が燃えるぐらいの間がある。その間におのれは怪しまれずにすむ所まで逃がれ出た。左足の不自由なことがこのような策を思いつかせたのだろうが、次郎左衛門、これは重罪も重罪、きわめつけの重罪だぞ。市中引き廻しの上、磔《はりつけ》、火焙《ひあぶ》りだ。わしとて火つけをかくまっていたかどで切腹はまちがいない。こ、これは困る。おのれ、気でも狂ったか。

毒団子は火つけの下支度をしている最中に犬に吠えられたら事《こと》だから、そのときのための用意だろうが、しかし、本所のここかしこに火を放ってどうしようというつもりだったのだ。やがて吉良屋敷に火を放つときのための稽古《けいこ》か。上様の御裁定へのいやがらせか。どうもわからん。それともやはり狂気の業か。答えたくはないか。ふん、化物めが。

もうひとつ天井裏に書状が隠してあったぞ。本所絵図に気をとられてまだ読んではいなかったが、ほう、今度は顔色が変ったな。これ、これじゃ。

……取り急ぎ一筆啓上仕《つかまつ》り候。誠に仏神の御加護のありがたさ、我等、吉良屋敷の絵図面を入手いたし候。なれどもその絵図面は先住者松平登之助殿のお住ひの頃の物にて御座候へば、只今の間取りとは大分相違あることと察せられ落胆仕り居り候処、岡本どの書状に接し快哉を叫び仕り候。たしかに火事あれば屋根に登りて火事見物仕りても誰にも怪まれずに済むは道理、火事見物を装ひて屋根の上より吉良屋敷のここかしこを窺ひ、絵図面と引き較べることを得ば本望は叶ひしも同じと存じ候。何分にも宜様に火つけ下さる可く候。以上

八月十二日

本所一ツ目相生町二丁目山田清右衛門店

米屋五兵衛こと　前原伊助

岡本次郎左衛門様

……「火事見物を装ひて屋根の上より吉良屋敷のここかしこを窺ひ」だと。すると次郎左衛門、おまえの三日に一度の他出は犬殺しのためでもなければ、腹いせの放火でもなく、この前原伊助という男が屋根に登って吉良屋敷を偵察しても怪しまれぬための火

事つくりだったというのか。ということは赤穂の遺臣は……。

どうした、若党の友八。息せき切って潜り門を通り抜けてきたようだが、なにかあったのか。なに、赤穂の遺臣数十名が吉良の屋敷へ討ち入っただだと。吉良の屋敷を出て回向院の門を叩いたが、回向院は入門を拒否しただだと。それで両国橋東詰へ動き出しただと。赤穂の遺臣は吉良どのを討ったのか。ほう、槍《やり》の先に白髪《しらが》首がくくりつけられていたとな。

よし、吾助に友八、舟の支度だ。両国橋東詰なら四丁櫓《ろ》の方が早かろう。次郎左衛門も行くか。舟まで肩を貸してやるぞ。それともそのまま泣いているか。うるさい、うるさいぞ、天地丸。狆ころとじゃれている秋《とき》ではないのじゃ。うるさいな。うむ、たしかこの手文庫に毒入りの魚肉団子があったはず。狆ころには毒団子をくれてやろう。

江戸家老　安井彦右衛門

主人《あるじ》の安井彦右衛門が行方《ゆくかた》知れずになりましたのは十日前、あの恐しい大風の吹き荒れた日の正午《ひる》のことでございます。

前日、すなわち二月四日の八ツ（午後二時）頃より七ツ半（午後五時）頃までの間に、四十と六名の赤穂御浪士《ごろうし》の方々、お預け先の細川様、松平様、毛利様、水野様の四侯家《こうけ》においてみごとにお腹《はら》を召されましたが、ちょうどその七ツ半あたりより、二月にはまるで不似合の、熱を含んだ風が吹きはじめ、翌五日の朝からは雨戸を吹き飛ばし屋根を剝《は》ぎ取るような大風となりました。こちら外桜田一帯は御大名の御屋敷が多く、みな堂々たる普請《ふしん》、たいした騒ぎにはならずにすんだようでございますが、築地《つきじ》南飯田町《ちょう》では屋根の木《こ》ッ端《ぱ》が木ッ端吹雪となって吹きつけてくるやら、雨戸が飛んでくるやら大《おお》騒動でございました。御承知でもございましょうが、南飯田町の、小川に毛が生えたほどの掘割をはさんで西北《にしきた》の斜め向いは、二年前の三月十七日まで赤穂家上御屋敷であったところでございます。わたくし高梨武太夫もその御屋敷の中の、江戸家老屋敷でかれこれ二十年近くも寝起きをいたしてまいりました。赤穂家江戸詰家老安井彦右衛門の用人ということになりますと、浅野内匠頭様の御家来の家来、つまり又《また》家来ではございますが、やはりこの鉄砲州の御屋敷は懐しい。もちろん主人はわたくしの十層倍も懐しい。そこで鉄砲州の御屋敷が公収となり、そこを引き払わねばならなくなってからも、ほんの目と鼻の先の南飯田町に借家を見つけて住居《すまい》いたしておりましたような次第でございます。主人だけではありませぬ。内匠頭様に従って御出府《ごしゆつぷ》なされた御家老藤井又左衛門様、御用人の糟谷《かすや》勘左衛門様、御目付の早川宗助様なども南飯田町に居を構えておられます。どなたも御屋敷が懐しいとお思いなのでございます。御屋敷から離れられない。離れては生きている甲斐《かい》がない。どなたもそうおっしゃっておいででした。もっとも妙なもので、このなかから吉良家討入りを果した方は一人もお出にならなかった。あ、これは余計なことでございました。

さて五日のその大風でございますが、これもまた妙なことに、四方八方から鉄砲州の元の御屋敷めがけて吹きまくりました。

「四十六名の御浪士の亡魂がきっとこの風をおこしているにちがいない」

こういう噂《うわさ》がぱっと立ち、町中、昼日中《ひるひなか》から雨戸を下して縄で縛りつけ、店も仕舞って、まるで土蔵にでも閉じ籠《こ》められているような重苦しい気分で風のおさまるのを待っておった。南飯田町ばかりではございません。京橋から東はどの町内も死んだようでございました。

　主人安井彦右衛門の姿が見えなくなりましたのは、その大風がもっとも烈しく吹いた正午《ひる》のことでございます。いつものように味噌《みそ》を塗った握飯を盆にのせて主人の部屋へ持ってまいろうとしますと、部屋の内側《なか》からすーっと襖障子が開いて、主人は、

「そのへんをひと回りしてまいる」

　気持のまるでこもらぬ、のっぺらぼうな言い方をしながら、わたくしの傍をすり抜けて戸外《おもて》へ出て行ってしまいました。歩き振りにいたしましても腰が据《すわ》っていないと申しますか、魂の脱殻《ぬけがら》同然で。もっともこういったことは後になって思い当ったことでございます。そのときは、

（かつての御同役や下役の方々が亡君の御遺恨をお晴らしになった上、昨日はみごとに割腹して果てなされた。そのことを根つめてお考えなので、御主人《だんな》様のご様子がおかしいのだろう）

　と勝手に忖度《そんたく》いたしまして、わたくしは、

「風が強うございます。お気をつけくださいまし」

　とだけ申しあげました。そうして、これもまた勝手にこうと決めこんでしまったのでございます。

（御主人《だんな》様の行く先は、例によってまた元の上御屋敷にちがいない。なに、小半刻《こはんとき》（約

三十分）もせぬうちにお戻りになるだろう）と。

半鐘のけたたましくなる夜更《よふけ》、大雪の朝、大雨の午後、主人はなにかというと鉄砲州の御屋敷へ出かけて行きました。もとより鉄砲州の御屋敷は、公儀《おかみ》にお召し上げられたあと改めて若狭国《わかさのくに》小浜《おばま》御城主酒井靭負様に下しおかれ、いまは酒井様の上御屋敷になっておりまます。しかも主人のいまの身分は一介の浪士にすぎませぬ。ですから「見回り」とはいいましても、南の七十四間三尺の御堀端《ばた》から、東の豊前国《ぶぜんのくに》中《なか》津御城主奥平様中御屋敷との間の百二十七間一尺の道を通り、北の七十間三尺の道、西の百二十六間の御堀端《ばた》とひとめぐり、全部で六町三十八間一尺、つまり七町足らずをゆっくりと歩くだけのことでございますが。

どうも話が細かくなりました。お許しくださいまし。主人《あるじ》の安井彦右衛門は江戸家老、当然のことながら、鉄砲州上御屋敷はじめ、赤坂氷川《ひかわ》神社の東の下《しも》御屋敷（現・氷川小学校からナイトクラブ『コルドンブルー』のあたり）、北本所三四之橋の本所御屋敷（現・都立両国高校）、どれもみな主君からの大切な預かり物でございます。そして主人のお預かりしたものは、その用人であるわたくしたちにとっても命より大事な預かり物、そこでたとえば、

「鉄砲州の御屋敷の総坪数は八千九百七十四坪八合。建坪が三千三百二十五坪。御屋敷内《うち》の植木は大小合せて二百二十五本。石燈籠《どうろう》が一基。石の手水鉢《ちょうずばち》が大小合せて四つ。庭

石は大小合せて三百五十四……」

　などとばかに細かいことを諳《そら》んじているわけでございます。今となってみれば何の役にも立たぬことではあり、それに酒井様もいろいろと手直しをなさったそうで御屋敷の総坪数を除いてはどれもみな当てにならなくなってしまっておりますが。

　ところで主人でございますが、小半刻どころか夕景になっても戻ってまいりません。

（これはひょっとしたら、吉原にでもおいでになったのかもしれぬ）

　と思いました。

　多胡《たこ》様も石見国《いわみのくに》津和野《つわの》四万石亀井茲親《これちか》様の筆頭御家老でおいでございますからよくご存知のことと思いますが、どちらの御家《おいえ》の江戸家老もよく吉原や料理茶屋へおでかけになります。わたくしはもとさる御旗本の用人で、十九年前、二十五歳のときに主人《あるじ》より「是非に」と乞われて大名の江戸家老の用人につとめをかえた男でございますが、はじめのうちは、

「どちらの御家《おいえ》の江戸家老も、そしてまた御留守居役も、じつによくお遊びになるものだわい」

　と半ば呆《あき》れ、半ば感心いたしたものでございます。昨日は甲家の江戸家老、今日は乙家の御留守居役、明日は丙家の御留守居添役《そえやく》（次席留守居役）と、吉原や料理茶屋で毎日のように盃をお交しになる。主人の江戸扶持（江戸手当）は九人半、つまり米に換算

して一日につき四升五合です。お遊びにかかる費用《かかり》はとても四升や五升の米では足りませぬ。それなのによくもまあ、と気が気ではございませんでした。

ところがしばらくするうちに、他家の江戸家老や御留守居役と飲むことがどうやら主人の仕事であるらしいということがわかってまいりました。どこでお聞きになるのか、皆様はじつにいろんなことをごぞんじなのでございますな。そうして、

「先頃、関東筋の河川が氾濫《はんらん》してどこそこの堤防が切れたが、その復旧普請のお手伝をお上《かみ》は当家にお命じになろうとしているらしい。その費用は少く見積っても二万両はくだるまい。当家はいま非常に苦しいところで二万両はさかさにして振っても出てこない。そこでどうであろう、当家から御老中へうまく働きかける故、赤穂浅野家でこのたびの普請手伝を半分、受けてくださるまいか。むろんそのかわりに、この次に貴家がお上からなにか途方もない御手伝を仰せつかりそうなときはきっと当家が一万両分、分担いたすが……」

このようなことを初中終《しょっちゅう》お話しになっている。お遊びとは表皮《おもてがわ》、一皮剝いた中の実《み》は、それぞれの御家のお為《ため》を計る互助の寄合であるということが次第に呑み込めてまいりました。江戸家老のおつとめを一所懸命に果していた時分、主人は吉原のさる茶屋をたいそう贔屓《ひいき》にしておりましたので、おそらくひさしぶりにその茶屋にでも出かけて、心の屈託を酒で洗い流しているのではないか、そう思って三日ばかり放っておいたので

ございます。

主人は運のないお人でございます。奥様を三度も迎えましたが、一年と保《も》った方はございません。いずれも病いをお発しになって亡くなられております。したがって後継《あとつ》ぎにも恵まれなさらぬ。

「御養子をおとりになっては……」

とおすすめしたこともありますが、

「そのうちに、そのうちに」

と取りあってくださらない。

「国許の筆頭家老の大石内蔵助殿とちがってわしは一代限りの家老職、しかも頂戴している六百五十石のうち九割までが茶屋への払いで消えてしまう。こんな家へ養子にくるものがあるとは思えぬ」

これが口癖でした。用人のわたくしには主人以上に安井家の内証《ないしょう》の苦しさがよくわかっておりました。そのわたくしにも主人の「こんな家へ養子にくるものがあるとは思えぬ」ということばはわかりかねます。どんなに内証が火の車であろうと、江戸家老六百五十石、本気で探せば養子のなり手はいくらでもあったろうと思うのでございますが。

それはとにかくこのような主人の懐中《ふところ》の事情が後をひいて、浪々の身となりましてからは、この武太夫が中間《ちゅうげん》、若党、草履取、下男、飯炊男、洗濯女を兼ねる二人暮し、掃除女までわたくしがやるという逼塞《ひっそく》ぶりでございました。といっても、お勝手に六帖が二間、三帖が一間、それに猫の額ほどもない狭い庭の、小さな借家ですから、掃除をするといっても半刻《はんとき》（約一時間）もかかりませんが。

四日目の夕景、すこしばかり心配になりました。三夜ぶっ続けに家を明けるなど、これまでにないことでございます。そこで五日目の朝から吉原の茶屋は申すに及ばず、両国から蔵前にかけての料理茶屋を片っぱしからたずねてまわりました。また、もしやと思い、内匠頭様の御宗家である広島御城主浅野綱長様の御屋敷、御親戚《しんせき》の備後三次《びんごみよし》御城主浅野長澄様の御屋敷にもうかがってみました。勿論《もちろん》、浅野長澄様の麻布今井の御屋敷へまいりましたときは、内匠頭様の御正室であられた阿久里《あぐり》様、髪を落され仏門に帰依されてからは瑤泉院《ようぜいいん》様と申しあげますが、この瑤泉院様の御用人落合与左衛門様にもお目にかかりました。

どちら様もけんもほろろ、覚悟はしておりましたがつめたくあしらわれました。

「江戸家老という要職をまかせられ、六百五十石という、赤穂浅野家では上から七番目の高禄《こうろく》を頂戴しておりながら討入りの義挙にも加わらぬとはなんたる恩知らずの腰抜けか。そのような腰抜けが訪ね来ても門から内へ一歩も入れるものではない」

こうおっしゃるのはまだよい方で、なかにはわたくしを四方八方から取りかこみ、口々に、

「汝《うぬ》が主人の安井彦右衛門などは三度、なぶり殺しにしてもまだあきたらぬわい」

と罵《ののし》りながら、突いたり、蹴ったり、痰《たん》を吐きかけたりなさった御家中もございました。おかげで身体中、痣《あざ》だらけとなってしまいました。

「三度、なぶり殺しにしても」というわけは、その御家中のおっしゃりようを口真似いたしますと、こうでございます。

「汝《うぬ》が主人は、高家《こうけ》指南役上野介への挨拶を怠って、上野介へ充分な進物を用意しなかった。それがこのたびのことのそもそもの発端ではなかったか。まずこのことで、一度は、なぶり殺されてしかるべきだ」

「汝《うぬ》が主人は、できるだけ早く上野介を討つべしと唱えていた堀部安兵衛殿や奥田孫太夫殿や高田郡兵衛などの面々に、御家再興がどうの、御舎弟浅野大学様へのお上の御処置が決まらぬまではどうのと、常に逃口上を弄し、御浪士の方々の忠義の熱い心に水ばかりかけていた。高田郡兵衛の脱落なぞは、汝《うぬ》が主人の延引策が真因だぞ。汝《うぬ》が主人がもっともらしい口を叩かねば義挙はもっと早く行われただろうし、そうなれば脱落者はさらにすくなくてすんだにちがいないのだ。これがもう一度なぶり殺しにされていい理由よ」

「とにかく汝《うぬ》の主人は義挙に加わらなかった。身分軽き者なら知らず、江戸家老ともあろう者がなんという忘恩卑怯の振舞いか。これがなぶり殺しにされていい第三の理由だ」

二日間、南飯田町で臥《ふせ》っておりました。蹴られどころが悪く、歩くことができなかったからでございます。ところが臥っておりますうちに、ふと、

（御主人様《だんな》は三田赤羽根橋の「米屋」へおいでになったのかもしれない）

と思いつきました。

「米屋」と申し上げても、多胡様はご存知ではございますまい。「米屋」の屋号を掲げて、前川忠太夫という者が日傭取《ひようとり》（日雇人夫）の頭《かしら》をしているのでございます。

この男、もともとはただの日傭取だったのでございますが、主人が目はしのきくところを見込んで、鉄砲州や赤坂の御屋敷へ出入りする便宜をはかってやりますと、トントン拍子の大出世をいたしまして、いまでは十指に余る大名屋敷を得意先に手広く日傭取の口入屋《くちいれや》を営んでおります。ときに主人安井彦右衛門でございますが、いたって無趣味で、暇さえあれば書物をめくり、書物のそばに一合徳利でも一本おいてあれば、

「これは極楽極楽」

とにこにこしているということにもって手間のかからぬお人ですが、考えごとがあると、時々、釣《つり》に出かけたりすることがございます。赤羽根橋からなら芝の海はほんの鼻の先。

（米屋の二階でごろごろなさりながら、日中は芝の海に釣糸を垂れて、なにか思案して

おいでなのかもしれない)

そう思いましたらもう矢も楯もたまらず、今朝、駕籠《かご》を雇って米屋へ出向きました。ところがわたくしの勘はみごとに外れておりました。そればかりか前川忠太夫、このわたくしとは満更知らぬ仲ではないのに、

「安井様は言わでものことだが、その用人の高梨さんにもこの米屋の敷居はちょいと高すぎるんじゃねえんですかい」

といやに突っ慳貪《つけんどん》で高飛車なもの言いをいたします。土間には屈強な男どもが、まだ二月中旬だというのに下帯一枚でごろごろしており、まるで角力取《すもうと》りの稽古所へ飛び込んだよう、しかもけわしい目付きでぎろり、一斉にこっちを睨みつけてくる。前川忠太夫のもの言いに腹を立てるのが五分に男どもの目付きに怯《おび》えるのが五分で戸外《おもて》へ飛び出しましたが、そのとき店の横にたっていた真新しい立札が目に入り、はじめて前川忠太夫の態度に合点が行きました。立札には大略こんなことが書いてあったのでございます。

「浅野様お盛んな頃、この米屋が浅野様の上、下、本所の御屋敷へ御出入を許されておりましたことは町内の皆々様もよくごぞんじのところですが、御殿様刃傷のあとも、じつはひそかにおつき合いをお願いしてまいったのであります。主なところを列挙してみても、このたびの一大義挙の総大将筆頭御家老大石内蔵助良雄《よしお》様の第一回の東下の折にも、また大石様の御補佐役で、討入りの際には裏門の御大将大石主税良金《ちからよしかね》様の後見をお

つとめになった郡《こおり》御奉行吉田忠左衛門兼亮様の東下の折にも、この米屋前川忠太夫方で旅装をお解きになっているのであります。

とりわけ米屋前川忠太夫が誇りといたしておりますのは、一昨年、すなわち元禄十四ノ巳《み》年（一七〇一）十一月三日より同月二十三日まで米屋の離れに滞在なされた大石様が、同月十日、その離れに、在府の御同志を集めて、このたびの一大義挙についての第一回の会議を催されたことであります。その折に米屋の敷居をお跨《また》ぎになった義士は、潮田又之丞高教《たかのり》様、中村勘助正辰《まさとき》様、大高源五忠雄《ただお》様、武林唯七隆重《たかしげ》様、勝田新左衛門武尭《たけたか》様、堀部安兵衛武庸《たけつね》様、奥田孫太夫重盛《しげもり》様の七士の方々でありました。

なおそのとき、奥野将監《しょうげん》、河村伝兵衛、岡本次郎左衛門、中村清右衛門、高田郡兵衛ら五名の腰抜けどもも米屋に来ているが、あの折にそうと知っていれば叩き出してやるところだった。とくに組頭で千石という高禄を食《は》んでおった奥野将監などは、若い衆に命じて袋叩き、半死半生の目にあわせてやっただろうと思うのであります。江戸家老安井彦右衛門とこの奥野将監は不義士の中でもとりわけ卑怯未練の腑抜け侍、生かしておくだけ無駄というものであります。

いずれにもせよ、この米屋は、このたびの大壮挙にいささかではありますが、微力をおかしすることができました。これは前川忠太夫の生涯最大のよろこびとするところであります」

主人に対する悪口や陰口、これまで耳にしなかったわけではございませんが、立札になったのは初めてでした。さすがに応《こた》えまして、杖にすがってとぼとぼと帰るその帰り道、ふと気がつくと、外桜田の津和野御城主亀井隠岐守《おきのかみ》茲親様の上御屋敷の御門の前に立っておりました。赤羽根橋から増上寺裏を抜けて真ッ直にまいりますと新シ橋《あたらばし》、そうしてその新シ橋を渡れば目の前がこちら亀井様の上の御屋敷。頭はぼーっとしていても、足の方は正しい道順《みちのり》を知っていたようでございます。

さて、こちらの御門の前に立って杖にからだを預けて息を入れているうちに、わたくしはまた、主人が亀井様の御家老多胡外記《たこげき》様と昵懇《じっこん》の間柄であったことを思い出しました。

浪々の身になりましてからも、主人はふた月に一度は多胡様を、あなた様をおたずねいたしておったようでございます。主人が浅野の御家の江戸家老の職にあった時分、例の江戸御家老や御留守居役のお歴々の寄合では、とりわけよく多胡様と話が弾んでいたようでもございます。寄合がすんでからも、お二人だけで河岸《かし》をおかえになり、また飲み直しをなさることがしばしばでございました。

（まさかとは思うけれども、ひょっとすると御主人《だんな》様は多胡様のところへ足を運んでおいでかもしれぬ。とにかく多胡様にお目にかからせていただき、直々にうかがってみよう）

かように考えまして御門を叩いたのでございました。多胡外記様、おうかがい申しあげます。主人は多胡様をおたずねいたさなかったでしょうか。多胡様、もしや主人は……。

高梨武太夫、その方の睨んだ通りじゃ。その方の主人安井彦右衛門はたしかにこの多胡外記を訪ねてまいったぞ。そう、あの大風の日の夕景にひょっこりやってきた。そうして安心するがよいぞ。安井はそれからずーっとこの御屋敷の表長屋の空《あ》きに住みついているのだからな。

待て、待て。その方の気持はわからぬでもないが、そうばたばたいたしてはならぬ。先刻、昼食を安井と摂《と》りながら二人で五、六合、酒を飲んだ。二人とも酒はそう嫌いではないが、共に、一合ほどで金時《きんとき》みたように赤くなる癖《へき》がある。「二人で五、六合」は、われら二人にとっては、大酒を喰ったということと同義でもあるのじゃ。それにわしより安井の方がいっそう酒には弱い。いまごろは表長屋で行火《あんか》に足を焙《あぶ》りながら読みさしの書物を顔の上に伏せて、いい心持で昼寝をしている頃であろう。その方の主人はもう逃げやせぬ。だから昼寝の邪魔をしてはならぬぞ。その間に二、三、話しておきたいことがある。

ところで武太夫、その方は安井の用人を十九年間もつとめておったというが、安井の真価にまだ気付いてはいないらしいな。わしをしていわしめれば「安井彦右衛門は天下第一の江戸家老」だな。

赤穂浅野家とわが津和野亀井家とは双子《ふたご》の兄弟の如くよく似ている。石高こそ赤穂が五万石で津和野が四万石、赤穂の方が上だが、どちらも「内証は裕福だ」という噂がある。困ったことに、この噂は真実じゃ。その方には説くまでもなかろうが、赤穂には塩がある。その塩田はじつに二百二十四町歩、世間に出回っている塩の一割までが赤穂塩じゃ。しかも上質で引っぱり凧《だこ》となれば、これは裕福でない方がおかしい。

赤穂の塩に相当するのが、津和野では紙じゃ。武太夫は津和野へ行ったことがあるかな。ないか。そうだろうな。しかし近いうちに行くことになろうから、そのときによく見ておくがよかろう。津和野は四周、山また山じゃ。まるで擂鉢《すりばち》の底よ。したがって荒《こう》蕪《ぶ》地《ち》や山林ばかり。その荒蕪地を田畑に拓《ひら》いてはいるが、これが言語を絶する難事業でな、そこで逆にこの山を使って家中と領民とがなんとか喰おうと工夫したのじゃ。全家中と全領民とが、上下の別なく一心同体となって楮《こうぞ》を植えまくった。一方、百姓たちを飛驒《ひだ》につかわして紙の漉立《すきだて》を習わせ、津和野へ帰ってきたそれら百姓たちに七石二人扶持を給して、なおいっそう漉立術の奥儀をきわめしめた。このような津和野をあげての、血の滲《にじ》むような工夫苦心がたとえば津和野杉原《すぎはら》紙となって実を結んだ。肌理《きめ》の細かなわが杉原紙の評判については、もう喋《ちょうちょう》々することも要《い》らぬだろうが、吉原の花魁《おいらん》は大事な客への艶書《えんしょ》にきっと津和野の杉原紙を使うというぞ。吉原の花魁が艶書に使うとなれば、もう「奉書紙のうちの極上品」と決まったようなもの。この噂をはじめて耳にしたときはじつにうれしかった。が、さて、赤穂には塩、津和野には紙、おかげで内証は裕福、とここまでは似ているが、この先がガラッとちがう。

よいか、武太夫。赤穂の長矩侯《ながのり》が、赤穂城を相続なされたのがたしか九歳の春、そうして一昨年三十五歳をもって生涯を閉じられるまでの二十六年間に、いったい何度、お上《かみ》の御用を拝命なさったかな。天和元年（一六八一）に江戸神田橋門番、翌天和二年に韓使・通政大夫の饗応役、さらに次の年の天和三年に勅使下向に際しての饗応役、元禄三年（一六九〇）に本所火消役、翌四年に同じく本所火消役、六年に松山城請取役、九年に本所材木蔵火番、十一年に神田橋門番、十三年に外桜田門番、そして十四年があの勅使饗応役、わずかの十回じゃ。それも、こう申してはなんだが、さほど費用《かかり》のかからぬ御役ばかりだ。これは稀有《けう》のことだぞ、武太夫。

一方、わが津和野の茲親様におかれてはどうか。これまでの二十年間に饗応役七回、門番、火消役が五回。ここまでなら長矩侯とおっつかっつじゃが、八年前の元禄八年には「中野御犬小屋御手伝普請」を拝命なされた。大きな声では申されぬが、ほれ、例のお犬さまの御屋敷づくりという、ばかな御手伝よ。費用《かかり》は金四万二千四百両。

そしておそろしいことに、お上はこの五年から六年のうちに京の紫宸殿《ししんでん》および南大門御造営の御手伝普請を津和野に拝命させようとお思いになっているらしい、という噂もないではない。もしも噂が事実ならば少くとも三万両は吹っ飛ぶとみなければならぬ。いったいどうしてお上は津和野をこうも狙い打ちなさるのか。それにひきくらべ、どうして赤穂は狙われずにすんでいたのか。

武太夫、これは一にかかって江戸家老の手腕によるのじゃて。安井は、長矩侯が相続なさるのと前後して二十一歳で江戸留守居添役となり、以来二十六年間、留守居本役から江戸家老へと進みながら、例の寄合を巧みに使い、壺《つぼ》を心得たやり方で老中衆や大目付衆に賄賂《わいろ》進物を贈り、赤穂をお上の御役から防いできた。だからこそ長矩侯は軽い御役を十回おつとめになっただけですんだわけじゃ。

安井は、ときには奇想天外な逃げ手も打つぞ。これは安井自身が「秘中の秘だ」といっておったことで赤穂家中でも数名の者しか知らぬらしいが、津和野が拝命した例の「中野御犬小屋御手伝普請」、はじめは九分九厘まで長矩侯に仰せ付けられそうな形勢にあった。しかしいくら裕福だと申しても、他家よりは借金が少い、といった程度のことでな、金銀がウンウン唸《うな》っているわけではない。「ここで四万両余の出費は痛い。どうあっても逃げねばならぬ」と覚悟をきめた安井は、五日がかりで長矩侯を説き伏せ、長矩侯の右の小鼻へ梅干の皮をぺたりと貼り付け申しあげた。その上、典医をも抱き込み、「赤穂の御殿様は疱瘡《ほうそう》にて御危篤」

という噂を立てさせた。そして一方では御舎弟大学長広様を御養子にお取り立てになるように、という話をも進めた。さらに念を入れて赤穂城へ頻繁に早打を出した。こうした一連の動きにお上はすっかり「長矩危篤」と信じ込まれ、御手伝普請を他家へお回しなされた。で、その他家というのが、津和野だったわけじゃ。この話を安井がしてくれたのは一昨年《おととし》の夏だったが、そのときは一瞬、安井を斬ろうと思ったぞ。しかし同時に、

(このような男だ、わしが探しておったのは)

という思いをもいっそう深くした。津和野亀井家の江戸詰の連中が余りにも弱体である故、筆頭家老のわしが定府《じょうふ》となって走り回っているが、とてもこの安井にはかなわない。いっそ、この男を亀井家が召し抱えてはどうか。わしはそのとき、そう思った。ところで、長い間、同じ屋根の下で寝起きしていた武太夫にも知らぬことがもうひとつあるぞ。一昨年《おととし》の春の勅使饗応役だが、本来であれば長矩侯はあの御役をなさらずともすんだのじゃ。すべてを安井にお任せになっていれば、長矩侯は勅使饗応役をなさらずともよかった。勅使饗応役をなさらなければ、当然、吉良殿と衝突なさることもなかった。したがって長矩侯が安井の進言をしりぞけられたとき、長矩侯の、そして浅野家中の運命《さだめ》が決まった。それはこういうことじゃ。

一昨々年《さきおととし》の極月《ごくげつ》、吉原の茶屋で二十名ばかりの、各家の江戸家老や留守居役が酒を舐

めておった。勅使饗応役という御役は、前年の極月下旬からその年の二月上旬までのあいだに、柳ノ間詰めの、三万石以上十万石までの大名の中から選ばれるのが恒例となっておる。例外もないではないが、たいていはいま申したことを物指にして仰せ付けられる。とそのうちに一座の中央に安井が進み出て、頭を低くしてこう切り出した。

「来春の勅使饗応の御役は赤穂浅野家と、お上《かみ》にはどうやら御内定のようであるが、どうか浅野家を助けると思って、いずれかの御家で代ってお引き受けいただきたい。むろん、それ相応のことはさせていただく。先ず、勅使饗応にかかる費用《かかり》、相場では三千八百両から四千両。この内、半分は浅野家で持たせていただく。またその御家が将来、御手伝普請を仰せつけられるようなことがあれば、必ず浅野家が、その普請の分担をお上に申し出よう。どうか来春の饗応の御役を代ってお引き受けいただきたい」

たしか出羽《でわ》新庄の戸沢家の留守居役だったと思うが、饗応の御役は負担が軽くてすむ上に、家門から見れば名誉なお役目、なぜそのように避けようとなさるのか、その理由《わけ》がのみこめたらば、事と次第によっては、当家が代ってもよいが、とたずねた。すると安井の答えて曰《いわ》く、

「われらが主君はここ数年ますます短気になられつつある。そして筆頭高家の吉良上野介様は、周知のように、ますます『将軍家《うえさま》名代』気分を露骨にあらわされるようになられておる。主君も吉良様も、そう悪いお人ではないが、しかしこのお二人が饗応役と饗

応役口添《くちぞえ》となってひとつの仕事をなさると、きっと衝突がおこる。この組合せは凶とし か出ない。吉良様も御高齢ゆえ、あと三、四年もすればきっと御隠居なさろう。その後ならば、われらが主君に、何度でも饗応の御役を引き受けていただく。しかし、いま主君が吉良様と組むのはまずい」

わしには安井のおそれていることがようくわかった。というはほかでもない、五年前の元禄十一年春にわが殿茲親様が勅使饗応役を仰せつかり、すんでのところで饗応役口添の吉良殿を討とうとなさったことがあったからじゃ。世間で噂されるほど、吉良殿は強欲《ごうよく》でも傲岸《ごうがん》でもない。ただ、年々、安井のいう「将軍家《うえさま》名代」気分が強まり、それに凝《こ》り固まる一方なのだな。

高家というお役目の核心は、案外、世間は見逃しているようだが、将軍家《うえさま》の名代である、というところにある。将軍家《うえさま》は毎年、新年の礼として多くの金幣《きんぺい》を禁裡《きんり》に献上してお年賀を申し上げる。しかし実際に京へ上るのはだれか。名代の吉良殿よ。そのほか日光名代、伊勢名代、法会名代と、吉良殿は常に将軍家《うえさま》の代りをおつとめになる。そこまではいいのだが、近年は、お役目に没頭なさるときまって、御自分が将軍家《うえさま》の名代であるということをもうひとつ踏み込んで、

「自分は、ほとんど将軍家《うえさま》である」

という塩梅《あんばい》に思い込まれるようになってきた。わかるか、武太夫、このあたりの心の

からくりが。これはここだけの話だが、綱吉様は諸大名の改易にたいそう熱心でいらっしゃる。諸大名は一人残らずわが家来、自分が六十余州に君臨する大頭目である、ということをことごとに誇示なさろうとする。そのための道具が改易じゃ。大名を叩きに叩く。それが御自分の政事のやり方だと信じておいでだ。だから公儀《おかみ》の要路にある方々に、たとえばこうもおっしゃる。

「諸大名からとれるだけ賄賂、進物をとれ。そうすれば諸大名の富がその分だけ減り、力が弱くなる。賄賂、進物をとることはつまりは将軍家のためじゃ」

つまり綱吉様にしてみれば「裕福な大名」などあってはならんのじゃ。そうして「自分は、ほとんど将軍家《うえさま》である」と信じておいでの吉良殿は、そう、綱吉様のおいでにならぬ場所では、綱吉様そのものになっておしまいになる。一例をあげれば、もの言いは乱暴至極、諸大名を「山猿よ」「井の中の蛙《かわず》よ」「田舎者よ」と罵倒《ばとう》なさる。だがしかし吉良殿は綱吉様になりかわってそうおっしゃっているのじゃ。だから綱吉様がおっしゃっていると思えば、腹の立つ道理がない。頭をさげて言葉をやりすごせばよい。と、わしはわが殿茲親様に申し上げた。さいわい茲親様はわかってくださってな、事なきを得た。

ところがこのへんの事情をどう説明してもおわかりにならぬ方があって、「高家は高家にしかすぎぬ。高家の役目は、公儀と朝廷との間の庶務を掌《つかさど》ることであって、それ以上でも、またそれ以下でもない。吉良殿を綱吉様と思えば腹も立つまいだと。愚かなことを申すな。どうして吉良殿が綱吉様なのじゃ」と一蹴《いっしゅう》なさる。安井は長矩侯が、こういうお方のひとりであることを承知していた。そこで出羽新庄戸沢家に御役をかわってもらおうとしたのじゃ。そして戸沢家の留守居役とも話がついたので、要路へ賄賂をばらまく一方、長矩侯に、

「戸沢家が饗応の御役を強くお望みでございます」

と申し上げた。

「お上でも、戸沢家がそこまで望むならば、内定ありしところをくつがえしてもよい、という御意向のようでございます。そのへんをどうかお含みおきくださいますように」

ところが元留守居役の堀部弥兵衛老人が、どこかで安井の、寄合での言葉を聞き込み、それを長矩侯のお耳に入れていたから、たまらない。

「余計な差出口をしてくれおって、小癪《こしやく》なやつめ。吉良殿とりっぱに気を揃《そろ》えてみせよう」

脇息《きようそく》を安井めがけて投げつけられたそうじゃ。

「勅使饗応の御大役をみごと果して屋敷へ戻って来たら、第一番に汝《うぬ》が首をはねてやる。それまで家老屋敷で首を洗って待っていよ」

武太夫、長矩侯御刃傷によって浅野家断絶となり、そう、たしか収城御目付が赤穂へ

御到着の前に、全家中へ分配金が渡ったはずじゃ。この分配金を受け取ろうとしなかった者が二名いる。その二人がだれとだれか知っているか。知らぬとな。やれやれ暢気《のんき》な用人殿じゃの。一人は大石内蔵助、そしてもう一人がその方の主人じゃよ。安井の覚悟のほどが知れようというものではないか。在府の堀部安兵衛たち急進派の者たちが、一刻もはやく吉良殿を討つべしと相談を持ちかけてきても、乗らなかったわけじゃ。脇息を投げつけられたとき、安井はすでに赤穂の家中士であることを辞めようと心を決めていたのだからな。

表長屋に行ってみるか、武太夫。安井にむかってこの二年間、津和野亀井家の江戸留守居役としてわれらを助けてほしい、と頼みつづけているのだが、なかなかうんと言ってくれぬ。その方からも口添えをたのむぞ。ま、わしの心積りでは年内は津和野でのんびりしてもらい、来春から江戸で働いてくれれば、と思っているのだがの。安井の力を借りて、どうあっても京の紫宸殿と南大門の御造営御手伝普請だけは避けなければならぬ。十中八九までは安井の心は固まっているようだが、武太夫、くれぐれもたのむぞ。

前川の親方、この六日から九日間、あの武太夫という男を尾行《つけ》ていた甲斐《かい》がありました。主人思いの武太夫さんだ、きっとそのうち安井彦右衛門の行く先を探し当てるにちがいないと睨んでいたら、案の定でしたね。

へえ、それがね、前川の親方。武太夫のやつ、この米屋から新シ橋へ出ると、ひょこひょこと津和野の御殿様の上の御屋敷へ入って行きましたんで。これまでだと、どこの御屋敷でもあっという間に放り出されるのに、今度は入ったきり梨《なし》のつぶてです。ぴんと来ました。そこで酒を二升ばかり買って御門番に差し出し、

「えー、三田松本町の日傭取《ひようとり》口入屋の者でございます。こちらの御屋敷ではどこの口入屋とおつきあいなさっているのか存じませんが、一度、うちの若い衆をお使いいただけませんかねえ」

と持ちかけ、そのうちそろっそろっと安井彦右衛門についてカマをかけてみましたよ。呆れた卑怯者ですぜ、あの安井という男は。津和野の御家老に取り入って、仕官ばなしをすすめているんですよ。御門番も、

「御家老様の御道楽にも困ったものよ。選《よ》りに選《よ》って赤穂の不義士をお召し抱えあそばすこともなかろうと思うのだが」

肩身狭そうにぼやいておりました、へえ。なんでも話がつき次第、安井は津和野へ発《た》つらしゅうございますよ。彼地《むこう》でほとぼりをさまして、来春あたりから御留守居役を、ということだそうですな。禄高は二百五十石で江戸扶持百五十石とかいってましたね。江戸扶持百五十石とはべらぼうだ、前代未聞ですぜ。

不忠臣、不義士の手本のような安井彦右衛門が、そういう結構な目にあっていいもの

かってんだ。ああいうやつをのさばらしといちゃあ、大石内蔵助様はじめ大勢の義士の方々の御宿をつかまつったこの米屋の名折れでさ。
ねえ、前川の親方。津和野へ行く途中の、どこいらあたりであの虫けらを退治しましょうかね。

付記
五年後の宝永五（一七〇八）年、公儀、津和野藩に禁裡御造営御手伝普請を命ず。その費用、金三万五千八百余両。

江戸賄方　酒寄作右衛門

ごめんくださいまし、清浄庵《せいじょうあん》の庵主さま。もうし、妙海尼《みょうかいに》さま、夜分まことにおそれいりますが、どうか御庵室の戸をお開けくださいまし。決して怪しい者ではございません。白金四丁目のそば屋「白金そば茶屋」の亭主でございます。月光、冴《さ》えに冴えて、人の姿、森や林の影、そして家々のたたずまい、なにもかも澄んだ水の底にあるようにくっきりと見える今宵《こよい》でございますが、ほれ、このように提灯《ちょうちん》を顔の前に掲げて、月の光の助太刀をさせましょう。どうか手前のこの顔を戸の隙間《すきま》からようくおたしかめねがいます。

この顔にお見憶えがおありでしょうが、妙海尼さま。このところ毎日のように泉岳寺の赤穂義士のお墓に詣《もう》でて、名物墓守りのあなたさま、妙海尼さまの思い出話をうかがっている、あのそば屋の親父《おやじ》でございます。今日こそ野暮用《やぼよう》に追われて泉岳寺へまいることはできませんでしたが、たとえば昨日は大石良雄のお墓の前で、生前の大石がどのようなお方であったか、妙海尼さまのお話を聞かせていただきました。

「大石どのには一度だけお目にかかったことがあります。世間の噂《うわさ》が伝えるように、大石どのは色白のお方でした」

妙海尼さまはたしかこうおっしゃっておいででしたな。

「そうして中肉中背よりなお小さなお方でいらっしゃった。柔和で常に言葉すくなく、たとえていえば、大店《おおだな》の商人《あきんど》が隠居して、笛か鼓の楽人にでもなったような、ただただ鷹揚《おうよう》そうなお方でした」

一騎当千《いっきとうせん》の強者《つわもの》どもを率いてあれほどの大事をなしとげられた日本一の侍大将、その大石良雄とあれば、角力《すもう》取りそこのけの、堂々たる体格の偉丈夫であったにちがいないと思うのが人情でございましょう。事実、世上の噂もこれまでは、

「色白であっても、立派な体軀《たいく》のお武家さま」

と伝えておりました。ところが妙海尼さまは、「小柄で、楽人のように鷹揚だった」とおっしゃる。魂消《たまげ》ましたなあ。わたしばかりではありません。昨日、大石の「忠誠院刃空浄劔居士」という戒名を刻んだお墓の前で、妙海尼さまのお話をうけたまわってい た者の数は二十を楽に超えていたと思いますが、みんな、あのときはこぞって、あっと嘆声をあげました。なるほど、たしかに大石良雄が大男でなければならぬわけはなにもない。いや、それどころか、かえって、人並みより小さいお方があのような大事をなしとげなさったというところ、そこがよりいっそう尊いと思われます。人間やはりものを

いうのは胆ッ玉というか、性根なんですな。

加えて「楽人のように鷹揚だった」というのが泣かせます。妙海尼さまのおっしゃるように、総大将が鷹揚な、大きい器《うつわ》であったからこそ、強者どもを束ねるという大事な要《かなめ》もつとまったのにちがいない。「鷹揚」のたったの二文字で、なんだか大石良雄という人物の奥懐《おくぶところ》までぐっと踏み込むことができたような気がいたします。

わたしなどは自分というもののないお調子者ですから妙海尼さまのお話に手もなく感化されましてな、店に戻ったときは、楽人のように鷹揚な男になっておりました。はじめにも申しあげましたが、店は相模《さがみ》街道と目黒不動への参詣《さんけい》道を兼ねた白金通《どおり》の四丁目にございます。場所がいいせいでしょう、三年前、浅野さまの殿中御刃傷のあった年ですが、その年の秋に小屋掛けのそば屋を出しましたところこれがびっくりするような大当り。去年の夏までは、わたしは疫痢《えきり》の後病《あとやま》いで駒込あたりでぶらぶらいたしておりましして、店は女房にまかせていましたが、身体もよくなったことではあるし、そんなに場所がいいなら一勝負してみようと思い立ちました。そこでそれまでの稼ぎと、親類縁者を拝み倒して借りた金を注ぎ込んで、自慢するわけではございませんが、両国界隈《かいわい》の会席料亭とくらべてもなんの遜色《そんしょく》もないような本普請の店を建て、釜元《かまもと》職人二人、そば切り職人二人、ほかに店の女の子や下男、あれこれ合せると十人ばかり使って、どうやらこうやらやっておりますす。つまり大石良雄には及びもつかないが、とにかく自分も店の連中を束ねる大事な要です。よし、それなら大石良雄にあやかって、万事、鷹揚にを旨としようと思ったわけで。

しかしどうも、そば屋の亭主の鷹揚はいけませんな。わたしに釣られて店の連中までがのんびりとなり、そばを出すのが遅くなる、しかもそのそばが伸びかかっているとあって客から大目玉を喰いました。話がつまらぬ横道にそれてしまいましたが、まだ思い出してはいただけませんか。昨日、妙海尼さまは、大石良雄の人となりを語ってくださったあとに、赤穂浅野家の江戸医師亀崎玄良、同じく江戸薪《まき》奉行大塚五郎右衛門、そして同じく江戸船頭頭《がしら》柳田治兵衛、この三人の話をおはじめになった。あのときは日本橋から浅草海苔《のり》を仕入れての帰りで、店ではその海苔の届くのを、首を長くして待っている。また、亀崎、大塚、柳田の三人の脱落者については、一昨日《おととい》もまたその前にも詳しくお話をうかがっております。妙海尼さまが、

「義士たちの徳を偲《しの》んでわざわざこの泉岳寺まで線香を上げにきてくださるのは、義士の遺族の一人として涙のこぼれるほど嬉しゅうございます。わたくしの夫、堀部安兵衛なども冥府《あのよ》でさぞやよろこんでいることでございましょう。けれども討入りに加わらなかった御家中の中にも、たとえばわが夫とくらべても、殿様に対する忠義ということでは一歩もひけをとらぬ立派な方々がおいでになりました。とりわけこれからおはなしするお三方は、吉良上野介どのの御首を掲げるのと同じぐらい大きな手柄をお立てなさい

ました。このお三方の蔭からの応援があったればこそ、あの討入りが成ったのだ、と申しあげても決して過言ではありませぬ。そのお三方とは、赤穂浅野家の元江戸医師で現在は京橋木戸際《ぎわ》で御開業中の亀崎玄良さま、元江戸薪奉行で今は浅草蔵前で薪炭問屋をなさっておいでの大塚五郎右衛門さま、そして元江戸船頭頭《がしら》で近ごろは浅草金竜山待乳山聖天下《まつちやましようてんした》の船宿『柳や』の御主人として聞えておいでの柳田治兵衛さまでございます」

とおっしゃったのを潮《しお》に、わたしは泉岳寺墓地をあとにしましたが、その際、なにかの足しにと、とっさに思いつき、妙海尼さまに仕入れてまいったばかりの浅草海苔を二帖さしあげましたが。

思い出してくださいましたか。それはありがたい。今夜のお土産もまたもや浅草海苔が二帖でございます。宇治茶の上品を一壺《ひとつぼ》添えて持参いたしました。どちらも腐るものではありませんし、またいくらあっても困るというものでもありませぬ。どうか、おおさめくださいまし。勿論《もちろん》、今夜が、あの討入りからまる二年たった極月《ごくげつ》の十四日だということは承知しております。そういう夜でございますから思い出されることもいろいろとおありでしょう。誓って長居はいたしません。また、昨日、妙海尼さまは、「十五日には越後新発田《えちごしばた》溝口家のお屋敷に招かれて、お殿様の御前で義士のお話を申しあげることになっている」とおっしゃっておいででした。となるとますます長居は控えねばなりません。お話をうかがったら、すぐさま退散いたします。
そりゃもうどんなお話でもよろしゅうございます。昨日まで十日ばかりぶっつづけに妙海尼さまのお話をうかがってきましたのに、今日はわたしの都合でだめ、明日は妙海尼さまが溝口のお殿様のところへおいでになるのでだめ、つまり二日間、妙海尼さまのお話なしで過さなくてはなりませぬ。これは辛い。じつに辛いし、いかにも辛い。そこで御迷惑をもかえりみず、白金から夜道を駆けつけてきたような次第でございます。いやあ、やっぱり屋根の下はあたたかでございますね。おや、今、そこの切炉でぽんと爆《は》ぜたのは、栗ですかな。

はい。夫の堀部安兵衛は、冬の夜などに、炉に埋《い》けた栗を肴《さかな》に酒を飲むのが好きでした。そこで今夜は、せめて供養になればと思い、炉の灰の底に栗をいくつか埋めてあります。海苔とお茶、安兵衛どのの位牌《いはい》に供えさせていただきました。昨日といい、また只今といい、温かいお心差をありがとうございました。おはなし申しあげたことがありますかどうか、昨年の二月四日、安兵衛どのは他の同志の方々と共に、伊予松山十五万石の御城主松平隠岐守《おきのかみ》（定直）さまお屋敷で切腹いたしました。その四日後、わたくしは廻国の旅に出て、長崎で髪をおろし、尼となりましたが、そのときの怖しかったこと。白粉《おしろい》のかわりに顔に鍋墨を塗り、身には黒い布子をまとい、見かけは男の姿にやつして旅をしたものでしたが、いくら上手に化けても見破られるときがあります。姿は男に似せられても、声はどうにもなりません。見破られる切ッ掛けは、いつも声でしたよ。女だとわかるとすぐさま馬方や船頭が集《たか》ってきて戯れかかり、酒臭い息を吹っかけながら「女房にしてやるから股《また》をひろげろ、やい」などといいます。あれは悲しゅうございました。今年の秋からこの泉岳寺わきに庵をむすび、昼は墓守り、夜は読経《どきょう》の毎日をすごしておりますが、若い尼の一人住いと侮《あなど》ってか、猫や犬の鳴き真似をして近づき、思わせぶりにホトホトと戸を叩く男どもが後をたちませぬ。もっとも怖いと思う心を押えて一刻《いっとき》（約二時間）も経を読んでおりますと、だれもが諦《あきら》めて引き揚げてしまいますけれども。ただあくる朝は掃除で手を焼きます。戸板の腰のあたりに蛞蝓《なめくじ》の這い跡そっくりの、白く光るものがべっとりとついているのです。戸板の隙間からわたくしを覗きながらなにかいたしているらしいのですねえ。まあ、そんなわけがあって、夜分の訪《おとな》い人《びと》は、ずんと念を入れて、よくよくたしかめることにしております。冷たい夜風の吹くなかにずいぶん長い間お立たせ申しましたが、そういう事情があってのこと、どうぞお許しいただきとうございます。

なんでもよいから何か話せとおっしゃっておいでてでしたね。今宵は極月十四日、あなたさまもさきほど申されましたが、やはり思い出すのは二年前、元禄十五午歳《うまどし》（一七〇二）の極月十四日の夜のことでございますね。そんな話でよければよろこんで申しあげますよ。また、栗が爆ぜました。召しあがってくださいまし。只今、お茶を差しあげます。

あのときは父弥兵衛どのと両国広小路へすぐの、矢ノ倉米沢町の裏店《だな》に住いいたしておりました。間口三間に奥行三間、そこに父と母のわかとわたくし、それに下男の五助と下女のお順の五人が寝起きしておりましたから殊の外せまく、夏などは茹《ゆ》で蛸《だこ》のようになり、汗を流しながら住んでおりました。夫の安兵衛どのは本所の林町に広い店《たな》を二軒借りて、そこで寝起きしていました。討入りの際の勢揃いの場所にしようというので二軒つなげて借りたのですね。といいましてもわたくしは林町へは行ったことがありません。

「剣術の道場か手習い塾か、どっちかをはじめようとして広い店《たな》を二軒も借りながら、のらくらの怠け者でどちらにも手がつかないでいる独身《ひとりみ》の浪人……」

というふれこみで安兵衛どのは林町でごろごろしておりました。ですから妻のわたくしが訪ねるのは御法度《ごはっと》だったのです。手習い塾というのは根も葉もないことではありません。安兵衛どのの親父さまは、明日、わたくしが招かれている越後新発田溝口家の家中で、中山弥次右衛門と申され、二百石を食《は》んでおられました。安兵衛どのはその嫡子です。安兵衛どのが十四歳のとき、父弥次右衛門どのが新発田城巽《たつみ》の櫓《ろ》をお預かり中、何者かがあやまって火を出し、その責めを負って浪人となり、気落ちなされたのでしょう、間もなく亡くなってしまいました。それ以前に安兵衛どのは母を病いで失っておりましたから、孤児となったわけです。もっとも姉が三人おりました、だから孤児といってしまってはいささか意味が強すぎるかもしれませんが。それからの安兵衛どのは越後国の各所を転々しながら手習い師匠で口に糊をしておりました。出府してからも、堀内源左衛門道場で剣術を習いながら隣の手習い塾の雇われ師匠となり、米代や酒代を稼いでいたともききました。そんなわけですから安兵衛どのはほんとうに立派な字を書きましたよ。ですから、手習い塾の塾頭としてもうってつけだったろうと思います。

堀内道場で伊予西条松平様御家中の菅野六郎左衛門どのを識《し》って親交を結び、義によって叔父甥《おい》の間柄となったこと。菅野どのと、同じ御家中の村上庄左衛門との高田馬場での果し合いに安兵衛どのが助太刀として馳《は》せ参じ、村上方を四名、斬って捨てたこと。この目ざましい働きを聞いたわたくしの父弥兵衛が「娘の婿に」と安兵衛どのを強口説《こわくどき》したこと。これらについてはたしか一昨日《おととい》、安兵衛どのの墓の前で申しあげました。一昨日、あなたはわたくしの話を聞いてくださったはず、もうくどくは申しあげません。ただ、一昨日、大切なことをひとつ言い忘れましたのでいまつけ加えておきましょうね。

討入り装束は各自思いのままにせよ、これが大石どのの方針でした。ただ、ふたつだけ例外がありました。ひとつ、上着は黒小袖とし、白木綿の袖じるしを付けること。これは暗がりの乱闘では同士討ちが起きやすいので、その用心のための目じるしですね。

ふたつ、上帯は晒布《さらしぬの》に鎖を巻き込んだものを用いること。これは安兵衛どのの発案でした。高田馬場の果し合いで安兵衛どのは帯を切られ、着物の裾《すそ》がひろがって足に絡みついて往生したのだそうです。そこで大石どのにそう進言したのでしょうね。

それにしても二年前の極月十四日夜の、米沢町の裏店の、あの華やかなことはどうだったでしょう。さして広からぬ座敷に百目蠟燭《ろうそく》が十本も立ち並び、まるで真昼のようでした。母とわたくしがその日の朝から丹精してととのえた勝栗《かちぐり》や昆布の煮〆めや寒鴨のお吸物の出陣の膳部を、みなさまが舌鼓を打ちながら召し上ってくださった。大石良雄どのは始終にこにこしてらっしゃった。大石主税《ちから》どのは怒ったようなお顔をなさり、ときどきぶるっぶるっと身震いなさっていた。吉田忠左衛門どのと沢右衛門どのは親子で駄洒落《だじやれ》の応酬。原惣右衛門どのと小野寺十内どのは最後の一局じゃとおっしゃって碁石をぱちりぱちり。昨日のことのようにはっきりと目に浮びます。

そのうちにわたくし、ふと思いついて、お勝手にあった生卵をひとつ残らず持ち出し、「敵を、これこのように打ち破ってくださいまし」と涙声になろうとするのをおさえ、つとめて陽気な口調でいいながら、みなさまの椀《わん》のなかへ勢いよく割ってまわりました。大石どのが、

「なるほど。戦わずしてすでに敵を呑め、と申されるか。それぐらいの気概を持ってト《ぼく》一《いち》どのの屋敷に乗り込め、とおっしゃるか。各々方《おのおのがた》、お聞きなされた通りじゃ。ここで

揃って敵を呑むことにしようではござらぬか。はてそれにしても安兵衛どのは、機転の働くよい妻女をお持ちだのう」

とおっしゃって生卵をぐいとお呑みになりました。みなさんも大石どのにならって一気に椀《から》を空になさり、座敷はにわかに活気づきました。わたくしのつまらぬ智恵《ちえ》を拾いあげ、それを大きくふくらまして同志たちを力づけなさった大石どの、さすがは棟梁《とうりよう》でございますね。大石どのは同志をいっそう励まそうとお思いになったのでしょうか、

諸人に神酒《みき》をすすめて盃をとりどりなれや梓弓《あずさゆみ》……

と「羅生門」の一節をお謡《うた》いになった。みなさんも声を揃えてこれに和し、また手拍子をとり、刀の柄を叩いて、座敷は意気軒昂《けんこう》を絵図にしたように一段と盛りあがります。

矢猛心《やたけごころ》のひとつなる強者《つわもの》の交わり、頼みある中の酒宴かな。

わたくしは父弥兵衛の傍へまいり、「今朝、わたくしどもに昨夜ごらんになった夢についておはなしくださいましたね。あの夢を同志の方々にご披露なさっては……」と耳打ちいたしました。父弥兵衛はうむと頷き、大声で一座の方々にこう申しました。

「いま、女《むすめ》がいいことを思い出させてくれましたわい。この弥兵衛、今年で七十六歳、自分でも呆れるほど数多く馬齢《ばれい》を重ねてまいったが、御一同もよく御承知の通り、これまで一句の俳諧《はいかい》をもよんだことがござらぬ。俳諧の道は根っから不得手でござる。ところが不思議や昨夜夢の中で一句を得ました。こうでござる。雪はれて心にかなふ朝《あした》かな。さて、今朝起き出してみると昨日の大雪はぴたりとやんでこの上天気。夢の中で不得手の俳諧を得たのが奇体なら、その俳諧が今日の天候をぴたりと言い当てたのも奇体じゃ。女《むすめ》は『だからこそ霊夢でございましょう。今夜の討入りはきっと天の御心にかなうと思います』といってくれているが……」

この父弥兵衛の夢物語で座敷はいやが上にも沸きました。

「女御《むすめご》の言は正しい。いかさま霊夢じゃわい」

と原惣右衛門どのが横手を打って感嘆なさいますと、

「そして亡君のお知らせでもござろう」

小野寺十内どのが感に堪《た》えぬという面持で申されました。こうして盃がふたたび座敷を飛び交う内にすでに夜は三更（真夜中）にも及びましたか、それは高窓から差し込む月の光にもそれと知れました。いつの間に寝入られたのか座敷の隅では主税どのの軽い鼾《いびき》声がしております。やがて、興趣尽きるべくもないがかくては果てじ、と大石どのに促されてみなさまが席をお立ちになります。おや、鼻をしきりに啜《すす》られておりますね、さてはお風邪を召しましたか。

隠してもはじまりませぬ、妙海尼さま。そのときの大石良雄の心中やいかにと思うと、ひとりでに熱いものがこみあげてまいります。一方に次々に脱落して行く裏切りの同志たちがあり、他方にただ卜一《ぼくいち》どの、すなわち上野介どのの白髪首ほしやとわめき立てる江戸急進派がある。一方を捌き、一方をおさえながら、事の順序を正しく踏んでついに討入りまで漕ぎつけた。一年と十ケ月に及ぶその大石の辛苦、そしてだからこそその大石のその夜の静かなよろこび、それを思うとあとからあとからと涙がこぼれてきて、どうにも仕様がございません。泣き上戸のそば屋の亭主などには構わずにどうかお話をおすすめくださいまし。

父弥兵衛も文珠包久作《もんじゆほうきゆう》の長槍《ながやり》を長押《なげし》よりおろし、大石どのにつづいて戸外へ出ようといたします。女だてらにとは思いましたが、これが最後の親孝行とも思い直し、わたくしは父弥兵衛を呼びとめて、

「父上、今宵のお働きには短槍《みじかやり》の方がおよろしいように伺いおりましたが」

と申しました。父弥兵衛は、

「うむ、さすがに我が女《こ》じゃ。よう気がついた」

その場で槍の柄を九尺ばかりに切り縮め、

「それにしても槍には石突きがなくてはかなうまい。条右衛門、石突きをはめてくれい」

居合せた甥の佐藤条右衛門どのに命じ、それから戸口に立っていた大石どのに、こう申しました。

「槍に石突きの入る間、ひと寝入りいたす。七十六歳の老ぼれに徹夜はこたえる。吉良方の付人と戦うべきときに睡魔と戦う方に精力をとられていては同志ご一統の足手まといにもなり申そう。一刻《いっとき》ほど眠ってのち、落ち合い場所の安兵衛宅へまいります」

大石どのは頬笑《ほほえ》んで頷き召され、月光の矢の降り注ぐなかをゆっくりと歩み去られました。安兵衛どのが戻ってきて、

「お幸《さち》よ、生卵を卜一《ぼくいち》どのになぞらえた智恵といい、親父どのに例の俳諧の一句を思い出させた気働《きばたら》きといい、また槍の柄についての気のきかせ方といい、今宵のそなたはまことに見事であった」

と申してくれました。安兵衛どのは、さらにつづけて、

「親父どのをお起しするのを忘れるなよ。ではさらばじゃ。一足先に冥府《あのよ》にまいっておる。かならずこの安兵衛を訪ねてくるのだぞ。よいな」

これが夫の声を聞いた最後でございます。

ところで父弥兵衛は米沢町に居残ってひと眠りしてよいことをいたしました。と申しますのは、居残ったおかげで三人の朋友と、短い間ではありましたが、お別れのことばを交すことができたからでございます。まず赤穂浅野家の江戸医師亀崎玄良どの。このお方は義士一統やその家族に病人や怪我人が出ると、なにもかも打ち捨ててどこへでも駆けつけてくださいました。病人なり怪我人が出ますと、まず同志の方々はこのわたくしのところへお知らせになります。で、わたくしがその同志の所書《ところがき》を下男の五助なり、下女のお順なりに持たせて京橋木戸際《ぎわ》の玄良どのの許へ走らせます。玄良どのは所書のところへ直接《じか》にお出かけくださる。とまあそのような仕組になっておりました。申しあげるまでもありませぬが、玄良どのは一切、薬餌《やくじ》料を辞退なさって……、いやそれどころか診療にお出かけになるときはきっとお土産を持参なさいました。ほんとうに「医は仁術」が羽織を召したようなお方でございましたよ。

また、元江戸薪《まき》奉行で、只今は浅草蔵前で薪炭問屋を営んでおいでの大塚五郎右衛門どのも目ざましい働きをなさいました。義士一統は薪と炭で困ったことはただの一度もありませぬ。屑《くず》薪や屑炭を大塚どのが次々にまわしてくださったからです。これに加えて、本所一ツ目相生町《あいおいちょう》二丁目、すなわち吉良家とは目と鼻の先の山田清右衛門店《だな》を借りて、米屋五兵衛じつは前原伊助どの、小豆屋善兵衛じつは神崎与五郎どの、このお二人が倉橋伝助どのを手代に置き、米、雑穀、青物《あおもの》、荒物、そして小間物なんでも来いという、至極重宝な小店《こみせ》を開いて、昼夜、仇邸《きゅうてい》を見張っておりましたが、この小店を開く資本《もとで》をポンとお出しなされたのも大塚どのでしたよ。この小店の借宅代一ケ月銭七百八十文もたしか大塚どのの懐から出ておりました。それから夫安兵衛どのが借りていた本所林町の二店《ふただな》の借宅代も大塚どのがお払いくださいました。まだ他にもこういった例があると思いますが、わたくしがはっきりと憶えておりますのは、この二例でございます。

元江戸船頭頭《がしら》の柳田治兵衛どのも、玄良どのや大塚どのと同様、内匠頭さま御大変《ごたいへん》のすぐ後で新しい商売をおはじめになりました。柳田どのの場合は、待乳山聖天下《まっちやましょうてんした》で船宿「柳や」でございます。口のかたい懇意な船宿があれば、それはもう便利この上なし。壁に耳あり障子に目ありのたとえどおり、大事の談合はなかなか長屋などではできませぬ。吉良方の間者《かんじゃ》どもの跳梁《ちょうりょう》もあり、秘密が洩れてしまいます。そこへ行くと船上での会議は安心でございます。まわりは波と水鳥と白魚ばかり、どんな大声を出そうがどこにも洩れる心配がない、そして船頭を柳田どの御自身がつとめてくださるとなれば、それこそ大船に乗ったような心持ち。同志のみなさま方は何回、いや何十回、柳田どのの御好意におすがり申したかしれませぬ。吉良邸に討入って亡き殿様の御遺恨を晴らすのも大手柄なら、このお三人のように「腰抜けの不義士め」とあざ笑われながら黙々と縁の下の力持ち役をまっとうするのもやはり大手柄。どちらも殊勲です、どうして甲乙がつけられましょうか。思わず余談になりました。さて、父弥兵衛はこのお三人と別れの水盃をくみかわすと、九尺に縮めた文珠包久を小脇《こわき》にかいこみ……、なにがおかしいのですか。さっきまでは泣いておいでだったのに、あれは嘘泣きだったのですか。

奇妙な癖がおありでございますな、妙海尼さま。只今のを勘定に入れますと、わたしはこれまでに都合十一回、妙海尼さまのお話を伺ったことになります。あるときは堀部安兵衛の高田馬場での武勇伝、あるときはご一統の変名と隠れ家の話、あるときは吉良邸絵図面入手の苦心談、衣裳《いしょう》は毎回くるくるとかわりますが、話の芯棒《しんぼう》は十一回とも同じでございますよ、妙海尼さま。毎回、必ず登場するのは玄良と大塚と柳田の不義士三人組。そこのところがまことに奇妙でございます。

そういえばいくつか噂を思い出しましたよ。そば屋には、いろんなお客が出入りいたしますから、自然と巷《ちまた》の噂が塵《ちり》のように積もります。これから申しあげるのも、その噂の塵の山から掘り出してまいったものでございます。あまり気になさいませんように。

去年二月の赤穂義士の御切腹のあと、江戸市中にこんな評判が立った。

「京橋木戸際の亀崎玄良という医者、浅草蔵前の薪炭問屋の主人大塚五郎右衛門、待乳山聖天下の船宿『柳や』の主人柳田治兵衛。この三人はどうも赤穂の遺臣らしい」

これが去年の秋口にはこうです。

「たしかに三人とも赤穂の遺臣、つまり腰抜侍だ」

さあ、そうなると江戸市中の人たちは赤穂義士をあがめたてまつる分だけ、不義士に辛く当ります。玄良に診《み》てもらおうとする病人は日毎《ごと》に減って行く。大塚の店には毎日のように店先の薪ざっぽうが投げ込まれる。柳やの持船の底にはいつの間にかくり抜き穴があいている。今年の夏には三人とも江戸から夜逃げしなければならないような雲行きになってきた。ところがこの秋口になって、三人についての悪い評判がぴたっと熄《や》んだ。そして今では、

「あの三人は、義士以上に働いたんだ」

という噂がもっぱらで、商売の方も大の字はまだつかないが、中繁昌ぐらいのところまでは持ち直したと申しますよ。そしてここでおもしろいのは、妙海尼さま、その悪い評判が熄《や》んだ時期とあなたさまがここ泉岳寺わきに清浄庵を結ばれたときと、ぴたりと重なるということ。江戸市中に、

「尼になられた堀部安兵衛の妻女どのが、お墓の前ではっきりと『あのお三人はじつは義士以上の手柄を立てられたのです』とおっしゃっていた」

という噂が走り、この噂が三人の商売を持ち直させたわけでございますね。さて、そうなると、さっきあなたさまが何気なさそうに申された「思わず余談になりました」ということばが気になります。あなたさまの余談、じつは本心からの本談だったのではご

ざいませんか。つまりあなたさまはあの三人の、弱虫で、腰抜けの、不忠義者に頼まれて、尼の真似をなさっているのではありませんか。ということは、あなたさまは当然、堀部安兵衛の妻女などのなどではない。おっと、火箸などではわたしを刺せませんよ。これでもヤットウをすこしは齧《かじ》ったことがあるんですからな。安兵衛の妻女でないとすると、あなたさまはいったい何者か。堀部家の事情にいやに詳しいところから判断すると、下女のお順……。図星だろうが、お順。それにしても安兵衛の妻君が目黒行人坂で庵を結び安兵衛のために経を読んでいるというのに、その近くの泉岳寺に堂々と現われるとは図太いやつだ。明日は溝口のお殿様に招《よ》ばれているので墓守りを休むといっていたが、線香をあげにくるにちがいない安兵衛の妻君と鉢合せするのを避けるための口実かな。さて、お順……

どなたさまか存じませんが、お見逃しくださいまし。たしかに玄良さまたちからお手当を頂戴いたしております。それに参詣の方々がくださるお心付けも、このお順がいただいてもよいことになっております。お金がいるのでございます。じつは両親が永《なが》の患い、それに、弟に学問を授けてやらねばとも思い、苦労いたしております。あのう、ここに三両余りございます。これを差し上げますから、どうかお見逃しくださいまし。

わたしの方は十両持ってきたぞ、お順。なあ、玄良、大塚、柳田の手柄をうんぬんいたすとき、わたしの名も一枚加えておいてくれぬか。じつは近頃、詮索《せんさく》好きな客がわたしのまわりを嗅ぎまわり、

「白金そば茶屋の亭主は、赤穂浅野家の元江戸 賄方《まかないかた》の酒寄作右衛門だ。百五十石も食み、また義士勝田新左衛門の姉を妻とし、さらに連判状にも一度は名を連ねながら、結局は命惜しさに脱落したという腰抜けだ。あんな男のつくるそばは、腰が弱くて不味《まず》いぞ」

と騒ぎ立てておる。そして全部、真実《まこと》だから始末が悪い。噂が立ったその日から、ぱたりと客足もとまってしまった。……妙海尼さま、どうかお助けいただきたい。さて、そこで酒寄作右衛門の手柄だが、うちのすぐ近くに吉良どのの縁者の上杉家白金屋敷がある。卜一《ぼくいち》どのが白金屋敷に引き籠ったときの、討入り勢揃いの場所とするために、酒寄作右衛門は白金四丁目でそば屋をはじめた、とでもいっていただきましょうかな。それから大塚五郎右衛門と同じく、府内潜伏中の同志への献金がその役目であった、とも。おお、おききいれくださいますか、妙海尼さま。空には十四日の月がある。これで心静かに月光を踏んで帰ることができます。ありがとうございました、妙海尼さま。

付記

　妙海尼　自称、堀部弥兵衛の娘で、堀部安兵衛の妻。刃傷事件のあったとき、十六歳で、名は「順」といったという。出家して、妙海と称す。安永七年（一七七八年）二月二十五日没。九十三歳。墓は泉岳寺にあり『妙海尼物語』という本がいくつも出ているが、全くの偽作で、妙海尼自身も義士に対する世間の同情を利用したいかさまもの。義士の遺族とは関係がない。

（内海定治郎『赤穂義士事典』赤穂義士顕彰会編　P432）

馬廻　橋本平左衛門

　この大坂曾根崎《そねざき》新地《しん》蜆川《ちしじみがわ》、噂《うわさ》にたがわぬ繁昌ぶりですね、天満屋《てんまや》惣兵衛さん。こちらへ寄せていただく前に蜆川をひと回りしてみましたが、二十一、二軒の茶屋、まだ正《ひ》午《る》にもならぬというのに、店前《みせまえ》の掛行燈《あんどん》に灯《ひ》を入れている。狭い通りには、めかし込んだ男たちが後から後から詰めかけてきて、そう、なかには遊女の並ぶ出窓の格子にしがみつき、あたりをはばからず泣きわめいている男もありました。商売柄でしょうか、どうもそういう客は気にかかる。ましてやこの蜆川からは、もっとくわしくは蜆川のこちら天満屋からは、ですが、五日前の四月七日の明方、お初徳兵衛の相対死《あいたいじに》が出たばかり。

「これは第二の徳兵衛か。とすれば出窓の内のどの女が第二のお初だろうか」と、面白半分に心配が半分。その男の袖を引っぱって蜆川沿いに並ぶ屋台店の一軒に誘い、泣いてた理由《わけ》を訊《き》きました。するとこうです。

「あの店には女が六人いるが、今朝のうちに五十人を超える客がついた。女ひとりに均《なら》すと八人強の客。これではいくらなんでも女の筥《はこ》がこわれてしまう。そこで店の亭主が紙縒《こよ》りの籤《くじ》を持ち出して女ひとりにつき五人ずつの客、総勢三十人、選び出すことになった。ところが自分は運がなくて外れ籤を引いてしまった。それが悲しい」

籤で客を選ぶ店など、はじめて聞きました。むろん籤に外れたからといって泣き喚く客というのもはじめてです。折々の気のばしに買うのが遊女でしょう。ところがこの蜆川では、気のばしどころではない、これでは戦《いく》さです。この人気の因《もと》はなんでしょうね。たしかに蜆川の女は安い。新町《しんまち》の太夫《たゆう》は六十二匁もするのに、蜆川のはたったの三匁。それも十四、五から三十まで、丸顔面長《おもなが》を問わず、蜆川はみな器量よし、という評判。皺《しわ》を白粉《おしろい》で塗り固めているくせにやたら格式ばった新町の太夫と上《うわ》の空《そら》の退屈なつき合いをするよりは、気立てのいい蜆川の器量よしを相手に中味の濃《こ》い遊びをするほうがずっと楽しいに決まっている。だがしかし、それにしてもこの立て混み方は、すこし度外れているとは思いませんか。

天満屋さんはもとより女の抱え主。しかも五日前にお店一番の売れッ子お初を心中で失されたばかり。その天満屋さんの前でこんなことを申し上げては悪いが、この門左衛門などは、蜆川人気の因《もと》は、

「蜆川の女と深くなれば心中さえもしてくれる」

という評判のせいではないかと考えております。このたびのお初徳兵衛、それから一年半前の、元禄十四巳歳《みどし》（一七〇一）十一月の赤穂の浪人橋本平左衛門と蜆川淡路屋《あわじや》お

初との相対死《あいたいじに》。どちらも、遊女の名がお初だったのは奇妙な暗合ですが、それはとにかくとして続けて起ったこのふたつの相対死は、

「蜆川の遊女は他所《よそ》の遊女とはちがって、色を売るばかりではないのだ。客に実意があれば遊女のほうでも実意を見せてくれることがある」

と難波《なにわ》や京の男どもに思わせたのではないでしょうか。つまり、「蜆川には真実の恋が蜆貝ほどころがっている」と思い込んだ男たちで、表の通りが混み合う。どうもそういうことらしい。


　こちら天満屋さんへうかがう前に茶屋の御亭主数人とあれこれ罪のない四方《よも》山話《やまばなし》をしてきましたが、お初徳兵衛の一件以来、この蜆川で目立つことが三つばかりあるそうですね。ひとつはこれまでにも申し上げたように、正午《ひる》前から店明けしなければどうにもならないぐらい混みはじめたこと。次に、どの店にもきっと一人は「お初」という源《げん》氏名《じな》を付けた遊女がいるようになったこと。二人続けて「お初」という遊女が客と心中した。「お初」という遊女には真実《まこと》がある。どうせならおれも「お初」と遊びたい。「お初」を出せ。この店には「お初」はいないのか。と客は口々にこう叫ぶ。そこで茶屋の御亭主連中は、お抱えの遊女のうち、最も売れない不景気な妓《こ》を「お初」と名乗らせたそうですね。とたんにその売れない不景気な妓《こ》が飛び切りの売れッ子になってしまったという。ここへ押しかけてくる男たちの心の底が透《す》けて見えるようだ。みんな「お初」

という名に縋《すが》って真実《まこと》の恋を探しにきているのですね。さてみっつ目、最後に目立つことは……。

おっと危い、こりゃ石だ。だれかが表の通りから力いっぱい石を投げ込んできましたよ。いささかも動じませんね、天満屋さんは。さすがは元《もと》お武家、赤穂浅野家で二百石を食《は》まれた足軽頭《がしら》だけあって肝ッ玉は据《すわ》っておいでだ。この門左衛門も越前吉江《えちぜんよしえ》家の三百石取りの甲冑《かっちゅう》の家に次男として生れ元服したついでに、父親から信盛《のぶもり》という武張《ぶば》った名までつけてもらっておりますが、浄瑠璃《じょうるり》作者や狂言作者としての文弱の暮しが長すぎて、度胸を据えるこつを忘れてしまいました。……やあ、石防ぎに屏風《びょうぶ》を立ててくださいましたか。それはどうもおそれいったことで。話の筋を戻して、この蜆川で、お初徳兵衛の一件以後に目立つことの第三は、天満屋さんの前では申しにくいが、天満屋に客が寄りつかなくなったこと。蜆川は連日潮干狩そこのけの人出でごった返しているのに、天満屋ばかりは閑古鳥の啼《な》き放題。客のかわりに、只今のように石が飛び込んでくる。お初という、いってみればほまれの遊女を抱えていたこの天満屋が、どうして石を投げられなくてはならぬのか。蜆川繁昌の火つけ役の天満屋のこの不人気はなにゆえでしょうか。

ご自分からはお答えにくいでしょうし、またこの界隈では周知のことでもありますから、この門左衛門が申しあげましょう。

天満屋惣兵衛は、もとは赤穂浅野家の遺臣、佐々《ささ》小左衛門である。お初徳兵衛の一件以後、これがぱっと知れわたってしまった。しかも佐々小左衛門は途中まで、くわしくは一昨年《おととし》の暮まで「吉良上野介どの討つべし」の一念にこりかたまった、世上いうところの急進派のひとりだった。その佐々小左衛門が同志をさっさと裏切って、しかもひっそりとかくれ住むならとにかく、ことばは悪いが女郎屋の亭主、女の膏血《こうけつ》を吸う蝙蝠《こうもり》野郎、得手勝手に生きている。こんな出鱈目《でたらめ》をお天道様《てんとさま》が許しはしない。いや、たとえお天道様がお許しになろうとも、おれたちが許しはしない。天満屋を日干しにしてしまえ。と、これが閑古鳥が巣喰うにいたった第一の理由でしょう。遊女買いにお天道様を持ち出す遊冶郎《ゆうやろう》なぞは滑稽《こっけい》ですが、昨年極月《ごくげつ》十四日の討入り、そしてこの春二月四日の切腹と、わたしども狂言作者や浄瑠璃作者も顔色なしの絶好の間合いと段取りで、忠義の劇は熟《う》れてきている。これには誰も歯向うことなどできません。そして天満屋さんは、そういう世間の声を真正面から引っかぶってしまった。

悪いときには悪いことがかさなります。お初徳兵衛の心中のすぐあと、四月七日のその日のうちに、「お初徳兵衛を心中まで追い込んだのは、お初の抱え主の天満屋だ」という噂が立った。この噂が天満屋さんの命取りとなった。そうではありませんか。

この門左衛門を蜆川まで引っぱり出したのは浄瑠璃作者仲間の、竹本座の座元の仕事もしている竹田出雲《いずも》という男で、京住いのわたしの許へ飛脚を立ててきました。その文面の大凡《おおよそ》はこうです。

「時代物の操り浄瑠璃はもう手づまりだ、なんとか新しいところへ目をつけて、客をよろこばせたい。そう思案していたところへ曾根崎新地蜆川で心中があり、いたるところでその噂。これを操り浄瑠璃で扱えないものか、とまた思案しているうちに、大兄の顔が思い出されて来、そこで一筆したためました。ひとことで言えばこれは他愛のない一件です。……内本町《うちほんまち》の醬油《しょうゆ》屋天野屋の手代に、徳兵衛という二十五歳の男がいた。この徳兵衛が蜆川天満屋の遊女お初と馴染《なじ》んでいると、天野屋の主人から『わが姪《めい》と夫婦になるように』という話があった。徳兵衛が愚図っているのを見て、天野屋主人は『わしの話が気に入らぬようなら、江戸の出店へ行ってもらうことになるぞ』とおどしをかけた。他方ではお初に身請け話が持ち上っていた。身請け主は、三休橋の大きな質店『駒屋』の隠居である。悲しい話がひとつずつ起きて、二人は互いに同情し合い、悲しみ合っているうちに、死のうということになり、今朝、すなわち四月七日の明け方、蜆川近くの天神様の境内で相対死を遂げた。とこの通りひと息で語りおおせてしまうような、一本道の話。これに近松大兄の筆をもって、趣向に綾《あや》をつけ、段取りに楔《くさび》を打ちこんでもらうことはできないものか」

ところが蜆川へきてみると、誰も彼もが、「お初徳兵衛を心中まで追い込んだのは天満屋だ」といいます。というのはお初の身請け主の駒屋の隠居が、お初徳兵衛の心中を

聞きつけて天神様の境内へ白髪頭を振りみだしてかけつけ、

「わしはお初を下難波村の寮へ引き取るだけでよい、それだけで仕合せだと思っておった。思っていたばかりではない、そのことをちゃんと天満屋へも話しておいたのじゃ。それなのにこんな悲しい、むごいことになるとは……」

と泣き泣き口説いたそうで、それが噂の因《もと》になった。駒屋の隠居の口説節はまだ続きます。

「わしは六十七歳の爺じゃ、老い先は短い。自分の寮にお初を移して植えるだけで満足、それ以上のことは望みもしなかった。徳兵衛という真夫《まぶ》がお初にいることは百も承知だった。お初にとって徳兵衛が真実に思う夫ならば、わしの目など構わずに堂々と逢引《あいび》きしてかまわない。ただ、わしに息のあるうちはお初に寮を出ていかれては困る、それだけは勘弁してもらいたい。だがそれ以外のことならば、たとえ寮で二人が乳繰り合っているのをこの目で見ようとも、わしはなんとも思わない。器量のよさといい、気立てのやさしさといい、お初は蜆川遊女百余人中の随一じゃ。そのお初を請け出そうというのだもの、真夫の一人二人は覚悟の上よ。とこう話してあったのに、どんな考えがあったのかは知らないが天満屋は、お初徳兵衛にはこの駒屋の隠居爺の胸の内を言ってくれてはいなかったようじゃ。天満屋を恨むわけではないが、この爺の胸の内を、二人にちょいと打ち明けておいてもらえたら。いや、こういったのではなにもかも天満屋の落度になってしまう。そうじゃ、わしにお初徳兵衛と膝を交えて話す広い度量があったなら、二人とも生きて、恋を全《まっと》うできたであろうに。いまごろ言うても詮《せん》なきことながら、そこへ気のつかなんだこの爺の浅智恵が口惜しい……」

この口説節がまたたく間にひろまって、駒屋の隠居に罪はない、理由《わけ》を知りながら口を閉していた不忠卑怯の赤穂の元家来が悪い、という噂になった。知っていながら天満屋はお初徳兵衛を心中へ追い込んだというわけです。

他人の不幸を浄瑠璃の材料《たね》にしようというういやしい生業《なりわい》、わたしも立派な口の叩けるような人間ではないが、こう口を揃えて「天満屋が悪い」とやられると、身の内に飼っている天邪鬼《あまのじゃく》が頭を擡《もた》げてくる、だいたい「天満屋が悪い」と軽く答を出されては、浄瑠璃にはなりません。それでは、それこそ真《ま》ッ平《たいら》な一本道です。そこで「どうせいやしい生業さ。しかしそのいやしい筆の穂先から、真実の一滴《ひとしずく》が落ちるときもないではない」と居直って、天満屋さんのお話を、直《じか》接にうけたまわろうと考えついた。天満屋惣兵衛さん、巷の雀の囀《さえず》るようになにからなにまで「天満屋が悪い」のでしょうか。それとも、おっと、また石だ。

江戸と赤穂の往復の合間に、また殿のお使いで京や大坂へまいるたびに、よく道頓堀《どうとんぼり》の竹本座へかけつけて竹本義太夫の節《ふし》に聞き惚《ほ》れていたものです。むろん、義太夫の語る文句の作者が近松門左衛門というお人だということも知っておりました。四月七日の朝以来、店の格子戸には錠《じょう》をおろし、抱えの女子供は他店《よそ》に預けて、息の吸い吐きにも遠慮しながら暮しているところですが、あの近松門左衛門さんが強《た》って、とおっしゃるならば、裏口ぐらいは開けなければ罰が当る。『世継曾我《よつぎそが》』や『出世景清《かげきよ》』でたのしませていただいた分はせめてお返しせねば、と思った次第です。

世間の噂はみな当っておりますよ。たとえば、たしかにこの天満屋惣兵衛は、というよりはこの場合、赤穂浅野家の遺臣佐々小左衛門は、一昨年《おととし》の十一月七日、同志橋本平左衛門が蜆川淡路屋抱え遊女お初と心中するまでは、御家再興もへったくれもない、ただ一途に上野介どのの御首ほしや、と喚きたてる急進派の一人でした。それがお初平左衛門の心中と前後して、義盟から脱退しました。いまさら何を申しても弁解じみた言い草になりますが、脱退には理由がありました。そう、同志が信じられなくなったのですな。

赤穂義士の役職や石高、戒名や行年、それからどこの大名家で切腹したかなどを刷った一枚名鑑が売り出されていますが、ごらんになったことがありますか。ごらんになって、馬廻役《うままわりやく》がばかに多いな、とお気づきになりませんでしたか。四十六名中、じつに十一名が馬廻役です。橋本平左衛門も馬廻役でしたから。で、その十一名の馬廻役とは、橋本平左衛門にあんなことがなければ十二名だった。

赤埴《あかばね》源蔵　（二百石。行年三十五）
大石瀬左衛門　（百五十石。二十七）
木村岡右衛門　（百五十石。四十六）
菅谷半之丞　（百石。四十四）
武林唯七　（十五両三人扶持。三十二）
近松勘六　（二百五十石。三十四）
千馬三郎兵衛　（百石。五十一）
富森助右衛門　（二百石。三十四）
早水《はやみ》藤左衛門　（百五十石。四十）
堀部安兵衛　（二百石。三十四）
矢田五郎右衛門　（百五十石。二十九）

橋本平左衛門は百石で、十八歳でした。義盟に加わった馬廻役のなかでは最年少者だった。

「なぜかくも馬廻役に忠義の士が多いのだろうか。馬廻役のそもそもは、主君の御馬のお傍に付添い護衛にあたる騎馬の武士をいう。すなわち馬廻役は常に主君のお傍におっかえするゆえ、自然と情が通い合う。そこで……」

とおっしゃる方もあるかもしれませんが、さてそれはどうでしょうか。お傍におつかえして情が通うものなら、御小姓衆がもっと大勢、義士に加わっていてもよさそうなものです。御小姓衆からは貝賀弥左衛門と片岡源五右衛門の二人だけしか、討入りに加わっていない。おわかりになりますか、われらが殿様のお人柄が。近くにお仕えすればするほど、こう申しては不忠のきわみですが、いやになるようなお人柄でしたよ。御癇癖《かんぺき》の上、気まぐれで……。

馬廻役から義士が多く出たのは、これまた話が横道にそれますが、赤穂浅野家が馬廻役を大勢、召し抱えられていたからですな。御家《おいえ》はもともと御家来衆の数が多いことで聞えておりました。その総数は三百八名。五万石級の大名では、その半分の百五十名が普通でしょう。つまり他家では、

「これからも天下泰平の世は続こう。戦さが起って軍兵《ぐんぴょう》を率い公儀の許へ馳《は》せ参じなければならぬような事態はまず生じまい」

と踏んで巧みに人べらしをなさっているのに、ひとり御家だけは何十年も前の「武家諸法度」のなかの軍役規定に忠実にのっとり、多くの御家来衆をお召し抱えになっておられた。財政切り盛り役の大野九郎兵衛どのの算盤《そろばん》算用がたしかだったから御家は保《も》ちましたが、そうでなければ百姓一揆《いっき》の頻発にせめられましたろうな。ま、御家来衆を多

く召し抱えられたからこそ、この佐々小左衛門も四十五歳の春まで禄を食むことができたわけで、ぐずぐず申しては罰が当りますが、それはとにかく他家より多い百五十名の、その大半が馬廻役でした。すなわち他家の三倍は馬廻役がおりましたろう。「戦さには馬」。これが御家代々のお考えであったわけです。そんなわけで馬廻役から義士が多く出た。いわばこれは当然のことです。また殿は、馬とは機嫌ようお遊びになっていた。そこで御小姓衆とはちがって、馬廻役はご機嫌うるわしい殿にお仕えすることが多かったとも考えられますな。おわかりになりますかな、このあたりの機微が。

こんなことばかり言っておりますと、

「それでいてなぜ主君の仇を討とうとしたのか。しかも急進派の一員として」

と反問なさるかもしれませんが、それには直《すぐ》に答えることができます。この佐々小左衛門はどういうわけか馬廻役と気が合いました。馬が好きだったせいかもしれません。とりわけ早水藤左衛門とは実の兄弟よりも親しくつきあっておりました。で、この早水が大石瀬左衛門や橋本平左衛門と仲よくしておりましたから、自然とこの四人、一緒になることが多い。いつも金魚の糞《ふん》よろしく繋がって歩いていました。四人とも名前が何とか左衛門であるところから、「赤穂の四《よん》左衛門」などと呼ばれたものです。この四左衛門でよく馬を駆《か》って御家の飛び御領地のある佐用《さよう》郡へ日帰りの小《こ》旅をしました。なつかしい。いま思いかえすと、夢も夢なり夢の中という気がします。

この早水、大石、橋本が義盟に加わったから、当然、この佐々小左衛門も同じようにしようと思った。そこには何の疑いもなければ、ためらいもなかった。飛び領の佐用郡へ行こうか、うむ行こう、というようないつもの軽い調子で四人の気合いがひとつになった。こうも申せましょうか、すくなくともこの佐々小左衛門は、そのとき殿のことは殆《ほと》ど念頭になく、友を信ずるが故に、友と同じことをしようとした、それしか頭になかった、と。

ところでお気づきかどうか、馬廻役の出の義士はひとり残らず急進派でしたな。例外は近松勘六ただひとり。近松勘六は大石内蔵助どのに合せて、「まず御家再興、そして吉良家への処罰、このふたつの実現に力を傾注すること。このふたつの成就が難《かた》ければ、そのときこそ吉良上野介どのの白髪首を」と順序を踏んだ考え方に立っていましたが、あとはまるで荒馬の勢揃い、「順序を踏むのもよいが、もしその間に上野介どのめがくたばったら、どうするのだ。大石どののお考えは生温《なまぬる》い」と鼻息ごうごうとすさまじく、いらいらしながら日を送っていた。そうですな、その頃、急進派の中心はふたつありました。ひとつが堀部安兵衛、赤埴源蔵などのいる江戸、もうひとつが早水、橋本、そしてこの佐々小左衛門の隠れ住んでいた大坂です。大石瀬左衛門は京と大坂との間を行き来しながら、その日のくるのを一日千秋の思いで待っていた。つまり、急進派が江戸と大坂との二手に分れて、内蔵助どのの住む山科《やましな》をはさみうちにしていた。そうしておいであるときは江戸から、あるときは大坂から、内蔵助どのの重い尻《しり》を突っつくという布陣をしいたのでした。

ええとあれはあなたのお作の『出世景清』の出だしでしたか、たしか「死は軽くして易《やす》し。生は重くして難《かた》し」という名文句がありましたな。内蔵助どのが順序を踏みつつその一方で、吉良の間者《かんじや》の目をあざむくためか、根っからお好きな道なのか、京の伏見《ふしみ》の撞木丁《しゆもくちよう》あたりで浮名を流しておいでのうちに、橋本平左衛門の身の上に、あなたの名文句がぴたりと嵌《はま》るようなことが起った。橋本は死ぬということをまじめに考えすぎていたのでしょうか、一杯の飯を喰うときも「この一杯がこの世での喰いおさめ」としみじみと味わう。雷が鳴れば「あれがこの世での聞きおさめ」と耳をそばだてる。夕立ちにあえば「これがこの世での濡れおさめ」と降られたままでいる。もし石につまずいて転んだとしたらおそらく「これがこの世での転びおさめ」とか申したでしょうな。そして多分、長い間、その場に転んだままでいたにちがいない。

さあ、こういう男が、それも十八歳かそこらの若い男が遊廓《ゆうかく》に足を踏み入れたらどうなりましょうか。「これが女の抱きおさめ」と思うからひたすら一途になります。その一途さは相方《あいかた》の女にも伝わる。相方の女というのが淡路屋のお初だったことは申しあげるまでもありませんが、女は「この客は間もなく冥府へ旅立とうとしている」と、すでに初会で察しとった。

これはあとで知ったことですが、淡路屋のお初は朋輩たちにこう洩《もら》したといいます。
「自分はほどなく死ぬのだ、と信じ切っている平左衛門さんが羨《うらやま》しくて仕方がないよ」

罪業深き河竹《かわたけ》の流れの女が首尾よく廓《くるわ》から出られるのは、これはもう借金を完済したときに決まっていますが、たいてい借金というやつは遊女が「女」として商いになる間は決してなくならないようになっている。そして「売物」にならなくなった途端、ふしぎや借金がふっと消えてなくなってしまう。遊女屋の亭主がそんな曖昧《あいまい》なことを言っていてよいのかとお叱りを蒙《こうむ》るやもしれませんが、この惣兵衛は自前で天満屋をやっているわけではない。じつは雇われ亭主。まあ、店番ですな。本物の御亭主は、京の大店《だな》の……、いや、これは金輪際《こんりんざい》言ってはならないことでした。とにかく、証文の類は本当の御亭主が持っておいでだから、わたしにはそのへんの仕掛《からくり》がまだすっかりは飲み込めてはおりませんが、しかし女たちが無罪放免で解き放たれるときはもう色気も精気も枯れ尽したあと、ですから世の中へ出て行っても老いさらばえてただ死を待つばかり。女の盛りに自由な身体になる手はただひとつ、馴染《なじ》みの客に身請けされること。しかしこれはそう起ることではない。そういうわけですから、淡路屋のお初には、借金や証文に金縛りになって死ぬことさえままならぬ我身にひきかえ、この世からさっさと引き揚げようと決心している平左衛門が羨しく見えたのでしょう。そして生死を自分ひとりで決めることのできるこの若者に憧《あこが》れた。平左衛門はひたすら一途にお初を抱き、お初は抱かれながら平左衛門に憧れる。これでは深間《ふかま》に嵌らない方がおかしい。

さて、その頃、例の「四左衛門」が平左衛門の隠れ家に集合したことがある。赤穂の遺臣が四人もひとつところに集まるのはなにかと目立つ。なるべくそういうことは避けようと申し合せてあったが、京から大石瀬左衛門がやってきたときは別です。大石内蔵助どののご様子はどうか、これをしっかりと摑んでおくのがわたしどもの大事な仕事のひとつですから。たいていは「内蔵助どのは生温い。復讐《ふくしゆう》なさるおつもりがあるのだろうか。内蔵助どのは死ぬのが怖いのではないか。それでいろんな効能書を並べてぐずぐず引きのばしておいでなのではないか。ああ、内蔵助どのの肚《はら》を断ち割って本心が見たい」と四人ともいら立って酒になるのがきまった筋書でしたが、その日の筋書は大詰めがたいそうな口論になってしまった。

徳利を回し飲みしているうちに、早水が平左衛門の差し料がいつものとは違っていることに気づいたのです。早水は平左衛門の差し料を借りて眺めていたが、ぱちんと音高く鞘《さや》におさめると、がらりと放り出した。

「則重《のりしげ》がいつの間にか、当り前の新刀にかわっている。則重はどうした」

平左衛門はどきりとした様子で、ずいぶん長い間、畳に目を落していた。則重というのは、ごぞんじでもありましょうが、正宗《まさむね》の相弟子で、どっしりとした刀を鍛えた刀工です。見かけは野暮だが、使えばこんな頼もしい刀はない。折れもしなければ歯こぼれもしない実戦向きの、極めつけの名刀という評判がある。平左衛門は橋本家伝来のこの則重を非常に大切にしていました。そして二言目には「この平左衛門が必ず則重で上野介の素ッ首を」というのが常だった。それほど大切なものをなぜ手放してしまったのか。早水ばかりではなく大石瀬左衛門もこのわたしも「どうしたというのだ。さあ、わけをいえ」と詰め寄った。

「淡路屋のお初という女を身請けしようと思っている。それで則重は刀屋に預けてある。もうぼつぼつ買手がつく頃だ」

これが平左衛門の返事でした。早水がいいました。

「貴様、死と馴れ親しんでいるうちに、死ぬのが怖くなってしまったのだな。それで大望を捨てようとしているのだな。ふん、とんと内蔵助どのの二の舞いだ。死を見つめて暮すのがおそろしくなり、好いた女と世帯を持っておもしろおかしく暮したい、そういう腐った根性に成り果ててしまったのだな。そうだろう」

「ちがう。この世に生きていたという証しに、たった一人でいい、おれのことをずっと大事に想《おも》っていてくれる人間をつくりたかった。それだけなんだ。それにお初の身の上は聞けば聞くほど哀れだし、この世をさよならする前に人間を一人ぐらい仕合せにしてやってもいいではないか。ただ誓っていうが、大望は捨ててはいないぞ」

「わかるものか。だいたいこれまでの貴様なら、則重を刀屋に預ける前に、われら三左衛門に相談を持ちかけてきたはずだろう」

「その通りだ。ひとりでこっそり事を運ぼうとしたところがあやしい」

「われわれに相談してくれれば、この春の御大変《ごたいへん》の折に頂戴いたした分配金、まだ半分は手許《てもと》にある故に、よろこんで身請けの金を用立ててやったものを。貴様もこの三人の仲間のうちの誰かが似たような相談を持ちかけてきたら、きっとよろこんで金を用立てようと言い出したはずだ。そう、それがこの四左衛門組の不文律なのだ。その不文律を貴様は無視した。それはおそらく貴様の肚の底に命を惜しむ心が芽生えたからではないか。貴様は死ぬのが怖くなった。だからおれたちに背を向けて、ひとりこっそりと身請けの金のやりくりをした。そうにちがいない」

われら三人は酒の勢いもあって、また慎重すぎる内蔵助どのへの鬱憤《うつぷん》をここで晴らそうという思いもあったのでしょう、口々にそう言い立てて平左衛門を追いつめて行った。平左衛門はただ真ッ蒼になってふるえていましたよ。そして畳を蹴って立ち上り、外へ出ようとしていたわたしどもに、絞り出すような声で、

「おれの肚の底をみんなの前に摑み出して見せることができればな」

といった。

「まあ、いい。この橋本平左衛門の心の底の涼しさを三日のうちに見せてやる」

三日目の朝、平左衛門は淡路屋でお初を殺し、自らも例の則重で喉笛《のどぶえ》をかき切りました。壁に指筆の血墨で「死は易し……」と誌《しる》してあったそうです。わたしらに勇気を疑われて絶望したのだと思います。というよりは、自分の真心を証明する手立てとしては「死ぬ」ことしかなかった。わたしは平左衛門の心の底を疑ったのを恥じ、また早水や大石瀬左衛門と会うのが、まるでみにくい自分の分身と会うようで辛く、お初平左衛門の心中の後始末を手紙で早水に頼み、丹後《たんご》の方へ旅に出ました。その旅先で、この天満屋の持主と知り合い……、まあ現在に至ったというわけで。

お初徳兵衛の心中も、よく考えてみると、これまで申し上げた橋本平左衛門の場合とよく似ていますよ。お初の身請け主の駒屋の隠居が、「天満屋惣兵衛はお初徳兵衛に『お初を寮に引き取ってもわしは一人じめにしようとは思っていない。二人が逢引きしようがなんとも思わない』という、この駒屋の言い分を伝えてくれなかった。それが悪い。そのせいで二人は死んでしまったのじゃ」と騒ぎ立てていますが、そんなことはない、ちゃんと二人には伝えてあります。眼目はそんな枝葉のところにあるのではない。二人はたがいに相手の心の底を疑いはじめていた。と自信あり気に申しあげるのも四月六日の夜、二人が罵《ののし》り合っているのを計らずも立ち聞きしてしまったからですが、そのとき徳兵衛がこう怒鳴っていましたよ。

「身請け話のあったとき、おまえはにっこりとうれしそうに笑ったというじゃないか。

やはりおまえは金で色を売る女だったのだね。醬油屋の手代よりは大きな質屋の隠居がありがたいのだろう」

「徳兵衛さんだって御主人の姪御さんと一緒になるんじゃないか」

お初が言い返した。

「そのうちきっとその姪御さんの方が可愛いと思いはじめるにちがいないんだ。駒屋の寮に逢いに来てくれるかどうか、あやしいものさ」

「何回いったらわかるんだ。あれは方便だよ。でないと江戸の出店へやられてしまう」

「方便……。ふん、便利なことばだね」

「畜生。おれの心の底の涼しさを見せてやることができればなあ」

「わたしだってさ」

思わずぞくっとしましたな。いつかの平左衛門の台詞《せりふ》と同じじゃありませんか。そこでその夜は二人の様子に気をつけていたのですが、そのあとがずいぶんと楽しそうでしたからひょいと心が緩み……。これ以上申しあげると陰気な繰り言になってしまいます。このあたりで口をつぐむことにいたしましょう。心の底の涼しさを、死ぬこと以外のやり方ではっきり見せる手立てがあれば、とつくづく思います。

それで浄瑠璃に仕立てる目安が立ちましたよ、天満屋さん。心の底の涼しさを三日のうちに見せてやる。この一句が御芝居の趣向に綾をつけ、段取りに楔を打ち込む。心の底の涼しさは死ぬこと以外のやり方では、はっきりと見せることができない。そこがわれら作者どものつけ目、米櫃《こめびつ》です。おかげで来月の竹本座の幕もぶじに明《あ》く。おっと危い、また石だ。

江戸給人百石

小山田庄左衛門

　まさしく猫、猫のようなお方ですな、大石内蔵助どのは。赤穂での大石どのの渾名《あだな》はたしか「昼行燈《ひるあんどん》」とか承《うけたまわ》っておりますが、ここ細川家の白金下御屋敷では今朝から「猫さま」が大石どのの通り名になっております。「猫さま」の由来ですが、小山田一閑《いっかん》どのは浅野内匠頭さまの元御家来でいらっしゃる、しかもお話では、昔、大石どのに山鹿素行《やまがそこう》先生の御学問を手ほどきなされたこともおありだとか、ならば先刻御承知かもしれませぬが、大層な寒がり屋ですな、大石どのは。あれほどの寒がり屋は珍しい。大石どのが他の十六名の方々とここ白金屋敷に御預けの身となられてから、十五日の夜、十六日の夜、そして十七日の夜と、はやくも三晩を数えましたが、三晩とも大石どのは夜具の中でガチガチと歯を鳴しておられましたぞ。

　この堀内伝右衛門は当家のお預かり衆の一人、浅野家御家来衆に万が一のことがあってはいけませぬから、櫛形《くしがた》座敷上ノ間、下ノ間に近い小部屋に常時詰めておりますが、その小部屋にまで大石どののガチガチが聞えてまいる。最初の夜は、大石どのには申し

訳ないが、

「おやおや、これは案外な……」

と思いましたよ。

「臥薪嘗胆《がしんしょうたん》の末に主家の恩義に報いたこのたびの大快挙の大黒柱であった大丈夫も、本懐をとげられた後ではやはりただの人か。吉良さまの首級《しるし》をあげるときまでは、心と胆《きも》とが異様なまでに昂《たかぶ》りよく働きもして、恐しいなどと毛筋ほども感じなかったのに、すべてが成って落ち着いたいま、かえって恐しくなる。思い出すたび肌が粟《あわ》になるほど怖い。それでガチガチと歯を鳴しておいでなのだ。さらにまたこれからのことがある。公儀の御詮議《せんぎ》がどうなるのか。お上《かみ》に私憤をもって弓引いたる罪人として打首か、士《さむらい》として扱われて切腹か、あるいは……」

我等が太守様は、これほどの至誠の士たちにお上が死を賜わるはずはないと仰せになっております。小山田一閑どのは、大石どのには学問の師、特別の間柄でおいでゆえ申しますが、我等が太守様は、お上の御詮議がお構いなしと出るのはまずたしか、だからその暁には当家お預かりの十七人衆をそのまま御召抱えなさろうとお考えになっておいでです。もっともこれはここだけの話ですが。ただしあれもこれもあくまでも外側《そと》から見てのことで、御当人たちは前途にあるは賜死のみ、とお考えのようですな。そこで死を思うたびに歯が鳴ってしまうのではないか。

いやいや、そのように睨《にら》んではいけませぬぞ、一閑どの。我等お預かり衆のこの考えは、俗にいう下種《げす》の勘繰り。それが今朝、判然といたしました。伝右衛門が上ノ間へ顔を出しますと、大石どのは茶縮緬《ちりめん》の括頭巾《くくりずきん》をかぶったままで夜具から出ようとなさっておりました。おまけに掛け夜具の上に火燵布団《こたつぶとん》までのせておいでであった。そして伝右衛門を見てこうおっしゃった。

「括頭巾の一枚や二枚では、どうにも江戸の寒気は防ぎ切れませぬな。伝右衛門どの、綿入れ頭巾のようなものをお恵みいただくわけにはまいりませぬか」

いま、御屋敷の針女《はりおんな》の尻を叩いて真綿の頭巾を縫わせております。十七人衆の処遇については、煙草を差しあげるかどうか、料紙や硯《すずり》をお渡ししてよいかどうかに至るまで月番御老中の稲葉丹後守《たんごのかみ》さまに伺い書を差し出しいちいち朱書による御指図を仰ぐことになっておりますが、真綿の頭巾については、我等お預かり衆が独断で決めました。だいたいが「安眠のために綿入れ頭巾を相渡し申すべきや」と伺いを立てられても御老中にはなんのことかおわかりになりますまい。また、これも独断で十七人衆の御部屋を他へ替えようかとも思っております。現在の櫛形座敷上ノ間、下ノ間は、庭に面していない、つまり日当りが悪い。だから終日、冷え込んでいて寒気も一段ときびしいのですな。ひきかえここ御役者ノ間はごらんのように午前《ひるまえ》は目が痛くなるほど明るく暖い。櫛形座敷が寒冷地獄ならばここは浄土《じようど》の春。ところが一閑どの、じつはここが思案のしどころ、御役者ノ間というからにはこの座敷は能役者衆の溜《たま》り。庭を突っ切り、切抜き門を出ますと、そこはもう大書院上ノ間の前の御庭です。江戸の町人めらは「近頃、能狂いせぬ大名は珍しい。なかでも細川の御殿様は能狂いの中の能狂いじゃ」などと勝手なことをほざいているようですが、たしかに我等が太守様は、その大書院上ノ間の前の御庭に、西本願寺のものをそっくり模した能舞台をおつくりあそばした。公方《くぼう》様が能狂いなさっている以上、御殿様の御連中としてもおつき合いして狂うほかはない。なにも芯《しん》からお好きでお狂いあそばしているわけではないのだが、そのあたりのことは町人めらには判らんのです。それはとにかく、万が一、お上の御詮議が「赤穂四十六人衆には御仕置を」と出た場合……、むろんそんなことは決して有り得ませんが、仮りに、仮りにですぞ、御仕置ということになれば、その場所に能舞台のある御庭があてられるのは必定です。お上の御検使が大書院上ノ間に御着座なされるに決まっておりますわい。つまりこの御役者ノ間が御仕置場に最も近い座敷というわけで、それが我等お預かり衆の悩みの種なのですな。

「こちらの座敷の方が冬場はずんとしのぎやすい」

それだけの理由でお移し申したのに、十七人衆は、

「ここへ移されたのは、御仕置と決まったからではないか」

とこう深読みなさるかもしれぬ。たとえ「よかれかし」と思ってしたことでも、それ

が十七人衆の胸の裡《うち》にいささかでも波風を立たせることになっては、なんのためにお預かり衆を拝命したかわからなくなってしまいます、そのあたりがじつに難しい。これでも気を使います。「大石どのに一目、会わせてくだされ」と、昨夜からこの御屋敷の目黒御門に坐り込みをなされた一閑どののあしらいにも正直のところ悩み抜きました。一昨日、我等は御老中に「もし親類縁者より書状、音物《いんもつ》など越し候はばいかが申し付く可《べ》きや」とお伺いを立てたばかりのところだったからです。打てば響くように「書状の往来はまだいかん。が、音物は品によっては中継《なかつ》ぎをしてもよし」という御返答もいただいている。この御老中の朱書に照らせば、大石どのに一閑どのをお引き合せするのはお預かり衆としては失態というものでしょう。がしかし太守様のここ数日来の御口癖は「いかなる場合も、血も涙もある処置をとるように」ということ、「そのためなら朱書から多少、横に逸《そ》れても構わぬ。責めは一切、余が引き受けよう、できるだけあたたかくもてなすように」とも仰せ下されております。加えて、一閑どのの御様子たるや、「大石どのにお引き合せいただけぬようならこの場をかりて腹を切る」という気迫に溢《あふ》れておいでだった。また伺えば、大石どのの学問の師でもあったとおっしゃる、そこでこれまた我等の独断で……、ま、そういう事情をお踏まえくださって、大石どのとの御面会のことは是非とも他言無用に願いたい。

　おもてをおあげください。この堀内伝右衛門を拝み召されてもそれは筋ちがい、どうでも拝みなさるなら切抜き門の方角に向って頭を下げられるがよろしかろう。切抜き門の向うには大書院がござる。そしてその大書院では我等が太守様が碁を打っておいでになるはずじゃ。我等の独断も太守様の温かい寛大心が背後にあればこそで。もうひとつ、大石どのにもお礼を申しあげられるがよい。「赤穂家の江戸詰給人《きゆうにん》で百石を喰《は》んでいた小山田庄左衛門の実父で一閑と申す老人が裏門に坐り込んでいますが、じつは困り果てております。なんでも大石どのは学問上の愛弟子《まなでし》、その弟子に会えぬなら生きてはおらぬ、と凍《し》みた土の上に正座いたしております」と大石どののお耳に入れたところ、あの方はしばらくぼうとなさって、懐しいものを見つめるような眼付きになられた。あの眼付きが我等の独断を引き出したのです。

「こんな目をなさるのは、よほどお逢《あ》いになりたいからにちがいない」

我等はそう思いました。そして一閑どのを御長屋にお泊め申しあげることにしたのでした。……おお、大石どのです。

大石どの、そうして一閑どの、目障りでございましょうが、堀内伝右衛門はこのまま座敷の隅に控えていさせていただかねばならぬ。なにせ御老中よりの朱書に「御預け人を一人にして放置いたすは無用」とありましてな。なに、この伝右衛門なぞ、屏風か火鉢とお思いになればよろしい。

おやつれになりましたのう。その昔、この一閑めが、赤穂刈屋城の御城下九軒町の長安寺本堂を教場がわりに、御家中の有志に山鹿素行先生の御学問を手ほどき申しあげていた時分は、コロコロと肥えられていたのにいまは鶴、まるで別人のようじゃ。あの頃、赤穂に押し込められておられた素行先生が、大公儀《おかみ》の御赦免を得て江戸へ去られてからあと、たしか大石どのがお家を継ぐ一年前のことではなかったかと思いまするが、大石どのは厳寒の本堂にいつも一番槍、ぶくぶくと着ぶくれなさったからだを本堂の柱にもたせかけて、学問仲間の集まってくるのを待っておいでになるのが常じゃった。思い出しますわい、学問仲間連中は大石どののことを、敬愛の意をこめてではござったが、「寒がり山の豆狸《まめだぬき》」などと呼んでおりました。あの勉強会は一年も続きましたか、大石どのが若冠十九歳でお家をお継ぎ召され、「やれめでたや」と思う間もなく、この一閑めが江戸詰を仰せつかって、それで自然《ひとりで》に立ち消えになってしまいましたが、さて、あれから何年になりましょうか。そう、二十五年になりますなあ。一閑はもう十四回眠ると八十二歳になります。他人は長命をことほいでくだされますが、正真正銘の話が、この長命ぐらい荷厄介なものはございませんな。一等上の女《むすめ》が御小姓組番頭《ばんがしら》大久保豊前守忠庸《ただつね》さまの用人侍で松山八右衛門と申す者の許に嫁いでおりますので、昨年春の御大変《へん》からは女《むすめ》のところで老いの身を養っておりますが、いろいろと肩身のせまい思いを……、ほれ、もう老いの繰り言になってしまいました。これだから嫌われる。士は死と同音、したがって士は死時と死場所が大事、この二つが士の値打を決めるとは、素行先生の口癖でござった。ところが素行先生第一の弟子と自認していたこの一閑が死に損ねて生恥をかいている。皮肉な話です。

この二十五年間に、書状を四、五度、差しあげましたが、いつも瞼《まぶた》には恰幅《かっぷく》のよい大石どのを思い浮べておりました。ところがこうしてお目にかかってみると、意外なほど痩《や》せておいでじゃ。去年の春の御大変《ごたいへん》以来の心労が大石どのから肉や脂《あぶら》を奪ったに相違ない。御苦心のほどお察し申しあげまするぞ。

さて……。伜《せがれ》はどうしたのでござりましょうか。この老いぼれに一言、小山田庄左衛門の消息をお聞かせくだされ。このたびの義挙から脱落したのではないということだけは、この一閑も承知いたしておる。庄左衛門はそんな骨なしではござらぬ。最後の最後まで大石どのに従っていたはずじゃ。それがなぜ、このたびの顔ぶれに加わっておらぬのか。一度の討入りで上野介どのの白髪首を頂戴できぬ場合を思い計って第二軍の用意があったと江戸雀どもは囀《さえず》っておる。いかにもありそうなことじゃ。大石どのなら当然それぐらいはお考えになっておったはず。大石どの、庄左衛門は第二軍に割りふられたのじゃな。また江戸雀の曰《いわ》く、「足軽組の寺坂吉右衛門なる者が泉岳寺門前より忽然《こつぜん》と姿を消したが、これは内匠頭どの未亡人の瑤泉院《ようぜいいん》さまや広島の浅野大学さまに本懐成就の顚末《てんまつ》をお伝えするためらしい」と。あるいは大石どのは庄左衛門にその足軽と似た役目をお与えになったのかもしれぬ。

お恨み申すぞ、大石どの。なぜ、庄左衛門に働き甲斐《がい》のある仕事を授けてくださらなかったのじゃ。ひょっとしたら大石どのは一閑の書状の文面をそっくりそのまま真《ま》に受けられたのではないか。去年の十一月初旬《はじめ》、わしは大石どのが同志との談合のため江戸へ下ってきておいでじゃと聞いた。当時、庄左衛門はさる旗本の屋敷内の御長屋に住み込み、用人見習のようなことをやっておったが、さっそく呼びつけ、書状を持たせて大石どのが御逗留《とうりゆう》の三田は松本町の前川忠太夫方へ走らせた。たしかにそのときは、「どのようにつまらぬ仕事でもかまわぬ、走り使いとして使ってくださっても結構、とにかくこの庄左衛門を是が非でも義盟にお加えいただきたい」と認《したた》めはいたしましたぞ。だがしかしそれはもののたとえと申すもの、一閑の書面を杓子《しやくし》の定木《じようぎ》に用いて、庄左衛門を第二軍にお回しになるとは情けない、本懐成就の触れ歩きにお用いになるとはひどすぎる。小山田家は御承知のごとく百石取りの、歴《れつき》とした家柄でござる。にもかかわらず三両二分二人扶持の足軽組と同列にお扱い召さるるは、あまりにも武士の情けを知らぬなさりようだと存じますが。

身内の自慢は本意ではないが、庄左衛門は学問も深く、また槍を持たせれば達人、文武両道に通じた男でござる。いわばいかようにも使える男。使えばなかなか使いでのあるやつじゃ。この一閑がやつをそのように仕込みましたのじゃ。庄左衛門は俗に申す恥掻きっ子、一閑が五十二歳のときの子です。それまで四子を授かっておったが、不運にも、いずれも女子ばかりであった。そんなところへはじめて男子が呱々《ここ》の声をあげたのだから恥しいより嬉しいが先、取上げ婆からさっそく赤子を奪って、高々と頭上に掲げ家の中を練り歩いたものです。先代《さき》の殿様の長友さまからは、

「小山田十兵衛よ、ようやく年来の望みが叶《かの》うたのう。さぞかし本望であろう」

というありがたい御言葉に添えて時服を一領たまわりましたし、山鹿素行先生は赤子のために庄左衛門という名を用意してくださった。「庄」の第一義は田舎の百姓家。そして第二義は、たいらか、高低や凸凹《でこぼこ》のないさま。庄左衛門の「庄」は無論この第二義のほうで、つまり素行先生は、

「一時の激情や損得に振り回されぬ、たいらかな士に成長するように」

という願いをこめて命名してくださったわけじゃ。

そしてこの一閑はといえば、とかく年をとってから出来た子に親は甘くなりがちなもの、これはよほどきびしく育てあげないとものの役に立つ男にはなれぬだろうと決心し、その決心に片時もそむかぬよう育ててまいったつもりです。庄左衛門を知るほどの者はみな申し合せでもしたように「槍を取っても文を取ってもの人柄」というが、それもこの一閑が手塩にかけて育てあげ、手心など一切加えずきびしく鍛えあげたからだと、ひそかに自負しておりますよ。

それは中には庄左衛門の悪口をいう者もいないではない。たとえば上の女《むすめ》の夫の松山八右衛門などはその一人ですな。この男、さきほども申しあげましたように五千石の旗本麴町土手四番丁の大久保忠庸さまの用人をしておる。大久保家には五人の用人がおりますが、松山はその末席、そのせいかひどく捩《ね》じけた男でな、いつも不機嫌な面《つら》つきをしている。苦虫を一時《いっとき》に百匹も嚙み潰したような仏頂面で、ことごとにこの一閑にさからう。たとえばわしが空を見上げて、

「よい天気じゃ」

と朝の挨拶をいったとしますな、すると松山はこう出る。

「西によくない雲がある。午後は雨になるかもしれない」

わしはその朝の、そのときの天候のことをいっておるのに、それを素直に受けとってはくれぬのじゃ。なにかしら屁《へ》理屈をこねる。昼、汗を拭きながら御長屋へ戻ってくるのへ、

「殿様の御用で築地まで用足しに行かれたそうじゃな。さぞかし暑かったことであろう。井戸から冷水を汲《く》んでおきましたぞ。さっと水をかぶって暑気払いをしなされ」

とねぎらいの言葉をかける。すると松山のやつめ、

「暑さには強いたちですから」

いかにも迷惑そうに申してせっかく汲んでおいた盥《たらい》の水には見向きもしない。御長屋

の前の小庭に雑草繁って見苦しい。そこで草を毟《むし》ってきれいにしておくと、

「雑草があってこそ庭というものは風情をますものなのに」

とほざく。言外に「余計なことをしてくれるな、この老いぼれ。それにお前そのものが余計者ではないか」とほのめかす。女《むすめ》が内職でたくわえた帆待《ほまち》銭を投じ西瓜《すいか》を求めて夕餉《ゆうげ》の膳に出す。すると、

「ただでさえ、口がひとつふえているのだ。それをわきまえているなら、とてものことにこういう贅沢《ぜいたく》はできぬはずだが」

と女《むすめ》に小言八百言い散らして、暗にわしをほかに能のない米喰虫扱いにいたす。そうじゃ、あれは先月、十一月の晦日《みそか》の正午《ひる》のこと、久し振りに庄左衛門がやってきた。伜はきりりと引き締った、凜《りん》とした顔付きをしておりましたわい。

（ははあ、伜は暇乞《いとまご》いに来たのじゃ）

とぴんときました。

（これはいよいよ討入りの時が近づいたのだ。庄左衛門のやつ、今生《こんじょう》の別れを言いに来たにちがいない）

そこで女《むすめ》に酒を買わせ、目刺しを肴に盃のやりとり、素行先生の学問のことなど話してやっていると、松山が戻ってきた。松山は勝手脇の三畳のわしの部屋をちらと覗いて、

「真ッ昼間から酒盛りですか。結構な御身分ですな。小山田家というのは余程口の奢《おご》っ

た御家柄と見える」

またも得意の当てこすり。庄左衛門が気をきかせて松山の手に盃を持たせた。

「義兄上《あにうえ》、このたび京のさる医家に住み込んで医者修業をすることになりました」

無論、京で医者修業は口実ですわい。

「そこで当分は節季ごとの御挨拶を欠くことになりそうです。ま、そんな次第で父から山鹿流学問の聞きだめをしていたところです。ささ、義兄上も一献……」

注ごうとするのを松山はパッと払いのけて、盃をわしの膝許へぽいと抛《ほう》った。

「一閑大先生の山鹿流学問でこっちは耳に胼胝《たこ》ができておる。折角だが、これ以上聞くと反吐《もど》しそうじゃ。いっそ一閑大先生を伴って京へ上ってはどうじゃ。京には一閑大先生の山鹿流学問に随喜の涙を流す閑人《ひまじん》がおるやもしれぬからの」

わしは松山の毒を含んだ舌には慣れておりますじゃ。また、慣れなければ松山の家にはおられぬ。口惜しいが路頭に迷うのほかはない。そこで何喰わぬ顔で酒を舐めておった。しかし庄左衛門のほうは毒にあてられていたようじゃった。それからは蒼い顔になり、目に見えて口数も減った。別人の如く口が重くなった。小半刻《こはんとき》（約三十分）もそうして飲んでおったか、やがて庄左衛門は坐り直してこの一閑にこう申しましたのじゃ。

「もはやおいとましなければなりません。父上もずいぶんとお達者で。これは『身の回りの始末を綺麗《きれい》さっぱりとつけるように』という御言葉と共に大石さまが同志に分配なされた金子《きんす》……。二十五両あります。なにかに用立ててください」

庄左衛門の立ち去ったあとには、たしかに手拭で包んだものが置いてありましたわい。開けてみると山吹色が二十五枚。その晩、その二十五両を松山に叩きつけてやった。

「わしの喰い扶持じゃ」

と言うてな。

「わしが百の翁《おきな》になっても、それだけあればお釣りがくるはずじゃ。もうひとつ言っておきたいことがある。八右衛門どのにはやがて庄左衛門の義理の兄だというだけで、世間からほめそやされ、大久保の殿様から重んじられるときが来るであろう。そのときには多分、今日の昼の庄左衛門に対する素気ない仕打を心の底からくやむことになるであろう」

もっとはっきり、わしの伜は貴様の如き陰険な不平家なぞ足許にも寄れぬ忠誠の士じゃ、と言ってやりたかったが、それでは大事が洩れる。そこであの日はそれぐらいのところで辛抱いたしましたよ。

大石どのの義挙が麴町辺《へん》に伝えられたのは一昨々日《さきおととい》の巳《み》ノ刻（午前十時）であった。まず、胸のうちに積もりに積もっていたことをすべて松山にぶつけてやりましたぞ。

「赤穂四十六人衆のうちに、小山田庄左衛門が、わしの庄左衛門がおるのじゃ。己《おの》が女房の父親を厄介者扱いにする心せまき凡夫よ、捩じけものの小人よ、これですこしは目がさめたかな。さあ、庄左衛門の遺していった手拭を神棚に供えて拝むがよい。庄左衛門の姉に、そして父に手を合せて詫《わ》びるがよい。赤穂がかかる忠義の士を大勢生んだのも、そこに山鹿素行先生の御学問がしっかかと根付いておったからじゃ。その素行先生の御学問に向い、『耳に胼胝《たこ》ができた』だの、『これ以上聞くと反吐《もど》しそうじゃ』だのとよく言えたものじゃ。そう憎まれ口を叩くお主《ぬし》は、ではいったいどのような学問を心肉としているというのか。これからは素行先生にも手を合せてもらわねばならぬ」

泉岳寺へは正午《ひる》過ぎに着いた。門前は黒山の人集《だか》り、幾重にも人垣ができておった。一目でよい、庄左衛門に会いたい、一言でよい、「よくぞやった」と褒《ほ》めてやりたい。だが、御承知のように泉岳寺を御徒《おかち》目付衆がぐるりと取り巻きしっかと固めておる。御徒目付衆の頭《かしら》に、「赤穂衆の中に我が子がおる、かく申すわしも十年前までは赤穂の家中であった、大石どのの師でもある。誓って胡乱《うろん》な者ではない。境内へ通されよ」と訴えて喰いさがったが、「蟻《あり》の子とて通さぬ。これは大目付仙石伯耆守《せんごくほうきのかみ》さまの御達しじゃ」の一点張り。「おお、仙石さまなれば、面識はないが、同じ山鹿素行門下。そのよしみで通されよ」となおも喰らいついたが、埒《らち》が明かぬ。埒が明かねば門扉も開かぬ。

そうこうするうちに暮六ツの鐘。その鐘が合図か、ついに門扉が開いた。御徒目付衆と六張の提灯に守られて、まず大石どの、つづいて御子息主税どの。……だが、赤穂衆の中に伜は居らなんだ。行列の後尾に駕籠が二挺《ちよう》。思わず駆け寄る。御徒目付衆が槍の柄で押し戻す。「駕籠の中に伜がおる。伜は手疵《てきず》を負うて歩けぬと見える。庄左衛門、父じゃ。一閑じゃ。小山田十兵衛じゃ」と咽喉《のど》も裂けよと呼ばわった。すると御徒目付衆が申した。「前の駕籠は原惣右衛門、後は近松勘六」。「では、小山田庄左衛門はどこでござるか」。「そのような姓名の者はおらぬぞ」……。

しばらくその場にへたり込んでおりましたよ、大石どの。庄左衛門が義挙の顔ぶれの中におらぬという法はない。その証拠にわざわざ暇乞いにやって来た上、老いの身を養う金まで遺して行ってくれたではないか。いったい何があったというのじゃ……。そのうちに近くの人の輪の中から、「赤穂衆は愛宕《あたご》下の仙石さまの御屋敷でざっとした取調べを受け、今夜のうちに細川越中守さま、松平隠岐守さま、毛利甲斐守さま、水野監物《けんもつ》さまの、四大名家に預けられることになるらしい。というのは、おれはたったいまこの目で見てきたのだが、仙石さまの御屋敷の周囲《まわり》はいま掲《あ》げた四大名家の高提灯や手提灯でいっぱいで、まるで真ッ昼間のようだったぜ」と、わけ知りぶった高声。つづいて「寺坂という足軽がいつの間にか姿を消したとさ。瑤泉院さまや広島の浅野大学さまに本懐成就を告げに行ったとのことだ。また第二軍の備えもあったらしく、江戸八百八町は鵜《う》の目鷹《たか》の目の御徒目付衆で溢れ返ってら。寺坂や第二軍を詮索しているのだ」という声も耳に入ってきた。それを聞いてすこしは正気を取り戻しました。伜がそっちへ回されたらしいとわかりましたのでな。だが、大石どの、撰《よ》りに撰《よ》って伜が第二軍とはむごい、本懐成就の触《ふ》れ人とはあんまりじゃ。この一閑、その理由をうけたまわりとうござる。庄左衛門のどこが不足でそうお決めなされたのか。大石どのの口からはっきりその訳を伺わぬうちは、麴町土手四番丁の御長屋へは戻れませぬ。いったいどの面《つら》さげて女婿《むすめむこ》に……。

年寄《としよれ》ば愚に復《かえ》るとは古諺《こげん》の教えるところですが、一閑先生は別です、古諺をはるかに超えておいでです。たしかに頭には霜が、お顔には皺がふえられた。しかし音吐《おんと》は朗々として艶《つや》や張りを失わず、さらに言い繕いや言い淀みはかけらもなく、昔と少しも変っておられぬ。おかげでこの大石は、二十五年の歳月を一気に飛び越えて赤穂九軒町の長安寺本堂にいるような気分を味わうことができました。あの頃の一閑先生のお声も大きかった。われわれが蔭で一閑先生のことを何と呼んでいたかご存知でしょうか。「太鼓鐘鉦《どんちゃん》おやじ」です。山鹿素行先生の武士道論を講義なさるお声が太鼓や鐘のようであったので、誰が言い出すともなく太鼓鐘鉦《どんちゃん》おやじ。あの頃に思いを馳せると懐しさのあまり栃《とち》の実ほどもある涙がこぼれ落ちそうになる。己が人生の行手に何が待ち構えているのかも判らず、仲間の誰とやがて袂《たもと》をわかち、誰と憎み合うことになるかもわからず、ただ一心に学問をし、暇があれば小犬のように仲間とじゃれ合っていた長安寺本堂の無邪気な若者たち。思うたびに胸が切なくなってまいります。

一閑先生の講義でいまもはっきりと覚えているのは、「士は師たるべし」という題でなさった、たしか半日にも及んだ大長講です。素行先生の武士道論をもとに一閑先生は論をこう展開なさった。

「素行先生がおっしゃるように、戦《いく》さが日常の世においては、士たることはじつにやさしい。なんとなれば戦場に出て行き、主君のために精一杯働けばよいのだから、どんな愚か者も士たることはできる。しかし島原の戦さからはや四十年、天下は泰平、世の中から戦さというものが一斉に姿を消してしまった。いくら忠義を行おうと思っても、それを発揚する場というものがない。すなわち平和が士を追放してしまったのである」

仰天しました、あのときは。平和の世では自分たち武士は余計者なのか。目の前が暗くなった。

「しかし我等は『士』としてこの世に生れついた。生れ直すわけにも行かぬ。加えて、生きつづけて行くためには『平和の世の士はこう生きればよい』というしっかりした定木がなくてはかなわぬ。だが、その定木はあるのか。士は耕さずして喰らい、造らずして用い、売買せずして利する。つまり百姓や職人や商人の上前《うわまえ》をはねて生きている。これではユスリやタカリのたぐい、さもなければ乞食である。こんなくだらぬ生き方をしていてよいのか。よいはずはない。では、どう生きるか。素行先生はおっしゃる。『士は道徳の師たれ』と。素行先生は泰平の世における武士の生きる道を編み出された、

『士は己れを高めて、百姓、職人、商人の手本となれ』と。君臣の道をつとめよ、朋友の道、父子の道、兄弟の道、夫婦の道を、つとめてつとめてつとめ尽すこと。士の生きる道はこれしかない。これらの道をつとめ尽して一個の、立派な人となれば、三民おのずから、士を師と仰ぎ、士を貴んでくれるだろう。そのときはじめて、耕さずに喰らっても、どうにか許されよう。造らずに用い、売買せずに利しても、世間さまはなんとか見逃してくれるだろう。……」

一閑先生は覚えておいでかどうか、この結語と同時に、長安寺本堂はわたしども聴講生の「ほっ」という安堵《あんど》の声で満ち満ちました。

さて、一閑先生の御子息は、あの庄左衛門は、父子の道、すなわち孝道をつとめ尽したのです。じつのところ一閑先生のお話を伺うまでは、この大石も庄左衛門に腹を立てておりました。十一月晦日の朝、日本橋の鐘つき堂新道小山屋弥兵衛店《だな》に庄左衛門がやってきた。当時、この大石は旅籠《はたご》小山屋の離屋《はなれ》に垣見《かけひ》五郎兵衛なる変名を用いて逗留しておったのですが、そのわたしの許へ庄左衛門が堀部安兵衛の書状を届けて来た。一閑先生に庄左衛門がどの辺まで打ち明けていたかは知りませんが、その頃、庄左衛門は本所林町五丁目に堀部たちと共に住んでいた。堀部から書状を托されたのはそのせいでしょう。ちょうどわたしも瑤泉院さまにさしあげる書状を書きあげたところでした。内匠頭どのから拝領の則光《のりみつ》の小サ刀《ちいがたな》を瑤泉院さまにお返ししておいた方がよい、また余分な金子も二十五両ばかりあった。これも瑤泉院さまに差し上げることにしよう。とまあこのように考えていたところへ誂《あつら》えたように庄左衛門が現われたものですから、書状と則光と金子とを托しました。そのとき、

「一閑先生にもそれとなく暇乞いをしておくがよいぞ」

と申したのを覚えております。そしてそれっきり音沙汰《おとさた》なし。いや。その翌日でしたか、日本橋本町の旅籠七文字屋にちらと姿を現わしたらしい。七文字屋には寺井玄達という医者が投宿していた。一閑先生は浅野家の御抱医者だった寺井玄渓をご存知でしょう。玄達はその長子です。七文字屋に陣取ってわれわれ同志の身体を診《み》てくれていました。さてこの寺井玄達の許へやってきた庄左衛門は、

「なにもいわずに金子二十五両、用立ててくださいませんか。さもないと……」

と言いかけてぶるぶる震え出したという。

「さもないと、どうなるというのです」

「死ぬほかに方途《みち》がない」

「それで二十五両の使い道は」

「それは言えない」

「言えぬのなら貸せぬが……」

玄達の話では、二人の間で交された会話《やりとり》はこれですべてだったとのこと。庄左衛門は

ふわっと立って、そのまま出て行ってしまった。
一閑先生、庄左衛門は一閑先生が女婿《むすめむこ》から冷たく底意地悪く扱われるのを見て、その小半刻の間に孝の道をつとめてつとめて、つとめ尽したのではないでしょうか。つとめ尽して辿《たど》りついたのは、二十五両の金子を遺して行くことであった。それも立派な士道だと思います。この大石は君臣の道をつとめようとしたために夫婦の道は捨てました。捨てざるを得なかった。庄左衛門の場合は父子の道をつとめようとしたために、君臣の道を捨てた。玄達が用立ててやれば話はまた別になったかもしれませんが、さあれ、君臣の道を捨てた。庄左衛門も一瞬のうちに己れの誠を尽したのです。一閑先生のお話を伺って真実ほっといたしました。

一閑どの、よろしゅうございましたな。大石どのがあおっしゃってくださったからには、もう御子息を責めたりなすってはなりませぬぞ。もう正午《ひる》近い。御長屋で昼餉《ひるげ》でも進ぜましょう。それにつけてもこの伝右衛門は一閑どのが羨《うらやま》しい。わたしのところは後継《あとつ》ぎが婿養子でしてな、この婿養子が一閑どのの女婿《むすめむこ》の松山八右衛門に輪をかけたような冷たい男じゃ。こっちも年じゃから、つまずく、ころぶ、物忘れするといろいろ粗相をいたします。が、いつも知らぬふり、慰めの言葉ひとつかけてくれるわけではない。それどころか、早く棺桶《かんおけ》に足を突っ込んでくれればよい、といったような目で見ておる。わしも、このわしのために、よろこんで大事の道を捨ててくれるような子がほしかった。そこのところが羨しい。親の老いが子の足をひっぱるとよく言いますが、この伝右衛門にはひっぱりたくともその子がおらぬのだから話にもなにもなりません。それ、そこが例の切抜き門じゃ。門の向うが能舞台のある御庭です。

付記

小山田十兵衛（一閑） 小山田庄左衛門の父で深く山鹿素行の感化を受けていた武士であるが、老齢で隠居し、嗣子庄左衛門を激励して大石内蔵助の傘下に送り、討ち入りの成功を一日千秋の思いで待っていたのであった。

ところが元禄十五年十二月十五日、赤穂浪士の仇討ちを聞いて、当時江戸の娘の嫁入り先にいた一閑は、狂奔してその顔触れをただしてみると愛する子の名が無い。……（略）……一室に端座して自らの刃で胸元から背後の壁まで貫き徹して壮烈極まる自殺を遂げたのである。時に八十一歳であった。

（内海定治郎『赤穂義士事典』赤穂義士顕彰会編　P365）

小山田一閑　江戸詰百石小山田庄左衛門父。通称十兵衛。隠居して一閑と号し娘婿の幕府小姓組番頭大久保忠康《ママ》家臣松山八右衛門に身を寄せていたが、義士討入りの報が伝わり、息庄左衛門が義盟に加っていないのみか（略）逐電という不届きな噂が耳に入り、八十一歳の老人は脇差を以って胸を貫いて自刃した。（略）「江戸暦」によると一閑自刃を十二月十八日としている。素行門下。

（斎藤茂『赤穂義士実纂』P547）

江戸歩行小姓頭　中沢弥市兵衛

おっと、そのまま、そのまま。仏《ほとけ》は言うに及ばず、水桶《みずおけ》の中の豆腐一丁といえど動かしちゃあならねえ。たとえ相手が銀蠅《ぎんばえ》でも、店《みせ》の中を飛び回っている間は叩き殺したりしちゃあいけねえ。どうでも叩き殺したかったら、銀蠅を戸外《おもて》に追い出してからのことにしな。この店の中のものは、そこの出窓に転がっている豆粒ひとつにしたって触れちゃあならねえ。……なに、仏を早いとこ片付けませんことには豆腐や卯《う》の花が売れませぬだと。……今日は商《あきな》いなんぞやめちまえ、この人でなしめ。やい、豆腐屋、おめえの足許《あしもと》、三和土《たたき》にぶちまけられた卯の花に、顔を突っ込むようにして事切《こと き》れているのを一体、誰だと思っていやがるのだ。白い卯の花を真ッ赤に染めて冷たくなっているのは、おめえのところのたった一人の大事な奉公人じゃあねえのかい。聞けば仏はこの五年間、口の中に入れるものといえば売れ残りの豆腐に卯の花ばかり、干魚一尾《ぴき》ねだったこともねえという。たったいま、おめえはたしかにそう言って雹《ひょう》ほどもある涙粒をポロポロと、その目高《めだか》みてえな小っちゃな細《ほそ》っこい目から零《こぼ》していたはずだぜ。それからおめえは泣声でこうも言った。

「八丁堀定廻御《じょうまわりご》同心《どうしん》御手下《おてした》の御小者《おこもの》さま、市兵衛の仇をきっと取ってやってくださいまし。市兵衛の左の咽喉《のんど》を、豆腐を切る角庖丁《かくぼうちょう》で、うしろからびゅっと掻き切って逃げた憎い下手人を、なにがどうあっても取っ捕えてくださいまし。このままじゃあ、仏が浮ばれません。ほんとうに市兵衛は仏さまのようなやつだった。ふくれっ面《つら》ひとつしたことはなく、一日の休みもとらず、店の仕事のほかにも、飯は炊く、水は汲む、薪は割る、針は持つ、屋根は葺《ふ》く、戸板は直す、裏の空地に西瓜《すいか》はならせる、蚤《のみ》は捕《と》る、虱《しらみ》は潰すと千手観音そこのけの働き者、それでいて給金は年一両二分と下女並み。あんまりよくやってくれるから嬶《かか》ァと談合して褌《ふんどし》を五本ばかりこしらえてやると、神棚に供えてなかなか手をつけない。まったくの話が市兵衛は仏の生れかわりでございます。御小者さま、下手人を引っ捕えてあいつの恨みを晴らしてやってくださいまし。それがお出来にならないようじゃ御政道は闇《やみ》だ」

……驚くことはねえぜ。これでもおれは物憶えがいいんだ、おめえの言ったことぐれえ朝飯前で憶えちまう。それにこうでねえと、御手下は勤まらねえのさ。そこでいいか、豆腐屋、店の中をこのままにしておくのが、下手人に御縄をかけるための、なによりの早道なんだぜ。おれの旦那《だんな》の定廻御同心真島《まじま》八之進さまは、八丁堀切っての目利《き》き、腕っこきよ。其《そ》の場を睨んで小半刻《こはんとき》（約三十分）、やがてうーむと唸《うな》ってポンと手をお打ちなされりゃ、下手人の背恰好《せかっこう》からどっちへ逃げたかまで、なにもかもお見通しという神様のようなお方だ。真島の旦那に、このままをお目にかけなくちゃあならねえ。それでこそ下手人を早いとこ挙《あ》げることができるってもの。早く挙げりゃあ仏もよろこぶ。な、物事てのはこう順に行っているんだぜ。このまま、このまま。そうしたら神様が仏の仇を討ってくださる。旦那をお連れしてすぐ戻る。仏には不幸中の幸《さいわ》い、下手人には運の尽き、真島の旦那はこの麻布今井町の自身番へ今朝の五ツ（午前八時）までには来なさることになっているのだ。すぐそこの三次《みよし》浅野様御下屋敷《おしも》の裏から六本木にかけて昼日中から追剝《おいはぎ》が出るって噂《うわさ》だ。旦那はおれをお供に、今日一日、この界隈《かいわい》を歩きづめに歩こうというお心づもりさ。夏の盛りに御苦労さまな話よ。もっともありがてえことに、今日はこの詮議で暮れそうだ。汗で顔に塩吹かせることもねえだろうし、足を棒にすることもねえだろう。おっと豆腐屋、どっちにしたって今日は商いにゃならねえようだぜ。店の前が黒山だ。これで当分おめえのところのものは、「血染め豆腐」に「赤い卯の花」だのと、噂の種になる。今日どころかまず半年がとこ、店の表戸を閉めっ放しにしておかなきゃならなくなりそうだ。市兵衛とかいう奉公人を安くこき使っていたツケが回ってきたんじゃねえのかな。表戸を閉めちゃあいけねえよ。市兵衛が卯の花の中に突んのめっているのを見つけたときも、表戸が開《あ》いていたんだろうが。だったらそのまま、そのまま。

へい、この麻布今井町で親の代から豆腐屋を生業《なりわい》にしております勘八でございます。御覧のように、屋号を「白壁屋」と掲げておりまして、親父は豆腐を白壁に見立てたわけでございますな。それで、先程も御手下さまに申しあげましたが、豆腐屋というものは一体に朝が早《はよ》うございます。大工、屋根葺、左官、石切、畳刺、表具師、建具師、瓦工と、職人の数は多うございますが、早起きにかけちゃあ豆腐屋が断然一等、草木も眠り、軒《のき》の端《は》も三寸さがるという丑三《うしみ》つ時《どき》（午前二時から二時半ごろ）には、もう布団を抜け出して豆を相手にしております。もっとも夜は馬鹿ッ早《ぱや》い。暮の鐘が合図で欠伸《あくび》が出る、鳴りおさまるころには鼻提灯がぶうらぶら。となるとあたし等のこの早起きもあんまり自慢にゃなりゃしませんが。ただし、そこの三和土に、可哀相《かわいそう》にも莚《むしろ》を着せられて冷たくなっている市兵衛だけは別でしたな。四《よ》ツ（午後十時）四ツ半（十一時）まで夜なべに精出しながら、丑三つ前にはもう起きて前の晩から水に漬けてうるかし、ふやかしておいた豆を、大擂鉢《すりばち》で擂り潰したり、擂り潰したものを大鍋で煮たりしておりました。市兵衛がうちへ住み込んだのは、たしか御犬公方様《おいぬくぼう》（綱吉）のおかくれになった年の春、ありゃ五年前の宝永《ほうえい》六ノ丑歳《うしどし》（一七〇九）の正月だった、今年が正徳《しょうとく》四ノ午《うま》歳《どし》（一七一四）、そうして今日が六月三日……、そういたしますと、市兵衛は五年と五ケ月、うちを助《す》けてくれていたことになりますが、その間《かん》、一度として四ツ前に横になったことがない、何《なん》だ彼《かん》だと仕事を見つけ出してはせっせと手を動かしておりましたよ。それぐらいだから仕事の飲み込みの早いの早くないの。一丁前の豆腐職人になるには、

「潰し三年、煮《に》が五年、七年かかって重石《おもし》を抱く」といいまして、まず七年はかかることになっておりまます。世間の裏の裏まで通じておいでの八丁堀の旦那に向って豆腐の拵《こさ》え方を御進講申しあげたりしちゃあ、釈迦《しやか》に説法の類《たぐい》、余計な差《さ》し出口《でぐち》というものでございますが、摺り潰した大豆汁を煮て布で漉《こ》してから苦汁《にがり》を加えて、これが豆乳《ずにゆう》。ここまでの呼吸を飲み込むのに五年はいります。それを市兵衛はたったの一年で仕上げてしまいました。まったく「べら棒」のつく利発者でしたよ。豆乳はしばらく放っておきます。苦汁が効いて固まってくる。塩梅《あんばい》を見て上澄みを捨てて豆乳を布を敷いた箱に入れる。ほれ、向うの隅に千両箱の舎弟分みたいな、側面《がわ》と底にいくつも穴のあいた箱がありましょうが。あれに豆乳を入れて重石をし、水気を切るわけで。上澄みをどれ位捨てるか、水気をどこまで切るか、こいつが難しい。七年どころか十年かかっても飲み込めない愚図はざらでございます。ところが市兵衛はたったの半年でこのコツを身につけました。くどいようでございますが、このコツを会得しないことにゃ、木綿《もめん》豆腐と絹豆腐とを自在につくり分けるなんて芸当は出来やしません。木綿豆腐はいま申しあげた要領でやっつけますが、絹の方は豆乳をちっとばかり濃《こ》く仕上げ、そのかわり上澄みの方はほんのちょいと捨てるだけ。重石だって軽目にしなきゃならない。このへんの塩梅とい

うものは、真島さまの前でございますが、神出鬼没の怪盗に御縄をかけなさる位は難しいとおもっておりますよ、へい。木綿がちゃんと出来ませんと、絹はつくれません。まして胡麻《ご ま》豆腐だの、枝豆《えだまめ》豆腐だのには手が届かない。木綿と絹とをつくり分けることができてはじめて、「職人」と呼ばれるわけでございますな。

市兵衛が胡麻や枝豆に手を出したのは三年目の春からですが、これがどうかすると親方のあたしより出来のいいのを拵えます。あたしは五つのときから親父に豆腐を仕込まれた。以来、豆腐一筋に四十年、命懸けとまではいわないが、それに近い心掛けで励んできたつもりでございます。真島さまも御存知のように、この麻布今井町のあたりには、諸国御大名の御下屋敷がずいぶんございます。加えて御旗本衆の御屋敷も目白押し。そういう御屋敷の御殿様の中には、この白壁屋勘八の木綿や絹や胡麻や枝豆を贔屓《ひい き》にしてくださるお方が多うございます。もちろん御殿様が豆腐をお求めに見えるわけではございませんで、御屋敷の御賄方衆が御小者に笊《ざる》を持たせて、

「殿様が、白壁屋の絹を、とおっしゃっておいでだ。光栄に思うがよい」

なんてお見えになる。これはうれしゅうございます。そのたびに親父の跡を継いでよかったとおもいましたよ。ところが三年前からちと様子が変ってきました。忘れもしません、備後国《びんごのくに》三次《み よし》五万石浅野土佐守《と さのかみ》様御下屋敷の御賄方衆が二日つづけて枝豆豆腐をお求めに見えまして、……枝豆豆腐というのは、これこれ、これでございます、夏場だけ

のもので豆腐の白地に青い枝豆の粒を散らしてあります。見た目が涼しくきれいで、噛めば口中に青豆の香ばしい匂いがひろがります。近頃、あちこちの豆腐屋がこの枝豆豆腐をつくっているようですが、そもそもはこの勘八の親父がはじめて拵えたものでございます。他の豆腐屋が猿真似をしやがったんで……、御奉行所に何度訴え出ようとおもったか知れやしません。真島さま、よい智恵がおありでしたら、どうかお貸し下さいまし。いや、その、三次浅野様の御賄方衆がおっしゃるには、

「殿様は昨日の枝豆豆腐にしきりに舌鼓をお打ちあそばしたばかりか、本日の昼餉《ひるげ》にも同じ枝豆豆腐を御所望である。この果報者めが」

人を褒《ほ》めるのに「この果報者めが」と叱りつけるところが、いかにも御大名の御賄方衆らしくておもしろいとおもいましたが、それはとにかく、前日の枝豆は市兵衛の作でしたから、あたしはやつの肩のところをポンと叩いて、

「聞いたか、果報者。おめえの拵《こさ》えた枝豆が三次の御殿様のお口に合ったらしいぜ。これは祝わずばなるめえ。今夜はお頭《かしら》付きを肴に一杯やろうや」

すると御賄方衆のお顔の色がみるみるうちに曇って、

「本日の枝豆豆腐は誰の作であるか」

「へえ、あたしが拵えましたが……」

またもや御賄方衆の肩がガクンとさがった。

「うーむ。昨日の枝豆豆腐と同じぐらい出来がよければよいが。のう、親父、これからはなるべく、そこにおる市兵衛なる職人に作らせるがよいぞ」

親方の面目、台なしです。おまけにその晩、嬶《かか》ァが追討ちをかけてきた。

「これから豆腐づくりは市《いち》さんにお委せなさいよ。それであんたは豆を買いに出たり、町内を売り歩いたり、外回りを引き受けることだね。あたしも前まえから三次浅野様の御賄方衆と同じことを考えていたところだったのさ。ほんとうに市さんの豆腐は、味も姿もどことなく品があるんだよねえ」

手前の御面相を水桶の水鏡にとっくりと映してからものを言えてんですよ、真島の旦那。品がいいとか悪いとか言える御面相じゃねえんですから。そんなことがあって、ここ三年ばかり、あたしが外回りをやっておりました。親父が生きていたら、「情けねえ、みっともねえ」と頭から湯気をたてたことでしょうが、正直なところ、市兵衛の方がよほど上出来の豆腐を拵えるんだから仕様がございません。だからって、それを根に持ってこの勘八が市兵衛を、なんてお疑いなすっちゃいやでございます。当節、これほど骨身惜しまず働いてくれる職人なぞいるものじゃない、職人の鑑《かがみ》として神棚にまつっておきたいような男をなんでこの勘八が……。飛んでもないことでございます。

「年一両二分でそんなに稼がせては、豆腐屋仲間から『白壁屋は没義道《もぎどう》の家元だ』とそしられてしまう。せめて年五両はとってくれ」

と頼めば、市兵衛から、

「給金目当てに働いているわけではありません。こちらに置いてさえいただければ、それでもう充分で」

という答が返ってくる。なおも、

「そういわずに五両は取っておけ」

と押せば、

「では五両から一両二分を差ッ引いた残りを親方が積み立てておいてください。どうせこの市兵衛は、そのうちなにかへまを仕出かすにちがいありません。そのときはその積み立てで、へまを穴埋めしてください」

なんてわけのわからないことを言って逃げを打つ。いまどきこんなありがたい職人がいるわけがない。市兵衛さまさまです。拝みこそすれ、邪魔ッ気におもうはずがありません。

白状いたしますと、最初のうちは、市兵衛の「こちらに置いてさえいただければ」という台詞《せりふ》が引っかかっていたのはたしかです。この野郎、ひょっとしたら嬶ァと出来たのじゃあなかろうか。嬶ァはあたしよりひと回り下で、そのときは三十五歳。市兵衛は四十一か二だったとおもいます。二人の年恰好がまずうまく釣り合う。真島さまは先程、市兵衛の顔をお改めなさっておいででしたが、ちょっと強《きつ》い顔立ちですけれども、男でも惚《ほ》れ惚《ぼ》れするような色男でございましたろう。ひきかえ、嬶ァは狸そっくりのお多福で鼻の下にゃ髭《ひげ》を生やかしている。男といえば通るかもしれないが、女じゃ通らない御面相です。けれども嬶ァの面《つら》が人でなしだからといって安心していていいのか。「男女の仲は思案の外」なんて諺《ことわざ》が消えては浮び、浮んでは消える。人並みに焼餅《やきもち》を焼いたってわけでございますよ。あの嬶ァで焼餅を焼くとはおもわなかったな、まったく。

それでこっちもいろいろと策をめぐらしました。「葛飾《かっしか》まで豆を買いに行ってくる。帰りは、夜星をいただいて、ということになりそうだ」と言い置いて出かける。で、小半刻ほど溜池《ためいけ》の土手で暇を潰して、いきなり「忘れ物だ」と叫んで戻る。近所の餓鬼大将に鐚銭《びたせん》摑ませて一日中、見張らせたこともあります。物見を頼んだ餓鬼大将がいってましたっけ。

「おじさんには悪いけどさ、おばさんはたしかに市おじさんにホの字にレの字みたいだよ。それにたいして市おじさんは……へへへっ、この先、聞きたきゃもう十文おくれよ。……ありがと。今日はちょっとした見せ場があったんだぜ。お昼にね、おばさんは魚宗《うおそう》から刺身を三皿も取り寄せちゃってさ、行水つかって真ッ新《まっさら》な浴衣かなんか着て、猫撫で声でこうさ。『市さん、鬼の留守に命の洗濯をおしよ。銚子を一本つけといたよ』。市おじさんは……、もう十文くれないかなあ。おいらの手下の源公の両親《ふたおや》が一昨日《おとつい》からぷいといなくなっちまって、それであいつ、ずーっと腹を空かしてやがんだ。捨てられたらしいんだな。……二十文か。悪いなあ。これで源公も今日は凌《しの》げらあ。で、市おじさんだけど、『ここんとこ腹按配《あんばい》がおかしいので、刺身だの酒だの、奢《おご》ったものは御勘弁ねがいます。腹雷《はらかみなり》には豆乳が一番で……』と言って豆乳を飲むと外へ飛び出しちまった。あちこちの御屋敷の前を半刻《はんとき》ばかりぶらついて帰って来たのは九ツ半（午後一時）すぎ。その時すでにおばさんは自棄酒《やけざけ》かっくらって大の字になって鼾《いびき》をかいてたな。あれで男を引っかけようってのは無理な相談だよ。オス狸だって避《よ》けて通らあ。だからおじさん、安心していいよ。安心料にもう十文おくれ」

どう探ってもシロでございましたよ。そうこうするうちにひょいと思い出したことがある。大体が市兵衛は「桶徳《おけとく》」の桶職人でございます。桶徳を御存知でございましょう、ほれ、神田橋御門近くの三川町一丁目で職人を十人も抱えて手広くやっておりましょうが。六年前の宝永五ノ子歳《ねどし》（一七〇八）の暮まで、その桶徳の店と細工場はここ麻布今井町にございました。それもこの白壁屋と軒を連らねて……。うちの西隣、そこの草ぼうぼうの空地、そこが桶徳だったんでございます。へい、桶徳が神田に越すことになった途端、市兵衛はなぜだか桶職人がいやになっちまったようで、うちへ「使ってくれ」と転がりこんできたのですな。まあ、市兵衛という男、考えてみればたしかに変ってお ります。

桶徳の親方とあたしとは同じ年の隣同士、餓鬼の時分から毎日のように一緒につるんで遊び歩いておりました。親方になってからも、一日に一度は立ち話、でないとどうも忘れものをしているようで塩梅が悪い。このごろじゃあもう慣れましたが、桶徳が引っ越したあとの一、二年は、胸に大穴でも明いたよう、淋《さび》しい思いをいたしましたよ。そんな事情もあって市兵衛のことは、やつが桶徳へやってきたときから知っております。

あれは今から十三年前の元禄十四ノ巳歳《みどし》（一七〇一）の四月。……なぜまた、そこまで詳しく憶えているのかと言いますと、むろん赤穂浅野の御殿様の御刃傷沙汰《ざた》のあった年だからでございまして、とりわけこの麻布今井町は大変な騒ぎになりました。赤穂浅野の御殿様の奥方様、阿久里《あぐり》様の実家《おさと》が、例の「果報者めが」とお褒めくだされた御賄方衆のお仕えなさっている三次浅野様だからでございます。

「赤穂浅野様は御家断絶。赤穂の御城は申すに及ばず、鉄砲州御上屋敷、赤坂御下屋敷、本所御屋敷、京の御屋敷、大坂の御蔵屋敷、なにもかも大公儀《おかみ》がお取り上げになられる。そこで鉄砲州御上屋敷においでの阿久里様は、髪を下《おろ》された上、寿昌院《じゆしよういん》様と改められて今夜のうちに麻布今井町の三次浅野様の御下屋敷にお入りになることになったとか……」

噂は界隈一帯にひろまりまして、あたし等も御下屋敷の御門へ押しかけて行きました。即座に追い払われましたがね。ですから寿昌院様お里帰りの御様子は拝まず仕舞い。あとで聞いたところでは、お帰りは暁七ツ（午前四時）すぎだったそうで、惜しいことをいたしました。豆腐職人は、暁七ツにゃ起きております。豆乳に重石をのっけたところで一ッ走りすりゃこの目で寿昌院様が拝めたんですから。で、この寿昌院様は四月に入ってから瑤泉院《ようぜいいん》様と、またもや改められた。御犬公方様のおっかさまが桂昌院《けいしょういん》。昌の字がぶっつかって畏《おそ》れ多い。それはもう同じ町内のことですから噂はぴんぴん伝ってまいります。そこで寿昌院を瑤泉院に改められた。そううかがっておりますと、瑤泉院様はどうもお体の御加減がよろしくないってことで。下々《しもじも》のあたし等が心配したところでどうなるってえものでもないが、この噂、気になります。それで市兵衛ですが、やつが桶徳へ入ったのは寿昌院様が瑤泉院様とお改めになられた頃のことで、桶徳の親方に連れられて、うちにも挨拶にきましたよ。

「おい、ありゃどうしたって三十は越えてらあ。ずいぶんひねた見習を入れやがったものだね」

と桶徳にいったのを憶えてます。桶徳は、

「そのかわりこれまでのところではよく働いてくれているぜ。ただね、朝夕の挨拶以外、一切口をきかねえのが困る」

なんてぼやいていました。市兵衛はこの元禄十四ノ巳歳から宝永五ノ子歳まで八年間、桶徳に住み込んでおりましたが、利発な上に一所懸命、三年目ぐらいからは一丁前の桶職人として扱われていたんじゃないですか。無口で変り者だが、桶徳の親方にも仲間の職人連にも信用はあったようでございますよ。どう変ってたかと言いますと、これはうちに住み変えてからも同じこってすが、一日一回、仕事の合間にぷいと居なくなっちまうんですよ。で、半刻もすると帰ってくる。不審に思った桶徳が、或る日、尾行《つけ》てみると、妻子を隠しているわけでも、また色女《いろ》がいるわけでもねえ、ただこの界隈の御屋敷の門を次から次へと眺めて歩いているだけのことで。風の強い日は二度、三度と何回となく居なくなっちまう。やっぱり御屋敷めぐりなんですよ。

「あの野郎、自身番にかわって火の用心をして歩いてやがる」

と桶徳がいつかにが笑いしてましたっけ。えーと、話がすっかり脇筋へ反《そ》れてしまいましたが、嬶ァと市兵衛の仲が怪しいと邪推していたときに思い出したことというのは、うちへ移る一年前の春、市兵衛の身の上に珍しく艶《つや》っぽい話が持ち上りましてね、そのことを思い出して嬶ァと市兵衛との間にゃ何の火種もありゃしないと得心いたしましたので。その艶聞《えんぶん》の仔細《しさい》を申しあげましょう。

桶徳にはお栄という娘がいた。桶徳は鬼瓦、桶徳のおかみさんはうちの嬶ァとドッコイドッコイなのに、鳶《とんび》が鷹《たか》を生むのたとえを地で行って、事の起ったころは今井小町なんていわれていた。それはもうスコブルつきの別嬪《べっぴん》です。このお栄が小僧を一人お供に連れて神田の親戚へ遊びに行った。その帰り、小旗本の若いところ、数人に追いかけられたというのが事の発端です。なんでも小僧が溜池に石を投げ込んだらしい。あたしどもちょくちょくやりますがね、池を見るとつい石をほうり込んじまうんですな。悪いことに土手で小旗本の坊っちゃま連が釣糸を垂れていた。坊っちゃまといっても十八、九から二十一、二の色気盛り、はねた水が引っ掛かったわけでもないのに、お栄の器量に目をつけて、

「上様から拝領の御刀の鞘に汚水をひっかけられてはこのまま引きさがるわけにはいかぬ」

刀の柄を叩いておどしにかかる。お栄がひたすら詫《わ》びを申しますと、

「相手が女子供では喧嘩《けんか》にならぬし、それほど詫びるなら勘弁してやろう。ただし、このまま帰すわけにはゆかぬ。おれたちと一緒に来て酒の酌をしろ」

あっという間に小僧を池に叩き込み、お栄の手を摑んで青山の方へ歩き出した。ちょうどそこへ虎之御門《とらのごもん》の方角から市兵衛ともう一人の職人が道具箱かついで通りかかった。二人は日本橋辺の漬物問屋へ大桶の修繕に出張《でば》っていたんですな。

「お栄さんが大変だ」

小僧は池の中から市兵衛たちに急を告げる。小旗本のヒヨコ連中もその声にふり返る。しかし仲間は五、六人。相手は桶職人が二人。そこでジロッと睨みつけておいて、高声高笑いで先へ行きかかる。すると市兵衛、道具箱を仲間に預けると竹を削る切出し小刀を持ってつーっと小旗本連に寄って行き、どういう術を使ったのか、あっという間に大

刀を全部、取り上げちまったそうです。まばたきを一つするかしないかという間に、大刀を一本のこらず抜き取っちまうんだから凄《すご》い。それればかりじゃない、片ッ端から連中を池に叩き込んじまった。そうしておいて小僧と仲間の職人に、

「お栄さんをお連れして先に帰っていてくれ」

と命じた。それから市兵衛は日頃の無口に似合わぬ大声で、

「さあ、大人しく謝まれば刀は返してやる。謝まるのはいやだ、腕で刀を取り返すという者がおれば、それもよし。この小刀で相手になってやろう」

と池の中の連中に告げたとかいうことで。この日からです、お栄の市兵衛狂いが始まったのは。十八の娘が自分の年の倍以上もある変人の職人に惚れちまったんです。「市さんと添いたい」と桶徳に泣きつく、「市さんのような人が、今までうちにいたことに気づかなかったわたしの目のなさがうらめしい」とわが身を責める。桶徳は、最初《はな》は年がちがいすぎると首を横に振っていましたが、とうとうお栄が、「市さんと世帯が持てないなら、わたしは死ぬわ」なんて言い出したから、もう仕様がない。それに年は喰っていても腕はたしかだし、なによりも仕事熱心。この市兵衛に桶徳を継がせようと決心した。

ところが、真島さま、桶徳の「娘を貰ってくれないか」という申し出に、市兵衛はどう返事したとお思いになりますか。こうです。

「それだけは親方御勘弁を。市兵衛は、ある事情があって、一生、女気を断《た》っておりますので……。折角の好意を踏みにじりおってけしからん、どこへでも出て行け、とおっしゃりたいところでしょうが、どうか市兵衛をこちらに置いておいてくださいまし。お願い申します」

坊主でもないのに、女気を断っているとは、やはり変っておりますな。お栄は神田の親戚のところに引き取られて行きました。市兵衛から引き離しておいて頭を冷やさせようという桶徳の算段でございますが、真島さま、では下手人はお栄かな、なんてお考えになっちゃいけません。その後、お栄は別の職人を婿にとって仕合せにやっておりますですから。つまり、市兵衛はお栄のような小町娘に言い寄られても動じなかった石部金吉金兜《かなかぶと》男、うちの嬶ァなぞが裸で逆立ちしたところでなびくものではない。そう思いついて、それからは外回りに精を出しております。嬶ァと市兵衛をうちに残して外へ出ても、爪の垢ほども焼餅は焼かない。でございますから市兵衛を憎いだのとおもう訳がない、この勘八はシロでございます。

へい、ここ三年は早起きの方は市兵衛にまかせておりました。あたしと嬶ァは大体、六ツ（午前六時）に起き出します。今朝も、市兵衛が店で仕事をしているのを夢うつつのうちに聞いておりました。そのうちに静かになりましたから、ははあ、いつもの癖でまたそのへんを歩きに出かけたな、と夢の中でぼんやり考えていた憶えがあります。しばらくうとうとして、笊だの箱だのが三和土に落ちる音ではっきりと目をさましました。で、店を覗きましたところが、この有様で……。あたしは腰を抜かし、嬶ァのお米《よね》は引っくり返っちまって失神、いまは奥で寝ており……、おい、お米、なんて恰好で人前に飛び出してくるんだよ。帯ぐらい結び直してくるのが作法ってもんだろう。

作法もへちまもあるもんか。大事《おおごと》なんだよ、大事《おおごと》。市さんはどうやら赤穂浅野の御家中だったらしいよ。おまえさんと八丁堀の旦那の会話《やりとり》を奥の布団の上で聞いているうちに、あたしは裏二階の物置に、市さんの小さな行李《こうり》が置いてあったっけと、ふと思いついたのさ。そいで行李を引っ張り出して中を改めていると、なんと底の底に『赤穂浅野家分限帳《ぶんげんちょう》』という表紙の部厚い帳面があった。ほら、これさ。ぱらぱらとめくっているうちに、ここんとこ、

三百石　歩行小姓頭　江戸扶持九人　中沢弥市兵衛

この一行に朱墨で棒を引いてあるだろ。弥市兵衛……。弥を除けば市兵衛だよ、おまえさん。それからこれ。これがここんとこに挟んであった細引紙。同じく朱筆で、

《寿昌院様より中沢弥市兵衛に賜りし御言葉　弥市兵衛、このような近間《ちかま》からそちの顔を見るは初めてじゃ。お身をお大切にな》

と認《したた》めてある。これは市さんの筆蹟《て》だよ。おまえさん、寿昌院様がどなたか判ってい

るのかい。赤穂浅野の奥方様の瑤泉院様のことだよ。なんとかお言いよ、じれったい男だねえ。……はい、八丁堀の旦那、どうぞごらんくださいまし。

瑤泉院様には本暁四ツ、薬石効なく黄泉国《よみのくに》へと御旅立ち遊ばした。この落合与左衛門、瑤泉院様が御年《おんとし》五歳で赤穂浅野家の鉄砲州の御上屋敷へ亡き殿様の御許嫁《おいいなずけ》として渡らせられてより本日までの三十六年間、奥様衆としてお傍近くにお仕えしてまいったが、これで生涯のおつとめは終った。瑤泉院様を泉岳寺の亡き殿様のお傍へ御案内したら、もう頭を剃り落し山の中に庵を結んで、そこで読経三昧《ざんまい》の毎日を過そうと思う。しかしそれにしても、真島どの、あの中沢弥市兵衛どのが元禄十四ノ巳歳の御大変から今朝までの十三年間、ここ三次浅野下屋敷の近くで桶職人や豆腐職人に身をやつして住んでおられたとは、じつに仰天いたす。そうと知ったら豆腐を買いに出て、一言、弥市兵衛どのに問うたものを……。

まず家中第一の剣の使い手じゃった。堀部安兵衛どのも強かったが、しかし弥市兵衛どのと三本立ち合って一本取れれば上出来、たいていは弥市兵衛どのに軽くあしらわれておったわ。また沈着この上なく、江戸市中の御屋敷を大公儀《おかみ》にお返しする際にも、きっと立ち合っておられ、心乱れてとかく粗雑な物言いになる家中の者たちを、そっとたしなめられていたという。御屋敷の御返納が、さして揉める事もなく円滑に運んだのも、弥市兵衛どのがじっと睨《にら》みをきかせておいでくださったからにちがいない。その弥市兵衛どのが豆腐屋とはのう。家中のだれもが、吉良どのを討って亡き殿様のお恨みを晴らそうとする者があれば、その中に必ず弥市兵衛どのの姿がある、と信じておった。だから義士の中に中沢弥市兵衛の名がないのを知ったときは驚いた。それでいて弥市兵衛どのが義盟から逃げたなどとは思わなかった。よほどの重病かなにかで、義挙に加わることがおできにならなかったにちがいない。一番口惜しい思いをしてござるのは弥市兵衛どの御自身であるに相違ない。とそう思っておった。それほどの、金看板の忠義の士であった。しかるに桶屋の職人とは。……一言、問いたかったと申すはそこじゃ。なにが一体、弥市兵衛どののお心に起ったのか。

瑤泉院様も弥市兵衛どのにお目をおかけ遊ばしておられた。そういえば御大変の当夜、鉄砲州の御上屋敷からここ今井町のお里へお帰り遊ばすときも、弥市兵衛どのは赤穂浅野家からただ一人選ばれて瑤泉院様の御乗物に付き添うておられたわ。淋しい夜の、淋しい行列であった。御実家の三次浅野家も大公儀をはばかって大橋忠兵衛どの以下僅《わず》か十五名の護衛を鉄砲州へ送ってくださっただけであった。赤穂家からはこの奥様衆落合与左衛門、唐崎《からさき》の局《つぼね》、侍女滝岡《たきおか》、成瀬《なるせ》、すの、みさ、よの、ふれ、つせ、小《こ》るい、この、そして弥市兵衛どのの十二名……。御駕籠の青い塗扉《ぬりど》からは瑤泉院様の咽《むせ》び泣きのお声が絶えず洩れておった。思えば無理もないこと、亡き殿様と瑤泉院様が正式にお盃をお交しなされたのは十七と十の夏。御同衾《どうきん》なされたのが二十四と十七の春。お二人は十七と十からの、長い同志であられたのじゃ。瑤泉院様はお生れ遊ばしてすぐ父君と死別なされておいでだったし、亡き殿様は九つでやはり父君と死別なされておられた。いわばお二人は孤児《みなしご》、お二人でしっかりと寄り添うて生きて行かれるほかない哀れなお身の上であった。殿様にとって瑤泉院様は妻にして妹、瑤泉院様にとって殿様は夫にして兄。だから瑤泉院様が声尽き、涙枯れるまでお泣き遊ばしても、それは当然……。と推察申しあげれば、吾等もつい鼻をすする。御腰元衆も声を放って泣いておったわ。奇妙な、悲しい御行列でありましたよ、真島どの。

暁七ツ過ぎ、鉄砲州を発《た》って一刻《いっとき》（約二時間）あと、御行列はようやっとここ今井町のお里に着いた。御駕籠からの咽び泣きのお声がぴたりとやんだ。さすがは瑤泉院様、人目のあるところではお泣き遊ばされぬ。弥市兵衛どのが青い塗扉を御開け申しあげる。唐崎の局が御履物を揃え申す。瑤泉院様はすっくとお立ち遊ばした、かに見えたが、やはり心の張綱が切れておいでになったのであろう、よろよろとよろけ遊ばす。そこを弥市兵衛どのがお支え申した。そのとき瑤泉院様は……。お待ち召されよ、真島どの、弥市兵衛どの秘蔵の分限帳に細引紙が挟んであって、そこに朱筆でなにか認めてあったと申されたな。いまいちどお読みくだされ。……「弥市兵衛、このような近間《ちかま》からそちの顔を見るは初めてじゃ。お身をお大切にな」？　まさか！　弥市兵衛どのはまさか瑤泉院様に御懸想《けそう》を……。恋の至極は忍ぶ恋、それで桶屋でござるか。武士の恋は香もほのか、それで豆腐屋でござるか。瑤泉院様のこの御言葉に意味を求めすぎられましたぞ、弥市兵衛どの。瑤泉院様の御訃報をここの御門番からでも聞き知って、それで後追いの……心中立《しんじゆうだて》。なんということを、弥市兵衛どの……

江戸大納戸役 毛利小平太

一《ひ》、二《ふ》、三《み》……。一《ひ》、二《ふ》、三《み》、四《よ》、五《い》、六《む》、七《な》……。三汁七菜。波賀清太夫《はがせいだゆう》殿、これはまた豪儀な夜食でございますな。それに前《まえ》菓子、中《なか》菓子、後《あと》菓子つきだ。椀《わん》と皿の数の多さに気圧《けお》されて頭がくらくらしてきました。

それで一ノ椀が、ほほう、魚肉《ぎよにく》団子の摘入《つみいれ》汁。魚肉団子の周りのあしらいは菜付き小カブに皮牛蒡《ごぼう》に、……これは榎《えのき》ダケか。隣の壱《いち》番棟の五名の同志も、われら弐《に》番棟の五名と同様、三汁七菜三菓子つきの御馳走《ごちそう》の前に座っているのでしょうか。いや、今のは愚問でした。波賀殿はじめここ伊予松山松平家芝三田中《なか》御屋敷の御世話役の皆様は、どなたも公明正大、ひとかけらの差別《しやべつ》心もなく、暖かく広いお心で壱番棟弐番棟の罪人どもに接してくださっている。壱番棟の同志も三汁七菜三菓子つきの椀と皿の数に目を回しているにちがいありません。こんなことを申しあげたのも、魚肉団子の摘入汁で壱番棟の大石主税《ちから》殿の討入り当夜のひとことを思い出したからです。

去る極月《ごくげつ》(十二月)十四日の夜、亡君の仇《あだ》を報ずるの時節いよいよ到来いたし、江戸市中の各所に潜んでいた同志の面々、夕景ごろよりぽつりぽつりと本所林町五丁目の堀部安兵衛殿の借店《しやくだな》に集まってまいりました。その借店には、この木村岡右衛門などもかなり早い時期から同居人という名目で住み込み、討入りに必要な武具をはじめ諸道具や火事装束などを目立たぬようにこっそりと買い集めておりました。もっとも「同居人」では怪しまれます。そこで本所林町五丁目の大屋江戸崎屋三左衛門の長屋をぶち抜きで借り受け、「長江《ながえ》剣術道場」の看板をぶら下げて隠れ蓑《みの》がわりにしていた。長江長左衛門が堀部安兵衛殿の変名。その長江姓をとって長江剣術道場という次第です。そしてこの木村岡右衛門や倉橋伝助などが稽古代《けいこだい》をつとめていた。もうひとつ世間の目をあざむく方策があって、長江先生もその稽古代も、片時として酒徳利の前から離れようとしません。熱心に稽古などしては新弟子がふえたりして面倒ですからわざと酒びたりの毎日を送っていたのです。ただし、体を鈍《なま》らせないために十日に一日ぐらい滅多矢鱈《やたら》に木刀を振りまわす。たまたま店賃を集めにきた大屋の三左衛門がその様子を見て、「毎日、とはいわず三日に一遍でいいからこの気合いで稽古をなされば、一年もたたぬうちに江戸第一の剣術道場になるでしょうにねえ。まったく欲というものがない……」

つくづく惜しそうに云っておりましたよ。

極月十四日の夜に話を戻して、道場の天井裏や床の下に隠しておいた諸道具や火事装束で討入りの支度を整え、また腹拵《ごしら》えもいたし、あとは出立《しゆったつ》の寅《とら》ノ刻（十五日午前四時）を待つばかり。柱に凭《もた》れてうとうとしている者がいる。座禅を組んで無我の境地に遊ぼうとつとめる者がいる。円座を組んで埒《らち》もない世間話に打ち興じている者もいる。この木村岡右衛門は道場の羽目板に寄りかかって、妻の乙女《おとめ》に宛てて書状を認《したた》めておりました。書状には豆板銀《まめいたぎん》を一粒添えて道場の神棚にのせて行くつもりでした。大屋の三左衛門は親切気のある男だから、大坂かいや町に住む妻の許へ書状を届ける手筈をきっとつけてくれるにちがいない、と考えて矢立ての筆をとったのです。乙女は今も大坂かいや町に娘二人と住んでいるはずです。例の書状もとうに乙女の許に届いていることだろうと思う。……どんなことを書いたのか、とおたずねになっても困ります。はやる気持を鎮めようとして筆を動かしていただけで、なにを書いたかは憶えておりません。いや、そのときでさえ、自分がなにを書き綴っているかしっかり弁《わきま》えてはいなかった。じっとしてただ時を待つのに耐えられず、なにかしていないでは己れが四方八方へ弾《はじ》け散ってなくなってしまいそうだった。それで筆不精が筆など構えていたのです。そう、今晩キラ殿へ夜討ニ押込申スコトニ相成候、大名ノ屋敷へ五十人計リ這入《ハヒ》リ申シ候儀ユヱ、皆々死申《シニマウ》ス覚悟ニテ参リ申シ候、何トゾキラ殿親子トモニ打取《タク》申シ度ゾンジ候、ワレラ果テ申シダン御キキ候ハバ、ソモジ嘆キ候ハント存ジ、コレノミ心ニカカリ申シ候、御侍ノ家ニ生レ申シ候モノハ、女ニテモカヤウナル事ニ会ヒ申スハヅ、カナラズカナラズ嘆キ申サレマジク候……、その後は、うーむ、どうも思い出せませんな。飯粒で豆板銀を貼りつけた書状を神棚に供えて元の場所に戻ると大石主税殿が来て座っていた。わたしのやることをずっと目で追っていたようで、目と目が合ったとき、主税殿がにっこりとなさった。わたしはちょっと照れながら、

「大坂にいる家族に暇乞状のようなものを認めました」

と云い、その隣に腰をおちつけました。

「ま、これでこの世に思い残すことはなにもない」

「わたしには一つだけ思い残すことがあります」

と主税殿が申された。その一つだけ思い残すことというのが何か、波賀殿にはおわかりになりますか。じつはそれが魚肉団子の摘入汁であったのです。そのときの主税殿のお言葉ははっきり憶えている。

「母上の得意の料理が魚肉団子の摘入汁です。父上の好物でもあるので、よく食膳にのぼりました。吸口にはいつも旬《しゅん》の野の草が添えてあった。あの摘入汁をもう一度たべたい。木村先生、主税はどうも変なことに執着しております。われながら呆れてしまいます」

主税殿がわたしに「先生」をおつけなさるのは、赤穂がまだ浅野家の赤穂だったころ、ほんの短い間でしたが、主税殿に漢詩の講釈をしたことがある、そのせいです。念願の摘入汁に目見《まみ》えて主税殿もこれでこの世に思い残すことはなにひとつなくなったはず、

明日はきっと立派に腹を召されることでしょう。うむ、なるほどこれは結構な味加減だ。

　波賀殿、波賀殿、そのようにむきになって、「今日の午後の大目付の言を悪い方にとってはいけない」とおっしゃっても無駄です。われらにはもうはっきりと明日は処刑の日と見当がついております。たしかに今日の午後、われら弐番棟の五名、壱番棟へ移され、そこの五名と合体して、御当家大目付三浦三郎右衛門殿より、

「明二月四日、御公儀から上使が当家へ見えられる旨のお達しが御老中稲葉丹後守《たんごのかみ》様よりあった。必ずや目出度《めでた》い仰せ出しがもたらされるものと信じておる。前祝いに今夜は当家の庖丁人どもに存分に腕をふるわせようと思う。よく飲み、かつよく食し、充分に英気を養って、明日の目出度い仰せ出しを待つように」

　との御言葉をたまわりました。この「目出度い仰せ出し」の実体は切腹であろうかと思います。このたびの仇討は、われら一味にとってはたしかに仇討ではあっても、大公儀にとりましては、免許もなしに企てた騒動、これ以外のなにものでもない。法に照らすならば許されるはずがない。そこで切腹など許可になるわけはない、斬首刑《ざんしゅ》が相当のところであろうと思っていたのです。ところが「目出度い仰せ出し」があるとのこと、では切腹をお許しくださるのかもしれぬ。そう読んでほっとしながらこの弐番棟へ引き揚げてきました、むろん壱番棟の主税殿、堀部安兵衛殿、中村勘助、貝賀弥左衛門、不破数右衛門の面々とは目顔《めがお》で頷き交し、今生《こんじょう》での別れを告げながら。

ははあ、二ノ椀は鯛《たい》の潮汁《うしおじる》ですな。これは好物です。……だいたいが正月二十四日、波賀殿が親類書を書くようにと申されたときから処刑はちかぢかあるものと定《き》めておりました。われらの近い身内に男子があればそれらの者にも相応の処分をなさらねばならぬ。そのための親類書であろうと見ておりました。残る問題はただひとつ、処刑の時期です。十二月、正月とお上《かみ》には行事が多い。とくに正月には年賀の式日が毎日のようにあって、われらの処分を談合あそばすお暇がお上にはない。しかしお上のそのお忙しさも二月一日の日光御鏡開きで打ち止め、そうするとわれらの処分に関する本式の御談合は二月二日以降のことになる。多少揉めても二日間あれば御裁断が下ろう。つまり二月三日か四日には上使をお迎えすることになるであろう。われらはそう踏んでいたのですが、みごとぴたりと適中いたしました。判じ物を当てたときのようにちょっとばかり愉快です。

三ノ椀はハンペンのお吸物ですね。珍重珍重。……それにつけてもこの五十日余、毎日が二汁五菜以上の御馳走ずくめ、そうして事あるたびに、

「元禄の世は人も蝶花のうつろい易きに心を寄せて歌舞音曲の調べに現《うつつ》をぬかし、大小佩《は》いたる武士も面に紅粉を彩りて編笠の下に落花を咥《くわ》え、打裂羽織《ぶっつあき》のやさ姿を月影に映しては我身を繕うほどの柔弱の気風に溺《おぼ》れている。そこへこのたびのあなたがたの義挙……。柔弱の気風を挽回し、緩《ゆる》みに弛《ゆる》んだ風俗へ一鞭撻《べんたつ》を与えた快挙中の快挙であ

る」

とお褒《ほ》めくださって、もったいないことだと恐縮しております。そうしてその都度、あの哀れな若者の、くしゃくしゃの泣き顔が目の当《まあた》りに浮び上ってくる。

「ひどい、それはあんまりひどすぎる」

あの男はそう叫んでこの木村岡右衛門に飛びかかって来たかったに相違ない。だが、あのとき、あの場所ではそんなことはできはしない。やればすべてがぶちこわしになってしまう。同志の何ケ月もの苦心が一切、水の泡に帰してしまう。あの男は悲し気な目をし、ぶるぶる瘧慄《おこりぶる》いをしながらも耐えてくれました。下唇からは血が滴り落ちていた。口惜しくて歯を喰いしばり、そのとき下唇を噛み切ってしまったのです。……吉良殿へ討入った四十七名だけが同志だとは思いません。われらの踏み台となり、そのせいでおそらくこの世に在《あ》る間は、元の身分があらわれるたびに、

「犬猫にも劣るこの赤穂の腰抜け浪人め」

と罵《ののし》られ、石を投げつけられるという損な役回りを引き受けた者たちも同志です。同志の中の同志です。われらが将棋の駒の如く便利に使い捨てたあの男は、今時分どこでどうしておりましょうか。少くとも三汁七菜三菓子つきの御馳走にありついていないことだけはたしかでしょうが。

波賀殿、広いようで狭いのがこの世、もしいつかどこかであの男に巡り遇われるよう

なことがありましたら、ひとことお言伝《ことづて》を。木村岡右衛門が、いや、岡野金右衛門、大高源五、菅谷半之丞、そして千馬三郎兵衛を加えたこの五名が、最後の夜まで「毛利小平太」という名前を口の端にのせていたと、あいつに言ってやってください。そしてできればそのときに三汁七菜三菓子つきの御馳走を、とは申しません、酒を二、三合、買ってやってください。ついでながらあいつは塩餡《しおあん》の腹太餅《はらふともち》（後の大福餅）にも目のない男です。

これは大坂カマボコですな。でしょう。だと思いました。噛めばぷつんと音のしそうなこの歯応えは大坂カマボコのものです。毛利小平太は江戸詰の大納戸役《おおなんどやく》で二十石五人扶持《ぶち》、茶の上手でした。機転のきく、色白のやさ男、ですが腕は立ちましたよ。小平太もわたしと同じく例の「長江剣術道場」に住み込んでおりました。時折、木刀で立合い稽古をつけてやりましたが、三本に一本はきっとあいつが取る。こっちが二日酔のときなどは二本も取る。考え事をしながら立合ったりすると三本とも取られてしまう。細身ながら全身が大坂カマボコのように弾んで機敏、あいつは相当できました。考え事というのは吉良殿の備えについてで、わたしは国許で絵図奉行を仰せつかっておりましたし、吉良屋敷の絵図面も手に入れていましたし、また吉良屋敷の裏門に近い本所一ツ目相生《あいおい》町《ちょう》二丁目で米屋をやっていた前原伊助や神崎与五郎が、火事だ、風が強く吹き出した、というたびに物干台にあがっては吉良殿の屋敷内を窺っていろいろと探ってくれましたし、間取りについては大凡《おおよそ》の見当はつけておりました。ただ、備えについては皆目わからない。

寛永《かんえい》の「軍役次第」には、四千石で七十九人の兵員を備えよ、とあります。五千石では百と二人でしたか。吉良殿は四千二百石ですから、すくなくとも八十名以上の兵をたくわえているものと見なければなりません。相手が八、九十名ならば、こちらから奇襲をかけて不意をおそうわけですし、五十名の同志でも勝算は充分に立つ。大石内蔵助殿は、

「吉良家の備えが百五十名以内ならば、五十名による奇襲で勝算あり」

とお考えのようでした。

しかるに、御承知の如く、吉良殿のうしろには羽州《うしゆう》米沢十五万石の上杉弾正大弼《だんじようだいひつ》綱憲《つなのり》公がお控えあそばします。それもただの後楯《うしろだて》ではない、綱憲公はじつに吉良上野介殿の御長男である。赤穂の遺臣による仕返しに備えて、当然、助ッ人を大勢送り込んできているにちがいない。江戸雀《さえず》の囀るところを聞くと、助ッ人の数は百ともいい、二百とも称する。となると吉良殿の家臣と合せて、百八十、あるいは二百八十。いかに奇襲をかけて虚を衝《つ》くとは申しても、五十で百八十と戦っては危《あや》うい。危ういのは構わないが、吉良殿に逃げられてしまうおそれがある。二百八十が相手では、それこそ飛んで火に入る夏の虫になりかねない。その場合は、吉良殿の外出を狙って路上で決着をつける

しかない。がしかし路上での襲撃は案外とむずかしいもので、内蔵助殿は、

「できればそれは避けたい」

とおっしゃっていた。あるとき、吉良殿の行列をひそかに追ってみて分ったことですが、吉良殿は上杉家から優秀な行列裁《さば》き方《かた》を二名借り出していました。第一の行列裁き方を一町先に立たせ、第二の行列裁き方を一町後に従わせて速足《はやあし》で行き、前方、あるいは後方に異変があれば行列裁き方が大声で……。

やっ、これは釈迦《しやか》に説法でした。波賀清太夫殿がそもそも御当家の行列裁き方でおいでだった。去る極月十五日夜、御公儀大目付仙石伯耆守《せんごくほうきのかみ》様の御屋敷よりわれら十名をお請取りなされる際、波賀殿は、途中、上杉家から追手がかかるかも知れぬとお考えになり、奉書紙を切紙にして、それへ、

「松平隠岐守定直之家来　波賀清太夫朝栄《トモヒデ》　数代ノ恩顧ニ依リ必死ノ働キ如《カクノ》レ斯《ゴトク》也《ナリ》　元禄十五年年十二月十五日」

と認《したた》めて油紙に包み守袋にくくり付けておいでになられたという。決死のお心構え、つくづく頭がさがります。つまり行列裁き方は、それほどの覚悟をもって行列を導くもので、下手な待伏せなど、すぐそれと見抜いてしまいます。それに路上では目当てに逃げられる公算が大ですな。民家に逃げ込まれでもしたら、もういけない。相手は路地から路地へと逃げる。追おうにも相手の家来が次々に立ちはだかってくるから始末におえ

ぬ。

裂《さ》き海老《えび》の酒漬ですか、これは。海老の臭味がすっかり抜けて、じつにたべやすくなっておりますよ。まあ、路上襲撃がいかに不利であっても、吉良屋敷に百八十以上の備えがあれば、万全の方策を尽してという条件はつきますが、その不利をあえておかさねばなりませんし、ここにどうしても吉良屋敷内の陣立てを探る必要が出てきました。しかも内蔵助殿はその探索方をこの木村岡右衛門に委せると申された。前原伊助と神崎与五郎の米屋にひと月ばかり住み込みましたよ。吉良屋敷の裏門から運び込まれる米、味噌、魚の量から、邸内の人数を割り出そうと思い付いたのです。答は約二百五十人と出ました。

ところが、波賀殿、策士というのはどこにもいるものですな。これは後でわかったことですが、米俵、味噌樽《だる》、魚箱は、三つのうち二つまでが空《から》でした。上野介殿付家老の小林平八郎という智恵人が、こっちが食物の量から邸内人数を割り出してくるにちがいないと読んで、土を詰めた俵や水で満した樽や石くれを並べた箱を運び込ませていたのです。小林平八郎にはまんまとかつがれましたわ。そんなこととは知らず、わたしは「邸内の人数は約二百五十。討入りは無理、下の下の策。路上襲撃策の御採用を」という文を川崎在平間村の内蔵助殿に宛てて認め、届ける前に長江剣術道場の面々に読んでもらいました。文面に異を唱えたのが毛利小平太でした。

「わたしは吉良屋敷から立ちのぼる炊《かし》ぎの煙をずーっと睨んで来ました。あれぐらいの煙で二百五十人分の飯が炊けるはずはない。煙から見て、わたしは百人前後という当りをつけております」

炊ぎの煙とは盲点でした。思いがけない見方なので反論のしようがない。そこで内蔵助殿宛ての書状は焼き捨てて、もう一度、人数探りをやり直すことになりました。が、小平太が煙を持ち出したのには理由があって、……この青串の焼鳥は雀ですか。市川鴻ノ台で獲《と》れた鶸《ひわ》の味醂《みりん》漬？　鶸がこれほど美味であったとは、冥土《めいど》の内匠頭《たくみのかみ》殿への土産ばなしがまたひとつできました。

浪人ぐらしが半年、一年とたちますと、だれの懐《ふところ》中にも「手許不如意《ふにょい》」という嫌な虫が住みつきます。むろん大勢の中には、御家御大変《おいえごたいへん》の際の分配金を上手に用いて喰い延ばしをしている者もいないではないが、たいていは吉良殿の白髪首を頂戴したときが己の命の消えるときと思い込んでおりますから、「太く短く」が座右の銘、あっという間に分配金を使い果してしまう。使い果さぬまでも懐中が淋しくなるにつれて内蔵助殿に、「無一文になる前に本懐を果そうではありませんか」

とせき立てることが多くなる。たつきのために金の工面をするのは面倒だ、だから所持金の尽きる前に吉良屋敷へ押し入ろう、と言い立てる者が大勢いるので内蔵助殿はだいぶ苦労をなされたらしい。内蔵助殿はそういう者に二両、三両と金を渡して暮しの立つように計っておられたようですな。もっとも内蔵助殿の手文庫をあてにできるのは京大坂で時節を待つ同志たちで、江戸市中に潜伏の者は自分で暮しが立つようにせねばなりません。金の入手法には大別して二つのやり方があったようですね。ひとつは親戚縁者からただもうひたすら借りて回るというやつ。この手の使い手がずいぶん多かったといいます。もうひとつは特技を生かして金を稼ぐ者。小平太は後者のほうで、薪《まき》割りの達人でした。一刻《いっとき》（約二時間）に一坪《つぼ》（六尺立方）の薪をこなす、これが一人前の薪割り職人の仕事。薪炭問屋がたがいに奪い合いをするような名人達人になると一刻に一坪半はすませてしまいます。一刻に二坪となると、これは稀《まれ》です。ところがあいつは一刻に二坪の腕前の持主だった。一坪の請負銭は百五十文が相場ですから、一刻で三百文を稼ぐ。職人の中で一等収入《みいり》のよいのが普請場の鳶《とび》の者ですが、その連中でさえ一日の雇銭が三百文から三百五十文といったところ。小平太が一日、鉞《まさかり》を振えば鳶の者の雇銭の三層倍に当る一貫文（千文）は楽に稼ぐ。たいした特技もあったものです。話が横道に迷い込みましたが、小平太が炊ぎの煙に着目したのは、薪割りを特技にしていたせいではないでしょうか。

　ぼつぼつ御飯を頂戴しましょうかな。まだ梅と鶯《うぐいす》の時候だというのに、香の物に花茄子《なす》の漬物がついている。茄子の漬物でメシを二口、三口やってみたくなりました。京橋の三十間堀に中島五郎作という材木問屋があります。この材木問屋の隣が岡崎屋なる茶器店。われらはこの岡崎屋に目をつけました。岡崎屋はちょくちょく茶器を持って吉良屋敷に出かけて行く。色白のやさ男で茶の道にも詳しい小平太を岡崎屋に使用人として送り込むのはどうか。やがて岡崎屋が小平太を連れて吉良屋敷へ出かけることもあるだろう。邸内に入ることができればしめたもの、下々《しもじも》で申すシメコの兎というやつ、吉良殿の備えをはっきりと読み取ることができるだろう。そう算盤《そろばん》を弾いたのです。羽倉斎《いつき》という国学の先生が内蔵助殿の年来の友人で、当時、材木問屋の食客をしていた。そこで内蔵助殿が書面をもって羽倉先生を口説き、羽倉先生が中島五郎作を拝み倒し、中島五郎作が岡崎屋を「こんなに茶の道に詳しい若者を使わないという手はありませんぞ」と焚きつけ、結句、小平太は岡崎屋に住み込むことになりました。それが去年の十一月初旬《はじめ》のことです。

二月初旬《はじめ》にどうして茄子がなるのでしょうかな。……筵《むしろ》小屋の中に植え焚火をたいて茄子めを欺す?……御殿様のための茄子漬? ははっ、勿体《もったい》ないことでございます。

十日ほどして、小平太が意気衝天といった顔で長江剣術道場へやってきました。そしてその小平太の申すには、

「吉良屋敷の中に住まっているのは、男子が九十余名に女子が四十余名です。討入っても充分、勝算が立つ」

聞けば、その前日、岡崎屋のお供で茶器をかかえて裏門から吉良屋敷に入り、裏門番

所と御台所との間の空地で一刻半《いっときはん》ほど岡崎屋が御本屋《ごほんおく》から出てくるのを待っていたのだが、その間《かん》に邸内の備えをそう読み取った、というのです。

「一度、邸内に這入《はい》ったぐらいで、そう簡単に判断するのは軽率である。それも裏番所の前の空地で膝小僧を抱いて座っていただけではないか。その程度の探索で軽々しく『男子が九十余名でござい』というやつがあるか」

そう釘をさしますと、あいつはにやっと、白い歯を零《こぼ》して、

「じつは後架《こうか》汲み取りの現場にぶつかりまして」

と申しました。亀戸村本百姓の喜兵衛という者が吉良屋敷が吉良屋敷になる以前から、すなわち松平登之助信望《のぶもち》殿の屋敷であった頃から、肥《こえ》汲みに来ていた。その喜兵衛が小作百姓たちと空地の隅で握飯をぱくついていたので、仲間に入って世間話をしているうちに、小平太はふと思いついて、

「肥の量から住人の数がわかりますか」

とたずねた。すると喜兵衛の答はこうだったそうです。

「住人の数どころか、この後架を使っているのは男が何人で女が何人。そのうちに体の塩梅《あんばい》の悪いのが三人いて、一人は癌《がん》で、二人は蟻舐め病《ありなめやまい》（糖尿）だ、ということまでわかる。伊達《だて》や酔狂で長年、肥柄杓《こえびしゃく》を扱っているわけではない」

で、この喜兵衛に算盤玉を弾いてもらうと、男子九十余名、女子四十余名と出た、と

いうのですな。……どうも自業自得というやつで、折角の茄子漬が肥臭くなってしまいました。口なおしに葛煎餅《くずせんべい》をいただきます。よくやった、これからも岡崎屋に信頼される使用人たれ、と励まして小平太を帰らせました。吉良屋敷の備えが判明した以上、もう岡崎屋に使われる必要はないではないか、とおっしゃるかもしれませんが、じつはわれら同志一人として吉良殿のお顔を知りませぬ。お首を頂戴いたすときに人ちがいをしては粗忽《そこつ》である、それで岡崎屋へ戻ってもらいました。曲りなりにも吉良屋敷に出入りできるのは小平太一人。出入りするうちに吉良殿のお顔を見る機会にも恵まれよう。この上は仇《かたき》の顔をしかと見覚えておいてもらおう。そういう計略があって小平太を岡崎屋へ戻らせたのですが、これが実は小平太には気の毒なことになりました。

半月ほどしてからでしたか、朝早く小平太が長江剣術道場へ飛び込んで来た。そうしてしばらく亀の子のように首をのばして路地を窺っている。

「どうした」

と聞くと、いきなり土間に座って、

「申し訳ないことになってしまいました。今もこの小平太は吉良方から尾行《つけ》られております」

と泣き出しそうにしております。なだめすかしているうちにすこしは落ち着いたとみえて、ぽつぽつと事情を話しはじめました。それによると、前日の午前、主人の言いつけで内藤新宿のさる商家へ茶釜《ちゃがま》を届けた、という。その帰り、紀伊国屋《きのくにや》という薪炭問屋の裏の空地に人垣が出来ているので覗いてみると、飛入自由勝手の薪割り競べの真ッ最中であった。内藤新宿には薪炭問屋が十数軒、ずらりと軒を並べているとのことですが、頃は丁度《ちょうど》、十一月下旬、薪炭問屋の書き入れ時、稼ぎ時です。ところが薪割り職人の数は限られており、どの問屋も註文がこなし切れない。そこで薪炭問屋が一両の賞金つきで素人に競わせるわけです。立派な腕前の者がおればたっぷり支度金をはずんで雇い上げるし、たとえその日は不作でも、とにかく何十坪かの薪が細かくなるのですから、どっちに転んでも損はない。そういう次第で、毎日、どこかの問屋がきっと薪割り競べを催している。小平太には、内藤新宿村なぞは田舎も田舎、大田舎《おお》という気がするのだぞうですな。江戸育ちの江戸詰、そのときまで四谷御門から先へ出たことがなく、四谷御門を出ればもう甲斐国《かいのくに》じゃないか、といったような気分なのですな。「よし、一両の賞金はこっちのものだ。たとえ負けても旅の恥の掻き捨て」と、薪割り競べに飛び入りで加わった。で、ポンポン、ポンポン調子よく鉞《まさかり》で薪を割っていた。楢《なら》の丸木を上野介殿に見立てて鉞を振りおろすのがコツだなぞと云っておりましたが、それはとにかくあっという間に五、六把《ぱ》も割って一息入れて、額の汗を手の甲で拭おうとしたとき、人垣のなかにある男の顔を見つけた。その半月間に小平太は主人に従って三度、吉良屋敷の裏門を通っていたが、その裏門の御番人というのが吉良家足軽頭の大河内六郎右衛門。

眉間《みけん》に双子黒子《ふたごぼくろ》のある陰気な四十男だそうですが、その大河内が人垣の中からじっと小平太を窺っている。はっとなって鉞を構え直したが、もうそれからは散々な有様となりました。膝はがたつく、腰はひょろつく、目はかすむ、頭はがんがんと鳴るで、とうとう鉞を抛《ほう》り出してしまった。小平太は「正体を見抜かれた」と思ったのですな。「茶器を扱う店の、やさ男の使用人が、見事に薪を割っている。あの気合い、あの間合い、どこから見てもあれは剣術で会得《えとく》したものにちがいない。となると岡崎屋の使用人というのは見せかけで、じつは御屋敷内を探る赤穂の浪人一味ではないのか」。大河内はおそらくこう察したはずである。とまあこのように小平太は考えたのです。京橋の店に戻ってはやばやと夜具に潜り込んだものの、気になって眠るどころではない。長江剣術道場で指示を仰ごうと思いついて外へ出る。と、どうも尾行されているようである。大河内はやはりこっちの正体を見抜いている。これはすぐその後で判ったことですが、小平太の危惧《きぐ》は当っていましたよ。大河内は小平太に尾行をつけるようになった。中島五郎作の材木置場の人足にも手の者を送り込んできた。おっと……、これは粗相をいたしました。この煮物、白魚と思いましたら、なんと魚に似せた豆腐だ。いやいや、波賀殿にお拭かせ申しては罰が当ります。わたしが懐紙で拭き取ります。小平太は早朝なら尾行はあるまいと考えて、二日酔のわたしどもを叩き起したわけでした。その朝は、酒の気が抜けていないのに、奇体に頭が冴えておりました。わたしは申したものです。

「これからも、まだ誰にも正体は見抜かれていないというようなつもりで動くのだよ、小平太」

小平太はぽかんとしておりました。

「つまり吉良方はおまえの動きを手がかり足がかりに、こちらの動静を探ろうとするだろう。それこそ勿怪《もつけ》の幸いというやつじゃないか。見抜かれたことにまだ気づいていない振りをして偽物《にせもの》の秘密をしこたま教えてやろうじゃないか」

これはどういう仕掛けかと申しますと、先ずわたしの方から小平太に会いに行くのですな。そして小平太を隣の中島五郎作の材木置場へ誘う。材木置場というやつは身を隠すところがありすぎるほどありますから、吉良方の、人足に化けた間者《かんじや》にとってこんな好都合な場所はない。その材木置場の、定《き》まった片隅に小平太を連れて行き、いわくあり気にしゃがみこみ、

「どうも大石殿の腰の重いのにも困ったものだよ、小平太」

などとやるわけです。

「慎重すぎて、とうとう急進派が怒り出した。急進派の十三名は吉良殿の外出時を狙って路上で襲うといっている。そこで小平太、吉良殿の次の外出がいつなのか、正確なところが摑めないかね」

こう喋《しやべ》りながら地面には棒切れで《いま申していることは勿論すべてウソ》と書き、

そして消す。小平太の方は大体、事実を云う。小平太の摑んでくることは全部、大河内の口から出た偽《にせ》の種《たね》です。これを小平太は手柄顔で話す。材木の陰の間者は「小平太が仲間の者にカクカクシカジカと話しておりました」と大河内に復命する。大河内は「そのカクカクシカジカはおれの口から出た馬鹿話だ。ふん、赤穂の愚か者どもめ、偽の種を真実《まこと》と信じてよろこんでいる」とうれしがり、そしてここが大事なところですが、だからこそかえってこっちの流す偽の種を真実であると思い込む、それこそがこっちの狙い所でした。つまり小平太の役目は、吉良邸内を探るということから、吉良邸内へ偽の種を送り込むことへ、みごとに逆転していたのです。わたしは小平太を三日に一遍は材木置場へ呼び出し、やれ同志がまた五名も脱落しただの、それ大石殿の額に面疔《めんちょう》ができてこれで当分は事態を静観するしかあるまいだのと偽の種を喋り、あとは細心の注意を払って尾行を撒《ま》いて、長江剣術道場に引き揚げる。

大河内の方も、岡崎屋のお供をして吉良屋敷へ出かけて行く小平太に茶など振舞って出鱈目《でたらめ》を吹き込む。たとえば「この極月三日に御隠居様はどこそこの茶会へおいでになる」という具合に。こっちはそれを真《ま》に受けたふりして、若い同志を数名、両国橋東詰あたりでウロウロさせておくわけです。大河内はきっと手を叩《う》って快哉《かいさい》を叫び、上野介殿付家老の小林平八郎に、「赤穂の愚か者どもに、てんてこ舞いとかいうものを舞わせてやりましたわい」などと手柄顔して語っていたのではないでしょうか。わたしは、大河内の偽の種に乗ったふりをしながら、この奇妙な仕組みが重大な働きをする日のくるのをじっと待っていました。

極月十三日の正午《ひる》、わたしは材木置場へ小平太を連れ出し、

「三日前、おまえは例の吉良家の足軽頭から『上野介殿には、明春、桜の花の咲くのを南から北へ追いかけるようにして、江戸から羽州米沢へお移りになることになった』と聞いたとか申していたな」

と切り出しました。

「大石殿はずいぶんよろこんでおられた」

背後の、立てかけた角材の向うで人の気配がしていました。むろん吉良方の人足に化けた間者にちがいありません。

「そして、われら同志も上野介殿を追うことに決まった」

云いながら地面に《明夜討入決行》と彫《ほ》りつけるように書いた。

「宇都宮と白河の間にいくつもの峠がある」

足で踏み消して、さらにその上へ《明夜、小平太ハ遊女ヲ買フ》。

「そのうちのどこかの峠で本懐をとげる」

また消して次の一行。《吉良方ハ、遊女ヲ買フ小平太ヲ見テ、明晩モ安泰ト思フ》

「そういうわけだから、しばらくはのんびりと命の洗濯をしておくがよい」

「そうするとわたしは……」

　さっと小平太の顔色が変った。

「そんなばかな。なぜ、この小平太だけが……」

　捨て駒にならねばならぬのか。なぜ明晩、同志と共に行動できぬのか。そう言いたそうでしたな、小平太は。しかし近くで間者が聞き耳を立てている。それを口に出してはすべてがぶちこわしになってしまう。あの男は悲し気な目をし、ぶるぶる瘧慄《おこりぶる》いをしながら耐えていました。下唇からは血が滴り落ちていた。口惜しくて歯を喰いしばり、下唇を噛み切ってしまったのです。ふーっ、よく効くワサビですな。効きすぎてどうも涙が吹き出してきました。波賀殿、この刺身は鯉ですか。

小姓　鈴木田重八

小関文之進、面《おもて》を上げなさい。……どうした、文之進、そういつまでも畳に平《ひら》たく這《は》い蹲《つくば》っていると、しまいには平蜘蛛《ひらぐも》になってしまうぞ。わたしだよ、目付役の村尾勘兵衛だよ。あれは御公儀が最初の生類憐《しょうるい》み令を発せられた年だったから貞享《じょうきょう》四ノ卯歳《うどし》（一六八七）か、その年の秋、その方から仇討願書が出た。その願書を受け取ったのもこの村尾、また、殿様に代ってその方に仇討免状を手渡したのもこのわたしだ。仇討免状のほかにも殿様から小判二十両の御手当金を賜わったはずだが、その御手当金を、所も同じ御陣屋のこの虎の間で、その方の手にしっかと握らせたのも、この村尾だ。今は元禄十六ノ未歳《ひつじどし》（一七〇三）の二月末。あれからそうさな、卯、辰《たつ》、巳《み》の、ふむふむ、一ト回りして卯、辰、巳、午《うま》と来て今年は未歳。十六年か。しかし十六年経《た》った今でも、わたしはあの仇討願書の文面を諳《そら》んじることができるぞ。いや、この村尾勘兵衛だけではない、上野国《こうずけのくに》伊勢崎二万石酒井家の家中二百余名のほとんどが空《そら》で言えるはずだ。あの仇討出願はそれほどの大事《おおごと》だった。願出人《ねがいでにん》はその方、旗組小頭《はたぐみこがしら》小関文之進と、その方の実姉《じつし》にして家中武《かちゅうぶ》器改者頭《きあらためものがしら》勝間田織部の妻登貴《とき》。文面はこうよ。
……貞享四年丁卯十月廿九日、上野国緑野《みと》郡《のごおり》馬庭《まにわ》村にて念流《ねんりゅう》剣術修業中の玉野平八《たまのへいはち》と申す尾張浪人、勝間田織部、登貴の一人娘幸《こう》に懸想し、織部が、許婚者も定《きま》りおる故、諦められよ、二度と幸の後を追うて貰っては困る、と云い渡すや矢庭《やにわ》に抜刀、織部と幸を切害《せつがい》し、登貴に数ケ所の疵を負わせ立去り候、玉野平八は私共には義兄と夫の仇《あだ》、また姪と娘の敵《かたき》、倶《とも》に天を戴《いただ》かざるの遺恨止時《いこんやむとき》なく、両名相談納得の上、仇討の為、御陣屋膝下《しっか》を離れ度《たく》、書面を以《もっ》て願申上候。御許《おゆるし》を得ば、山陰北陸の国より尾張を回り江戸に出《い》で、奥羽及五畿内《きない》四国九州迄も穿鑿《せんさく》し、野臥山臥《のにふしやまにふす》の艱難《かんなん》辛苦を尽す所存に候、心を励《はげま》し誠を尽さば天地神明《てんちしんめい》の冥助《めいじょ》にも預らむ、立派に立向《たちむかい》、玉野平八を討果《うちはた》し、復讐仕《つかまつり》、志相達度候《こころざしあいたつしたく》、依《よつて》御免状被下置度奉存候《くだしおかれたくぞんじたてまつり》、此段御願申上候……

深い皺《しわ》だのう、文之進。頭《こうべ》にもずいぶんと霜がおりたな。この十六年の辛苦たるや、さぞかし……察するぞ、文之進。だが、労苦は必ず報《むく》われる。文之進、わたしは殿様から「天晴《あっぱ》れなり」という御言葉をお預かりして来ておるのだぞ。どうだ、長年の労苦がたちまち消え去るような心地がするだろうが。このところ殿様には御不快の毎日、それ故ここ虎の間へはお運びになってはおらぬが、文之進帰還とお聞きあそばすや、殊の外のお慶《よろこ》びようであった。そういえば、去年の十一月にも、今日のようにお慶びなされた一日があったな。ほれ、その方は江戸から留守宅へ、

「……本日ついに江戸本所にて玉野平八とおぼしき男と巡り合った。十中八九、仇に相違ないと思われるが、数日かけていろいろと探りを入れ、本人に間違いなしと見定めた上で、姉貴と力を合せて討ち果す覚悟ウンヌン」と認《したた》めたものを飛脚便で送って来たろうが。留守宅から回ってきたその書状を殿様にお目にかけたところ、

「この報せを待っていたのじゃ」

と仰せられ、御夜着《よぎ》の上にほろほろと嬉し涙をお零《こぼ》しなされた。そして、

「村尾、江戸屋敷に早駕籠《はやかご》を出せ。小関はたしか今年で五十歳、それから登貴は五十六歳。二人とも年じゃ。返り討になっては困る。江戸屋敷から手練《てだ》れを四、五名、助太刀に付けてつかわせ」

ともおっしゃった。

「はっ、さっそく」

と申し上げてさがったが、あの時は弱った。その方の書状には江戸での落ち着き先が書かれていなかったからだよ。江戸の御屋敷へ事情を詳しく記した書状を送り、総出で本所周辺を探索するように頼んだが、しかしこうして小関文之進が事無《ことな》く立帰ったからは、あれもこれも昔話ということになった。めでたい春じゃ。

文之進も憶えていようが、われらが殿様には、江戸への御出立《しゅったつ》が迫るにつれて御気分が勝れなくなるという奇病がある。ところがその方姉弟《きょうだい》が仇討に出たのを境に、こ

の奇病を綺麗《きれい》に忘れておしまいになられた。いや、むしろ御出立を心待ちになさっているような御様子でさえある。これはどうしたことかとわれらが首を傾《かし》げていると、ある日、御侍医がぽんと膝を叩いて、

「これまで殿様は、江戸の御城へ、肩身の狭い思いをなさるために、出掛けておいでだったのではないでしょうか」

と申した。はッと思い当ったよ、文之進。殿様の江戸の御城での御席次は菊之間《きくのま》だが、これは仕方がない。三万石以下は菊之間という定《き》めがあるから仕様がない。この伊勢崎酒井家は前橋十五万石から分家して二万石、その御分家も天和《てんな》元年酉歳《とりのとし》（一六八一）、殿様十六歳の春のこと故、下々《しもじも》の云い方を借りれば「なりたてのほやほや」だ。そのせいで殿様は菊之間は菊之間でもその端の広縁《ひろえん》にお詰めなされている。ちょっと混み合えば中庭に落ちぬとも限らぬ、というのはまあ軽口だが、知っての通り殿様は控え目で無口な御方だし、残念ながらこの伊勢崎にはまだ自慢の種になるようなものは何ひとつない。したがって殿様はますます貝か石のようになられて、ただ凝《じっ》としていらっしゃる外にやりようがない。御侍医はつづけて、

「しかしもう大丈夫。御領内から仇討に出た者があるとなれば、周囲の小大名衆が放っておきはしません。いろいろと殿様に質問の矢が立ちましょう。左様、殿様はこれからは一座の中心になられるのです」

と云った。

だが、その方にも察しがつくだろうように、殿様が御元気であったのは二、三年、あとは次第にお心が萎《な》えさせられて、この五、六年は江戸へ御出立の前にきまってどっと病いの床につきなさるようになった。無理もない、菊之間の御連中が、殿様に聞えよがしに、「伊勢崎というところはどうものんびりした土地柄のようでござるな」だの、「伊勢崎の名産がひとつだけ分りました。その名産とは糸の切れた凧《いかのぼり》でござろう」だのと、埒《らち》もない当てこすりをおっしゃるにちがいないのだからな。

したが、こんどこそは殿様も大威張りじゃ。規模こそは去年の極月《ごくげつ》の赤穂浪士の討入りに及ばぬが、こっちには十六年という永い歳月の重しがある。殿様は今年から菊之間の花じゃ。殿様を真ン中に仇討話《ばなし》の花が咲くことであろう。文之進、玉野平八とはどういう男であった。斬《き》り合いはどこでいたした。仇討の顚末《てんまつ》を江戸町奉行に届け出たであろうな。町奉行は何と申されていた。姉の登貴を江戸に置いてきたという話だが、具合でも悪くしたのか。玉野平八の遺品は何か。さ、文之進、何か申せ。口に油が要《い》るというのであれば直ぐに酒の支度をさせるが。

玉野平八は、此処《ここ》に、この伊勢崎に来ておりますぞ。私が連れ帰ったのでございます。江戸から伊勢崎までこの二日間、昼夜《ひるよる》なしの歩きづめ、踵《かかと》の裏がだいぶ摺《す》り減り、顎《あご》が相当に前へ突き出しているようなのでさる所へ預け、私ひとりが御陣屋へ出頭いたしました。お待ちくださいまし、お許しくださいまし、村尾様。たしかにこの小関文之進の言い方が唐突にすぎました。いきなり「仇を連れ帰った」と申しあげましたのは、こちらの落度、村尾様が腰をお抜かしになるのも理の当然、話の糸口を選び損ねたことを何度でもお詫びいたします。左様、つとめて平静に、最初《はな》から始めて最後で終るという風に順を追って仔細《しさい》を申しあげることにいたしましょう。話が話だけに順風満帆と行くかどうか、まったく自信がございませんが。とにかくお坐りくださいまし。

「腰を抜かす」で思い出しました。姉の登貴は、下総国関宿《しもうさのくにせきやど》にて病後を養っております。精魂尽き果てて気が抜けたのでございましょうな。俗にいう「気抜け病《やまい》」というやつです。

さて、十六年にわたる仇を探し求めての諸国巡回の旅、これについては機会を改めて詳しく申しあげるつもりでおります。あるいは日記を基《もと》に復命書を書いて村尾様に呈《てい》出《しゅっ》いたしましょうか。その日その日に少しずつ書き溜めた日記がすでに二十八冊にもなります。表紙には「伊勢崎姉弟仇討旅日記」と記した題簽《だいせん》が貼り付けてありますが、二十八冊ともなりますと背負って歩くだけでも一仕事で、いやはや往生いたしました。御手当金の使い途《みち》も細大洩《もら》さず控えてございますから、中味の詰まった復命書になろうかと思います。

江戸へ入りましたのは角田川の水がちょっと冷たくなった時分でしたから、昨元禄十五年の秋口のことでしょうか。正確な日付は日記を見れば直ぐ分りますが、江戸はもう五度目ですから、真ッ直に蔵前片町《くらまえかたまち》の八幡屋仙右衛門方に投宿いたしました。蔵前片町は、両国へ一歩、浅草観音へ二歩、上野へ三歩、神田や日本橋へ四歩、盛り場へ出るには便利をいたします。そこで蔵前片町のその八幡屋を江戸での定宿ときめておりました。

あれはたしか十一月の初旬《はじめ》でしたか、姉の登貴が夜中に跳《は》ね起きて、

「文之進や、私はたった今、夫と娘の仇を討った夢を見ましたよ」

と申しました。

「今のが正夢であってくれたなら」

仰天いたしましたな、あのときは。じつは姉の声で目を覚すまで、私も同じ夢を見ていたところだったからです。もっとも私の夢では、玉野平八の顔付き、背恰好《せかっこう》、すべてぼんやりしておりますな。玉野平八とは一度も顔をつき合せたことがありませんから、夢の中の仇の顔、姿、形が始終ぼやけているわけで、そこへ行くと姉の方は、幸《こう》を追って玄関先までやってきた玉野平八と三度も対決している。とりわけ三度目の、夫と娘を斬り殺し、自分にも斬りつけてきた玉野平八の形相などは脳味噌にこびりついております。そこで真に迫った夢を見て驚き、自分で跳ね起きてしまったのでしょう。幸か不幸か私の夢に現われる玉野平八は常にノッペラ坊のつるんつるんです。

「こっちも同じ夢を見ていたところでしたよ」

とは申しませんでしたわい。長年の心労で姉は少々感じ易くなっていた。弟も同じ本懐を遂げる夢を見たと知ったら昂《たかぶ》って、お念仏を唱えながら表通りを頭に草履を載せて歩き兼ねない。それまでにも三、四度、そんなことがありましてな、普段は物静かで分別のある女なのですが、この一年ばかり、興奮するとそういう奇矯《ききよう》な振舞いに走るようになっていた。心の糸が切れかかっていたのだろうと思います。下世話に「旅は憂いもの、辛いもの」と云いますが、その旅を十六年もつづけているのだから心の糸の綻《ほころ》ぶのも無理はない。

あくる朝、八幡屋の帳場で茶をいただきながら仙右衛門に、

「身体が鈍《なま》って叶《かな》わぬのですこしほぐしてやりたい、束脩《そくしゆう》をあまり欲張らず、それでいて腕の立つ剣術の先生を知らないか」

とたずねました。姉弟が同じ時に同じ夢を見る、これはその機が熟してきたぞという神仏のお告げではあるまいか、とにかくいつその機にぶつかっても玉野平八と充分渡り合えるよう、一層腕に磨きをかけておこうと考えたのでした。八幡屋の主人《あるじ》の推《お》したのは、本所林町五丁目の長江《ながえ》長左衛門道場で、束脩の安いことと稽古《けいこ》の荒っぽいことで近頃、評判だという。加えて、腕の立つ稽古代が七、八名もいて、門弟に息つく暇も与えないともいう。長江道場での小半刻《こはんとき》（約三十分）は他の道場の一刻《いつとき》（約二時間）分に相

当するという噂《うわさ》もあるとのこと、私には打ってつけの道場だと思われました。

長江道場は竪川《たてかわ》に沿って東西に走る通りの、三ツ目橋の近くにありました。見世店《みせだな》を二軒潰して繋いだ大きな道場で、入るともう酒の匂いがぷーんといたしました。正面の掛け軸の前で、七、八人ばかりが茶碗酒を舐《な》めながら、するめの足を齧《かじ》っている。入門したい旨を申し述べ、鰹節《かつおぶし》を二本差し出すと、一座の中心にいた赤茶けた髪の毛の男が、

「ほう、かなりお出来になるな」

と声をかけてきました。重い訛《なまり》のある口調で、後で知ったことですが、この男が道場主の長江長左衛門でした。

「ここは、町人のちょっと気の荒いのが、侍の真似事をしに来るところだ。あなたのような、きちんと鍛えた腕前の持主は、糀町《こうじまち》（麴町）の堀内源左衛門道場のような本式の道場へいらっしゃるがいい」

「蔵前片町に居る者ですが、蔵前から糀町へ通うのではいかにも遠い。しかしこちらなら両国橋を挟んで指呼《しこ》の間《かん》にある。病身の姉と居るので、なるべく遠出はしたくない。姉が心細い思いをいたしますのでな」

長江長左衛門はちょっと考えてから、男たちの一人にこう云った。

「八さん、腹ごなしにお相手してあげてはどうです」

ところで村尾様、この長江長左衛門という姓名ですが、どこか妙だとはお思いになりませんか。「長江」という姓、これだけではどこにも不思議なところはない。ざらにある姓でもないが、しかし有り得ないという姓では全くない。私の「小関」、御目付の「村尾」と同様、大人しい、目立たない姓です。「長左衛門」にしても同じこと、じつに平凡な名だ。ところが「長江長左衛門」と繋がると、途端に珍にして妙なるものとなります。「長」の字が馬鹿派手に目立って、わざとらしい。なにか不自然な、作意のようなものが匂う。じつは村尾様、この長江長左衛門には天下を動転させずには置かぬ大作意が仕込まれていたのです。と申しますのは、いやいや、まだ種明しの時機ではない、筋書の順番を前後させては話が分り難くなります。この小関文之進が長江道場の稽古代と、たがいに木刀を下げて向い合ったという場面へ筋を戻しましょう。

稽古代は年の頃なら三十五、六。背丈が低く、横にでぶでぶ太って、近頃のころころと肥えたお犬さまの体に人の首がついているようでした。じつに不細工な恰好の男です。ところが手ならしに木刀を軽く振っているのを見ると、その身のこなしに殺気というものが兎《う》の毛で突いたほどもない。春の野原で春風に吹かれているときのような柔かさと和やかさに満ちております。これは飛んでもない達人だぞ、と思いました。

「では、お相手いたす」

男は軽く頭をさげて、

「わたしは当道場の稽古代、というよりは居候《いそうろう》と云った方が正確かもしれませんが、それはとにかく、玉野平八という尾張《おわり》浪人です。お手柔かに願います」

私は木刀を取り落したようでした。がしかし詳しいことは何も憶えておりません。あまりにも突然の仇の出現。いきなり明かになった讐《かたき》の蹤跡《しょうせき》。かっと頭に血がのぼり、こっちがどう打ち込んだのか、それを彼奴《きやつ》がどう躱《かわ》したか、いつ稽古が終ったか、どう挨拶して長江道場を辞したのか、なにひとつ頭に残っておりません。ただただ、

(……義兄や姪を殺《あや》めて逐電した玉野平八は尾張浪人と称していたというが、こいつはたったいま尾張浪人と云ったぞ。玉野平八などという変った姓名の持主が尾張国に二人もいようとは思われない。尾張国どころか、この六十余州に二人といるかどうかというぐらい変った姓名だ。十中八九、こいつが仇にちがいない。姉が知ったらさぞや喜ぶことだろう。それまでは気取られてはならぬ、気取られてはならぬ、気取られてはならぬ)

と口の中で繰り返していた。伊勢崎の留守宅に書状を認めたのはこの夜のことでございますよ、村尾様。あれは、仇を探し求めて旅に出て以来、私どもが伊勢崎に送った最初の書状でした。

翌日の夕景、姉を伴って本所の長江道場に出向きました。前日の稽古の礼を云い、それから、

「姉に気晴しをさせようと思い、一緒に連れて来ております。お近づきのしるしに両国辺りの料理茶屋で泥鰌《どじょう》鍋でも囲みませんか。費用《かかり》は姉が持つと申しておりますが……」

と、こう誘った。乗ってきましたよ、玉野平八は。無論、姉は肌に鎖帷子《くさりかたびら》を着込み、鉢巻《はちまき》にする紫手拭を懐中に隠し持っております。私も同じく鎖帷子を着用している。酒を飲ませ泥鰌鍋をつっ突かせながら姉がじっくりと首実検をいたし、二、三質問を浴びせかけ、「これは絶対に玉野平八その人」と見究めがついたところで、名乗りをあげようという段取り。姉は薙刀《なぎなた》と小太刀とを上手に使いますが、その薙刀小太刀は前もってその料理茶屋に預けてある。

やがて泥鰌鍋の底が見えて来た。何気ない風を装って姉が、

「上野国はごぞんじですか」

という問いを発する。それへ玉野平八が、

「伊勢崎の西方に念流道場で有名な馬庭村というところがありますが、その馬庭村に半年ばかり住んでいました。もう十五、六年前のことになります。わたしが二十歳《はたち》の頃のことですが」

と答えた。さあ、これで決まった。姉はいよいよ最後の仕上げにかかりました。

「わたしどもに伊勢崎にも身寄りがあって、これまでに二度も三度も彼地を訪ねておりますよ。そうそう、馬庭村にはナントカという佳《い》い唄がありましたね。えーと、たしか、

〽馬庭街道に何かを植えて……とか云っていたようだけれど」
「白菊植えて、ですよ」
やつめ、それが罠《わな》であるとも知らず馬庭小唄を渋い喉でうたい出した。

馬庭街道に白菊植えて
何をキクキク便り聞く

十六年前の秋、玉野平八はこの馬庭小唄を口遊《くちずさ》みながら、三度も幸のあとをつけてきた。勝間田家にはこれ以上、不吉で、悲しい唄もない。姉にとっては生涯忘れることのできない馬庭小唄さえもこの男は知っている。玉野平八です、こいつこそ。

馬庭街道に松の木植えて
何をマツマツ主を待つ……

勘定に立つ振りをして私は小唄を唸っている玉野平八の佩刀《はいとう》を思い切り蹴《け》った。同時に姉が懐刀を抜き放って切ッ先を玉野平八の眉間《みけん》へぴたりと付ける。私はやつの佩刀を摑み上げふっと鯉口《こいぐち》を切りました。

「玉野平八よ、ようく聞け。かく申す拙者《それがし》は、十六年前に汝に殺《あや》められし勝間田織部と幸の義弟にして叔父なる小関文之進じゃ。またこれに控えおるのは、勝間田織部の妻、そして幸の母なる勝間田登貴。汝を討たんがために、雨に打たれ風にさらされ、一日千秋の思いで探索の旅をつづけてきたが、ここで会《お》うたは盲亀《モッき》の浮木《ふぼく》、優曇華《うどんげ》の花待ち得たる今日ただ今、義兄と姪の仇め……、いざ尋常に勝負さッしゃい。姉者人《あねじゃびと》、お支度召され」

姉は姉で、

「わが夫といとしの娘の仇ィ……」

と一里四方に聞えるような甲高声《かんだかごえ》をあげて薙刀と小太刀を取りに奥へ走り、

「……勝負、勝負ゥ」

と戻って来たときには小太刀を腰にさし薙刀突いて、紫手拭できりりと鉢巻をした上で襷《たすき》掛けまですましてしまっている。何百遍となく稽古をしておりますからその手早いこと。

ここで一言、弁解じみたことをさしはさみますが、こちらだけがこっそり鎖帷子を着込み、また相手を酒で盛り潰し、さらに相手の佩刀を蹴っ飛ばし奪い取る。こういったことが卑劣なやり口であることは充分承知しております。たしかに尋常ではない。しかし逃げられたり、返り討になったりするよりは、はるかにましだ。もっと申せば、私ども追いつめられておりました。十六年の長旅で路銀が底をついてきた。体力も衰えている。この機を逸したら、二度とふたたび宿志を遂げることはできないだろう。卑怯者とそしられようと構うものか。どんなことをしても、今、玉野平八を討ち果さねば。この一念で凝り固まっていたのです。

にもかかわらず、玉野平八はまんまと逃げおった。やつめ、まことに面妖《めんよう》な台詞《せりふ》を口にいたしましてな。その台詞に私どもがうろたえている隙《すき》に丸腰でパッと戸外へ飛び出して行ってしまいました。その台詞とは、こうです。

「わたしは玉野平八ではないぞ。玉野平八は五年前に死んでいる。わたしは、わたしは、とにかくわたしは玉野平八ではない」

玉野平八が五年前に死んだだと。とすると目の前にいるのは誰か。上野国にいたことはたしかだし、その時期も符合している。馬庭小唄さえ知っている。これは姉が後で云っていたことですが、身体つきはとくによく似ていたそうです。ではやはり玉野平八ではないか。こいつ、逃げを打っているのだ。と、ここまで考えを進めるのにふた息や三《み》息はかかります。気が頭に吸いとられ体の方が留守になった。この隙《すき》を、やつめ、機敏に捉《とら》えました。

姉とこの小関文之進は直ぐに次の手立てを思いつきました。手掛りは本所の長江道場にある。玉野平八は長江道場を塒《ねぐら》にしていたのだから、いつかはその塒に舞い戻ってくるに相違ない。万が一、戻らぬとしても、道場の面々が彼奴のことをあれこれ知っているはずだから、そのあれこれを組合せればどこに逃げたか、見当がつくのではないか。その夜のうちに、八幡屋仙右衛門方を引き払い、長江道場へ押しかけて、長江長左衛門以下の面々に事情を詳しく打ち明け、そのまま尻を据えてしまいました。皆、苦虫を嚙み潰したような顔をしておった。「玉野平八についてなら、どんなことでもよろしい、なにか聞かせていただけませんか」と百遍も千遍も頼んでみたが、「たしかな消息が入ったら、そのときは教えよう。だが、今は何も知らぬし、したがって何も云えぬ」の一点張り。あとは一切口をきいてくれぬ。こうなるともう我慢くらべです。

そうこうするうちに奇妙なことに気が付いた。二で割り切れる日に、ということは一日おきに、古沢《ふるさわ》吉右衛門という四十前後の陰気な男が道場へやってくるのですな。雨が降ろうが、雪が降ろうが、正午《ひる》になるときっと顔を見せる。で、道場の面々はその古沢とひそひそ話をはじめる。小半刻ほどたつと古沢が立去る。この繰り返しなのです。ある日、

(あの古沢こそ、玉野平八の使いなのではないか)

こう閃《ひらめ》いた。

(古沢をつけてみようか)

さて、ここで話は飛んでもない方角へがらがらと音をたてて回ることになりますが、

いま思えば、私どもは忠義の士たちにずいぶん非道《ひど》いことをしていたものです。いくら悔んでも追いつきませぬ。と申しますのは、じつは……、いやいや、話を端折《はしよ》ってはいけない。やはりひとつひとつ順を追って行くことにいたしましょう。

極月初旬《はじめ》のある日、いよいよ古沢という男のあとをつけることにしました。が、滅法足の早い奴で両国広小路で撒《ま》かれてしまった。一日おいてまた古沢が顔を出した。さあ、今日こそは、と気合いを入れ、例のひそひそ話を横目で睨んでいると、長江長左衛門が私どもの居坐っております土間の隅へやってきてこう申しました。

「文之進どの、どうやら玉野平八は川越に潜んでいるらしいですぞ。川越の問屋場《といやば》向いの上総屋《かずさや》という木賃宿にくすぶっているのを見た者があるという。古沢が、たった今、そう教えてくれたのだ」

長江長左衛門は無愛想な男です。しかし嘘は云わない。ひとつ屋根の下に一ト月近く寝起きを共にしていると、それぐらいのことはわかります。姉と私はさっそく川越へ発《た》った。着いたのは夜中でした。突風の物凄い日で、短い道中でしたが、あんな辛い道行《みちゆき》もなかった。辛いことでは十六年間の筆頭でしたでしょうな。玉野平八は居りませんでしたよ。ちょうど私どもが江戸を発った時分に、

「佐原にでも行くか」

と云い残して、川越から東へ向ったといいます。佐原行きなら、先ず関宿《せきやど》に出たにち

がいないと思いました。関宿から下りの川船に乗れば草鞋《わらじ》を汚さずに佐原へ行くことができる。なにしろ旅馴れておりますからな、旅程の算盤玉なら苦もなく弾き出す。上総屋で小憩し、明方、関宿に向った。

ところで村尾様、この伊勢崎へ、関宿の川夜船《かわよぶね》転覆の噂は伝わってきませんでしたか。乗合客二十五人を載せた川夜船が突風に煽《あお》られてあっという間もなく沈み、殆《ほとん》どが水死し、助かったのはわずかの三人というやつですが。伝わってきましたか、やはり。この伊勢崎の西を流れる利根川は下り下ってやがて関宿へ出る。同じ川筋です、伝わらぬ方がおかしい。

さて、助かった三人、いずれも怪我をしていたが、そのうちの一人が彼《か》の玉野平八でありました。船の縁《へり》の重みで右腿《もも》の骨が折れてしまったといいます。川面《かわも》に投げ出されてから、助けられるまで、ひっきりなしに、

「拙者《それがし》はまだ死ぬわけにはいかぬ、助けてくれ」

喚いていたそうです。岸から差し出される竹棹《ざお》にも、女子供を押しのけてすがりついてきたという。救い上げられてからは礼のことばひとつ云うではなく、ただ押し黙り、時折、

「金はいくらでも出すっ。ここいらに骨つぎの名医はいないか」

と叫ぶ。そのくせ姓名も名乗ろうとしない。川宿の若い衆が、

「嫌味な二本差し野郎が助かりやがった」

と吐き捨てるように云っておりましたよ。

この男の真《まこと》の身分が判明したのは極月十五日の夜のことです。川宿の若い衆から、その日の未明、本所吉良邸へ赤穂浪士が討ち入ってみごと本懐を遂げた、という噂を聞き、私共いささか興奮いたし、川宿の座敷に戻るや、柱に凭《もた》れて白湯《さゆ》を啜《すす》っていたやつにこう申しました。

「赤穂の御家来衆四十七士が本未明、上野介殿の首級《しるし》を挙げられたそうだ。なあ、平八、おまえには気の毒だが、われらはますます血が湧いてきたぞ。現在《いま》こそひょんな行きがかりで、三人相部屋となり仇人《あだうど》のおまえを討手のわれらが看病しているが、おまえの腿の骨が繋がったら、そのときはもう容赦はせぬ。赤穂浪士にならって獅子奮迅《ししふんじん》の働きをなし、おまえを膾《なます》に刻んでやる。覚悟して養生に励めよ」

泣き出しましたよ、やつは。悲しいのと嬉しいのとを一緒くたにしたような、じつに奇妙な泣き方をいたしましたよ。それも夜っぴて。両眼の涙さながら滝のごとし、水洟《みずばな》は鼻の穴から縄釣瓶《つるべ》のように上ったり下ったり。明方近くでしたかな、涙と水洟のとまったのは。そしてそのころはもう大仕事を果した後のような欲も得もない、ふしぎにすっきりした表情になっておった。やがてやつが云った。

「赤穂浪人の鈴木田重八《すずきだじゆうはち》、それがわたしの本名です。玉野平八は変名だった。昨年春の御家《おいえ》の御大変《ごたいへん》までは、片岡源五右衛門殿御支配の御小姓組に属し三十石四季施《しきせ》……」

それからのやつ、すなわち鈴木田重八の話ときたらもう、驚天動地のことがぞろぞろ、その大行列です。つまり、こういうことだったのですな。十月の末ッ方、亡君の仇を討たんとする同盟の士が京大坂から陸続として江戸へ入ってきた。その数およそ五十余。この五十余の士が十四ケ所に分れ住むことになった。本所の長江道場もその隠れ家のひとつで、なんと村尾様、あの長江長左衛門というのは堀部安兵衛の変名でした。姉聟を長井弥五左衛門というのだそうで、その長井を訛《なま》らせて長江としたのだといいます。長左衛門は、よく通っていた一膳飯屋の亭主の名……。いや、口から出放題を申しているのではございませんぞ。この一月と二月、鈴木田重八に一党の変名偽名のいわれを余さず聞きました。なにからなにまで真実です。

お祭しの如く、各家の分限帳《ぶんげんちょう》は門外不出が建前ですが、実際はなかなかそうではない、写しがいくつも出回っておりますから、もし赤穂浅野家の分限帳の写しが吉良方の手に入っていたりしますと、江戸住《ずまい》を本名で通すのは危い。大石内蔵助が本名のまま日本橋の公事宿《くじやど》に泊る。「大石内蔵助といえば赤穂の家老ではないか。赤穂の家老がなにゆえ江戸に。これは匂うぞ」と、たちどころに勘づかれてしまいます。そこで大石内蔵助は垣見《かけひ》五郎兵衛に化ける。大石家本国は近江国《おうみのくに》神崎《かんざき》郡垣見郷。すなわち郷名からとった。大石の母方の従弟《いとこ》に池田七郎兵衛というのがある。五郎兵衛はこの七郎兵衛のもじりのようです。小野寺十内は出羽国《でわのくに》仙北郡の出、そこで姓を仙北とし、この御仁《ごじん》は医師に化けておりましたから、十内の「十」を生かし、下にいかにも医師らしく「庵」をつけて、仙北十庵。

なかには手抜きの変名もある。たとえば杉野十平次。杉野はそのまま、「十」を「九」と「一」に分けて九一右衛門。繋いで杉野九一右衛門。

長江道場に一日おきに顔を出していた古沢吉右衛門は、本名を寺坂吉右衛門という。寺坂がなぜ古沢になったのか。これは鈴木田重八にも分らぬそうで。

凝っているのは赤埴《あかばね》源蔵の高畠源野右衛門でしょうな。母方の姓の高野を上下に分けて、間に自分の「源」を抉《こ》じ入れました。右衛門は、父の名の十右衛門から来ております。

吉田忠左衛門の田口一真も手がこんでいる。吉田を、「十」「一」「口」「田」とばらばらにし、逆から田口一十とした。その上で「十」を「しん」と読み、音の同じ「真」をあてた。

大高源五の脇屋新兵衛は語呂合せです。「湧《わ》くや心配《しんぺい》」をもじった。

とまあ、こういう次第で変名偽名のないものはいない、いやたった一人おりました。村松三太夫だけは本名で押し通した。なぜ村松三太夫は村松三太夫なのか。これまた鈴木田重八にも分らないらしい。さて、鈴木田重八が玉野平八という変名を用いたのはな

ぜか。命名者は堀部安兵衛で、鈴木田重八が変名を考えあぐねているのを見て、

「玉野平八というのはどうだ」

と智恵を授けたのだそうです。

「どっちにも八の字が付くところから思いついたのだが、悪くないだろう。おれの郷里は越後国《えちごのくに》新発田《しばた》だが、十五で新発田を出て江戸へ向った。途中、高崎を通りかかったとき、近くに馬庭念流の道場のあったことを思い出し、そっちへ寄り道をした。そしてそれから足かけ六年、水を汲み薪を割りながら一念不乱《いちねんふらん》の稽古をした。玉野平八はその時分の兄弟子だよ。三月《みつき》も一緒にいなかったが、腕は立ったね。身体つきも重八とよく似ていた。五年前、糀町の堀内道場の高弟たちと酔って口論し斬り合いとなり、金創《きんそう》の後養生が悪くてひっそりとあの世へ去《い》ったそうだ。馬庭小唄というのが好きでねえ」

村尾様、これでお分りになりましたろう、私どもは、最近の五年間は、亡霊を追っていたのでありました。今となってみれば鈴木田重八の辛さも分る。玉野平八は他人の姓名で、己《おの》が本名は鈴木田重八、赤穂の遺臣である、とは云えない。云えば謀《はかりごと》が洩れてしまうかもしれない。そこで重八は逃げ出さざるを得なかった。とは露知らず、私どもは長江道場へ押し掛けて行った。それればかりではない、寺坂吉右衛門のあとをつけようとした。謀《はかりごと》の真ン中に妙なのが二人割り込んでキョロキョロしているから、どうもやりにくくて仕方がない。ここからは鈴木田重八が関宿の川宿で云ったことをそっくり引

っ張り出すことにいたしましょう。こうです。

「討入り当日までお二人を長江道場から引き離しておかなければならない。それにはこのわたしが奥羽や京大坂へ逃げて、お二人をおびき出すのが一番だが、しかしそうなるとわたしは討入りに加わることができなくなってしまいます。次善の策として、江戸の周辺を逃げ回り、お二人を引きずり回すことに決めました。川越、関宿、佐原、成田、佐倉、船橋、松戸、市川、逃げ回りながらも江戸へ近づいて行き、極月十二日には市川に入る。十二日夜、市川に、寺坂吉右衛門がやってくる手筈になっていた。そのとき討入りの日時が判明する。しかし関宿で腿の骨を折ったとき、もう自分は脱盟者になるしかないと思いました。怪我人は足手まといになるばかりで、物の役には立ちませんから」

村尾様、鈴木田重八は忠義の士であります。不慮の事故がなければ、いや、私どもがいなければ、討入りに加わっていたにちがいない侍でございます。その侍がこの伊勢崎に来ております。村尾様のお力添をもって殿様にお目通りを……

さがってよいぞ、文之進。理由はどうあれ、その方は仇討をし損ねたのだ。その鈴木田重八とやらも同断、その方ら、以後この伊勢崎の土を踏むことは許されぬ。いったい殿様は、今年、どのようなお顔をなさって菊之間へお詰めなされればよいのだ。この愚かものめが、さがれ。

浜奉行代行　渡辺半右衛門

　そうでしたか、あなたがやはりあの渡辺半右衛門どのでしたか。じつは、ここ新浜の塩田に伺う前に赤穂の御城下へ寄ってまいったのですが、その折に、

「赤穂浅野家の浜《はま》奉行代行をなさっていた渡辺半右衛門様をお探しなら御城下から東へ一本道、尾崎村を突き抜けて新浜の塩田までお行きなされ。渡辺様は塩田の浜男をしておいでじゃ」

　と教えてくれた町人がおりました。その町人が続けて申すには、

「お侍様はどうやら他所《よそ》のお方のようだから御存知あるまいが、防潮堤に仕込んだ樋《とい》を通して導き入れた海水を、藻滴杓《えびしやく》で溝《みぞ》からすくいあげ、塩田に撒《ま》くのが浜男の仕事じゃ。そうするとやがて砂が乾きます。この乾いた砂を鹹砂《かんさ》というて、これには塩がびっしりとこびりついております。鹹砂を鍬《すき》で掻き集めるのも浜男の役目ですのじゃ。鹹砂にまた海水をかけるが、このときに下方に壺を置いておく。すると鹹砂の塩が溶けて壺中にたまりますな。これが鹹水《かんすい》。釜焚《かまた》き男が釜屋で鹹水を煮つめると赤穂塩の出来上り。赤

穂塩の製法はざっとこんなところじゃが、浜男にせよ、釜焚き男にせよ、ここらでは生き地獄の仕事師と呼ばれておる。浜男の脳味噌は天火《てんぴ》で干上る、釜焚き男の肌は焚火で焙《あぶ》られた水疱《すいほう》だらけ。どちらもこの世の焦熱地獄……」

まさか、と思いながらここへやってきました。浜奉行といえば何百人もの浜男や釜焚き男を統《す》べるのが御役目でしょうが。いかに御家に御大変《ごたいへん》があったとは申せ、その浜奉行が浜男に身を落すなどということがあるものか。しかしあの町人の言はどうやら真実《まこと》であったようです。

申しおくれました。それがしは三河国《みかわのくに》岡崎五万石水野《みずの》大監物忠之《けんもつただゆき》の家中、中小姓で青山武助《ぶすけ》と申します。水野家が、神崎与五郎、三村次郎左衛門、横川勘平、茅野和助、間瀬孫九郎、村松三太夫、矢頭右衛門七、奥田貞右衛門、そして間十次郎《はざまじゅうじろう》の九人の烈士をお預かりしていたことは、すでによく御存知のことと思います。そしてこの二月四日、九烈士がいずれもみごとに腹を召されて黄泉国《よみのくに》の亡《な》き殿様の許へと旅立たれたこともとうに知っておいででしょう。

その二月四日、それがしは光栄至極にも、間十次郎どのの介錯人をつとめさせていただきました。そのときの顚末を、これは間十次郎どのの御遺志でもありますので、でき得るかぎり正鵠《せいこく》を期してお話し申し上げたいと思います。そのために、それがしは、はるばるやってまいりました。

さて、江戸の御城の御老中衆より芝三田の水野家中屋敷へ、

「預け置いた浅野内匠《たくみ》家来に御仕置が仰せ出されたので、おっつけ検使役の御目付久留十左衛門以下十二名がそちらへ着くであろう。御自分は切腹に立ち会われなくともよい。御家来衆を立ち会わせればそれで充分」

との御奉書が届いたのは巳《み》ノ上刻（午前九時すぎ）のことでした。九烈士に御仕置、という噂は前々日あたりからちらちらと聞えており、涙ながらにその支度は整えておりましたから、さっそく御使者の間の前庭に白幕を張りめぐらせました。三方から御使者の間の前庭を取り囲むが如く張ったわけです。四角に区切られたその前庭の中央に明り障子二枚を素縄を以《も》って縛り二枚屏風《びようぶ》となし、これを立てました。すなわち正面の御使者の間に着座なされている検使からは、障子屏風のこちら側がぼんやりとしか見えないという拵《こしら》えです。

さて、障子屏風のこちら側には筵《むしろ》が八枚、敷いてあります。筵敷きの中央に畳を二枚並べました。その上に白布蒲団《ふとん》を一枚。さらにその上に毛氈《もうせん》を一枚のべて、これを切腹の場所といたしました。

さらに詳しく申し上げます。切腹人が二人の介添役に左右を守られて白幕の内《うち》へお入りになる。介錯人は切腹人のすぐ後に従って同じく白幕内へ入ります。検使に一礼あって、切腹人は明り障子二枚屏風のこちら側、毛氈に着座なされる。そのとき、足軽が小

脇差を載せた三方《さんぼう》を持ち出《いで》て、切腹人の前へ置きます。小脇差は、両側から小板を以って挟み、その上から白布にてぐるぐる包みにしてあります。切ッ先がわずかに五分《ぶ》ばかり出ている。切腹人がこの小脇差をとって推し戴く。このとき僅《わず》かに首が伸びます。左後方に踞《うずくま》って控えていたわれら介錯人が刀を振りおろすのはこのとき……。刀を地に置き、首を両手で持ち、検使席へ掲げ、それから首を遺骸《いがい》の横に置き、刀を拾って退場いたします。ここまでが介錯人の役目。

足軽二人が出て、白布蒲団と毛氈ぐるみ首、遺骸、三方、脇差を屏中門《へいじゆうもん》から運び出します。仲間どもが明り障子の二枚屏風を新しいものに替え、同時に筵、畳を敷き直します。一方、屏中門の外にも幕を張りめぐらせ、筵を敷きつめ、桶が九双《そう》並べてある。首と遺骸は白布蒲団のまま桶に入れ、白木綿《もめん》を以って幾重にも結ぶ。これがわが水野家のあの日の運び方でした。

あの日の切腹順は間十次郎どのが一番槍でした。吉良邸夜討の際、炭小屋にひそんでいた上野介どのに一番槍をつけたのもこの間十次郎どの、よほど一番槍に縁の深いお方のようです。がそれはとにかく、検使御到着は未《ひつじ》ノ上刻（午後二時）、新しい小袖、新しい上帯に下帯、新しい麻上下と何から何まで新しずくめの九人の烈士が検使より切腹を申し渡され、九人一同、

「いかようにも仰せ付けられるべきところ、切腹を仰せ付けられ有難く存じ奉り候」

と承って、一応は能楽堂に引き下られました。すぐに呼出し役の、

「間十次郎どの御出《おい》でそうらえ」

という声がかかった。十次郎どのは、八人の同志に目顔で挨拶をなされ、楽屋口より御庭へ出られた。御庭の通り筋には薄縁《うすべり》が敷いてあります。この通り筋を行き着いたところが御使者の間のまん前、そこで検使に一礼なされて、白幕の内《うち》、切腹人御囲《おかこ》いにお入りになるのがその日の順路でした。ところが、楽屋口の外におった呼出し役の神谷次郎八どのが、

「検使の久留十左衛門どのが座を外された。しばらく楽屋口の内にてお待ちを」

と申された。これは後の話になりますが、さる古老が激怒しておりました。「名を呼び出されたとき、切腹人というものは、もう心では覚悟の死をとげてしまっている。それが何かの都合で寸時でも待たされると、心が生き返って欲が出る。にわかに死が怖くなる。失禁はまだよい方で、なかには泣きわめき暴れ回る切腹人も出てくる。やれ、心ない検使のなされようかな」と。

間十次郎どのは余程剛毅《ごうき》の御性質、楽屋口の内へ戻りながら、ふっと笑ってこう申された。

「検使は厠《かわや》へ走られたな。こっちも上《あが》っているが、向うもずいぶん上っておいでらしい」

二人の介添人も、またそれがしも思わずにやりとしてしまいましたが、そのとき間十次郎どのと真正面から目が合いました。

「青山どの、寿命がしばらく延びたおかげである人のことを思い出しましたよ」

間十次郎どのが申されました。それがしは、お父上の喜兵衛どのと御舎弟の新六どののことを思い出されたにちがいない、と合点した。喜兵衛どのは細川家で、新六どのは毛利家で、やはり腹を召されようとしている。死ねば父子《おやこ》三人で三途《さんず》の川を仲よく共渡《とも》りし、亡き殿様の許をめざしてのんびりと道中ができる。そのことを考えられているのだな、と思いました。そこで、

「父子三人打ち揃ってのあの世への道行《みちゆき》、さぞや賑やかな道行になることでしょう」

と申し上げた。すると間十次郎どのは、あなたの御名を口になされたのです。

「毛利家に御預けになっている武林唯七どのの実《じつ》の兄に、渡辺半右衛門という御仁《ごじん》がおります。浜奉行渡辺平右衛門どのの嫡男《ちやくなん》で、われらの兄貴分のようなお人であった。この渡辺半右衛門どのと武林唯七どのの兄弟の母上は、われらが殿様内匠頭《たくみのかみ》様の御乳人《おうば》をなさったことがあって、半右衛門どのはいつも『おれは殿様とは乳兄弟だぞ』と威張っていました。ずいぶん我儘《わがまま》勝手な餓鬼大将でしたが、泳ぎ、剣術、山歩き、それから女子《おなご》遊び、みんな半右衛門どのが手ほどきしてくれました。

あの時の籤《くじ》の引きよう次第では、半右衛門どのが拙者のかわりに、今日ここにこうし

て立って、検使が席へ戻るのを待っていることになっていたかもしれない」

「籤と申されると」

「そのわけをお教えする暇はもうなさそうです。検使が席へ戻られたようだから。青山どの、籤についてお知りになりたければ、ちと遠いが、赤穂御城外の尾崎村まで足をおのばしなされ。渡辺半右衛門どのはその尾崎村で病気の両親《ふたおや》のお世話をなされています。半右衛門どのは拙者らの老母の世話もしてくれているはずです。もし本当においでになることがあったら、この切腹場の様子なども話してやってください。乳兄弟内匠頭どのの恨みをはらして立派に腹を切る、このことを渡辺半右衛門ほど切望していた同志もいないからです。もう一つ、この間十次郎が『やはり半右衛門どのと一緒に組まなかったのがよかった。それに一番槍も二番槍も同じことでした』と申していたと……」

　そこまででした。呼出し役が間十次郎どのの御名をふたたび唱えたからです。通り筋を歩いて行く間《あいだ》、それがしの目と鼻の先で間十次郎どのの上下の肩先がぴくぴくと動いておりました。なんと、間十次郎どのは吹き出すのを必死でこらえておいでだったのです。

「どうしても赤穂の尾崎村へ行かねばならぬ」

　とそのとき心に定《き》めました。その死の間際まで何がそのように彼《か》の人の心を愉《たの》しませ、なごませていたのか。それを突き止めたく思い、そのあくる日、重役に賜暇を願い出たのですが。

いくら四月初旬《はじめ》でもこの新浜塩田のお天道様《てんとさま》は別誂《べつあつら》えです。小半刻《こはんとき》（約三十分）も灼《や》かれていると、素人衆なぞは引っくり返ってしまう。塩見櫓《しおみやぐら》の陰に入りましょう。ここなら脳天を灼かれる心配はない。あれは去年の十一月中旬《なかば》でしたか、間十次郎から書状を貰いましてな。一日に一回はきっと読みますので、そらで云えますよ。こうです。

「払ひ道具ども御座候《ござさうらふ》間《かん》、御見合次第に御払ひ下さる可《べく》候。頼み奉《たてまつり》候《さうらふ》。金にいたし母に渡し申し度《た》く存じ奉候」

むろん書いて来た通りに、道具は売り払い、金は十次郎の母者《ははじゃ》にそっくりお渡ししてある。

「貴様御世話ながら、ひらに〳〵頼み奉候」

云われなくとも、十次郎の母者はこの渡辺半右衛門が引き受ける。いまはわしの家においでじゃ。わしの両親《ふたおや》と仲よく暮しておいでになる。

「今一度貴様と御参会、憂《う》さ辛《つら》さ御物語いたし申度く存じ候」

勝手な奴《やつ》ですよ、十次郎は。なにが憂さ辛さですか。貧乏籤を引き当てたこの半右衛門の身にもなってみよと云うのだ。本懐をとげるための憂さ辛さなど、憂さ辛さのうちには入らぬ。そうお思いにならぬか、青山どの。

「留守の儀ひとへに〳〵頼み上げまゐらせ候」

くどい男でしたな、十次郎は。いや、あの男も今では仏、仏に向って「くどい」は無調法、慎重で、思慮深い、と云い直しましょう。そういえば、十次郎が七ツのときでしたか、この浜で泳ぎを教えてやったことがあります。犬掻きぐらいは、たいていこの辺では、四ツ五ツで覚えるものですが、十次郎は水に対して慎重すぎて七ツになっても泳げない。親父殿の喜兵衛どのが、

「だれか久八郎に泳ぎの手ほどきをしてくれる者はおらぬものか」

と申されていると聞き、この半右衛門が名乗り出ました。久八郎と云うのはやつの幼名です。で、これが十次郎とのつきあいのはじまり。わしはやつより七ツ年上でしたから、十四歳の夏ということになる。今から十九年前、そう、貞享元年子歳《ねどし》（一六八四）のことです。まったくあいつは慎重でした。どう口説いても足の裏を水につけようともせぬ。そこで十次郎の手を摑んで沖へ引っ張って行ってやりましたよ。泣きわめくのを構わずにぐんぐんと……。いっぺんで泳げるようになりましたな。ただ、そのとき、一緒に泳ぎを仕込もうと思い浜へ連れ出していたもう一人の子が、こっちが十次郎に手を焼いている隙《すき》に波に攫《さら》われて溺《おぼ》れ死んでしまいました。それで今でもそのときのことをはっきりと憶えているのです。

「京島原伏見へも一度ほどづつは参り申候間、浮世におもひ残し申候事はこれ無く候へ

ども……」

十次郎が尾崎村を発《た》ったのは、去年の八月二日の朝です。餞別《せんべつ》に二十両渡しましたよ。籤引きでやつに負けたからには、自分の両親《ふたおや》とやつの母者、この三人の老人の世話がこっちの一生の役目。そこで浜男になろうと決心いたし、佩刀《はいとう》と脇差とを赤穂御城下の刀屋へ払い下げたのです。二十両はそうやって拵えたもの。それをやつは島原では太夫《たゆう》買いに、伏見では女郎買いに投じたにちがいない。まあしかし、一夜あるいは二夜、美女の柔らかな膝を枕《まくら》に巫山《ふざん》の夢を結ぶのも悪くはないと思います。いや、じつのところを申せばわしもそうしてもらいたかった。間もなくこの世から消えて行く命、一度は腰の抜けるほど女と遊んで欲しいと願っていた。十次郎の書状の結尾はこうです。

「私妾事《わたくしめかけこと》不便《ふびん》に存《ぞんじ》候。御火中《ごかちゅう》〳〵、恐惶謹言」

やはり好《す》いた女子《おなご》のことは気になるものと見えますな。しかしなにも心配することはないのだ、この半右衛門が一切を引き受けたではないか。十次郎の隠し妻も母者と共にうちへ引き取ってある。実の嫁の如く甲斐甲斐《かいがい》しく母者に仕えておりますよ。この書状を受け取ったとき、これはこの世への暇乞状だな、と思いました。ということは討入りの秋《とき》もまた迫りつつある……。ならばこの書状がおそらくこの世で聞く十次郎の最後の声。『御火中』と書きつけてあったからといって、とても火にくべられはせぬ。日に一度は読み、十次郎を偲《しの》ぶ縁《よすが》としております。

弟の武林唯七とこの半右衛門とは一ツちがい、本来であれば、この上なしの遊び相手であっていいはずですが、唯七のやつ、

「兄貴の、何が何でも一番槍、お山の大将おれ一人という性根がいやだ」

などと生意気を吐《ぬ》かして、いつも一人でもそもそやっていましたよ。兄貴から、ああしろ、こうしろといちいち指図されて遊ぶより、書物を相手にしていた方がずっとおもしろい、と申すのです。だいたい唯七は肉親が云うのも面映《おもはゆ》いが、一を聞いて十を知るの賢い性質《たち》で、時折親父にものを尋ねながらせっせと書物を齧《かじ》っておりました。その利発なところが殿様のお目にとまって、十四歳の春でしたか、渡辺姓を武林と改めた上、御馬廻御小姓衆に取り立てられました。こっちが十次郎なぞと蜂の巣叩きや魚捕りに夢中で遊び呆《ほう》けているのに、弟の方は十五両三人扶持を給される歴《れっき》とした御家中衆の一人、兄貴風を吹かすどころではない、唯七の前では小さくなっておりました。御城下を歩けば、

「おや、あれは浜奉行様のところの愚兄の方だよ。だれか来て見てごらん」

と云う声が聞えてくるし、偉い弟を持つと苦労しますな。

ところで十次郎とはじつに奇怪な因縁がありましてな、よろしいか、青山どの、やつと一緒に何かやりますと、仲間、あるいは知人に必ず不幸が訪れるのです。さきほど十次郎に水練の手ほどきをしているあいだに仲間うちから溺死者《できししや》が出たと申しあげたが、

これがその奇怪な因縁のはじまり。あくる年には、この塩見櫓が崩れ落ち、その下敷となって浜男が一人、なくなってしまいました。そのときは十次郎と二人で塩見櫓の上で遊んでいたのだが、わしらは無傷で砂の上に落ちたのに、顔見知りの浜男が不幸な目に遭ってしまった。建てて一年もしないうちにどうして櫓が倒れたのか、父親が浜奉行という役目柄もあって念入りに調べました。しかし理由はとうとう分らずじまいでした。

そのまたあくる年、十次郎が九歳の夏、数名の仲間を引き連れて野歩きに出かけました。ところがにわかに雷雲が全天を覆った。さいわい近くにお寺と社《やしろ》とが向き合って建っている。仲間がそっちへ向って走りながら、

「お寺に逃げ込もう」

「いや、社の方がいい」

と揉めている。そこでわしはこう怒鳴りつけた。

「揉めている暇があったら走れ。どっちに逃げ込むかはおれが決めてやる。おれについてこい」

社の杉の木立の方が寺の境内の一本杉より、はるかに梢《こずえ》が高い。落雷するとすれば社の杉の木立にちがいないと見当をつけて、わしは寺の境内にまっさきかけて駆け込んだ。ところが皮肉なことに、そのとき寺の境内の一本杉に雷が落ちた。仲間の一人、十次郎と並んで走っていたのが黒焦げになってしまった。

十次郎が十歳の春、平野半平先生の野天道場に入門することになりました。半平先生は殿様の剣術指南役で二百石取り、御城下西外れの御馬場で、三と八の日に家中の子弟に撃剣を教えておられた。わしは撃剣だけは好きでしたから、七歳のときからこの野天道場に通っていた。十次郎が入門してきた頃は、稽古代のそのまた下請けのようなことをしておりました。半平先生が、

「本日入門の新入り弟子に誰か木刀の素振りの仕方を教えてあげなさい」

とおっしゃったから、わしが進み出ました。さて木刀の素振りを教えているうちに、十次郎のやつ、いきなりエイッと打ち込んできた。やつは稽古をつけてもらっているのやら、いつものように遊んでいるのやら、分らなくなってしまったらしい。わしはやつの木刀をポーンと打ち据えてやった。ところがあれが弾みの恐しさというのでしょう、十次郎の新品の木刀の先が折れて飛び、隣で抜き胴の稽古をしていた組の一人の右眼に突き刺さってしまったのです。その子の右眼は結局は恢復《かいふく》しませんでした。

十次郎が十一歳の秋、わしが大将で佐用《さよう》郡へ山歩きに出かけました。わしが先頭の一番槍、二番槍が徳市郎という足軽の倅《せがれ》、三番槍が十次郎と、この順で歩いていた。ところがさる谷地《やち》で蝮《まむし》と出っ喰しました。蝮は徳市郎の足首に嚙みつき、……死にましたよ、徳市郎は。

十次郎が十二歳の正月、御城下の北外れの福泉寺の近くで、畠に黐竿《もちざお》を立てて鶸《ひわ》を捕

えようとしていた。しかしその日は半日かかって一羽も捕《と》れない。そのうちに十次郎が、

「福泉寺の坊さまの手伝いをして餅を搗《つ》いてくる」

と言い出した。厠を借りて大用を足していると、住職が、

「寺男が急用で出かけてしまって餅取り役がいない。どうじゃ、手伝わないか。褒美に鱈腹《たらふく》、餅を喰わせてやるが」

と持ちかけてきたという。

「そういうことは、おれがやる。餅搗きなぞは大好きですから、十次郎はここで黐竿の番をしていろ」

と言いつけておいて、わしが餅取り役をつとめた。搗きあがったところで十次郎を呼び、三人で小豆《あずき》餅を喰いました。しかし青山どの、因縁というものはおそろしい。福泉寺の住職は餅を咽喉《のど》に詰まらせて七転八倒、揚句には死んでしまった。

十次郎が十三歳の夏、御城下の風呂屋丁に「塩湯」という屋号の湯屋《ゆや》ができました。ここに小糸という十四歳の小湯女《こゆな》がいて、この小糸に二人とも一目惚《ぼ》れしてしまいました。

「ああいう牙彫《げぼり》人形のような美少女に垢取りをして貰えるなら、もういつ死のうと悔いはない」

と罰当りにも思い詰め、一人五百文ずつ持ち寄りました。垢取り賃は一人四百五十文と聞いておりましたから、五百文あれば足りると思った。ところで当時江戸では、湯屋

が湯女をおくのは御法度だという噂でした。がしかし大坂から西では、たいていの湯屋が大きな顔をして女を召し抱えておりましたね。それでその湯女の垢取りですが、まず客は湯につかり、のんびりと身体の皮をうるかします。ほどよくうるけたところへ湯女が来る。そうして白くて柔かな指の腹で、やさしくあやすが如く垢を掻き落してくれる。極楽極楽、男冥利《みょうり》に尽きるとはこのこと。夜は、上り場が一変して料亭となる。金屏風の前で湯女たちが三味線をならし、小歌のようなものを謡《うた》い、客を集めて、身体を売る。むろんわしも十次郎もそこまで望みはしませんでしたぞ。だいたい先立つものがないから望むだけ無駄というもの。やさしく指の腹で掻いてもらうだけで、とりあえずは充分。

ところが五百文では足りなかった。たしかに垢取り賃は四百五十文でした。がしかし客はその他に茶菓代として百五十文、追加しなければならないというのです。

「十次郎の五百文をおれが借りた。今日はおれが小糸に一番槍をつける。十次郎は傍で見ていろ。そのうちにおれがきっと六百文拵えてやる。そしたら十次郎が二番槍をつければいい」

と云ってやつの五百文を取り上げ、わしが塩湯へあがりました。ここまではよかった。がしかし間もなく大変なことが出来《しゅったい》した。小糸がわしの方へ来ようとしてツルッと滑って頭を汲出し桶の角でしたたかに打ち、三日後に、はかなくなってしまいました。

さすがに気味が悪くなりましたわい。十次郎と知り合ってから七年間、毎年のように死人《しびと》が出る。それも二人が一緒になにかしようとすると判で捺《お》した如く仲間や知人のだれかに死神が憑《つ》く。なにか適当な方法を講じないと、そのうちに二人のまわりの仲間や知人は一人残らず死に絶えてしまうぞ。十次郎とは話をするだけにしました。なにかするときは絶対に十次郎とは組まない。これを鉄則といたしましたよ。効果は覿面《てきめん》でしたな。小糸が洗い場で滑ったのが元禄三年午歳《うまどし》（一六九〇）のことですが、それから一昨々年《さきおととし》の元禄十三年辰歳《たつどし》（一七〇〇）まで、わしらのせいで蠅《はえ》一匹すら死んでおらぬ。

さて、その一昨々年《さきおととし》の秋、わしは生れてはじめて塩荷船に乗ることになりました。三十石船に赤穂塩を満載して江戸鉄砲州の御家《おいえ》上御屋敷の裏水門近くへ運ぶ。これが塩荷船の役目です。浜奉行として一人立ちするには、一度はきっと塩荷船で江戸へ行っておかねばならぬ、と父の平右衛門に云われて十月中旬《なかば》に赤穂を出立した。ところが驚いたことに、塩荷船の胴間に十次郎がいた。御家老大野九郎兵衛どのから「江戸の御屋敷へ殿様御愛玩の梅の御盆栽を一鉢お届け申すように。殿様は、来春、江戸でこの梅の咲くところを見たいと仰せられておる。必ず枯らさずにお届けするのだぞ」と云いつかったのだそうです。わしは叱りつけてやりました。

「おぬしは、この塩荷船に渡辺半右衛門が乗りこむと知っていたはずではないか。また、われら両人が雁首《がんくび》並べて同じ振舞いをすれば必ず不幸を招き寄せる破目に至るということも充分に承知していたはずだ。御盆栽は陸路をお担ぎ申して運ぶべきだった。この塩荷船はどこかできっと難破するぞ。われら両人を残して、乗組みの者は大方海の藻屑《もくず》となる。そんなことになったらどうするのだ。わしは知らんぞ」

「しかし御家老が、塩荷船に便乗せよ、と申されたのです」

「だから御家老にわれら両人の奇怪な因縁を申し上げてだな……」

「申し上げましたよ。御家老は鼻先でふふんとお笑いになりました。それで半右衛門どのに見つかるとまたがみがみ嚙みつかれると思い、胴間の奥に隠れていたのです」

こんな会話《やりとり》をしているうちに妙案を思いついた。

「十次郎、いいか、江戸へ着くまではわれら両人は赤の他人、たがいに見知らぬ間柄だぞ。口をきいてもいかん。できれば顔も合せぬ方がよい。そうすればひょっとすると災難がよけて通ってくれるかもしれぬ」

それ以後、塩荷船が江戸へ着くまでの間、十次郎とは一度も顔を合せませんでしたな。水夫《かこ》連中が、

「渡辺様と間様はどうも大喧嘩をなさったようだ」

と噂をしておりましたわい。

江戸には翌年の正月七日まで滞在しました。八日の朝、わし一人で江戸を発った。十次郎は出立を十日ばかり遅らせたようです。むろんこれも知己に不幸を招かぬための用

心でありました。

だがしかしこういった用心はやはりごまかしにしかすぎなかった。船中で顔を合せようが合せまいが、それは表面《うわべ》だけのこと、結局はこの半右衛門と十次郎、共に船旅をしたことに変りはない。赤穂に帰着してふた月とたたぬうちに、殿様は江戸の御城の松の廊下において御刃傷、即日御切腹、赤穂の御城は公収、悲報あいついでもたらされた。なぜわれら両人が共に動くと、このように災難が降って湧くのか。しかし刺し違えて死ぬのもに嘆き、悲しみに悲しみ、刺し違えて死のうとさえ思った。しかし刺し違えて死ぬのも、つまりは両人が共に動くことに他《ほか》ならぬ。共に動いてはまたもや途方もない災難を招き寄せるやも知れず、泣く泣く思いとどまりました。かと申して黙しているのも卑怯ですから、大石どのの御屋敷へこの半右衛門が単身で出向き、十次郎との奇怪なる因縁についてあまさず申し上げ、さらにこうおたずねいたした。

「じつはこのたびの御家《おいえ》の御大変《ごたいへん》も、この半右衛門が十次郎と船旅を共に致したことが原因であろうと思われます。われら両人はこの先、どう生きるのがよいか、ぜひとも御高示たまわりとうございます」

大石どのは一つ深々と溜息《ためいき》をおつきになり、それから傍の徳利《とくり》を目顔で示され、

「徳利ごと酒を持って行け。そして浴びるほど飲め。起ってしまったことはもう仕方がない。くよくよするのは野暮というものだ」

と申された。

「あとは御病弱の両親《ふたおや》どのへ一心に孝養を尽すことだ」

ともな。

申すまでもなく、この半右衛門も御神文を提出した者の一人です。そのあとの同盟にも加わった。ただ弱ったことに、十次郎も御神文組、同盟組でな。そこで会うたびごとに、

「われら両人、共に動いてはならぬと云うのに、まだ分らぬのか」

と叱りつけてやった。

「われら両人が共に加わってみよ、これまでの例が如実に示す通り、きっと企ては失敗しようぞ。おぬしは母者の世話をせい。間家からは親父どのと弟とが加わるはず。それで充分ではないか」

ところが今度ばかりは、やつめ、一歩も譲らない。

「半右衛門どのにしても、舎弟の武林唯七どのが加わられるのはたしかなのだから、それで充分ではありませんか。しかも御両親は永の患い。御両親の面倒をいったい誰がみるのですか」

「おぬしに委せた」

「いやです」

「おい、十次郎。これまでのつきあいを思い出してみろ。一番槍は常にこのおれだった

ではないか」

「聞えません」

会えばいつも同じ会話《やりとり》のむしかえし、少しも埒《らち》が明かぬ。

あれはたしか去年の七月末のこと、元札座奉行の岡島八十右衛門どのが、ふらりと尾崎村にやってこられました。

「いよいよ大石どのが一挙の決行へと踏み切られたぞ」

鎮守の森へわしと十次郎を呼び出して、岡島どのが申された。

「浅野大学様が広島の浅野御宗家へ御預けと決まり、赤穂再興の望みは失せた。そこで大石どのも『吉良どのの御首頂戴』へ動き出されたのだ。わしも近々、赤穂御城外中村苫屋の仮寓を畳んで江戸へ下向しようと思っているが、おぬしたちはどうする気だ」

わしら二人は異口同音に叫びましたわい、「江戸へ発つ」とな。そしてそれからは例の会話《やりとり》のむしかえし。岡島どのが「なにをそのように揉めているのか」とたずねられたから、わしら二人が共に動けば必ず仲間に不幸が振りかかるのだと、これまでの経緯《いきさつ》を詳しく述べ、最後にわしが次の如くしめくくりました。

「二人のうちのどちらかが脱落すれば、必ずやこのたびの企てはうまく行きます。脱落することが、じつは大いに参加し、大いに働くことでもあるのです。しかも脱落することで忠義の企てを成功させ、また同時に長生きをして親に対して孝を尽すならば、忠と孝との両道をまっとうすることになる。なあ、十次郎、おぬし、ひとつ脱落して忠孝両道を究めてみないか。ついでながらおれの両親の面倒も頼む」

「それほど結構ずくめのことならば、半右衛門どのが脱落なさればよい」

ここでまたもや一揉め揉めました。

「籤で決めてはどうかな」

みかねて岡島どのが割って入られた。

「口では決着がつきそうもないぞ。わしが紙縒《こよ》りを二本、よってやろう。紙縒りの根元に『あたり』、『はずれ』と書いておく。『はずれ』を引いたものがいさぎよく脱落することだな」

岡島どのはわしらに背を向けると矢立てと懐紙を取り出した。なるほど、籤ならいっぺんにきまりがつきますな。籤が出来上るまで、わしも十次郎も鎮守の社に額《ぬか》ずいて一心不乱に祈りましたよ。わしは、忠孝の両道など究めたくはありません、忠の一本槍を引き当てさせてください、と祈りました。

やがて籤の支度がととのった。岡島どのが籤を二本、右手に掴み、

「さあ、どっちが先に引くかね」

わしらの前に突き出しなされた。十次郎が思いがけない素速さで籤を引き抜こうとしたから、

「一番槍はいつだってこの半右衛門だったろうが」

と十次郎を突き飛ばし、ちょっと迷いましたが、右側のを抜き取った。……お察しの如く根元に「はずれ」と認《したた》めてありました。もう口をきく気力もありません。その場にへたりこんでしまった。十次郎の方は「当った」と叫んで一目散に家の方へ駆けて行きましたよ。

わしが腑抜けの有様からどうにか立ち直ったのは、十次郎が尾崎村を発《た》ってひと月もしてからのことです。大石どのから「御目前に御再親《ふたおや》御病気、御人無き御大切の趣きに候へば、それまでも御打捨て御越《おこ》しなされ候はば、不幸の第一、忠義とばかりは申され難く候」という文面の書状を戴きましてな、それですこしは元気になりました。わしが貧乏籤を引き当てたのを、十次郎や岡島どのからお聞きになって、慰めてくださったのでしょう。

しかしですな、青山武助どの。今では口惜しいなぞとは思っておりませんぞ。わしと十次郎の二人が加わっておれば、きっと失敗したにちがいない討入りが、片一方が脱落したことで見事に成功したではないですか。なかんずく間十次郎は上野介殿に一番槍をつけ、武林唯七は一番太刀を浴せた。そうして、大石どのから上野介殿の首を打ち落すようにというおことばを授かったのも、だれあろう、あの間十次郎でありました。二人のうちのどちらかが抜ければ、物事はかくも上々吉に運ぶ。それにしても十次郎のやつめ、すっかりこの半右衛門のお株を盗《と》ってしまいました。一番槍は永らくわしの金看板だったのに、近ごろでは童《わらし》どもまでが「一番槍は間様《はざまさま》」と囃《はや》して歩いている。青山どのによれば、十次郎の最後のことば、それもわしへの言伝が「一番槍も二番槍も同じことでした」というものだったそうですが、この両者は大いにちがう。一番槍、すなわち先手は必勝です。わしが一番槍をつけて、おくれをとったのは、あの籤引きのときばかり……。

一番槍も二番槍も同じことでした、というのが間十次郎の最後の言葉だったと申されましたな。はて、もし、その言葉があの籤引きのことを指しているとすれば、どうなるのか。……一番槍はわしがつけて、結果は「はずれ」だった。となると二番槍も「はずれ」だったのか。なんでかんで一番槍でなければ承知できないというわしの気性を十次郎はよく知っていた。そこで十次郎は前もって岡島どのとしめし合せておき、「はずれ」を二本つくってもらった。一番槍のわしがどっちを引こうが答は同じ「はずれ」と出る。わしはがっくりとなる。そこへつけこんで十次郎は、わしと同じく「はずれ」を引いていながら、当った当ったと騒ぎ立てて駆け出して行ってしまう。……そういうことだったのか。十次郎、おぬしが珍しく先に籤に手を出したが、あれもこっちの一番槍癖を引き出すための策だったのか。これはまいった。おぬし、最後の最後にこの一番槍の半右衛門を出し抜きおったわい。

在々奉行　渡部角兵衛

藪《やぶ》から棒《ぼう》とはこのこと、いきなり小屋に踏み込んで頭ごなしに「この黒土原《くろつちばる》から即刻出て失《う》せろ、いや肥前《ひぜん》鍋島家の御領国から消え失せろ」と噛み付かれてはじつに面喰います。この小屋は六尺四方、あなた方から見れば、四隅《よすみ》に杉の丸太を突き立て、手軽に杉板を打ちつけ、木ッ端《こば》で葺《ふ》いた安直な代物《しろもの》、この奥、背振山《せぶりやま》山中の炭焼小屋にも見劣りする粗末この上なしの小屋もどき、まがいものの掘ッ建小屋でありましょう。だがこの渡部角兵衛には、これでも家です。雨も防げば、風も遮《さえぎ》る。屋根は夜露を受け止める、おかげでわたしは時折、たのしい夢を見たりもできるのです。べつに申さばここは城。その城へどかどかどかと踏み込むとは、失礼ながらあなた方、鍋島家のお若い御家中、無調法の向きが多いようだ。おっと額に青筋立ててはなりません。種子《たね》を蒔《ま》いたのはあなた方、ずかずかずかと踏み込む方が悪いのだ。どかどかどかにずかずかずか、か。昨年七月に十日間、そして今年は九月中旬《なかば》から本日極月《ごくげつ》（十二月）大晦日《おおみそか》まで三月《みつき》半、合せて四ケ月近く鍋島家御領国に住まわせていただくうちに、例の「佐賀の三拍子」というやつが自然に身につき、ひとりでに口をついて出るようになりましたな。昨年七月、御城下の唐人町《とうじん》栄《さか》ノ国屋《くにや》に投宿した際、宿の御亭主が、

「あなた様のお年は三十四、五、六とお見受けしましたが、当っておりましょうかな」

とたずねてきたのには少からずまごつきました。わたしの生国は播州《ばんしゅう》赤穂ですが、「三十四、五、六」と三拍子でものは云いません。「三十四、五」、あるいは「三十五、六」と二拍子です。赤穂だけではない、わたしは備前《びぜん》岡山、土佐《とさ》高知、筑後《ちくご》久留米、肥《ひ》後《ご》熊本などを多少知っているが、どこでも二拍子です。これも昨年七月、この金立《きんりゅう》村黒土原に隠れ棲《す》む御方《おかた》に用が出来て栄ノ国屋を出ようとしたら、今度は宿の御内儀が、

「渡部様、あのように雨雲がもくもくもくと張り出してきたではございませんか。黒土原は御城下から真北へ三里、途中でじゃんじゃんじゃんと雨が降り出すことは請け合います。お出かけは明日にでもなさいまし」

と、やはり「もくもくもく」と「じゃんじゃんじゃん」の三拍子。はじめのうちはそのたびにすっこけておりました。しかし今年の九月からは佐賀の三拍子にすっこけてなどいられない。昨年お目にかかったことのある鍋島家の御重役にお縋《すが》り申してここ黒土原に小屋を建てるお許しを得た以上は、この渡部角兵衛、血の半分は佐賀の人間です。佐賀の三拍子を乱発しているうちに、嬉しや、ひとりでに口から出るようになりました。どうかひとつこの角兵衛に、他国者としてではなく、同郷の者として接していただきた

いものです。

ところで、どうやらあなたが寄せ手の総大将のようですな。ここ数日来、御城下を、「黒土原に小屋住いする渡部 某《なにがし》という男は、虫けらにも劣る卑怯者だ」と触れ回っている若い御家中がおいでと聞きました。じつは、その御家中が田代又左衛門陣基《つらもと》なる血気者で、腕も立つ若者だから気をつけなさるがいい、と忠告を受けたばかりのところです。御覧のように、この角兵衛は小刀で竹を削っては孫の手をこしらえ、七日に一度か、十日に一度、孫の手が五十本、百本とまとまったところで御城下へ持って行き、それで口に糊をしている。御城下へ行けば、孫の手を卸して得た銭で米を買い、麦を買う。酒屋に顔を出せば、佃煮屋《つくだに》へも回る。ですから噂はいやでも耳に入ります。田代又左衛門陣基という姓名を耳打ちしてくれたのは、栄ノ国屋の隣の佃煮屋の御亭主ですが、又左衛門どの、くれぐれも佃煮屋に仕返しなどなさらぬように。佃煮屋の云い触らすことが嘘っぱちなら談じ込むのもよろしいが、現にあなたはそうやって、佩刀《はいとう》の柄に手をかけ目を「きゅっきゅっきゅっきゅっ」と三拍子で吊り上げて、「黒土原から出て失せろ、御領国から消え失せろ」の強談判《こわだんぱん》、つまり佃煮屋は真実を云っていたまでのこと、真実を口にした者に仕返しはいけませぬ。もとよりあなたは歴《れっき》とした士《さむらい》、士は農工商三民の師、そういう理不尽な振舞いをなさるわけはないが、念のために一本、釘を刺させていただきますぞ。

ちょうど佃煮屋で求めた鮒《ふな》の昆布巻がある。肩を怒らせて睨み合うばかりでは達磨《だるま》大師の出来損いが四つ五つ六つとできるだけのこと、昆布巻を肴《さかな》に酒でも舐めますか。まだ除夜の鐘も聞えないが、早手回しの正月です。卑怯者から酒など奢られたくないとおっしゃる？　なるほど。それならわたし一人でやらせていただく。酒で機嫌のよくなったところをばっさり斬られる、それもまた結構なはなしだ。ましてやここは山本神右衛《じんうえ》門常朝《もんつねとも》様の庵から二十間と離れておらぬ。あの方のおそば近くで死に果てることができるならそれこそ本望というものです。

田代又左衛門どの、あなたのわたしに対する罵詈雑言《ばりぞうごん》、悪口悪態のかずかず、たしかに当っているかもしれません。とくにこの極月十五日払暁、大石内蔵助どのはじめ四十数士の同志が、美事に上野介どのの御首級を挙げて本懐を達したときから、この渡部角兵衛は完全無欠の卑怯者になりさがりました。あなたは「ここを出て失せろ、鍋島領には卑怯者を住まわせる土地など一寸四方とてない。出て行かないというなら斬り捨ててしまう」とおっしゃったが、そう申されるお気持はよくわかる。わたしはまったく忘恩の徒です。しかもわたしは十石や二十石の軽輩ではない、百五十石を給され、播磨国加《はりまのくにか》東郡《とう》二十四箇村八千二百一石九斗七升四合二勺の田畑をお預かりする在々奉行でした。鍋島の御家《おいえ》の御朱印高は三十五万七千三十六石余、百五十石といえば「中の中士」か「中の下士」、ひょっとすると「下の上士」と云ったところだろうと愚考します。がしかし赤穂浅野家は鍋島の御家を七ツに分割してその一つに当るぐらいの御朱印高、すなわち五万三千八百九十七石余の小国家でしたから、百五十石といえば押しも押されもせぬ上士です。その上士が義盟に加わらなかったのですから、給米泥棒と罵《ののし》られても仕方がない。加えてこの渡部角兵衛は「大石内蔵助どのの懐刀」とも云われておりましたから尚更です。

あなた方には見当もつかぬでしょうが、御家断絶の際の残務処理といったら、これはもう途方もない大事業です。先ず城内と城下と領国の絵図を小図、中図、大図と三種つくらねばなりません。それも三枚ずつです。その他、御朱印地並びに除地《のけち》（年貢免除の土地）帳、城付武具帳、塩焇《えんしよう》蔵書付帳、城内建家帳、米蔵帳、屋敷改《あらためよせ》寄帳、人数改帳、家数に町数の改帳、新田開田明細帳、寺社除地帳、牛馬改帳、領内浪人改帳、領内番所書付帳、鉄砲改帳、船数吟味帳、家中分限帳、切支丹《キリシタン》類族帳、検地帳、城櫓並びに城中井戸一覧図、領分より出商《であきない》している者の書出し帳、領内に所在する寺社一覧、御《ご》大変《たいへん》以後に領内を引き払った者の行先出先書付帳……、気が狂いそうになるほど沢山の絵図や帳面や書付を作成しなければならないのですが、この残務整理を大石内蔵助どのの片腕になってやってのけたのが、なにを隠そうこの渡部角兵衛だった。自分で申すのもおかしな話ですが、わたしはそれほど大石内蔵助どのに信頼されていた。にもかかわらず、大石どの御一党が本所吉良屋敷へ討入ったその刻限、わたしは江戸から数百里はなれたこの小屋の、その囲炉裏の燠《おき》で身体を暖めながらのうのうと居眠りをしておった。この罪は万回死んでも取り返しがつかないだろうとおもいます。

それにしても大石内蔵助どのは不思議なお人でしたよ。

「釣こそ唯一無上のわが道楽よ」と申されて、加東郡のわたしの役宅へよく泊りがけで見えられたものです。御存知かどうか、加東郡は赤穂の城付《しろつき》領ではない、赤穂御城下から丑寅《うしとら》（北東）の方角へ徒歩でたっぷり一日はかかろうという飛知《とびち》（飛地）です。清流が四通八達し、釣にはもってこいの別天地。はじめのうちはこの角兵衛、（大石どのがしばしばこの加東郡へおいでになるのは、身心を休めるためであろう）と推察しておりました。（昼行燈《ひるあんどん》が綽名《あだな》の怠け者の御家老が通り相場のお方だが、じつはそうではない。ぼんやりのんびりしておいでのようだが、国家の経営に心血を注いでおられるのだ。だから時折こうやって別天地で心をほぐしていらっしゃるのだ）……。ところがそのうちに大石どのの唯一無上の道楽が魚釣ではない、ということが明らかになってきた。大石どのが御城へ戻られて一ト月、二タ月たつと、加東小町よ、と呼ばれるような美しい娘の腹が、判で捺《お》したようにこう前へせり出してくるのですな。女釣があのお人の唯一無上の道楽だったわけです。娘には泣きつかれ、その親には捻《ね》じ込まれ、御城へ用達《た》しに出かけたついでに大石どのの御屋敷へ寄って、「この始末、どうおつけになりますか」と談判せざるを得ない。ところがわたしの顔を見るときまって大石どのは胃病になる。

若党が口分田《くもで》玄瑞というかかりつけの医者を呼んできて、やれ順気湯（漢方薬名）だ、それ五味子《ごみし》（強壮薬）だ、と大騒ぎ。談判は自然と立消え、娘と親は泣き寝入り、わたしは娘の片づき先を探すのに大童《おおわらわ》、まったく何の奉行だか分りゃしません。もっとも大石どのの名誉のために一言しておきますが、あの人は仮病つかいの名人だったわけではない。心痛が胃痛をおびき出すというたちでした。残務処理は三十四名が遠林寺というお寺に泊り込み、昨年四月十九日の御開城から五月二十一日まで約一ケ月かかりましたが、その間《かん》、口分田玄瑞は前後十五回にわたって大石どのを診《み》ております。先ほど申した絵図、帳面、書付などには、大石どのか御用人の田中清兵衛（三百石）どのの奥書が要《い》ります。奥書に検印の上、榊原采女《さかきはらうねめ》（御書院番千三百石）、荒木十左衛門（御使番千五百石）の両御目付、あるいは石原新左衛門、岡田庄太夫の両御代官に差し出すわけですから、その多忙なことといったら筆舌につくしがたい。わたしなどは筆を糸で右手にゆわえつけて帳面書きをいたしましたな。勘定役で矢頭長助（二十五石五人扶持）という算盤《そろばん》の達人は、算盤玉の弾き過ぎで右の人さし指の皮を破りました。長助愛用の算盤が初中終《しょっちゅう》血で濡れていた。その夢をいまでもよく見ますよ。

　しかし何にもまして大事《おおごと》だったのは、女《おんな》証文（関所用）と宿《やど》証文の作成でしたな。御家断絶ということになれば、家中衆が諸国へ四散いたします。その際、身分を保証する証文が必要になる。すくなくとも二千枚は書きましたでしょうなあ。しかも、あなた方には説明するまでもないでしょうが、女証文は京へ送って所司代様の御印《ごいん》を貰わねばなりませんし、宿証文には榊原、荒木の両御目付の御印が要《い》る。身体がいくつあっても足りぬ。あの一ト月間、三十四名の残務処理役、ただの一度も身体を横にして眠ったりはしなかった。それは断言してもよい。全くもって御家断絶は地獄です。……わたしどもでさえ、「これは地獄だ」と血の涙を流したほどでしたから、大頭目の大石内蔵助どのの苦心はどんなであったか。想像を絶したものであったろうと、想像します。がとにかく大石どのは、藩札の交換、士卒への金穀の分配、浅野家縁故寺院への永代祭祀《さいし》料の寄付、収城御目付への御城明け渡し、主家再興と上野介どの処分の懇願、赤穂花岳寺での亡君法要、そして残務の処理、これらを一つの遺漏《いろう》もなくやってのけられた。あのお人は天才です、さもなければ鬼神か……。このお人となら一味同心、一味徒党を組み、どんなことだろうと仕出かしてみせようぞ、三月の末にはすでにそう思い定めました。いや、思い定めただけではない、大石どのの許に神文《しんもん》を提出もしました。その神文はいまでも肌身はなさずこの御守袋に封じ込めてありますが、これ、これ、これです。読み上げてみましょうか。

　播州赤穂浪人　渡部角兵衛　右者《ミギノモノ》、何方《イズカタ》ニ於《オイテモ》茂、相対《アイタイ》次第、遠慮無《ナ》ク、宿借ル可《ベ》ク候

　元禄十四辛巳《カノトミ》年五月　赤穂御目付　榊原采女[印]　荒木十左衛門[印]

おっと、これは宿証文だ。神文はこっちでした。

梵天帝釈四大天王惣日本国中六十余州大小神祇殊伊豆箱根両所権現三島大明神八幡大菩薩天満大自在天神各御照覧罷蒙者也仍起請文如件　元禄十四辛巳年三月廿八日

渡部角兵衛　署名血判

神文の前書は、大手御門において切腹をなし、死をもって御家再興と上野介どの処罰を収城御目付による死体臨検を願って訴えよう、という趣旨でした。その後、大石どのの御方針が変替《へんがえ》になり、大手御門での切腹は無《な》い話になりましたが、しかし大石どのに命をお預けすることについては、もとより合点しておりました。だが、本年八月下旬、大石どのの密使として加東郡を訪れた貝賀《かいが》弥左衛門（義士・中小姓十両三人扶持）から、わたしはこの神文を取り返した。つまりこの渡部角兵衛は大石どのをはじめとする盟友たちを裏切ったばかりではなく、日本国中六十余州の、ありとあらゆるありったけの天《あま》つ神《かみ》と国《くに》つ神《かみ》にも叛《そむ》き奉ったのです。あなた方はわたしを卑怯者だと罵ったが、よくよく考えてみれば卑怯者ではじつに生易しい。臆病者、腰抜け、罰当り、恩知らず、畜生……、どんな悪態もこの角兵衛には役不足だ。田代又左衛門どの、聞いた途端に耳の穴が縮み上って塞がってしまいそうな恐しい悪態言葉を御存知ないか。もし御存知ならその悪態言葉を喰《く》い滓《かす》の混《まじ》った唾汁《つばじる》やとろとろの青痰《あおたん》や饐《す》えかかった反吐《へど》汁で和物《あえもの》にして、わたしに浴びせかけてもらいたい。汚物の沼にはまって溺れ死ぬのが身分相応な人でなしなのです、この角兵衛は。

あなた方が小屋へ踏み込んだとき、わたしは無調法な衆だと叱言《こごと》を進呈した。だが我身を顧みるなら叱言のコの字も言えた義理ではない。この小屋を叩き潰されたところで文句の言えない人でなしなのです、この角兵衛は。

同郷人として接して欲しいと云ったことも取り消さずばなりますまい。他国人として白い目で見てください。いや、もはやわたしどもは住んでいる世界がちがう、魔界で化物の疔腫《ちょうしゅ》から流れ出す膿《うみ》を啜《すす》って生きている蛆虫《うじむし》なのです、この角兵衛は。

狂っている？　この角兵衛が狂っているとおっしゃるのですか。……あるいはそうかも知れぬ。わたしは恋狂いしているかもしれません。相手はだれだ？　それはたとえ口が裂けても云えませぬな。さあれわたしは恋に狂い、盟友を捨て、神祇《じんぎ》に叛きました。その決心をつけたのは、昨年七月のことです。回心談をはじめる前に、囲炉裏に少し薪をくべますか。

……昨年の春の御大変から夏六月下旬までの、大石内蔵助どのの惚れ惚れするばかりの働きに心を奪われていたのは赤穂の者だけではなかった。あなた方のほうがよく知っておいででしょうが、ここ鍋島の御家から大石どのに「礼を尽して迎えたい」とのお誘いがありました。それが皮切りで、肥後熊本細川家、備前岡山池田家、土佐高知山内家、筑後久留米有馬家が、大石どのの手腕を買って名乗りをあげた。赤穂の家中にも、「大石どのはいずれかの御家に御仕官なさるべきである」と申す者が多かった。〽大石売れれば小石も売れる、やがて砂利にも客がつく、という戯《ざ》れ唄が流行《はや》ったほどです。大石どのの御仕官が呼び水となり、そのうちに下士軽輩に至るまでどこぞの小国家からお呼びがかかるかもしれないという虫のいい痴《し》れ唄です。現在《いま》から思えば赤面ものだが、当時の角兵衛なぞは赤穂家中の再仕官には大反対の一派、その親玉であった。御家再興がまず第一、再興の望みが断たれたときは上野介どのの御首級頂戴、これ以外に赤穂浪人の生きる道はないと唱え回っていたものでした。老父や妻にもそれとなくこの旨を言い含め、「御家再興の夢が叶《かな》わぬときは、角兵衛は鬼籍に入るものと思え。その際は与市を百姓にするがよい」と遺言状を認めた上、加東郡の福積村という縁起のよい名の村に、田を一町に畑五反、手に入れました。与市はわたしの長子で当年とって十二歳、今頃は老父や妻と額を寄せ合って、来春に播《ま》く種籾《たねもみ》の相談をしあっているところでしょうか。

申すまでもなく、この「再興が第一、上野介どのの御首級頂戴第二」は、大石どのの御方針でもあった。もうひとつ、数人の者しか知らぬ隠れた事情がありました。口分田玄瑞は赤穂では右に出る者なしと評判の名医ですが、その診立《みた》てによれば、「大石様の胃病はこじれにこじれて拗《こじ》れ切っている。せいぜい長保《も》ちしてあと五年……」。この数日来、佐賀の御城下に、吉良屋敷討入りで大石とその一党に金箔がついた、日本国中の諸国家が競って彼等を家臣団に迎え入れようとするだろう、大石とその一党はじつに上手な身の売り方を考えついたものだ、と皮肉な噂を飛ばして歩くお人がいるらしいが、この噂、少くとも大石どのに関しては的を射てはおりませんな。大石どのの胃袋はボロボロで継布《つぎ》だらけ、再仕官なされればその気苦労で一遍に破けてしまいます。昨年の夏からすでにボロ胃袋であったのです。となれば口をおかけくださった諸国家に、丁重に仕官おことわりの御挨拶をせねばなりませぬ。大石どのはこの渡部角兵衛に白羽の矢をお立てになりました。さよう、あれは昨年六月二十四日、赤穂花岳寺において内匠頭様百カ日法要がありましたが、そのとき大石どのはわたしに五通の書状と金二十五両差し出され、「御苦労だが備前、土佐、筑後、肥前、肥後の五ケ国をひと回りして来てくれぬか」とおっしゃった。「諸国家の御重役に面会し、粗相なく書状を手渡してもらいたい。殿様百カ日の御法要が済めばもはや赤穂においても詮ない身、わしは明朝、赤穂を去り海路大坂の津へ向う。隠棲《いんせい》先は山科《やましな》じゃ。その秋《とき》いたれば京で会おうぞ」……。

六月晦日《みそか》に加東郡を出足し、備前、土佐、筑後を経《へ》て、ここ佐賀御城下唐人町の栄ノ国屋に投宿したのは七月二十日の夕景です。御重役との面会の約束を取りつけるのに七日ばかりかかりましたか、八日目に無事、大石どのの書状を御重役にお渡し申し、名物の鮒の昆布巻で御酒を頂戴いたしましたが、その折の酒席の肴に御重役がこんなことを申された。

「大石内蔵助を取り逃したるはまことにもって残念至極、当家の家中は上下を問わず歯がみして口惜しがることであろう。ただし一人だけ、快哉《かいさい》、快哉、快なるかな、と躍り上る者がいるかもしれぬ。そいつは城外北方約三里、金立村黒土原で死狂《しにぐる》い仕損《しそこ》ねている山本常朝という変人だがの……」

死狂いとは耳慣れぬ言葉、気になります。それになにより、われらが大石どのの才腕を、その変人だけが低く見積っているらしいのが気に入らない。宿に戻って御亭主から黒土原の変人について種々《いろいろ》と聞き出した。ここから先は、田代又左衛門どのはじめ皆さんの方が詳しいだろうと思いますが、常朝様は鍋島の御先代光茂《みつしげ》様（第二代）にお仕えして御書物役百二十五石。ところがこの光茂様は御英明の御気性、大公儀より二年早い寛文《かんぶん》元ノ辛丑歳《かのとうしどし》（一六六一）に、家中一般の追腹《おいばら》（殉死）を御法度《ごはっと》になさった。勿論、諸国家にも先がけての追腹法度です。くどいようだが、大公儀が武家諸法度を改定し殉死禁止令を出されたのはその翌々年です。つまり天下法の先行きを見通す洞察力をお持ちであった。御英明と申しあげたはこのことを踏まえたからで、誓って世辞などではありませぬぞ。しかるに追腹は鍋島の御家の「御家芸」であった。国家の祖直茂様の御病死に際しては十二人、御初代勝茂様がおかくれあそばされたときは二十六人の家中が追腹なされたと伺います。このように追腹なされる忠義の士が年を追いふえて行くことは、忠義が御家に根付きつつあるという何にもまさる証拠である。誰しもがそう考えた。だが光茂様だけはちがった。むしろ「国家にとってかけがえのない忠臣が、主君の死去するたびに二つとない生命を断つことは、むごい上に、国家にも損失を与えることになる」とお考えあそばした。不満の士《さむらい》もありましょうが、これはこれで立派な御見識だろうと信じます。

さて、その「不満の士」の一人が黒土原の変人、山本常朝様であった。常朝様は日頃から「光茂様がおかくれになったら、自分もすぐさま追腹を……」と思いつめておられたらしいが、皮肉にもその光茂様が追腹御法度を唱えあそばした御張本人。そこで常朝様は一昨年、元禄十三庚辰《かのえたつどし》歳（一七〇〇）、光茂様御病没と同時に、四十二歳の身をもって奥様ともども御出家なさった。すなわち追腹のかわりに剃髪《ていはつ》して世の中との交りを一切断ち切ろうという御決心です。ここ黒土原の深い木立の奥に粗末な庵《いおり》を構え、そこへ引き籠《こも》ってひたすら亡《な》き殿様を偲びたてまつるよりほかにないと思い定められた。御気付きかどうか、この小屋を出たところに一本の大樟《くすのき》がありますが、その大樟の向うに何だか肩身がせまそうにひっそりと建っているのが常朝様の庵です。

どうも話が先まわりしてしまいましたが、栄ノ国屋の御亭主とはなしているうちに、わたしはやたら無性にその黒土原の変人に会いたくなって来た。なによりも、大石どのに対する低い見積りが何に基いているのかをたしかめ、それを論破してやろうと思いました。大石どのはわれら一味徒党の総大将、その大事なお人をそう悪《あ》しざまに云われてたまるものか、第一、われらの士気にひびが入《い》る。とまあ大いに気負っていたわけです。一方、この気負いとは裏腹に、会う前から「懐しく、慕わしい」という思いも心のどこかに宿りはじめておりました。栄ノ国屋の御亭主の曰《いわ》く、「光茂様に殉じて髪を剃り出家なさった御家来は、黒土原の御変人様ただおひとりでございます。追腹が御停止になりましてからは、どうも殿様に御味方なさる御家来衆が少くなったようで……」。いやいやいや、田代又左衛門どの、「一昨年なぜあなた方も頭を丸めて出家なさらなかったのか」と責めているつもりは毛頭ない、ですからそう目の玉を三角だの四角だのにしてはいけません。この角兵衛の云いたいことはこうです。「黒土原の変人は、彼《か》の人なりの仕方で主君への忠節を全《まつと》うした。そして今、大石どのはじめわれらは忠義の道を探し求めている。とすれば黒土原の変人こそはわれらの大先達《せんだつ》ではないか」。それで懐しく慕わしい思いに、お目にかかる前からすでに捉《とら》われていたのでした。

佐賀御城下逗留《とうりゆう》九日目の朝、宿の御内儀が、「雨雲がもくもくもくと張り出してきました。途中でじゃんじゃんじゃんと雨が降り出しますよ。明日になさいまし」と引き止めるのを振り切って、ここ黒土原へやってきました。御内儀の託宣あやまたず、常朝様の庵の柴折戸《しおりど》を押したときは、桐油合羽《とうゆかっぱ》を着込んでいたにもかかわらず、身体の芯棒《しんぼう》までずぶ濡れで、あのときのわたしの身体から骨を引き抜いて茶巾絞《ちゃきんしぼ》りに絞れば、丼鉢が三つ四つ五つぐらい雨水でいっぱいになったのではないでしょうか。「赤穂浪人で渡部角兵衛と申します。同じく赤穂浪人大石内蔵助の評価について論戦いたしたく推参しました」と訪意を告げますと、あのお方はわたしの風体を十《とお》か二十か三十数えることができるほどたっぷりと御覧になってから、奥へお声をおかけになった。

「勝手口の土間に盥《たらい》を出して、温湯《ぬるゆ》で行水を使わせておあげ。それから着替えに単衣《ひとえ》もいのが要《い》りそうだな。濡れた着衣には火熨斗《ひのし》をあててあげなさい」

思わず知らず涙をこぼしました。見も知らぬ浪人者、それも小生意気に論戦を挑んで来た猪口才《ちょこざい》にこの親切、この慈悲心。これはうれしかった。田代又左衛門どの、ここが一番の要所《かんどころ》ですから、そのように貧乏ゆすりなどなさらずにしっかとお聞きいただきたい。渡部角兵衛は親切にされたのが嬉しくて涙をこぼしたのではない。なにかすっと抜けたように涼しい立ち姿に心がほぐれたのです。削りたての木刀のように新鮮な顔に心が洗われたのです。あのお人が初夏の朝そのもののように途方もなく明るい笑顔で奥様に「温湯で行水を使わせておあげ」とおっしゃったとき、わたしは（なぜこの方と三十五歳になるまで会うことがなかったのだろう）と妙なことを考えていました。うまく言葉にならないのですが、そう、十代にこの方と会っていたら自分の半生はまったくちがうものになっていた、もっとずっと仕合せで安らかなものになっていた、きっとそうにちがいないという想いで胸がいっぱいでした。遅れて出会ったことが口惜しくて仕方がなかった。わたしのこぼした涙は口惜し涙でもあったのです。それでいて、あのお人の目は、昨日会って別れたばかりとでもいうような親しげな光をしみじみと湛《たた》えてもおりました。旧師に会ったときのようにうれしい懐しさをおぼえました。涙をこぼしたのはこのせいでもあった……。

断わるまでもありませんが、常朝様の忠節論にもぐいぐいぐいと惹《ひ》き込まれてしまいました。目から鱗《うろこ》が落ちるようなという言い回しは、あのお方の忠節論のために用意されたものに相違ない。たとえばこうでした。

「主君のためにいさぎよく命を捨ててかかり、一番乗をとげ一番槍をつけるのが忠であると唱える者が多いが、そのような忠は、忠にちがいなくても下下下《げげげ》の下忠というべきでしょう。上上吉の大忠節とは、主君の御心入《おこころいれ》を直《なお》し、御国家（藩）を固《かた》め申すこと、この一事に尽きると考えます。主君の御心入を直す仕事は、派手な功名を得ようとして安直に命を捨てにかかる下忠の者にはとても覚束ない、気の長い一生仕事、骨の折れる仕事なのです。とりわけ上士は、主君の御心入を直す仕事に専心しなければなりません。というのは上士には主君と膝をつき合せて話をする機会が多いからで、あるときは単刀直入に、あるときは世間話や笑い咄《ばなし》で衣をかぶせ、あれこれと主君に御異見を申し上げ、御心入をお直し申し、御国家を首尾よくお治めあそばすように導き申さねばなりません。家老職にあるものには諫言《かんげん》こそ仕事、主君に諫言を申しあげることが家老奉公の至極であると言い切ってもよい、諫言こそ大忠節なのです。ところが赤穂の家老の大石内蔵助には、それだけの知恵がなかった。平時の諫言がその本務であることも弁《わき》まえず、昼行燈と噂されるほどの懈怠《けたい》ぶり、下士軽輩ならば知らず、上士には許されることではありません。大石内蔵助は常日頃から主君と膝つき合せて語り合い、あらかじめ主君が間違いを起さぬよう気配《きくば》りをなし、国家の安泰をはかるべきでした。それなのに平時は昼行燈とは……！　情けない家老があったものです。国家御大変以後の大石内蔵助の働きは見事だったと評判のようだが、船頭が自分のせいもあって船を転覆させ、乗合衆に大損をかけておき、その上で、糞力で船を元に復したようなもの、だがしかし溺死した乗合衆は二度と還ってはこない、そういう珍妙な船頭をヤンヤとほめそやす世間衆には困ったものです。船頭の本務は常時気配りを怠らず、何事もなく船を接岸させることにある。船を転覆させてしまったあとは、もうどんなことをやろうと、もはや後の祭……。そこでわたしは世捨て人の身分をしばらく忘れて、鍋島の御家は左様な愚者《おろかもの》を迎えるべきではない、と御城下を云い歩きました。さて、渡部角兵衛どの、何か反論があればうかがいましょう」

反論などあるはずがない。ただうっとりとあのお方の一語一語を上等酒《うまさけ》のように飲みほしておりました。田代又左衛門どの、これが渡部角兵衛という男の大回心の一伍一《いちごいち》什《じゅう》一部始終です。

肥後熊本へ寄って、八月中旬《なかば》播州加東郡福積村へ帰着したが、朝夕、思い出されるのはここ黒土原の緑木立の佇《たたず》まい、そしてあのお方の人となりばかり。この七月十八日、御舎弟浅野大学様が広島御宗家へ左遷と決まって御家再興の望みは断たれた。八月下旬、貝賀弥左衛門が神文を返しに訪れた。「吉良屋敷討入りは徒党の大罪になることが分った。大公儀に向い徒党をなして弓引くわけには行かぬ故、討入りは断念することになった。そこで神文を返しにあがった……」と貝賀が云いましたが、もとよりこれは大石どのの策です。ここで烈火の如く憤《おこ》る者があればそれこそが同志、円山会議の「上野介どの御首級頂戴これあるのみ」という決定を告げて東下をすすめる。神文をそのまま受け取る者は非同志とみなす。以前であれば「深謀よ、遠慮よ」と感心したでしょうが、大回心の後のわたしには、みえすいた仕掛けとしか思えない。船を渡し損ねた船頭のくせに陳腐な策で人の心を試しやがるものよ、と思いました。神文を引ったくって取ったので、貝賀弥左衛門はうろたえておりましたよ。おそらく貝賀は「渡部どのなら絶対に頭から湯気を立てて憤る」と決めてかかっていたのでしょう。そこですっこけたわけですな。貝賀に「船が転覆してしまった以上、なにをやろうと後の祭さ」と云ってやりましたが、彼にこの言葉の意味がわかるわけがない、田中の道を背中まるめてとぼとぼとぼと引き返して行きました。

稲刈の終えたところでわたしは家を捨てて西下し、鍋島の御家の御重役にお縋り申しこの小屋を建てさせていただきました。あのお方の近くにいるだけでうれしいと思う、お声が聞えればなおうれしい、お姿を見かければさらにうれしい、孫の手を売って得た銭で筆を買い、紙を求め、そっと庵へおいてくる、そんな日は天にも昇るうれしさです。あのお方の庵の庭続きに小小屋《こごや》を建てて住み込み、あのお方の謦咳《けいがい》に接しつつ下僕下男作男《さくおとこ》の三役を兼ねてお尽し申し上げる、これがこの角兵衛の何より見たいと願う夢ですが、どうしてもこれだけはお許しが出ませぬ。田代又左衛門どの、これで渡部角兵衛の忍ぶ恋路の物語は幕。

「黒土原から出て失せろ、御領国から消え失せろ」と何処《どこ》のどなたが申されようと、梃子《てこ》でも動くものではない。わたしに差図できるのは神でもなければ仏でもない、ただおひとり、あのお方だけなのです。や、除夜の鐘だ。百八の鐘が鳴りはじめた。今年は角兵衛にとって最良の年でした。

は？　結句おまえは命を惜しんだのだ？　忠義の死をおそれ、それを隠そうとして忍ぶ恋に乗り換えた？　恋狂いを命惜しさを隠すための方便だとおっしゃるのですね。あなた方は狂うということがどういうことかまだ御存知ないらしい。わたしの想いの深さをお目にかけましょう。物狂いする男の性根の太さをしっかと見届けください。恋狂いする心の真実《まこと》を見よ。この恋心を嘘と取られては立つ瀬がない。うッ……。どうです、孫の手細工に使うこの小刀、よく切れましょうが。たーッ……。田代どの、介錯を！　百八つ鳴る鐘を六つ七つ八つ聞いて、残る百ばかりは冥土《めいど》の土産……。しかし百の鐘の音とは……、うッ、土産にはちと多すぎる。早く、介錯を。お願い致す、田代どの。

うろたえてはならぬ。だれでもいい、わたしの庵へ跳《と》んで行き、焼酎と晒布《さらし》を取って来てもらいたい。神妙金創膏《きんそうこう》も忘れずにな。薬のありかは妻にきけば分る。それからだれかもうひとり、御城下へ一ッ走りして医師を引っ張ってきてくれ。途中の百姓家から馬を借りるがいい。短足の駄馬ばかりだが、人の足よりは速いぞ。角兵衛どの、この常朝、あなたの話を残らず立ち聞きしてしまった。忍ぶ恋は顕《あら》われて、途端に野暮ったくなったが、しかし、あなたの心はたしかに見届けた。わたしの庵の庭続きにどうか小小屋《こごや》を建てられよ。角兵衛どの、傷はかなりの深手だが、この常朝がきっと治る手立てをお尽し申しますぞ。

付記

葉隠　いわゆる武士道書の一つ。十一巻。佐賀藩士山本神右衛門常朝（一六五九—一七一九）の口述を田代又左衛門陣基（つらもと／一六八七―一七四八）が一七一〇―一六年（宝永七―享保一）の間に筆録したもので、常朝はもと、第二代藩主鍋島光茂に仕え、一七〇〇年光茂が死ぬと直ちに殉死しようとしたが、殉死は光茂に禁じられていたので出家して佐賀郡金立村黒土原に隠生した。筆録はその十年後に始まる。

（平凡社世界大百科事典）

武具奉行　灰方藤兵衛

ただいま戻りましたぞ、隼人《はやと》どの。三条の鳥屋へ寄り道して、雁の肉の味噌塩《みそじお》を仕込んできました。京の都の極月《ごくげつ》（十二月）はまさに寒冷地獄ですな。吹きつけてくる比叡おろしは万本の針を含んでおりますよ。藤兵衛《とうべえ》、すっかり縮みあがってしまいました。今日は極月十三日、風が梅の香《か》を運んでくる春まで、まだ十七日もあるかと思うと心が萎《な》え萎《な》えになって困ります。囲炉裏の鍋に湯をわかし、雁を吸い物にしましょう。脂《あぶら》であったまります。大根を銀杏《いちょう》に切って添えましょう。雁の味が引き立ちます。それに、よく煮た大根は胃の腑のための温石《おんじやく》、三杯もおかわりすれば、今夜はあたたかく眠れましょう。

雁の吸い物を思いついたは藤兵衛の大手柄。と見得でも切りたいところだが、この大手柄には種《たね》がある。じつは先刻《さつき》、妹のところで雁の吸い物に舌鼓を打ったばかり。ふうふう大根を吹きながら、隼人どのにも舌鼓を打たせてさしあげたいと考えて、妹に銭を恵んでもらいました。そうだ、隼人どのにはこの京に藤兵衛の妹がもう一人いることを、まだ申してはおりませんでしたな。下の妹についてはよく御存知のはずですが。

雁の肉の煮えるまで、妹たちの話でもしましょうか。その前に素湯《さゆ》を汲んでさしあげよう。熱いですぞ。囲炉裏の縁《へり》のここに置きますぞ。……そう、そこです。にわか盲人なのに、あなたはじつに勘がいい。まるで何十年も盲人をやっていなさるようだ。……赤穂浅野家の国許には武具奉行が三人おりました。総奉行が沢木彦右衛門どの、次席が三木団右衛門どの、そして末席にこの灰方藤兵衛、百五十石。もっともあなたもここまではよく御存知ですな。さて灰方家に娘が二人いて、つまりこの藤兵衛には妹になりますが、上がお丹《たん》といい、家中の小野寺十内どのの妻となった。このお丹に今日、会ったのです。さて、小野寺十内どのも百五十石、ただし赤穂浅野家の京留守居役で役料が七十石つく。したがって内証《ないしよう》は灰方家よりはよろしい。妹のお丹はその役料七十石を少々鼻にかけておりましてな、年が三つしか離れていないせいもあって、この兄を兄とも思わず、会えばきっとお説教をはじめます。今日もしこたまやられてきました。たとえばこうです。

「……夫十内どのはむろんのこと、伜《せがれ》の幸右衛門どのも甥の大高源五どのや岡野金右衛門どのも、また一族の中村勘助どのや間瀬家の久太夫どの孫九郎どのの父子も、皆様、疾《と》うに江戸へ下られておりますよ。いったん義盟に加わりながら、いまだにこのへんをうろついているのは兄上お一人です。一門の面《つら》よごし、面目ないとはおもいませぬか」

十内どのが江戸から書いてよこした書状も読ませられてきましたよ。もともとよく筆の立つお人でしたが、このたびは心に定めることがあるせいでしょう。胸にしみ入るような名文が認《したた》めてありました。

「……もはや、着《き》る物の袖口も切れかかり申し候　裾も少々破れ候へども　誰に頼むべき方もなく今少しの間と思ひ着申し候　裏の綻《ほころ》びは幸右衛門に縫はせ申し候　夜は寒さに着る物どもをとり重ね着申し候　そもじ　着る物を今壱《ひと》ツ持ちて行けとお申し候に持ちて参りたらばよかりつるものをと今思ひ申し候」

いかがです、切々たる趣きがありましょう。それに「今少しの間と思ひ着申し候」というくだりがはっとさせます。この藤兵衛のことも書いてあったが、

「藤兵衛より金子かへり申し候か　せり付けて取り申さるべく候　取らぬは損にて候」と、これはあまり香《かんば》しくありません。ついでに云いますと、十内どのの伜の幸右衛門というのは養子でしてな、これは大高源五という中小姓の実弟です。そうして幸右衛門の妻がこの藤兵衛の、と云うことはお丹の妹のいよ。この下の妹のことは隼人どのもよく知っておいでのはずですが、いよは今年の四月二十一日にはかなくなりました。当時はこの藤兵衛も義盟に加わっておりましたから、無論、野辺《のべ》送りの列にも連らなりましたが、そう、その帰り道ですぞ、隼人どの、襤褸《ぼろ》の下から汚れた勝間《こつま》木綿の褌《ふんどし》をのぞかせて行き倒れていたあなたとめぐり逢《あ》ったのは。妹のいよが十五年ぶりにわれら二人

をふたたび引き合せてくれたのです。

なんだか浮かぬ顔をしておいでだな。まさか隼人どのは、わたしが心変りしたと思っておいでなのではありませんか。あなたは、

「妹のお丹とやらと会ってきたところを見ると、藤兵衛のやつ、この村木隼人を見捨てて江戸へ走るつもりでいるのではないか」

とわたしを疑っておいでなのではありませんか。誓ってもよいが、徹夜で縒《よ》った元結《もとゆい》を届けに行く途中、五条の橋の上で妹と偶然出っ喰わしたのだ。出っ喰わした途端、お丹にいくらか合力を願おう、そうすれば隼人どのになにか精のつくものをさしあげることができる、と閃めいて、説教されるは覚悟の上で仏光寺《ぶっこうじ》西町の妹の住居《すまい》へついていったのです。去年三月の御家《おいえ》の御大変《ごたいへん》まで仏光寺西町には浅野の京屋敷がありました。いまだに妹は浅野ゆかりの仏光寺通から離れられぬらしいが、それはとにかく、あなたを置き去りにしてだれが江戸へなぞ行くものか。これもいまだから申しますが、今年の八月十三日にわたしは大石どのにあてて義盟脱退の口上書を送っております。

「命を捨て申す斗《ばか》りが志にてはこれ無き儀と存じ候　また末《すゑ》は見え申さず候　その上拙者存じ寄りとは相違仕り候様《やう》に存じ候間《かん》　此の度《たび》列を退き申し度く候　左様思し召し下さるべく候　か様申し上げ候とても　時節来り重ねて思し召し寄りも出来候節　拙者存念にあひ叶ひ候はば　何時にても御供仕るべく候云々」

後半は気を持たせておりますが、なに、言葉の綾《あや》というやつ、誰がどこから見ても、脱退の口上であることは、はっきりしていきます。藤兵衛はどこへも行きませぬさ。このまま生涯、元結を縒りながらきっぱり浮世を見限ってあなたと生きていきます。われらは兄弟の約束を深く云い交した仲、たしかにあなたは五十五、わたしは五十、たがいに花の面影は失せて枯木も同然の見すぼらしい容姿《すがた》、脇の広く明《あ》いた振袖《ふりそで》で一つ枕《まくら》に同じ夢を結ぶというわけにはまいりませんが、恋は恋、これも一つの契りにはちがいない。ここであなたを見捨てるようなことがあっては衆道《しゅどう》若衆としての一分が立たぬ。どうか、お心を安んじ召され。

小野寺十内どのは桁外《けたはず》れの妻のろけで、旅に出ると三日にあげずお丹に書状を認めてよこします。妹が大事にされているのですから、嬉しくないと云っては嘘になりますが、しかしどうもこの十内どのとは折り合い悪く、いかにも大人《たいじん》ぶったあの態度に接すると、「どうしたらこの男の前から早く姿を消すことができるだろうか」とそればかり考えて、一度もじっくりと腰を据えて話し合ったことがない。ただし一回だけ十内どのの言い分をもっともだと思ったことがあります。御大変勃発《ぼっぱつ》の報を受けて赤穂へかけつけた十内どのは、例によってこの京に残したお丹へしきりに書状を書き送っていますが、そのうちの一通に、次のような数行があります。云うまでもなく、赤穂を捨ててこの京へ移り住むようになってからお丹に見せてもらったのですが、それはたしかこんな文句でした。

「我等は存じの通り当家の初めより　小身ながら今まで百年御恩沢《ごおんたく》にておのおのを養ひ身あたたかに暮し申し候　今の内匠殿には格別のお情けにはあづからず候へども　代々御主人くるめて百年の報恩　また身は不肖にても一族日本国に多く候に　かやうの時にうろつきては家の瑕《きず》……　節に至らばいさぎよく死ぬべしと思ひ極め申し候」

今の内匠殿には格別のお情けにはあづからず……。この一行は嬉しい。家中三百余名のなかでも十内どのは内匠殿のおぼえのめでたかった組。その十内どのが「格別のお情けにはあづからず」と云う。外れ組の筆頭株のこの藤兵衛が、「全くお情けにはあづからず」と云っても決して罰は当りますまい。

いや、外れ組よりは「苛《いじ》められ組」の大将株だった、と申したほうがよいか。前後七回も内匠殿の御勘気《かんき》を蒙《こうむ》った。その理由たるや、一度を除いては、取るに足らぬことばかり。「余の視線をわざと外《そら》したな、不愉快である。閉門を申しつける」、「余を睨み返したな、不届きである。蟄居《ちつきよ》を申しつける」と、こういった塩梅に苛められました。もう、どうでも江戸へなぞ行くものか。そういえば、こんなこともありましたよ。内匠殿は六月末か七月初めに江戸をお発ちになり、二十日前後の日数《ひかず》を重ねて赤穂へお着きになる。そのまま赤穂で年を越して翌年の五月半《なか》ば、ふたたび江戸へ御出立、その年は江戸でお年越し、これが恒例になっておりました。内匠殿が御帰城なさると山奉行はいそがしくなります。御領国の隅々まで徒士《かち》衆をつかわし松茸《まつたけ》を集めて回るのですな。松茸は御城へ運び込まれ、お庭の築山に植えなおされる。翌日は家中総出の松茸狩りです。ある秋、この藤兵衛、夢中で松茸の香りを嗅ぎ回っているうちに、内匠殿と同着で大松茸を見つけた。が、相手が殿様ですから思わず譲って、

「殿、その松茸入道を首尾よく仕止めたまえ」

と大声をあげた。これがどうも内匠殿の癇《かん》にさわったらしいのですよ。

「ここに無礼講の意味を解さぬ阿《おもね》り者がおる。不愉快である。恥知らずのへつらい者灰方藤兵衛に五十日の閉門を申しつける」

松茸一本でその年の紅葉を棒に振ってしまいましたよ。

大根にまだ箸が通りませんな、もそっと気長に煮ることにしましょう。前後七度の御勘気のうち、「これはお叱りを蒙っても当然」と思われるのが一度だけあった。というところで毎度お馴染《なじ》みの昔ばなしになりますが、お許しくだされ、隼人どの。あの話を思い出すことだけが、いまやこの藤兵衛のたった一つの生甲斐《いきがい》、二日に一度はあの話を繰り返さないと、どうも生きているという気がしないのですから。十五年前、生類憐み令の出た年ですから貞享四ノ卯歳《うどし》（一六八七）の秋、赤穂に御帰着なされた内匠殿は、この藤兵衛に備前長船長光《びぜんおさふねながみつ》作の一尺七寸の小《ちい》サ刀《がたな》をお預けになり、

「京の研《と》ぎ師に研がせてこい」

とおっしゃった。本来、これは御腰物役のつとめです。武具奉行は城付武具帳と首っ

引きで御城の武具蔵の鉄砲、玉薬、具足、塗弓などの数を当っていればよろしい。したがってまったく方角ちがいの御役目ですが、「殿様はこの藤兵衛を憎んでばかりいなさるわけでもない。目にかけてくださろうとしてもおいでなのだ」と気はわきたち大張り切りで京へ上りました。

長船長光の小サ刀が研ぎ上ったのは十一月晦日《つごもり》の暮近く、京の浅野屋敷への挨拶もそこそこに伏見の浜へ駆けつけて二十八人乗り三十石の下船《くだりぶね》の客になりました。ほっとしてうたた寝することしばらく、〽撞木町《しゅもくまち》女郎は章魚《たこ》の性《しょう》で吸いつくけれどよォ、中《ちゅう》書島《しょじま》女郎衆は海老《えび》の性《しょう》で跳《は》ねる……という唄で目を覚すと、隣の仕切りで職人三人が章魚の足を齧《かじ》りながら酒を飲んでいる。誘われて盃を三回ばかり受けているうちに蒼くなってしまった。桐油《とうゆ》紙で幾重にも包み、紐できりりと縛りあげ、その紐を帯に巻きつけておいた長船長光の小サ刀が見えぬ。大騒ぎして捜し回ったが無駄です、どこにもない。そうこうするうちに三十石船は淀《よど》に着いた。隣の仕切りの職人たちが気の毒そうな顔をして船から下《お》りかかる。

と、そのとき、真向いの仕切りで静かに瓢《ふくべ》の酒を舐めていた年の頃片手で八つ位の浪人がいきなり刀の鞘で職人たちの向う脛《ずね》を掻っ払った。イタタタとうずくまり、

「なにさらす、このド畜生め、脛節《すねぶし》、歪《いが》むではないかい」

と歯と目を剝き出す職人たちに浪人が云った。

「伏見の浜で乗り込んできたとき、お主らは腰に、都合九つの瓢をさげていた。ところが現在は六つしかないぞ。差し引き三つの瓢は一体どこへやったのだ。こちらの御仁《ごじん》の桐油紙包にくくりつけて淀の川面《かわも》に捨てたのではないのか」

図星でした。下りて捜し歩くと五町ばかり上流《かみ》に瓢が三つ浮いていた。引き上げてみると、大きな瓢の長緒に乗合いの鴻池屋《こうのいけや》の番頭の大判三十枚入りの旅行李《たびごうり》がくくりつけてあった。中ぐらいの瓢には長船長光の小サ刀。小さな瓢には大坂の香木屋《こうぼくや》の番頭の旅行李、中味は金五十両にも相当する名木だった。それぞれ失くせば切腹しても首をくくっても申し訳の立たぬという貴重なものばかりだった。三人揃って、

「大坂のどこかしかるべき茶屋でお礼をしたい」

というと、浪人は、

「なになに、あの職人連中の酔いざま浮かれ振りがどうも尋常ではないので、気になってそれとなく見守っていただけのこと、たいした手柄ではない」

と云う。

「せめて御名前を……」

と問うと、あなたは答えた。

「常陸国牛久沼《ひたちのくにうしくぬま》山口家浪人で村木隼人と申す。現在は伏見の御香宮《ごこうぐう》の御門前に江戸元結の小見世《こみせ》を出して細ぼそと露命を繋いでいる頼りない四十男です」

あのときは、これが二十年前なら、とつくづく思いましたよ。そうすればこのお人は二十、わたしは十五。思い切って、「恋を取り結びましょう」と申し出ることができるのに。冬の夜は木枕を手玉にして遊び、螺独楽《ばいごま》を廻し、指で扇を引き合うなどして、子ども心になって騒ぎ立て、汗をかくこともできただろうに。春の夜はしみじみと情深《なさけぶか》く語り合い、夏の夜は蚊帳《かや》の中に百も二百も蛍を放ち、その蛍の光の下で仲睦《つ》じい連鼾《いびき》、秋の夜はたがいに左腕の下に「隼人大事」「藤兵衛大事」と墨《すみ》で彫《ほ》り合うこともできただろうに。だがしかしよくいうように、「衆道狂いは二十前、女郎狂いは四十前、訴訟事は五十まで、それから後は後世の安楽を願うべし」が常識というもの、「二十年前に戻る術《すべ》はないのだからこの恋は諦《あきら》めるのが順当だ」と胸のうちの熱い思いをどうやらこうやらなだめすかして赤穂へ帰りつきました。

桐油紙で厳重に荷造りしておいたおかげで、長船長光の小サ刀には何の異変もなく、これを内匠殿にお届け申しあげて藤兵衛は事もなく御役目をつとめ終えましたが、このときの小サ刀こそ、去年の三月、江戸の御城松の廊下で内匠殿が吉良殿めがけて振りかざされたもの。今は江戸高輪《たかなわ》泉岳寺の土の下で内匠殿の御遺体を守っているとか。御話を飛ばしすぎましたな。長船長光の小サ刀をお届け申しあげたとき、内匠殿から御酒が下された。「赤穂と京を往復する間に、なにか酒の肴になりそうな話の種と出っ喰わさなかったか」とおたずねがあったゆえ、淀の三十石下船《くだりぶね》で起ったことをお話し申

しあげました。すると内匠殿はたちまち青筋をお立てになって、

「永の暇《いとま》をとらせる」

盃を叩きつけて奥へおはいりあそばした。翌日、御家老大石殿から呼び出され、行ってみると、

「言わいでもよいことを言うお人だの。藤兵衛には殿様のお心のうちがまるで分っていない」

ぶつぶつおっしゃって金子を五両くださった。

「いつかはめでたく帰参が叶《かな》うことであろう。だからあまり遠くへは行くな。そうさな、目安としては再来年《さらいねん》の秋といったところかな。再来年の秋、殿様がこの次の御参覲《さんきん》からお帰りめさる頃であろうよ」

藤兵衛としてはその場からまっすぐ京の伏見へと飛んでいきたかった。御香宮の御門前には隼人どのがござる。帰参の夢より、隼人どのと肩を並べて元結を縒《よ》る夢に惹《ひ》かれていたのです。しかし御家老の御言葉もあるし、なにより年老いた母がおった。それに末の妹のいよは十歳、伜の小三郎ときてはまだ八歳、しかも妻はその五年前にこの世の人ではなくなってしまっている。老人と子どもを三人も抱えていては身動きがとれぬ。下女の実家《さと》のある御城外の泉という村へ泣く泣く移り住むことになりました。悪いことは連れ立ってやってくるもので、泉村へ移って間もなく、老母に病いが取りついた。そ

の薬餌代《やくじ》で御家老のくださった五両は朝日の前の露と消えてしまいました。老母がようやく快方に向い、やれやれと肩を撫《な》でおろしていると、今度は小三郎が村で一番高い大杉の梢《こずえ》から叩き落ち、命はとりとめたものの口がきけなくなってしまう。あれは半年ばかり経《た》った初夏の宵《よい》、馴れぬ手つきで米を炊《かし》いでいたいよが、こう云った。

「これでお米はおしまいです。ねえ、お兄様、こんなに悪いことばかりつづくのなら、いっそのことに皆で死にましょうか」

老母も頷いて、

「わたしやいよは女の身であるから、自害のあとがいかに見苦しくとも恥にはなりません。だけれど藤兵衛と小三郎は侍、立派に死なぬと人が長く噂をします。男衆から死んでお行き。わたしがいよと一緒に二人の最期を見届けてあげましょう」

と行李の底から懐剣を出してきた。

ところで灰方家がここまで追い詰められても、一門一族の者ども誰一人として救いの手を差しのべようとはしない。御家老の許へ何度も足を運んで乞食のように合力を乞うたが、一掴みの米すら恵んでくださらなかった。いつも居留守さ。

そんな情無し連中が今になって何を吐《ぬ》かす。「いったん義盟に加わりながら、いまだにこのへんをうろついているとは一門の面《つら》よごし」だと？　お丹のやつめ、言いたい放題を言いおって。それほど一門の面目とやらが大事なら、なぜあのとき泉村の四人に一《いち》把《わ》の大根でいい、恵んでくれなかったのだ。

……あ、大根にようやく箸が通るようになってきましたぞ、もう一ト息じゃ、隼人どの。血が繋がり、縁もゆかりもある者の中に、たまたま貧窮人が出た。その切羽詰った者たちにやさしい言葉の一つもかけてやることができずになにが一門ですか。十内どのとお丹はとりわけひどかった。泉村の四人、飢えを待って死ぬよりは、こちらから死というものを迎え出てみようと決心して、最後の食事をとったが、そのうちにわたしは、

「妹のいよだけは助けてやろう」

と思いついた。そこで決行を一日延ばし、小野寺の家へ出かけて行き、

「このままでは、いよが哀れだ。幸か不幸かこの小野寺家には子がおらぬ。いよを引き取って養女にしてくれぬか。いよに婿を迎えれば小野寺家は万々歳《ばんばんざい》ではないか」

と頼むと、二人は明後日《あさって》の方角を向いて、歯の詰まり物をせせっていた。

それでいて、後《のち》に藤兵衛の帰参が叶うと、今度はお丹のほうから飛んできて、

「いつか、いよを養女に下さると云っていましたね。願ってもないこと。一日も早《はよ》う……」

と云う。冷たい連中だ。現金なやつらだ。どんな仕事だろうと、そんな手合いと組むのは真ッ平だ。隼人どの、藤兵衛は梃子《てこ》でも京を動きませぬぞ、安心なされ。

またもや話が先回りしてしまいましたな。いよだけでも、という頼みの綱もぷっつり

切れて、御城下から泉村へとぼとぼ戻ってくると、村境の橋の袂《たもと》で、いよがぴょんぴょん跳《は》ねながらわたしの帰りを待っていた。

「見知らぬお人が金子を三十両も置いていって下さいました。金子は母上が預かっておいでです。金子にはこの書状が添えられておりました」

そのとき、いよが渡してくれた書状が、……ほれ、この書状です。あのとき以来、わたしはこの文《ふみ》を一瞬《いっとき》たりとも肌から離したことはない。朝な夕な、この文を読むのが、藤兵衛の日課です。今日もまた、同じ昔ばなしを繰り返したのも、これを読むのに一番ふさわしい道具立てを揃えるためだったかもしれませんな。

去年の十一月晦日に、淀の三十石下船に乗合せたのは偶然ではない。伏見の浜であなたを一ト目見てたちまち恋におち、尾行《つけ》ていって三十石下船に乗ったのだ。船の中でも、あなたのことばかり見守っていた。だからこそ職人どもの仕掛《からくり》もよく見えたのだ。

大坂で右と左に別れた後、また、あなたを尾行《つけ》た。赤穂では旅宿紙屋四郎右衛門方に止宿、夜は馬場東隣の灰方家の門口に佇《たたず》んでお声を聞いた。お声を聞くたびに死に入るような思いをした。

突然、あなたの運命が変った。わたしはあなたの落ち着き先をたしかめるとすぐ京へ戻った。不仕合せなあなたを見ている勇気がわたしにはなかったからだ。

京へ戻っても、あなたが忘れられぬので困った。あるときは夢に、あるときは幻《まぼろし》に、またときには現《うつつ》にあなたの笑顔があらわれてくる。この弥生《やよい》（三月）の末にふたたび赤穂を訪れ、裏の林からあなたの暮しぶりを見ていた。やつれが目立って憐れでならなかった。今日お顔を拝んだらもう帰ろう、今日が最後だ、と思っているうちに十日経《た》った。十日目にあなたのお子が杉の梢を踏み外した。「この人には金《かね》がいる」と思った。

京へ引き返して危い橋を渡った。といっても、撞木町《しゆもくまち》で妓《おんな》に甘い顔をしていた伏見の運送問屋の主人《あるじ》にちょっと怖い顔をし凄《すご》んで見せただけだ。

今朝、あなたは御城下さして憂い顔で歩いて行った。あの顔を一生忘れないだろう。いささかでもあなたのお役に立ったと思えばこの上なく仕合せ、もはやこの世に何の未練もない。もう一度、京へ戻って伏見奉行所へ自首しようと思う。なにもかもわたしにまかせて、あなたは三十両を心おきなく使うことだ。自首してから行く先は佐渡か八丈島か、あるいは三尺高い木の上か。いずれにしてもそう長くは生きられまい。不便《ふびん》な男とお思いなら、いつか一遍の御回向《えこう》をたまえ。わが恋はなれり。それにしても二十年早く会いたかった。

村木隼人

灰方藤兵衛どの

われらはたがいにそれとは露知らぬうちに相思相愛の仲になっていたのですな。もしもあのときそうと知っていたら、かつて着古した脇あけの振袖を鎧櫃《よろいびつ》の底から取り出しましたものを。……灰方の家のために十三年間、佐渡の金山《かなやま》で土竜《もぐら》のように生きてこられたその御苦労に、この藤兵衛はどんなことをしてでもおむくいいたしますぞ。この八月、御家老大石殿へ義盟脱退の口上書を差しあげたのも、そう覚悟を定めたればこそです。今度はこちらが「なにもかもわたしにまかせなさい」と申しあげる番です。暮し向きのことはわたしにまかせて、あなたは鉱山《やま》の毒で爛《ただ》れた御眼《おめ》をはやくお治しになることだ。

やれやれ、これはどうじゃ。大根め、とろとろに溶けてしまっておるわ。しかし大根のとろとろ汁もまた一興。第一、あなたに向いている。なにしろ箸を使わずにすみますからな。よくよくさまして、お口へ流し込みなさい。ささ、これがお椀《わん》ですぞ。おお、氷のように冷たい手をしておいでだな……。

藤兵衛どのはたしかに目明《あ》きだが、しかし心眼はよほど曇っておいでじゃな。藤兵衛どの、この隼人のほかにもう一人、あなたを心底から慕っていた男がおりますよ。わたしは今日はじめて、赤穂浅野家の殿様、内匠殿のあなたへの前後七度にわたる御勘気について伺ったが、一つ一つが皆、恋の口説のように思われます。

藤兵衛どのは今年五十だから、指を折るまでもなく去年は四十九。一方の内匠殿は去年の三月十四日、たしか三十五歳を一期《いちご》にはかなくなられたはずで、つまり藤兵衛どのとは十四も年がかけちがっておった。内匠殿があなたをひそかに慕いはじめたのは、おそらく十四、五の時分からでしょうが、そのとき、あなたはすでに二十八、九。衆道ざかりの十六歳なればあなたは三十歳。これでは衆道の契りがほとんど成り立たぬ。その切なさが内匠殿を焦《じ》れさせる。思いは募って煩悩《ぼんのう》の鬼が骨を砕く。そして想いはときに炸裂《さくれつ》する。それが勘気というあらわれ方をしたのでしょう。

ところが、われら二人の年の差は五つ。疾《と》うの昔に花の盛りが過ぎたとはいえ、「あと三十五年はやく知り合っていたら」「もう二十年はやくたがいに相目《あいまみ》見えていたら」とこう仮りに定めれば、頭の中だけにせよ、恋はからくも結ばれる。だがしかし内匠殿は、慕わしくてならぬ藤兵衛どのを、頭の中でさえ、衆道仲間としては思い描くことができなかった。恋の口説を勘気によってしかあらわすことのできなかった殿様、なんだか憐れに思えてなりません。

松茸狩りのとき、藤兵衛どのが譲らず踏み込んで、たとえば内匠殿を突き飛ばしてさしあげたら、内匠殿は湯玉よりも熱い嬉し涙をあなたの袖の上にお落しなされたかもしれません。長船長光の小サ刀をあなたに託されたのも、内匠殿にとっては必死の口説だったのではありませんか。殿様はあなたに己《おの》が魂を預けたのかもしれない。大役をまかせ、まかされるという繋がりが、二人の間をぐっと近づけるにちがいない、内匠殿はそう願っておいでだったのではないか。ところが藤兵衛どのは、一度はその小サ刀を盗まれ、さらに内匠殿にとっては恋敵《こいがたき》にも等しいこの隼人が登場し、小サ刀を取り返してさしあげた。太夫《たゆう》に大金を貢いだところ、太夫はその大金を情夫《まぶ》にこっそり渡していた。どんなお大尽《だいじん》でもこの太夫には腹を立てるはずです。内匠殿はこの裏切られたお大尽によく似ていますよ。そして太夫はあなただった。

もう一つ踏み込んで考えてみましょうか。この隼人には辛《つら》い話になるかもしれないが、仕方がない。藤兵衛どの、あなたもじつは内匠殿を恋い慕っておいでだったのではありませんか。むしろあなたのほうこそ、十四の年の差に怯《おび》えていた。同じ年頃であれば、主君と臣下との間にいかに深くて広い隔りがあろうと、恋の翼で一気にそれを翔《と》び越えてしまうだろう。しかし年が開いていると危い。へたをすると翔び損ってしまう。そこであなたは内匠殿の口説に気づかぬふりをしていた。そればかりか内匠殿がいよいよはげしく恋を持ちかけてくるのを感じるやこの隼人を念友《ねんゆう》に仕立てあげ、わたしのふところへ逃げ込んできた。今日のあなたのお話で、わたしは自分が偽の念友だったことを知らされました。

だいたい、あなたはどうしてくどくどと、江戸へは行かぬ、義盟には加わらぬ、と繰り返したのですか。くどくど繰り返すのは、こだわっているからじゃ。真実はいますぐにでも江戸の同志のもとへ飛んで行きたいのだ。恋の相手のあとを追って心中がしたいのだ。一門一族を悪者に仕立てあげたりせずに、また偽の念友にしがみついたりせずに、己が恋を心のままにしめくくられるがよい。さよう、わたしの恋は片想いだった。淋しいが、それが真実であれば、やむを得ぬ。この隼人は見捨ててすぐに江戸へと発ちなされ。今日は極月の十三日、まだ間に合うかもしれぬよ。生涯でただ一度の恋をみごとに振られてしまった者が次になにをなすべきかは、よく承知している。長船長光ほどの名作ではないが、この隼人にも小サ刀はあるのさ。寄るな、藤兵衛どの。

馬廻　片山忠兵衛

鎌田軍之助どの、今日こそ真実を申しあげます。この片山忠兵衛は、再三再四申しあげておりますように、只今は絵筆を以《も》って口に糊していますが、昨元禄十四年（一七〇一）三月十四日の御家御大変《おいえごたいへん》までは歴《れっき》とした侍、赤穂浅野家の江戸給人《きゅうにん》として二百石を頂戴しておりました者、決して虚言《そらごと》は申しませぬ。御大変からこの方、禄を離れていますが、しかし浪々の身とはいえ武士のはしくれ、「武士は人の鑑《かがみ》」という教えを座右銘の筆頭に立ててその日その日を処しております。弓馬とる家の誉《ほまれ》とはなにか、それを念頭において絵筆をとっております。「武士は人の鑑」といい、「弓馬とる家の誉」という、しかしその実体はなにか。第一が、正直に生きるということでしょう。この片山忠兵衛、これは大いに胸を張って申しますが、これまでただの一度たりとも虚言をもって他人を欺いたことはありませぬ。それをお信じくだされて一刻も早くこの御長屋から出していただきたい。この無法にして無理無体な軟禁をお解きいただきたい。これより真実を申し述べます。なにとぞそれに信を置かれて、この江戸は芝白金《しばしろがね》の御下屋敷から片山忠兵衛をお解き放ちください。今朝で軟禁は五日目に入った。鎌田どの、いつまでもこんなことをお続けなさっていると、肥後《ひご》熊本五十四万五千石が泣きますよ。細川忠興《ただおき》公以来の御家名に傷がつく。鎌田どのも細川家の御用人、武鑑に御名《おな》の載る御重役のお一人。御殿様がお云い立てあそばすような馬鹿《ばか》気《げ》た理由で、一個の武士を何日も御長屋に閉じ籠めておくことはできないと、少くとも鎌田どのはお思いのはず……。お待ちくださいい、鎌田どの。主君を馬鹿扱いされて立腹なさるはごもっとも。斬るとおっしゃるなら、いかにも斬られて進ぜよう。だが、今すぐはいけません。今、斬られたら、呪《のろ》いますよ。細川五十四万五千石に必ず祟《たた》ってみせる。どうか一つ、お平《たいら》に。

たった今、この片山忠兵衛は、「真実を申し述べる」と申しました。がしかし考えてみるまでもなく私は、これまでも真実のみを申しあげてきた。したがって本日もこれまでと同じことを云い張るということにあいなります。すなわち誓って申しますが、御殿様の御側室花宴《はなうたげ》さまには一度もお目にかかったことはございませぬ。わたしがお描き申しあげた花宴さまの絵姿《えすがた》の内股《うちまた》に大きな黒子《ほくろ》があったのは、あれは単なる筆あやまち、描こうと思って描いた黒子ではない。わたしは世間からは、「毛抜き忠兵衛、江戸狩野《かのう》派の変り種」などと奉られておりますが、この異名は見掛け倒し、べつに大した絵師ではない。というよりも、筆あやまちを直そうともせず、そのまま注文主《ぬし》に差し出すという、素人と変るところのない、いい加減な、怠け者の絵師なのです。そこのところをどうか御理解いただきたい。

　赤穂浅野家の江戸給人の同輩に堀部安兵衛というものがおりました。堀部安兵衛の名を、どこかでお聞きになったことがおありでしょう。左様、八年前の高田馬場の敵討《かたきうち》の立役者です。あの敵討で一躍、天下に名を知られ、念流の堀内源左衛門正春道場の四天王の筆頭にあげられることになった。その顔見たさに、諸大名家が堀部安兵衛を出張稽古に招く。とりわけ熱心だったのが亡《な》き主君内匠頭どので、五ケ月間、口説きに口説いて、ついに家中にお召し抱えになった。

　こちら細川の御家のことは知りませんが、赤穂浅野家江戸定府《じようふ》の馬廻《うままわり》組は、有名人、高名人の溜《たま》りでしたな。敵討の堀部安兵衛、槍の高田郡兵衛、軍学の粟飯原《あわいばら》惣兵衛、書の華龍《かりゆう》富森《とみもり》助右衛門、大坪流馬術印可《ゆるし》の赤埴《あかばね》源蔵、そしてまあ一応は狩野派絵師のこの片山忠兵衛。六人とも馬廻組二百石。御屋敷に賓客がお見えになると、この馬廻六人組が呼び出され、それぞれ得意の技を御披露申しあげるわけで、家中の口の悪いのが「馬廻芸人組」などと陰口を叩いていたようです。

　わたしが内匠頭どのからお誘いを受けたのは堀部安兵衛のさらに二年前、二十五歳の秋のことでした。父は阿州《あしゆう》（阿波《あわ》）浪人、江戸竹川町に寺小屋を開いておりましたが、すぐ近くに奥絵師《おくえし》狩野常信《つねのぶ》先生の御屋敷があった。常信先生は、江戸狩野派の始祖探幽《たんゆう》先生の甥《おい》にあたるお方で、江戸と京の諸狩野派の様式を一つに集め、集めた上でどっと新味を加え、狩野派の絵を甦《よみが》えらせたお人です。御近所のよしみ、この狩野屋敷の塀《へい》を乗り越えて毎日のように遊びに行っておりましたが、ほれよく云う、寺に飼われる猫に鰹節《かつぶし》を見せれば和尚の精進に感化されて猫まで鰹節から逃げ廻るというやつ、短く言えば、門前の小僧、見よう見真似で絵筆の捌《さば》きを身につけました。二十歳のときに近くの貧乏寺の住職に頼まれ、本堂の杉戸に五匹連《づ》れの虎を描いた。こわいもの知らずで、思い切って勢いよく描きました。これが評判になりました。誰が云い出したか、

「あの寺を夜、通りかかったら、本堂でがたがたと杉戸の鳴る音がした。おそるおそる覗いてみると、杉戸の虎が暴れていた。ひょっとするとそのうちに、あの五匹の虎は杉戸から飛び出して江戸の町を徘徊《はいかい》するようになるかもしれない」

という噂が立った。そしてこの噂が狩野屋敷の常信先生のお耳にも達しました。常信先生が、

「忠兵衛ならわしの内弟子も同じこと。どれだけの絵が描けたか、ひとつわしが見てやろう」

とおっしゃってくださったので、そのお供をして寺へ出かけました。

「これはこれは見事な出来栄じゃ。わしの跡継《あとつ》ぎの周信《ちかのぶ》ほどは描く」

最初はおほめくださった。

「五匹それぞれに勢いがあってまことに結構じゃ。ただし、この勢いがあればとうの昔

るのじゃろうのう。……ああ、そうか……」

に杉戸から抜け出してもよいのに、これらの虎めはなぜこんな貧乏寺に愚図愚図してい

常信先生は虎の頭を一匹ずつコンコンと拳《こぶし》で叩いて、

「どの虎にも髭《ひげ》が描いてないぞ。なるほど、髭は虎めの金看板、その髭がなくては肩身がせまくて戸外《おもて》へ出て行く気にはなるまい。かといって髭を描き足せば、さらに勢いを得て虎めは杉戸を蹴破るに相違ない。そうなれば江戸市中が迷惑する。髭がなくては虎めが困る、髭があっては江戸市中が困る。さあ、忠兵衛、なにかよい思案はないかな」

あの頃は年は若く頭も柔らかくまことに冴えておりましたな。わたしは墨で一筆描きに杉戸の下方に大きな毛抜きを五本描き添えたのです。五匹がたがいに髭の抜きッこをして、さっぱりした気分でいる、という頓智《とんち》です。

「白駒《はっく》の穴隙《けつげき》を過ぎるほどの僅《わず》かの時に、よくそこまで工夫した。わしは今日からそなたのことを『毛抜き忠兵衛』と呼ぶことにしよう」

常信先生は、そうおほめくださいました。当座は嬉しかった。江戸狩野派の大棟梁《とうりょう》から「毛抜き忠兵衛」という綽名《あだな》を貰って箔《はく》がつき、諸大名や大店《おおだな》からどっと仕事が舞い込んだ。それはよいのだが、仕事にきまって、

「どうか毛抜きを忘れずに描き添えてほしい」

という注文がつくのです。一応は狩野派ですから、絵柄は「山水花鳥図」や「孔雀《くじゃく》

図」が多い。山水花鳥図というのは、たとえば右に滝壺《たきつぼ》をおき、左に鶴を配して、右から左へ横長に松を描いて、どこかに小花をあしらうのが常套《じょうとう》ですが、毛抜きを描くようにという注文があるから、鶴を赤裸の赤剝《む》けにしなければならない。孔雀にしたところで同じこと、羽毛を抜いた骨ばかりの羽根を描かないと注文に嵌《はま》らない。そのうち注文に御念がいってきて、たとえば、

「毛抜きを描き添えた達磨《だるま》像を所望いたす」

と云ってきたところもあります。忘れもしない、これは赤穂浅野家からの注文でした。髭が一本もないつるつる肌の達磨を描いて差し出すと、内匠頭どのが、

「赤穂浅野家だけの毛抜き忠兵衛になるつもりはないか」

とおっしゃってくださいましたので、渡りに船とばかり仕官いたしました。「毛抜き忠兵衛」という虚名にうんざりし、それこそ狂い死しそうなときでしたから、内匠頭どのはこの片山忠兵衛にとっては救いの神、大恩あるお方であります。もっとも前にも申したように、賓客の見えるたびに髭なし達磨を描くという仕事は残りましたが。

鎌田どの、片山忠兵衛はこの程度の絵師なのです。だからこそ筆あやまちも仕出かそうというもの。細川の御殿様綱利《つなとし》公の御側室花宴さまの絵姿の内股の黒子もまた筆あやまち、黒子に似ていますが、あれは黒子ではない。ついうっかりして筆を画布の上に落してしまいましたときに弾みでついた墨の汚点《しみ》なのです。

昨年三月の御大変によって御家は断絶、家中の者どもは扶持を離れてちりぢりに散らばることになりました。わたしはすべてを堀部安兵衛にまかせて、ふたたび絵筆を持つことにしました。たったの一枚でよい、毛抜きの落款《らっかん》のない、ただの片山忠兵衛の絵を残したかったのです。もっといえば、狩野派と肌合いのまったくちがう絵が描きたかった。御存知のように狩野派は江戸の御城をはじめ、大名屋敷や名のある寺を飾るもの。したがって女子《おなご》の絵なぞは、やりません。女子を登場させるときは、遠景へ出す。生意気を云うようだが、わたしは昔からこれが気に入らなかった。自分には妻がおりませんから、できれば理想の妻を思うさま近間《ちかま》に描いてみたい。そう発心《ほっしん》した。

ところでわたしはつい今《いま》し方《がた》、「すべてを堀部安兵衛にまかせて」と申しあげたが、これはどういうことか。鎌田どの、どうかお察しいただきたいが、じつは堀部らとは、ある約定がある。一世一代の大事な約定です。わたしが花宴さまの御姿を描きにこちら芝白金の御屋敷に上《あが》ったのはこの極月《ごくげつ》（十二月）の二日の夕暮れどきでしたが、こちらへ上る直前まで、わたしは深川八幡境内のさる旗亭で堀部らと会い、たがいに武道の本意をたしかめ合っていた。その際に堀部の曰《いわ》く、

「忠兵衛はその間際《まぎわ》までゆっくり絵筆と遊んでいるがよい。ただし事情がさし迫ってきたら、細川様の御下屋敷へ忠兵衛の若党の文蔵を走らせる。そのときは直ちに絵筆を投げうって馳《は》せ参じてこいよ」と。

鎌田どの、理不尽な軟禁ゆえにわたしには暇がある。その暇を潰そうとして、この数日、わたしは御門番衆のお子たちと絵を描いて遊んできた。これでも御門番衆のお子たちのあいだでは人気者なのですよ。さて、そのお子たちがこっそり耳打ちしてくれたところでは、一昨十三日の午後と昨十四日の午前の二回、わたしの若党の文蔵がこの御下屋敷の御門を叩いたらしい。いよいよ事情が切迫してきた。お分りいただけますか、鎌田どの。昨夕から夜にかけて、わたしが、

「是非とも御用人にお目通りを」

と暴れ狂い、叫び立てたのには、右のようなわけがあったからです。

狩野派の描かない近間《ちかま》からの女子の絵姿、これを描くのにこの忠兵衛は『紫式部《むらさきしきぶ》日記』を手本にしましたよ。常信先生の文机《ふづくえ》に載っていたのを借り出して、繰り返し読んでは頭の中にその女性の像を思い浮べた。たとえば紫式部は、宮の内侍という女性についてこんな文章を綴っています。

「なか高き顔して、色のあはひ、白さなど、人にすぐれたり。頭つき、髪ざし、額つきなどぞ、あなもの清《きよ》げと見えて、はなやかに愛敬づきたる」

また、大納言《だいなごん》の君ならば、

「白う美しげに、つぶつぶと肥えたる」

こういった文章を頭の中に遊び泳がせておくと、やがて不思議がおこる。市中でふと

すれちがう若女房や娘たちの色香品形《いろかしなかたち》に、思いもかけない文章がひょいと結びつき、宮の内侍や大納言の君の絵姿がありありと見えてくるのです。そうなったらしめたもの。借店《かりだな》へ飛んで帰って絵筆捌きももどかしくそれを紙に写し取る。一年半ほどかかって四十七人の女性の像を描きあげて常信先生の許へ納め、「毛抜き忠兵衛とはこれでおさらばした。もう思い残すことはない」と、この十月からは近くの川や池に釣糸ばかり垂れていた。ところが半月前の極月朔日《ついたち》、常信先生から呼び出しがかかってきた。

「じつは肥後熊本の御殿様から、女の絵姿を巧みに描く絵師を周旋せよ、と云いつかった。狩野派の絵師に女子の描き手はおりませんと断わろうとして思い出したのが、そなたの『紫式部日記四十七美女蔵』じゃ。わしは江戸狩野派の棟梁、その棟梁としては、『あれはまことに異なものじゃ』と云うほかはないが、棟梁の上下を脱いで、六十六歳の、ただの老人としてものを云えば、『あれはまことに味なもの』。女の絵姿の上手は天下にそなたが一人いるだけじゃ。芝白金の御屋敷にあがって、思う存分の仕事をしてきなさい」

はじめは辞退しました。わたしは似姿は得意ではない。頭の中で勝手きままに思い描いた女性の像を絵筆でそっと戸外《おもて》におびき出すのが出来るだけ。すると常信先生がおっしゃるには、こうです。

「その花宴なる御側室は、すでにこの世のお人ではない。何でも木挽橋《こびきばし》東詰の八百屋の小娘から御側室にまで出世した古今に稀《まれ》な美女だそうだが、綱利公の御溺愛が身体に触ったのか、この秋、電光石火の如くはかなくなられたという。綱利公はこの美女の面影を永遠《とわ》に残そうと思し召されて、絵師を探し求めておいでになっている。そなたは『紫式部日記』のなかの文章から理想の女性の像を形と色にした。それと同じことを試みればよい。綱利公のお話をよく伺って、それをもとに理想の女性の像を形と色にすればよいのじゃ」

常信先生に説き伏せられて、ここへ参上したのがその翌日、極月二日の夕まぐれです。さっそく御殿様の御前《おまえ》にまかり出て、おっしゃることをいちいち書き留めました。鎌田どのも同席しておいでしたから詳しいことは申しませんが、これは皮肉でも何でもなく、六十歳にしてあの惚れこみようは凄いと思いました。

「……花宴が慕しいのはなによりもその性根が素直だからじゃ。どのように突飛な床《とこ》姿《すがた》を所望しても拒むことがなかった。かよわいあの胴骨に足をもたせかけてもいやな顔一つせぬ。灸《きゅう》の痕《あと》を掻け、耳の垢を口で吸い取れ、のびた髭を歯で咥《くわ》えて引き抜け、色々さまざまに乱れてみせろ、首筋にしがみつけ、脇腹をつめつめして肝腎の時には肩にかみつけ、もっと潤《うるお》ってみせろ、どんな注文を出しても、すぐさまそれに応えてくれた。あんな女子がこの世に二人といるとは思われぬ。そして首尾をとげるときは涙を湯玉のように流した。あれがじつによかった」

「お気持はよくわかりますが、それでは絵姿を描く手がかりとしては不充分かと心得ます。お顔立ちはどのようでございましたか」

「葱《ねぶか》の茎ほどもない細い首筋に、牙彫《げぼり》の人形のような顔がのっておったぞ。肌はむき玉子の如くくるっとしていた。糸を引く細い目は、わしを見るときにかぎって煙るような目つきになったのう。それから唇は紅椿《べにつばき》。わしの前では微かに半開きになり、いつも唾《つばき》で濡れておった。腰は意外に肉づき逞《たくま》しく……、いや、その方どもに花宴の秘所について教えてやるわけには行かぬ」

「はい、お顔立ちだけ伺えば、それで結構でございます。首から下には御召物をお着せいたしますから」

「いや、薄絹《うすもの》以外は何も着せてはならぬ。花宴の全裸を薄絹の下に見えかくれさせるのじゃ」

身つき肉づきは、教えるには惜しいから、云ってやらない。だから頭の中で勝手に思い浮べて描け。しかし似ていないと困る……。途方もない難問です。わたしは頭を抱えてしまった。御側室付きの御女中衆にたずねてもはっきりしない。湯帷子《ゆかたびら》の御姿さえ拝見したことがないという。御入浴も付き人の手を煩わさず、綱利公と二人きりであそばされていたようです。

それからの五日間はこの御長屋に引き籠《こも》って花宴さまの生前の御姿を思い浮べるのに

汗を流した。手がかりを摑んだのは九日の午前です。窓から御屋敷内《うち》をぼうとして眺めていると、鎌田どのが、目黒御門から御楽屋脇《わき》の口《くち》の方へ歩いて行かれるのが見えた。そして鎌田どのは末は頼もしくも美しくなりそうな娘たちを十人ばかり引き連れておられた。はっと閃めいて飛び出し、この娘たちは、と問うと、鎌田どのは、

「この内から第二、第三の花宴さまが出ることをただ祈っている」

と申された。

「殿様がこのまま亡き花宴さまに現《うつつ》を抜かしておいでだと、しまいにはお身体に触る。亡《な》き霊《たま》にあまり執着が過ぎるとやがて生者の霊《たま》の緒《お》も切れてしまうとよく申すではないか。身共《みども》はそのことばかりが心配でな、こうして花宴さまに面影《おもかげ》の通いあうと思われる娘を市中から集めてまいった。これらを磨き立て、殿様の御寝間の上げおろしに清楚《せいそ》な色気をふり撒かせようという策じゃ。この中にしっとりとして味な腰つきをするものが一人でもいてくれたら、よいが」

「花宴さまより美しくなりそうなのがおりますか」

「それは分らぬ」

「だれが一等、花宴さまに面影が似ておりますか」

「それぞれがどこかしら似ておるわ。そこの娘は口許、こっちは目の動く風情、そしてあれは身つき背恰好……。それぞれの似たところを寄せ集めれば、花宴さまが一人半ぐ

らいは出来上るかもしれない」

　鎌田どのの御言葉、この忠兵衛には天啓の如く聞えましたぞ。ものも言わずここへとってかえし、眼の底に、あれこれつきまぜて焼き付けておいた女人の像を手早く下絵に移しかえました。さすがにほっとして一ト眠りしましたが、そのときですよ、御門番のお子たちが花宴さまの幻を見たと叫んだのは。高骬をたてて眠るわたしの枕許に、美しい全裸の女が立っていたそうです。お子たちの一人が、

「あっ、あれは花宴さまだ」

　と叫び、幼い子が恐れてわーッと泣き出した。その泣き声でわたしが目をさまし、

「いま、夢の中で花宴さまの御姿をさらにはっきりと見た。さあ、これから一気に仕上げてみせるぞ」

　と勢いつけて起き上った。全裸の女はわたしが起き上るのと同時に姿を消してしまったという。お子たちの見たものはこの片山忠兵衛の執念であったろうと思われます。わたしの劇《はげ》しい思い込みがくっきりと形をとって現われ出たのでしょうな。

　はっと気づくと翌朝になっていた。目の前に花宴さまの絵姿が完成しております。立ちあがって眺めおろすと、我れながら立派な出来栄です。目許にチョンと墨を入れ直せば、もういうことはない。ふたたび正座して、墨を入れました。だがそのとき、思わず筆を取り落し、絵姿の内股に墨をつけてしまった。「しまった」とも、「抜かった」とも

思わなかった。「描き直さねばならぬ」とも思わなかった。奇体といえば奇体、不思議と申さば不思議ですが、「かえってこのままの方がいい」と思った。黒子一つで、絵姿全体にぴしりと筋が通ったような気がしたのです。鎌田どの、これがあの内股の黒子の真実です。侍たる者には生れついての脇差心というものがある。その脇差心に誓ってまことのところを申し述べました。絵姿を描き直そうと思わなかったのには、もう一つ理《わ》由《け》がある。あの絵姿を描いたのはわたしであって、わたしではない。わたしは名付けようもない奇妙な力に導かれて筆を振った。その奇妙な力とは花宴と申される女性の霊《たま》の力であったかもしれないし、あるいは江戸狩野派が護り神として奉っている権現《ごんげん》様のお導きの光であったかもしれないが、とにかく一本の線、一点の色にいたるまで、その奇妙な力との共作であった。あれ以上のものが二度と描けるわけがない。そこでわたしはいさぎよく筆を洗うことにしたのです。

ところが、綱利公はあの絵姿をごらんあそばすや烈火の如くなられた。

「花宴の内股のここに黒子のあることを、なぜ知っているのじゃ。黒子のことは花宴の母親と余の二人しか知る者のおらぬ秘密じゃ。汝《うぬ》め、花宴と内通しておったな」

五十四万五千石の手中の花に素浪人が内通できるわけがない。

「あるいは湯殿を覗きおったか」

これとても、出来ぬ相談でしょう。一年有余の浪人に、擦り切れ者となり、素肌に紙子一枚の着た切り雀《すずめ》、月代《さかやき》はのび髭ものび、乞食の如き風体の男に、どうすればこちらの御門を押し通ることができるのか。こちらが教わりたいぐらいだ。

「さもなくば、花宴が木挽橋におった時分の色男か」

たしかに赤穂浅野家の鉄砲州御屋敷から木挽町は近い。木挽橋とは目と鼻の采女《うねめ》ケ原の馬場へもよく参ったもの。しかし木挽橋東詰の八百屋なぞ知りませんぞ。

「いずれにせよ、黒子の場所といい、大きさといい、花宴の裸を知らねば描けぬ場所であり、大きさである。ものの弾みや偶然ではとてもこうは描けぬ。必ずや何かけしからぬ理由《わけ》が潜んでいるに相違ない。鎌田軍之助、この曲者《くせもの》を長屋へ押し籠めておけ。正当な申し開きをするまでここから出してはならぬぞ」

鎌田どの、没義道《もぎどう》じゃ。非道な扱いを召さる殿様じゃ。金太郎の胸掛けをして母親の乳房咥える童子《わらし》の玩具《おもちゃ》でも相手が合点しなければ取り上げることはならぬもの、ましてやこっちは、以前は、痩《やせ》馬にも乗り家の者に錆《さび》槍の二筋も持たせた侍だ、一度、こうと申したら、死ぬまでまげぬぞ。鎌田どの、若党の文蔵が二度までも御門を叩いたは、堀部安兵衛や赤埴源蔵、そして富森助右衛門等から音信《しらせ》があったからに他なりません。ここまで話がもつれたからは仕方がない、鎌田どのには大事中の大事を打ち明け申すが、この片山忠兵衛には、神々に大願をかけ、心の剣《つるぎ》を研《と》ぎ、たとえ相手が千尺の岩屋に籠り、七重の鉄門を構えようとも、決して安穏《あんのん》には置かじと固く決心したことがある。その相手と申すは他でもない、じつは卜一《ぼくいち》どの。卜一どのとはわれらの符牒《ふちょう》で……。お待ちください、鎌田どの。話はまだ終ってはおりません。お待ちを。話はこれから……。

弓矢八幡、運が尽きたか。

忠兵衛どの、突然の中座をお許しください。お話の途中ではあったが、目黒御門のあたりが急に騒がしくなったので、様子を見てまいりました。さて、忠兵衛どの、これは鎌田軍之助の一存で申しあげるが、表までだれかに案内させます故、白金御門からそっとお出になってください。案内の者に些少《さしょう》ながら絵筆料を支度させました。どうか快くお受け取りいただきたい。殿様の御気性をよく呑み込んだ上での処置です、ご心配めさるな。じつは忠兵衛どののことはもはや殿様のお心にはござるまい。殿様には大公儀《おおこうぎ》からの御大役で他のことをお考えになる余裕はない。用人の口から図太いことを申すようだが、鎌田軍之助はそう見ております。その御大役とは、これは御家の誉《ほまれ》でもある故お教えしておくが、本十五日は御例日のため、殿様、江戸御城へ御登城なされたところ、御用番の御老中稲葉丹後守《たんごのかみ》様より、赤穂の旧家来十七名御預けなされる旨、仰せ渡されました。さっそく御供の内より藤崎作右衛門がこの報を上《かみ》の御屋敷へ伝え、さらに只今、上の御屋敷から旅《たび》御家老三宅藤兵衛どのがお着きになられた。そこで目黒御門の内外が騒がしくなったのです。赤穂の旧家来は本日早暁、本所吉良屋敷へ討ち入って……、ハテ、そういえば忠兵衛どのも赤穂の浪人でしたな。絵筆渡世は方便で、元は歴とした赤穂の江戸給人、と申されていた。そして「用人に会わせろ」という昨日の暴れよう……。まさか。まさか殿様の仰せ出された足留めが忠兵衛どのの尽忠をさまたげたのでは……。や、忠兵衛どの、その鎧通《よろいどお》しをいかが召さる。

註

一、太守様前もつて御屋敷へ御越しなされ御座候、即夜御預人《おあづかりにん》残らずへ御逢ひ遊ばされ、御直々《ぢきぢき》の御意御座候事。
一、即夜より御預人へ二汁五菜の御料理をも下され候。酒は御用番の御老中様へ御内意御伺ひなされ候以後下され候事。
一、即夜御預人へ小袖二、宿衣一通宛下され候事。

（『細川家御預《おあずかり》始末記』）

……預ったその月の十八日、廿四日には細川侯自ら愛宕山へ義士たちの助命祈願をし、食事も精進を用いている程であった。

（斎藤茂『赤穂義士実纂』p464）

近習　村上金太夫

　おっと、今、弁財天《べんざいてん》の境内から出ておいでになった御武家様、月代《さかやき》がちょいと伸びていらっしゃいますな。本所回向院《えこういん》裏通の町お抱え職人、この髪結徳治《かみゆいとくじ》に月代をあたらせてくださいな。それじゃせっかくの男振りが台無しだもの。鶏《にわとり》は東天紅《とてんこう》と鳴く、欲深《よくふか》な人は取ってこうとわめく、髪結徳治はちょっと来《こ》うと招くなんてね。さあ、いらっしゃい。そんな恐いお顔をなさっちゃいやですよ。口も口なら手も手なりと云いましてね、この髪結徳治、口は悪いが、腕はいい。口八丁の手八丁。へっ、自分で云ってりゃ世話はないが、いかがです、旦那、この腰かけ板にのんびりと坐って、境内の桜がはらはらと散るのを眺めながら、おつむを綺麗《きれい》になさるというのは。命の洗濯、寿命が延びますよ。

　桜吹雪に飽いたら、真向いの御屋敷をごらんなさいまし。幅四間の、その往来の向うを絶壁の如く遮《さえぎ》っている長さ七十三間三尺七寸の長い塀こそ隠れもない吉良屋敷。去年の極月《ごくげつ》（十二月）十五日の明け方、吉良上野介様はその御長屋塀の向う側で赤穂浅野家の御浪人衆に白髪首を討たれてしまわれた。そう思って眺めると、板塀のあちこちの汚《し》点《み》が、血の乾いた跡のように見えてくるから奇妙ですな。いま申しあげたように髪結徳治はこの町内のお抱え、浅野の御浪人衆の討入りについては、いろいろと内輪話を知っておりますよ。それをのこらずお話しして髪結銭は余所《よそ》と同じ二十八文《もん》。しかも髪結徳治の使う水は絹ごしの水。きれいな水を使います。おまけに髪油には白檀《びゃくだん》がたっぷり入っております。年増とすれちがってごらんなさい、匂いに釣られてきっと振り返りますから。その女殺しの髪油をこってりと塗ってさしあげますよ。

おや、さっそくあたってくれとおっしゃる。うれしいな。腕によりをかけてやらせていただきます。では毛受板《けうけいた》をお持ちになってくださいますか。月代を絹ごしの上等の水で丹念によく湿《しめ》し、髪剃《かみそり》も腫物《はれもの》にでもさわるつもりでヤンワリと丁寧にあてがいます。万が一にも「痛い」なんてことはございませんよ。お客を痛がらせては髪結職人もおしまいです。そういう愚図《ぐず》は早々に田舎へ引っ込んで荒れ野原の雑草でも刈って暮せばいいんだ。お客を痛い目に遭わせるなんて飛んでもねえ話で。え、痛いとおっしゃいましたか。なるほど、旦那の御髪《おぐし》は硬いや。まるで五寸釘だね。少し多目に水を振って、しばらく放っておきましょうかね。そのうちにふやけて、赤ン坊の産毛よりも柔らかくなりますよ。その合い間にこっちは髪剃を砥石《といし》にあてます。

新品の髪剃が欲しいところですがね、その日稼ぎのその日暮しという情けない渡世、新品はどうにも高値《たかね》の花。髪結の株でも持っていれば左団扇《うちわ》の右徳利《とくり》なんですがね。こっちは株を借りてせせっこましく稼ぐ身の上、その日稼いだ銭が翌朝まで保《も》つなんてことは、年に一回あるかなしか、とても新品の髪剃までは気が回りません。ごぞんじのように髪結の株は一町内に一《ひと》株、江戸八百八町に八百八株と定《き》められております。ですから株を欲しがる有徳人《うとくじん》ばかりで、日本橋や浅草橋のような繁華な町内の株となると七、八百両もの値がつくそうでございますな。ここ本所界隈《かいわい》では四、五百両といったところでしょうか。

株が手に入りゃ金の成る木を植えたも同じことですよ。商人《あきんど》衆は三日に一度、髪結の手にかかるのが普通で、月極めの髪結銭が二百文。手代衆は五日に一度で月極め百文。中には毎日結髪しないと気分が悪くて仕方がないという洒落者《しやれもの》の若旦那なぞもいて、これが月極め金二朱（銭で約五百文）。髪結職人はこういうお得意を一人で三十人は持っておりますから、一ト月の稼ぎは金二両近くにもなります。これを七と三に分けて、七の方を株の持主が持って行ってしまう。いやでも左団扇の右徳利という結構な身上《しんしょう》になりますよ。それも株の持主は何十人もの職人を抱えているんですから一年で元がとれる、もうこたえられません。往来でにこにこ顔に出会ったらずばり、

「その方は、髪結の株を持っているのではないか」

とたずねてごらんなさい。この観相術はぴたりと当りますぜ。

それにひきかえこっちときたら、月極めの御常連相手では、日に百文にもなりゃしない。そこでこうやって、鬢盥《びんだらい》、腰かけ板、毛受板の髪結職人の三種の神器を奉戴《ほうたい》し、町内の辻々《つじつじ》に、にわか店《みせ》を出して回っております。にわか店にお客が三人寄ってくだされば、どうやらその日がしのげます。お客が二人では三度の飯が粥《かゆ》になる。一人ですと長屋の店賃《たなちん》がたまり出す。一人の客も取れない日が十日つづけば親子四人で首くくり。株の持主もそのへんの事情は察しているようで、御常連回りの手を抜かなければ、にわか店には見て見ぬ振りをしてくれます。こんどは痛くないでしょう。旦那の御髪、よくふやけておりますよ。

縄張りは自然と定《き》まるようですな。この四、五年は、ここ弁財天の境内入口が髪結徳治のにわか店ということになっている。ごらんの通りの、境内の広さは五坪もない小さな弁天様ですが、日に十や二十は参詣人があります。その参詣人が頼みの綱……。ただし去年の秋口はひどかった。まるまる一ト月というもの、この弁天様に人が寄りつかなかった。おかげでこっちは首くくりの寸前まで行きましたよ。

御武家様には何のことだかお分りにならないでしょうが、毎年七月七日はわたしども裏長屋の住人のお祭でして、この日には井戸替えというものがある。綾瀬川の水を引き入れている井戸の大掃除ですな。仕事はきっぱり休みます。住人総出で水を汲み出し、井戸替え人足を下へ降して底ざらいをする。その間、わたしども住人は井戸まわりや溝《どぶ》

の中を綺麗にして、おしまいに人足を地上に引っぱりあげる。それまで、ああしろ、こうしろと指図声をあげていた大家さんが、

「ごくろうさん」

とわたしどもに頭をさげて、さあ、それからが飲めや唄え食えや踊れ、年に一度のどんちゃんさわぎ。酒に肴に白い飯、なにもかも大家さん持ちですから、ここを先途と一年の憂さを晴らします。長屋住いのたのしみは、この井戸替えの日の大盤振舞いが筆頭、二番目は長屋の住人から死人《しびと》が出た晩、この二つぐらいなものでしょうか。通夜《つや》の寄り合いに、大家さんが、三升の酒と大丼《どんぶり》二杯の肴と飯二升を出すのは江戸市中の長屋全部に通じる定法。だれがはじめたことなのか、それは知りませんが、悪くない思いつきですよ。わたしども長屋の住人には、なぜかは分らないが、大家さんが損をするのを見ると、たちまち嬉しくなり、陽気になるというふしぎな性分があるんですな。そこで陽気な通夜になり、気の毒な死人も勇躍して三途《さんず》の川へ出かけることができるというわけです。大家さんの損をよろこぶのは、日頃、わたしどもが長屋の惣後架《そうごうか》へひり落す下肥《しもごえ》で、年に三、四十両もの帆待《ほま》ちを懐中《ふところ》にしていることへのやっかみもあるせいでしょうかねえ。月代にさわってごらんなさいまし。鏡の表面《おもて》よりもすべすべとなりましたよ。息を吹きかけると曇りそうなぐらい綺麗に光っている。この上にうっかり蠅《はえ》が止まったら、たちまち滑り落ちてしまいますな。

去年の七月七日に話を戻しますが、ほどよく酒が回って気勢の上っているところへ、酒を買い足しに外へ出ていた煮豆売りの源公が、

「弁天様の床下の穴に垢だらけの乞食が潜ろうとしていたぞ」

と大声で触《ふ》れながら戻ってきた。そのころ長屋にこそ泥が徘徊《はいかい》しておりましてね、おしめに褌《ふんどし》、縮緬《ちりめん》の手絡《てがら》、干すたびになくなってしまう。そうしてそのこそ泥は乞食のようなひどい身形《みなり》をしているという噂がありました。酔った勢いもありましてな、「そいつこそこのごろ長屋を荒しまわっているこそ泥にちがいない」ということになり、へえ、男ども総出で、弁天様の床下の穴を埋めちまったんですよ。土だの、石だの、掃溜《はきだめ》のゴミだのを、穴の中へ放り込んじまいました。そのうちに自分たちのしていることが急に恐しくなり、いそいで掘り返した。が、いけませんでした。その乞食は穴の底で冷たくなってしまっておりましたよ。大家さんを立ててお上に自首して出ました。お構いなしということでその一件は落ち着きましたが、あれ以来、長屋の連中の酒はずいぶん弱くなりましてな。こうやって唐櫛《とうぐし》でゆっくり御髪を梳《す》かれていると、気持がよろしいでしょう。だいぶ髪垢《かみあか》がこびりついておりますな。鼻紙でちょっと髪垢を拭いましょうかね。鼻紙代として五文追加になりますが、よろしゅうございますか。

乞食はすぐそこの回向院に運びましたが、そんなことがあったせいで、当座はこの境内に人が寄りつきませんで、ここを縄張りにしていた髪結徳治はもうすこしで顎《あご》が干上

るところでしたわ。もっとも酒に踊らされて人でなしの所業を行ったむくい、いわば自業自得です。大家さんは嘆いています。乞食生埋めの一件以来、長屋の連中が大人しくなったのはいいが、惣後架へひり落すものにも勢いがなくなって、下肥の値が落ちた、これは困る、とぼやいている。以前のは左巻きに血走った突練《つんねり》の逸品だったのが、棒なりで崩れやすい粗品になったというのです。もっとも商家から出るのはもっとひどいそうで、ひじきに油揚、漬物に味噌汁《みそしる》を材料にした一向にかわりばえのしない下品《げぼん》ばかり。そこへ行くとわたしどもなどは、銭がない、明日の朝の米をどうしようといいながら、結構、口は奢《おご》っているらしい。おや、右の鬢《びん》に皮癬《ひぜん》ができておりますよ。皮癬というやつは、湿って三年、痒《か》いて三年、かさぶた三年、といって全治まで九年かかるという厄介もの、マムシグサの根を砕いて練った特効薬があります。こいつをよく擦り込んでおきましょうか。効きますぜ、これは。ちょうどここに二つ三つ持ち合せております。よろしければ一貝十文でおわけいたしますよ。あ、お入りようではない。そうですか。よく効くんですけれどもねえ。

　ときに旦那はどちらの御浪人でいらっしゃいますか。浪々のお身の上、と拝察いたしましたその理由《わけ》は、御仕官中の御武家様には若党や中間《ちゆうげん》がついていて、月代はそういった御連中にあたらせるのが常だからでございますが。浪人ではない？　長門《なが》長府《とちようふ》毛利家の家中のもの？　それはそれは。じつに奇遇でございます。長門長府毛利様の御屋敷にお預けとなり、さきごろ見事に腹をお召しになられた前原伊助様、あのお方の月代をこの髪結徳治、たった一度でございますが、あたらせていただいたことがあるからで。もっともそのときの前原様は米屋五兵衛と名乗って、呉服太物を商っておいでででした。

ええと、ここからは見えませんがね、頓狂声で叫ぶと声の届くところにお店《たな》を構えておいでだった。地面の紙に髷棒《まげぼう》の筆で図面を引いてさしあげましょう。その方が理解《わかり》がはやい。これはしたり、お客様の髷の形を整える大事な髷棒で土をほじくったりしてはいけませんな。よし、この木ッ端《こぱ》を筆にして、つう、つうと二本、長い線を並べて引きます。この線の長さは、ともに七十三間三尺七寸。向うの線が吉良屋敷の北側の境、こちら側の線は吉良屋敷の南側の境です。それでこの南側の境というのが、ほれ、その御長屋塀ですな。つまりわたしどもは吉良屋敷南側の御長屋を見ているってわけです。弁天様は、この御長屋の、ちょうど真ン中と、往来をはさんで向い合っている。

では、吉良屋敷の北側はどうなっているか。高塀一つを境に、二つ、御屋敷がある。こっち、すなわち南から見て、左が御旗本土屋主税《ちから》様御屋敷、右が本多孫太郎様御屋敷。なお本多孫太郎様は、越前福井松平家の御家老でいらっしゃいます。

さて、吉良屋敷の東西の長さは七十三間余と分ったが、南北の長さの方はどれぐらいあるか。南北は三十四間二尺八寸です。口から出放題のことを云っているわけじゃございませんよ。間縄《けんなわ》をこしらえて、長屋の連中と何度も測って出した答です。大いに信用してくださっていい。

表門は、ここから見て右側にあります。つまり吉良屋敷の表門は東に向いている。その表門は幅四間の往来をへだてて御旗本牧野一学様御屋敷と向い合っております。そしておしまいが吉良屋敷の西側。西側の向うの外れに裏門がある。裏門の他は、こちら側同様、御長屋塀がつづいている。御長屋塀の向いは、やはり幅四間の往来をはさんで、公儀《おかみ》の御役《おやく》屋敷になっております。御舟手《おふなて》組の組屋敷です。ただし、裏門の斜め向いが町屋になっていて、その町屋の一角に前原伊助様のお店があったんですな。ついでながら、その町屋の裏側が回向院です。

上野介様がここ回向院裏通へ越してこられたのは、一昨年《おととし》、元禄十四巳歳《みどし》（一七〇一）の、たしか八月十九日でした。死人《しびと》が出たわけでもないのに大家さんが酒を三升買ってくれましたよ。「上野介様を呉服橋からこの北本所にお移しなされたのは、公儀の浅野浪人衆へのはなむけだ」と大家さんがはしゃいでいましたね。「江戸の御城のすぐそばで討入りがあれば捨ててはおけぬ。だれかを直ちに鎮圧のため差し向けなければならぬ。それでは浅野の浪士がいかにも不便《ふびん》である。だが吉良邸を川向うに移せば、浪士たちにたっぷりと余裕を与えてやることができる。公儀はきっとそうお考えになったにちがいない。これは前祝いものだぞ」と、こんなことも云っていましたっけ。わたしども店子《たなこ》連にしたって思いは同じ、「いまに浅野浪人衆が一人、二人、三人と、この北本所界隈に移り住んでくるに相違ない。そのときは『あ、これは赤穂浅野家の……』などと口が裂けても云っちゃいけない。知らんぷりをしていようぜ。いいな」と申し合せたものです。

髷の毛に油をお引きいたしましょうかな。これは髪結徳治秘伝の髪油でして、松脂《まつやに》と蠟《ろう》を余所《よそ》よりも多目にしてそこへ白檀《びやくだん》をたっぷり入れ、固練《かたねり》に練ってあります。こいつで御髪を整えますと、雨が降ろうが槍が降ろうが、形崩れいたしません。旦那さえその気なら五、六年は髪型が保ちますよ。それは請け合います。うちの長屋の煮豆売りの源公てのが、松平登之助様の御長屋に出入りしておりましてな、この源公が、そのときにこういいました。あ、松平登之助様とは、上野介様の前にそこの御屋敷を拝領なさっていた御旗本です。ええと、それで源公の曰《いわ》くですな、

「赤穂浅野家の国家老を大石といい、この大石が浪人衆の総大将だそうだが、松平登之助様の御家来衆の一人がその大石と遠縁の間柄だという。つまり、御屋敷の絵図面は遠縁の者を通してすでに大石の手に渡っているのではないかしらん。浅野の浪人衆が本懐を遂げる日は案外近いぞ。ひょっとすると来月の満月の晩あたりかな」

「いくらなんでも来月の晩は早すぎら。こりゃ敵討《かたきうち》なんだぜ。煮豆を拵《こしら》えるようにそう安直に行くもんかい」

「いや、絵図面があるんだから、これは早い」

長屋は真ッ二つに割れて大さわぎになりました。とにかく浅野の浪人衆らしいのを見かけたら親切にしてさしあげよう。それらしいお人が肩が凝っているようだったら無料《ただ》でお灸《きゅう》を据えてさしあげろ、おなかを空《す》かしているようだったら煮豆をおごってさしあげろ、なにか迷っているようだったら見料なしで占ってさしあげろ、月代が伸びているようだったら髪結銭なしであたってさしあげろと皆で定めて、それらしいお人の現われるのを待つことになった。

ところがいつまで待っても、それらしいお人の現われる気配がありません。とうとう去年の夏場あたりには、皆、待ちくたびれてしまい、源公なぞは気の早いことに、

「こりゃだめだ。いくら待っても敵討はないや。見損ったよ」

と云い出した。そうこうするうちに極月十五日未明。髷棒で髷の形をよく整えて、さてこれからが髪結の腕の見せ所です。そのへんの職人は仮元結《かりもとゆい》といって、ひとまず軽く結い上げておき、それからゆっくりと本元結を掛けますが、この徳治はまだるっこいのは嫌いでしてね、ぶっつけで本元結を結い上げますよ。はーっ……。あ、そうだ。その前に伺いますが、旦那は元結を何本お掛けになりますか。ひと昔前は、「十回ぐらいぐるぐる巻いてくれ」とおっしゃる御武家様が多かった。ごぞんじでしょうが、十本掛けはもうはやらない。さっきほどいた旦那の元結は五本掛けでしたが、五本でも多うございますよ。三本にしておきましょうか。やはり五本掛けですか。五本掛けはあまりやっ

たことがございませんのでな、念のために仮元結で結い上げておきます。そうしておいて慎重に五本掛けることにしましょうか。

わたしどもの長屋はこの弁天様の真裏にありますが、あの朝は源公の声で目をさましました。

「煮豆を売りに両国橋東詰と一ッ目橋の中ほどの材木置場を歩いていたら、酒屋の表戸を叩いて、『祝杯をあげたい、酒を売ってくれぬか』と声をあげている火事装束の一隊がある。槍を十五、六本もかついでいるのがどうも火消しに似つかわしくないと思い、よく見ると、どの穂先にも血のにじんだ布切れが巻きつけてあった。中の一人が血染めの白小袖で包んだものを大事そうに抱えていた。その者の襟は白布《しろぬの》で、そこに「浅野内匠頭家来潮田又之丞高教《たかのり》」と書いてあった。やがてその者は血染めの白小袖に包んだものを槍にくくりつけはじめた。そうなんだよ、徳さん、浅野の浪人衆が上野介様の首を取ったんだよ……」

これだけ云うのに、源公のやつ、小半刻《こはんとき》（約三十分）もかかりましたか。いや、小半刻というのはもののたとえですがね、とにかくつっかえたり吃《ども》ったりしながら長いことかかってそう云った。長屋総出で後を追っかけました。新大橋で追いつき、泉岳寺までお供しました。なにより驚いたのは、浅野の浪人衆のなかに米屋五兵衛さんの顔があったことです。ほかにも米屋さんの店で見かけたことのあるお人が三人もおりました。この米屋五兵衛さんが前原伊助だったわけですが、呉服屋に化けるとは人が悪い。もうそっとそれらしく匂わしてくだされば、わたしどもとしてもいろいろお手伝いできたんですがねえ。たとえばわたしなら、毎朝、出かけて行って月代をあたってさしあげたのに。

　米屋五兵衛さんの御髪に一度だけ触らせていただいたことがあると前に申しましたが、あれは討入りの十日ばかり前のこと、珍しく陽気のいい日で、ここに三種の神器を並べながらふと弁天様を見ると、一心に手を合せているお人があった。それが米屋五兵衛さんでしたよ。「月代をあたりましょうか」と声をかけると、あっさり応じてくださった。あれ、元結が切れてしまった。しょうがねえな、近頃の元結屋は。こよりを縒《よ》る、水糊《みずのり》を引く、干し固める、元結づくりの要所はこの三つしかないんだ。間違いようがないぐらい簡単な仕事じゃないか。それなのにもう……。旦那、もう一度、仮元結からやり直しをさせてくださいますか。

　討入りからこっち、毎日、寄ると触ると浅野の浪人衆の噂ばかりしていますがね、おかげでいろんなことが分ってきました。分ってみればなんのことはない、この界隈は浅野の浪人衆の巣みたようなもので、米屋五兵衛さんのところには神崎与五郎がいた。それに番頭が倉橋伝助で、若い衆が岡野金右衛門。また、南の黒江《くろえ》町に奥田貞右衛門と奥田孫太夫。この二人は医者と称していたそうですな。東の林町五丁目では堀部安兵衛が剣術道場をやっていた。その道場の居候《いそうろう》が横川勘平に木村岡右衛門です。林町の東隣の徳右衛門町には、杉野十平次、武林唯七、勝田新左衛門の三人が振《ふ》り売《う》りの小商人《こあきんど》というふれこみで住んでいたといいます。敵《かたき》の屋敷があるだけに浅野の浪人衆にはこの界隈が一所懸命ノ地だった。それにしても、これだけ大勢、もぐりこんできているのに、こっちは眼を皿にしていながらまるで気が付かない。いやになります。これまでの寒貧《かんぴん》に鈍《どん》が加わって三拍子揃っちまいましたよ。

わたしどもは火事が好きで半鐘が鳴りゃ鳴った方へ鉄砲玉のように飛んで行ってしまいますが、米屋五兵衛さんは半鐘が鳴るたびに屋根へかけのぼったといいますな。火事を眺めるふりをして、吉良屋敷をのぞきこむわけです。そうと知っていたら、いくらでもお手伝いできたのに。たとえばわたしどもの長屋にも火をつけるとか。おっと、いまのは冗談、さあて、本元結にかかります。

そういえばこんな話を聞きました。この北本所に山形道庵という本道《ほんどう》外科の先生がいらっしゃって、ちょっと聞えた名医ですが、さっきその道庵先生の御髪を梳いておりましたところ、突然、こうおっしゃった。

「わしのところにも村上金太夫という浅野の家来が住み込んでおった。内匠頭様の近習で金十五両三人扶持の微禄者だが、だれにも負けぬ忠義の心を持っていた。じつをいうと金太夫の父親とは心を許し合った友人同士でな、その因縁で手許に引き取ったのだが、この男が去年の秋口にぷいと姿を消してそれ切りじゃ。いまごろ、どこでどうしているのやら。それを思うと気が塞ぐ」

「臆病風に吹かれてどっか遠いところへ逃げて行ったんじゃありませんか」

村上金太夫という名を耳にしたのは初めてですから、適当に調子を合せていると、先生はなおもつづけて、

「しかし金太夫ほど大きな仕事をしたものもいないのだ。おそらく大石殿と匹敵する大任を成しとげたと、自分は思っている。その金太夫がなぜあの義士のなかに加わっていなかったのだろうか」

髪を梳きながらうかがった話を手短かにまとめるとこうです。その村上金太夫というお人が先生のところへ「医術を修業したい」とやってきたのは、上野介様が北本所へ移られた翌日のことだったといいます。これはなにかあるぞ、と先生は思った。おそらく吉良屋敷の様子を探りにきたのではないか。そうこうするうちに先生は奇妙なことに気付いた。医術を修業したいといっているにしてはまったく勉強をせず、部屋に閉じこもって居眠りばかりしているのに、先生が土屋主税家や本多孫太郎家や牧野一学家へ往診に出かけるときにかぎっていそいそとついてくる。そして診察治療のあいだに姿を消してしまう。いったいどこへ消えてしまうのか。それとなく様子をさぐっていると、金太夫は往診先の庭を歩き回って何かさがしているそうなんですな。いかがです、旦那、村上金太夫がいったい何をさがしていたか、お分りになりますか。

……抜け穴だろう？

これはたまげました。おみごと、当りました。そうなんですよ、吉良屋敷と土屋本多両家の境には塀が一枚立つばかり、短い抜け穴一本で吉良屋敷から自在に脱け出すことができます。また牧野家とは、あいだに幅四間の往来があるものの、抜け穴を掘って掘れないことはない。道庵先生がおっしゃるには、こうです。

「もし吉良方に抜け穴の用意があるならば、討入りは無駄玉で終ってしまう公算が大きい。それは大きな穴のあいた網で掬《すく》うようなもので、かならずや魚に逃げられてしまうだろう。しかも一度失敗したらもう二度と敵《かたき》が討てなくなる。だから抜け穴ありと分れば、上野介殿をその出先で襲うべきである。これに反し、抜け穴がないときは討入りが最良の策となる。大石殿はこう思案して金太夫に抜け穴の有無をたしかめさせたのじゃ。討入りが奏効したのは、金太夫の探索があってこそではないか」

先生は、赤穂でなくてあほう浪人、大石軽くて張抜石とはやされずにすんだのは、村上金太夫の働きがあったからだともおっしゃった。わたしどもはやはり鈍《どん》なんでしょうか、上野介様がこちらへ移られたとき、蔵を新築なされたのは噂で知っていましたが、その裏を読むことはできなかった。ところが大石内蔵助というお人は、

(蔵の新築にかこつけて、隣屋敷へ抜ける穴を掘ったのではないか)

とお考えになったようです。たしかに抜け穴はなかった。がしかしそこまで気を配る

ところはさすが凄玉《すごだま》ですな。大仕事をなさる人はどこかちがいますわい。へい、これで出来上り。髪結銭が二十八文の鼻紙代が五文で、都合三十三文、頂戴いたします。

あ、それはあんまりな、なされ方じゃありませんか。なにも銭《ぜに》を地面にばらまくことはないでしょう。たしかに寒貧鈍《かんぴんどん》と三拍子そろった野郎ではありますが、まだ乞食にまで落ちぶれちゃいない。銭はちゃんと手渡していただきたいものですな。

村上金太夫を殺したのは貴様らだ、ですって。寝呆《ねぼ》けたことをおっしゃっては困りますな。村上金太夫なんてお人に会ったこともないんだ。会いもしない人をどうやって殺せばいいんですか。冗談じゃない。

……去年の七月七日にこの弁財天の床下の穴で生き埋めになった乞食が村上金太夫だった？　金太夫は乞食に身をやつして床下の穴が吉良屋敷と通じているのではないかと探っていたところだった？

まさか！

……前原伊助殿に頼まれて拝みに来た？　米屋五兵衛で通すために死骸《しがい》を引き取ろうとしなかったことを前原殿が詫《わ》びてほしいと云っていたからだ？　それが前原殿のこの世での最後の言葉……？

殺生だ。赤穂浅野家の浪人衆になにもかも入れあげて、自分たちがやってのけたかのように討入りを誇りに思っているというのに、これじゃあそのわたしどもは吉良方に回ってしまうじゃありませんか。嘘だとおっしゃってくださいよ、旦那。浪人衆に仇《あだ》をなしただなぞ、おそろしい。赤穂を敵に回して、明日からどうやって生きて行けばいいんだ。かついでるんでしょう。そうとも、旦那はもともと長門長府毛利家の御家中衆でもありゃしない。おっちょこちょいの髪結職人を軽くなぶってみようとなさって毛利家の家中と名乗り、こっちをかついだだけなんだ。そうでしょう。そうだ、とおっしゃってくださいよ。

……たしかに毛利家の家中だ？　前原伊助殿の介錯人鵜飼惣右衛門……？

江戸留書役　大森三右衛門

　ほほう、これがこの両国西《にし》広小路は丸屋《まるや》自慢の蕎麦饅頭《そばまんじゅう》か。うまい。亭主、うまいぞ。たんと砂糖を使っているな。これで五文《もん》では儲《もう》かるまいに。もっとも、この丸屋の蕎麦饅頭、甘くて、大きくて、安くて江戸市中では近頃大評判、一日七、八百からの客が詰めかけてくるという。一個からあがる利益はたとえ薄くとも多く売れれば数年で蔵《くら》が立つと、しっかり算盤《そろばん》は弾いて居《お》るのだろう。図星だろうが、のう、亭主。わしの前の皿から蕎麦饅頭を切らすではないぞ。皿の上が淋《さび》しくなったら透《す》かさず五個六個と補充してくれよ。すくなくとも二十個は喰うぞ。

「無理をなさいますな」だと。「丸屋はこの極月《ごくげつ》、一日も休まず見世《みせ》を開《あ》けております。暴《あば》れ喰いなさらずに、またお出かけくださいまし」だと。

　医者だよ、このわしは。馬喰町界隈《かいわい》での綽名《あだな》は藪《やぶ》医《い》匙庵《さじあん》先生、たしかに頼りない医者だが、とにかく医者は医者さ、腹も身の内、腹八分目に医者いらず、という養生訓ぐらいは心得ている。心配いたすな。それにわしの実の兄がこの蕎麦饅頭の暴れ喰いが原因《もと》で一命を落したことがあってな、それ以来、用心が上にも用心をして蕎麦饅頭を盛った皿の前に坐ることにしているのだ。兄の轍《てつ》を踏みたくはない。兄弟して蕎麦饅頭のために頓死《とんし》したのでは御先祖様に合せる顔がない。かならず腹八分目でやめる故《ゆえ》、安心して運んでくるがいい。

これ、五平。おまえは馬喰町まで一トッ走りしてきてくれ。口上はこうだ。「両国の西広小路に丸屋という菓子見世《みせ》兼蕎麦見世があるが、そこの蕎麦饅頭は絶品である。土産に持って帰ってもよいが、やはり蕎麦饅頭は蒸《ふ》かしたそばから次々に喰《く》らうのが一番、この竹村一学《いちがく》が席をしっかり確保しておく。お琴どのも吉之進も早速に駆けつけられよ」となゝさあ、五平、復唱してみなさい。

……よしよし。今の口上にもう一ト言付け加えようか。「この一年十ケ月、血眼《ちまなこ》で喰い歩いた甲斐《かい》あって、ついに正真正銘の、天下一の蕎麦饅頭に巡り合うことができた」と、こうだ。おい、五平、饅頭を三つ四つ懐中に入れて道々《みちみち》喰って行くがいい。だが、急いでくれよ、五平。

ときに亭主、この蕎麦饅頭だが、他の見世と、製法がどうちがうのだね。差し支えなければ後学のために教えてもらいたい。大凡《おおよそ》のところはわしにも見当がつく。まず蕎麦粉だが、それだけでは皮がぼろぼろと崩れてしまうから、繋《つな》ぎ粉《こ》を混ぜなくてはならない。繋ぎ粉は小麦粉だろう。なに、「粳米《うるち》の粉」？　なるほど、この皮の何ともいえない粘《ねば》りは粳米の粉のせいか。「それに大和芋《やまといも》を摺《す》りおろして捏《こ》ねたのが皮です」？　そうか、蕎麦粉と粳米の粉に大和芋を摺りおろして捏ねた皮で、砂糖入りの漉《こ》し餡《あん》を包んで蒸しあげたわけか。手が込んでいるな。今、耳にした製法の秘密を日本橋照降《てりふり》町の伊勢大掾《だいじょう》に売り込んでやるとするか。伊勢大掾の名物は知っての通り羊羹《ようかん》だが、蕎麦饅頭にも色目を使っているというから、あそこの主人に今の話をしてやれば小判一枚ぐらいにはなるかもしれない。怒るな、亭主、冗談だよ。

菓子見世に蕎麦見世を兼ねたこの丸屋に酒が置いてないのは百も承知だが、亭主、おまえさんの飲み料ぐらいは内証《ないしょう》に買ってあるだろう。五合徳利に一本でいい、そいつを頒《わ》けてくれまいか。焙《ほう》じ茶ばかりでは曲がない。そういう疑い深そうな眼で見てはいけない。銭《ぜに》は持っている。ほれ、元禄二鉄金《にしゅきん》が一《ひ》の二《ふ》の三《み》の……八粒《つぶ》。八粒でちょうど一両。喰い逃げ、飲み逃げが心配ならこの八粒全部預けておこう。受け取っておけ。そうそう、仕上げは蕎麦切《きり》だ。蕎麦切の津汁《つゆ》の出《だ》しは何だね。「水一升に清酒五合を混ぜ、乾《ほ》し鰹《がつお》をごろんと入れて緩火《とろび》で煮たものに溜《たまり》醤油を入れて味付けしてあります。そのときに使う清酒を持ってまいります」？　出しは清酒と乾し鰹だけかね、ちょっと淋しいな。「そのかわり薬味が凄い」？　ほう、どんな薬味だ。「大根のしぼり汁《じる》、花鰹、山葵《わさび》、刻み蜜柑皮《ちんぴ》、紫海苔《のり》、焼味噌、梅干などをお好みに応じて蕎麦切の上にのせて召しあがれ」？　「なお、湯葉《ゆば》は初手《しょて》から蕎麦切の上にのっております」？　凝《こ》ったものだな。話を聞いているうちに年甲斐《としがい》もなくわくわくしてきた。蕎麦饅頭は半分の十個に抑えて、かわりに蕎麦切一杯を二杯に直そうかな。まあ、いい。それはお琴どのや吉之進が来てから決めることにしよう。とにかく今のところは酒を頼む。

ときにそちらの御浪人、よろしければそちらへお邪魔したいのだが、構いませぬかな。ひとりで饅頭を喰らうというのもお互い味気のない話だし、じつは饅頭退治の助太刀をお願いしたいのですわい。お耳に達しましたかどうか、亭主には「蕎麦饅頭を二十個」などと威勢のいいことを申しましたが、正直のところ、蕎麦饅頭と蕎麦切には辟易《へきえき》してしまいました。とりわけ蕎麦饅頭は、見るだけでウッと吐きたくなるぐらいで、どうか助けると思って召しあがってくだされ。いやいや、そちらが大の蕎麦饅頭好きでおいでだということは、この竹村一学、ようく知っております。わたくしはそちらとは一足おくれてこの丸屋へ入ってまいったのですが、そのとき、そちらは亭主に向って、「この世の名残りに蕎麦饅頭を思う存分喰いたい。大皿に山と積み上げて持ってきてくれ」

と申されておいでだった。「この世の名残りに」とはもとより言葉の綾でしょうが、しかしこれは普通《なみ》の饅頭好きには云えないことで、よほどの饅頭喰いに相違ないと、さきほどからそのお手並みをひそかに拝見しておりました。そしてこちらの目に狂いはなかった。そちらは饅頭を口に押し込み、同時に焙じ茶をごくり、たった二動作《ふた》で一個を嚥《の》み下しになり、十個盛った皿をまたたく間に空《から》にしておしまいになった。そればかりか、呼吸にいささかの乱れもなく亭主に向い物静かに、

「もう十個持ってきてくれ」

と申されておいでだった。みごとなものです。天晴《あつぱ》れな喰いッ振りです。ほれぼれするような健啖家《けんたんか》でいらっしゃる。失礼ながら、そちらの豪傑喰いにすっかり惚れ込んでしまいました。さあさ、どうぞ、こちらの皿も綺麗にしてしまってください。

わたくしも本当は蕎麦饅頭が好物なのですよ。馬喰町で医者をやっておりまして、同じ屋根の下に、亡くなった実兄の妻で琴と申す女と、実兄の子で吉之進と申す若者、それに医者見習に下僕の五平を加えて五人で暮しておりますが、その五人、いずれも蕎麦饅頭を日に少くも十個は食しております。いくら好物でも毎日、口にしていたのでは飽きてしまいますわい。わたくしなぞはこの丸屋が今日三軒目の見世、辟易もするわけですな。ただし、お琴どのや吉之進はこの数日、蕎麦饅頭とは縁が切れているはず、そこで五平を馬喰町へ走らせたのでした。

おお、酒がきました。おひとついかがですか。わたくしをいやに馴れ馴れしい男とお思いでしょうが、じつはそちらを天下無双の蕎麦饅頭喰いと見込んでお願いがあります。それで席を移ってきたのですよ。そのお願いの筋というのはこうです。これから一年、いや、場合によっては三年、毎日、この江戸市中の菓子見世兼蕎麦見世を食べ歩いてい

ただきたい。現在、江戸には百五十軒前後の、この手の見世があるといいますが、御苦労でもその百五十軒の見世を虱潰《しらみつぶ》しに一軒一軒歩いていただきたいのです。そして一軒の見世にすくなくとも半刻《はんとき》（約一時間）は腰を据えて、人の出入りを凝《じっ》と御観察いただきたい。そう、一日に最低五軒は見回っていただきましょうか。申すまでもありませんが、飲み喰いの費用《かかり》はこの竹村一学が負担いたします。勿論《もちろん》、給金もお払い申し上げます。その給金は月に金五両。いかがでしょう、決して悪い話ではないと思いますが。菓子見世兼蕎麦見世を回って何をしていただくのかと申しますと、これがじつは人探しで……。菓子見世兼蕎麦見世にかならず姿を現わすにちがいないある人物を見つけ出していただきたいのです。そしてその人物のあとをつけて行き、その住居《すまい》を突き止めて、わたくしどもに教えてくだされればよろしい。そのときは特別に御褒美《ごほうび》を差しあげましょう。すくなくとも金百両、それはお約束いたします。もとよりわれら五人も、この手の見世をぐるぐる回ってその人物を探しておりますから、こちらの方が先にその人物を見つけ出すかもしれませんが、その場合でもそちらには金五十両ぐらいのお礼はさせていただくつもりでおります。

そう邪慳《じやけん》に背中をお向けにならないでくださいませんか、お願いですから。せめてお仕舞いまでわたくしの話を聞いてやってください。その人物の人相と申しますのは……、いや、その前になにゆえにわれら五人がその人物を鉄《かね》の草鞋《わらじ》で探し求めているのか、そのことからお話し申しあげましょう。その方がより強く興味を持っていただけると思います。さきほど、わたくしは亭主に対し、「わしの実の兄がこの蕎麦饅頭の暴れ喰いが原因《もと》で一命を落したことがあってウンヌン」と申しましたが、あれは嘘でもなければ冗談でもない、真実、兄は蕎麦饅頭で非業の最期をとげたのです。

時は元禄十四巳歳《みどし》（一七〇一）、すなわち去年の三月十七日午後、所は南八丁堀湊町稲荷前の菓子見世兼蕎麦見世小松屋の見世先。おや、うれしや、こちらに向き直ってくださいましたね。ありがたい。わたくしの兄と申しますのは、信州上田五万八千石仙石《せんごく》越前守政明《えちぜんのかみまさあきら》様の内証用人で弓削佐次馬《ゆげさじま》と云い、三百五十石を頂戴しておりました。御存知のように上田は蕎麦どころ更科《さらしな》に近く、そのせいもあってか、兄は大の蕎麦好きでした。蕎麦と名の付くものならば、蕎麦切や蕎麦饅頭は無論のこと、蕎麦練《がき》、蕎麦焼餅《やきもち》、蕎麦落雁《らくがん》、蕎麦保宇留《ぼうろ》、蕎麦板《いた》などなんでもよく食べた。蕎麦板というのを召しあがったことはおありですかな。蕎麦粉と小麦粉を蜂蜜《はちみつ》水で練《ね》り、薄く延したのを短冊《たんざく》形に切り、竈《かま》で焼いた干菓子ですが、江戸にはまだないようです。表に黒胡麻《ごま》が振りかけてある。蜂蜜に胡麻の香りがよく合う。乾いているが脆《もろ》くて、舌にのせるとみるみるうちに溶けてしまう。春の淡雪のような風情の菓子ですが、兄は嫂《あによめ》によくこの蕎麦板をつくらせておりましたよ。それほど好きだったのですな。

兄はまた御役目の暇を見つけては江戸市中の見世を食べ歩いておりました。そのころ、わたくしもまた信州上田仙石家の江戸の御屋敷で大納戸方を仰せつかっておりましたから、兄とはちょくちょく顔を合せる機会がありました。会うたびに兄は、「吉原の仁右衛門見世の蕎麦切は結構いけるぞ」だの、「四谷村の信濃屋の蕎麦饅頭は喰うな。皮がねちゃついて始末が悪い」だのと、食べ歩きの成果を耳打ちしてくれたものです。ここで注釈を加えておきますと、兄は弓削家を継ぎ、この一学は弓削家の次男坊、二十八歳まで部屋住みの冷飯喰い、医者にでもなるほかあるまいと考えて京に出て修業中のところを、家中の竹村家に望まれて養子に入ったのです。兄が奔走してこの縁組をまとめてくれました。もう一昔も前の話になりますが……。おや、いかがなさいましたかな。饅頭がちっとも減っておりませんぞ。他の饅頭とちがって蕎麦饅頭は温かいうちが花、さあ、召しあがれ。この一学も一個二個いただきましょう。饅頭を召しあがろうとなさらぬのは、あるいはわたくしの話に興味を覚えてくださったからでしょうか。もしもそうなら嬉しい限りですな。熱を入れてお聞きいただくと、それだけこちらにも気合いが入ります。

さて去年の弥生《やよい》(三月)の十七日午後、兄の弓削佐次馬はふらりとその小松屋に入った。蕎麦饅頭の食べ歩きですから、あまり他人《ひと》様に自慢できる話ではない、それで兄は供の者も連れず、一人で見世の内部《なか》の床几《しょうぎ》に腰をおろした。そして亭主に向い、

「この小松屋の蕎麦饅頭は、江戸市中で現在もっとも喰わせる饅頭だとの噂であるが、

わしは蕎麦饅頭に関してはちとうるさい。長年にわたる蕎麦饅頭喰いの経験に基いた一家言を持っておる。その噂の真偽のほどをわしが鑑定《めきき》してやろう。とりあえず十個ばかり皿に盛ってまいれ」

と命じた。

そのとき、兄の真向いに居た武士が、兄をじろりと眺め、それから亭主にこう申したのだそうです。

「今さら誰に鑑定してもらう必要もない。ここ小松屋の蕎麦饅頭は天下無敵だ。天下無敵の蕎麦饅頭喰いのこの大森三右衛門が江戸中を隈《くま》なく喰い歩いてそう太鼓判を捺《お》したのだから万に一つの間違いもない。亭主、この大森三右衛門の皿にも十個ほど継《つ》ぎ足してくれないか……」

おや、目を白黒なさっておりますな。饅頭が咽喉《のど》に閊《つか》えましたか。焙じ茶、焙じ茶。焙じ茶をぐっと飲んで閊えを下しておしまいなさい。つまり、兄とその大森三右衛門という武士とは、ぱっと一瞥《いちべつ》を交しただけで敵対し合ったわけで……。やあ、今度は吃逆《しゃつくり》ですか。弱りましたな。昔から「吃逆が三日続けば死ぬ」と云いましょう。それぐらい吃逆というのは難物ですが、しかし三日も続くということはありますまい。なにそのうちにおさまりますよ。「胡瓜《きゅうり》の花は何の色、胡瓜の花は鬱金《うこん》色」と繰り返し唱えれば吃逆が止まるというおまじないもあります。たとえ無駄でも唱えてみなされ。ひょっとしたら効くかもしれません。

兄とその大森三右衛門と名乗った武士とはその後、どうなったか。それはそちらにも推量がおつきになると思います。なにしろ双方とも、我こそは天下一の饅頭喰いなり、という自負があり、矜持《きょうじ》を持っている。冷たいことを云えば、双方とも、自分こそが蕎麦饅頭の鑑定《めきき》は日の本一番と鼻高々の天狗《てんぐ》です。兄が、

「噂ほどうまい饅頭とは思わぬが、しかしこういううまくもない饅頭であっても、わしぐらいになると五十や六十は楽にこなすぞ。亭主、饅頭を蒸籠《せいろ》ごと持ってこい」

と壮語すれば、大森三右衛門も売り言葉に買い言葉、

「拙者は焙じ茶なしで、しかも小半刻《こはんとき》（約三十分）のうちに八十個は喰ってみせよう」

と豪語する。たちまち小松屋を二人で買い切っての蕎麦饅頭の喰い競《くら》べになってしまいました。ここで双方にとって不幸だったのは、小松屋の亭主が気をきかせたつもりか、あるいは殺気だった両人をなだめる親切心からか、こう持ちかけたことでした。

「蕎麦饅頭の喰い競べが原因《もと》で喧嘩《けんか》にでもなった日には、この亭主が浮ばれませぬ。この喰い競べを機縁としてお二人が心腹の友になっていただけたら嬉しゅうございます。そのためにもお互いに御姓名をお名乗りになってはいかがでございましょうか」

そこで兄は信州上田仙石家の家中であると名乗り、大森三右衛門は、播州赤穂浅野家の江戸御屋敷の留書《とめがき》役で十五石四人扶持を戴いていた者であると告げた。これはあとで

たそうです。

亭主から聞き出したことですが、名乗ったついでに大森三右衛門は次のように付け加えたそうです。

「拙者は明朝、赤穂に向けて出立《しゅったつ》いたす。国論が籠城《ろうじょう》と出るか、また殉死追腹と決するかは軽輩者の拙者には見当もつき申さぬが、ともあれ、二度とこの江戸の土を踏むことはあるまいと存ずる。当然、この小松屋の蕎麦饅頭も今回が喰い納め。そこで今生《こんじょう》の思い出に喰いまくる所存でござれば、弓削どのとやら、御油断は禁物……」

蕎麦饅頭の喰い競べの結果はと云えば、小半刻のうちに、八十三個に対して六十一個。みごとに兄が惨敗いたしました。間違いが起ったのは勝負のついたその瞬間で、大森三右衛門が、

「これに懲《こ》りて、以後はあまり大言壮語をなさらぬように」

と云いつつ床几から立ったのへ、兄が、

「播州《ばんしゅう》赤穂浅野家には変物奇人が多いとみえる」

と応じたのが惨劇の発端となりました。きっとなってこっちを睨《にら》んだ大森三右衛門に兄はさらに毒を含んだ言葉の追い討ちをかけました。

「饅頭を大食して平然たる奇人があれば、せっかく殿中で抜刀なさっておきながら憎い相手の息の根を止めることがおできにならなかった変物もおいでだ。突くか、刺せばよいものを、小サ刀《ちいがたな》で斬りつけられたとか。いやはや話にも何もならぬわ……」

云い終ると同時に兄の右腕が宙を飛んでいたといいます。これも後で分ったことですが、大森三右衛門という御仁《ごじん》は神夢想林崎流《しんむそうはやしざき》居合いの達人だったそうで、その場に居合せた小松屋の亭主の話では、大森三右衛門は刀身を懐紙で拭いながら、「戸板に載《の》せて腕のいい金瘡医《きんそう》に担ぎ込め。当り前の手当てをほどこせば命は助かるだろう」

と申したといいますが、兄は一刻（約二時間）あとに絶命いたしました。……よかった。吃逆《しやつくり》が治ったようですな。ま、考えてみるまでもなく、これは兄が悪い。主君は切腹。御家は断絶。これから御城を枕に討死か。あるいは殉死の追腹か。打ちひしがれ追い詰められている赤穂の浪人衆に云っていいことと悪いことがある。にもかかわらず兄にはその区別がつかなかった。また同じく武士であるならば、明日は我身という古諺《こげん》もあり、相手に惻隠《そくいん》の情を持つべきであった。ところが兄はあまりにも無慈悲な追い討ちをかけてしまった。だいたいが兄自身が意地汚い大食漢であった。したがって自分のことを棚に上げ、大森三右衛門に向って、「饅頭を大食して平然たる奇人」などと皮肉を云えた義理ではない。どこから見ても兄に落度があった。急を知って小松屋へ駆けつけ亭主から事件《こと》の一部始終を聞き出したこの竹村一学には、病気による急死として処理するのが最善と思われたのですが、やはり人の口には戸は立てられぬもの、数日後、江戸詰の御家老に呼び出され、

「弓削佐次馬は弓削の家にとっては当主であり、その方にとっては実兄であろう。しかるに弓削家からも、またその方からもまだ敵討届書が提出されておらぬのはどうしたわけか」

と詰問《きつもん》されました。

以来、禄を離れ、病人の脈を診《み》て生計を立てながら大森三右衛門の行方を追っておりますよ。大森三右衛門の「明朝、赤穂に向けて出立いたす」という言葉をたのみに播州赤穂まで出かけもしました。あるいは「大森三右衛門の父は秋田佐竹家の家中。三男坊の気易さで江戸の神夢想流道場に住み込んで修業をしているときに赤穂浅野家から仕官の口がかかったのだという」との噂を聞きつけて白河の関を越え陸奥《みちのく》深く足を踏み入れもしました。おかげで身も心もぼろぼろ。罰当りなことを云うようですが、敵討ぐらい疲れるものはありません。そうして苦労に苦労を積み重ねるうちに、心底から大森三右衛門を憎むようになりました。そうこうするうちに、

「敵《かたき》の大森三右衛門は江戸に潜んでいるにちがいない」

と云い出した者がある。この竹村一学の許で医者見習をしている矢田新兵衛です。この若者は嫂のお琴どのの実の弟ですが、その新兵衛が云うには、

「大森三右衛門は自ら『天下無敵の蕎麦饅頭喰い』と誇っていた。江戸は蕎麦饅頭の本場、したがって彼奴《きやつ》は江戸から離れることができないでいるにちがいない。そして彼奴

は今も江戸百五十余軒の菓子見世兼蕎麦見世に出入りしているに相違ない。当《あ》てにもならぬ噂に振り回されて六十余州を歩き回るより、江戸の菓子見世兼蕎麦見世に張り込む方がたしかだ。彼奴はかならずどこかの見世へ蕎麦饅頭を喰いに現われる」

長い長い褌《ふんどし》話で退屈なさいましたろうが、とにかく以上のような経緯があって、小松屋の亭主から聞き出した人相を頼みの綱に、日に少くて三軒、多いときは七、八軒、手分けして蕎麦饅頭を商う見世を回っております。そうして五人では手が足りませんので、蕎麦饅頭好きと出会うたびに不躾《ぶしつ》けをも省《かえり》みず、助勢をお願いしているわけです。

さて、大事中の大事はその大森三右衛門の人相および風体ですが、先ず……、おお、五平か。お琴どの、吉之進、そして新兵衛はどうした？「見世の表で職人が饅頭の皮を捏ねるのを見ている」？物好きな連中だな。ここへきて、こちらへ御挨拶するように云いなさい。さて、その大森三右衛門の人相は、よくお聞きくだされよ、鼻の頭に大きな痘痕《あばた》が一つ、眉間《みけん》に釈迦《しやか》まがいの黒子《ほくろ》、そして左頬に斜めに走る刀疵《きず》。そうさ、大森三右衛門の人相は御手前《おてまえ》と瓜《うり》二つ。

大森三右衛門どの、そちらは一人、われらは五人、一対五では不公平だとお思いかもしれぬが、かつて東照宮様（家康）はこうおっしゃっておる。《敵《かたき》を討つには、名聞などと云うものを構って居《い》ては可かぬ。たとえば女を助太刀に頼んで討ったにしても、とにかく討って了《しま》うのが肝要である。また何人も助勢を頼んでも、臆病だと云えるもののではない。唯《た》だ早く討つのが何よりも肝要である。ここをよく合点《がてん》せねばならぬ》とな。さ、お抜きなさい。

亭主！　表戸を閉めろ。裏戸を釘付けにしろ。しばらくの間、ここを借りるぞ。新兵衛、半弓《はんきゅう》に矢をつがえたか。よくよく狙って射よ。五平は棒で大森どのの向脛《むこうずね》を掻っ払え。

なに？「待ってくれ」だと？「十日後《ご》の、この極月《ごくげつ》の十五日の朝まで待ってくれ」？見損ったぞ、大森どの。事ここに至って命乞いとは見苦しい。「じつは本懐をとげる秋《とき》が近い」？　ふん、われらにとっては本懐をとげる秋《とき》は正《まさ》に現在《いま》じゃ、この瞬間じゃ。「他言して貰っては困るが、われわれ赤穂浪士はこの極月十五日未明に吉良上野介どのを討つことに決まった」だと？「本懐をとげた後《のち》、必ず竹村どのの許へ出頭し、煮るなと焼くなと好きなようにしていただく」？　馬鹿を云っては困る。仮りに大森どのの言葉が真実だとして、赤穂浪人衆が本所吉良邸へ討ち入ったとしようか。その場合、吉良の家来衆は指を咥《くわ》えて見ておるまい。かならずや抗戦してくる筈じゃ。そして大森どのが斬り死《じに》なさる公算もないわけではない。そうなった場合、われらの一年十ケ月にわたる苦心は水の泡じゃ。「吉良どのの白髪首を亡君の墓前に供えぬうちは死んでも死に切れぬ」だと？　その想いはわれらとて同じでござるよ。亡兄の墓前に大森どのの髻《たぶさ》を供えぬうちは、われらとても死に切れぬ。それにまた、主家への帰参も叶《かな》わぬのだ。「これまでの苦心のほどをお祭し願いたい」？　「日本橋の公事宿《くじやど》の風呂焚きに身をやつして時節の到来を待ち、本日、頭目の大石どのの許へ出頭して真情を披瀝《ひれき》し、ようやっとのことで一党に加わることを許された。それで今生の思い出に蕎麦饅頭の喰い納め……」？　公事宿の風呂焚きぐらいが何だ。われらはあるいは蚊帳売《かやうり》に化け、あるいは托鉢僧に化け、ついには辻売の慳貪《けんどん》蕎麦屋にまで身をやつして御手前の行方を探し回って居《お》ったのだぞ。そうして六十余州のうちの半分は足を棒にして歩き回りもしたのだ。五平にいたっては両国の見世物小屋の呼び込みまでやった。「亡君の恨みを晴らさんものと、本日、神文《しんもん》の上に盟《ちか》い、血を注いできた。そこを惻隠の情をもって察してくだされ」？　われら五人はな、大森どの、一年十ケ月も前に神文の上に盟い合った間柄なのだ。昨日や今日のことではないわ。

……なにがおかしい。大森どの、いま、なにゆえ声をあげて笑った？　なに？「自縄自縛だ」？　「吉良どのを討たねばならぬ理由《わけ》を云い立てれば云い立てるほど、自分が討たれねばならぬ仕儀とあいなる。そこが妙だ」だと？

舟奉行　里村津右衛門

間《はざま》どの、喜兵衛どの、しばらくでしたな。留守のあいだに勝手に上らせてもらった。お元気そうでなによりです。鳩《はと》が豆鉄砲を喰らったようにしておいでだが、里村ですよ、舟《ふな》奉行の。喜兵衛どの、あなたの従兄弟《いとこ》の里村津右衛門ですわい。ようやくおわかりいただけたようだな。もっとも、一目《ひとめ》で里村津右衛門と見分けてもらいたいと望むほうが無理かもしれません。ごらんのように頭は町人髷《まげ》、腰は丸腰《まるごし》、物腰は卑屈。どこから眺めても、その風情は士《さむらい》からはほど遠い。おまけに肌は日に焼き尽されて赤金《あかがね》のよう、きわめて下品な肌の色をしている。赤穂浅野家で舟奉行を仰せつかって百五十石いただいていた時分とはまるで別人です。御大変《ごたいへん》から一年半の月日が、津右衛門をここまで変えてしまいました。いま、讃岐《さぬき》の丸亀の近くの浜で塩を煮る釜を三つ持っています。早く申さば塩浜の親方ですな。朝から晩まで浜を歩き回り、潮風になぶられる毎日、お天道様《てんとさま》と潮風にさらされているうちにこんな硬い肌になってしまった。鍋墨《なべずみ》を塗ったくったような肌でしょうが。

釜を譲り受けて塩浜の親方になるのに、少しは費用《かかり》がかかりましたよ。もっとも、喜兵衛どののもよく御存知のように、里村家はよくよく子種を授からない家で、母も妻も養女もみな赤穂の御城下の舟問屋《ふなどいや》「丸惣《まるそう》」から来ているのだが、その丸惣の口添えで、覚悟していたよりはやすやすと釜の株を手に入れることができました。丸亀京極《きようごく》家御用の舟問屋「丸賀《まるが》」の先代が、赤穂の丸惣の先代の弟なのですな。つまり、丸亀の舟問屋の丸賀は、赤穂丸惣の分家さ。そのつながりもあって赤穂丸惣の舟師《ふなし》（船頭）は丸亀丸賀から来る。というのは丸亀丸賀の舟師は一人残らず塩飽《しわく》の島々の出身。舟師は海賊を先祖にいただく塩飽出の者にかぎる。そういうことがあって、赤穂丸惣は丸亀丸賀と足繁く行き来をしている。この津右衛門、その縁故にすがったわけです。

ついでだが、喜兵衛どの、あの懐しい赤穂の浜と、津右衛門がいま居る丸亀の浜とはよく似ておりますよ。どちらも同じ瀬戸内の海に面しているのだから似ていて当然かもしれないが、それにしてもなにからなにまで瓜《うり》二つなのです。なによりも砂浜に富んでいるところが似ている。それからどちらも潮の満《み》ち干《ひ》の差が大きい。そしてどちらも温暖で雨が少い。いま並べたことはいずれも、塩田が栄えるための条件だが、ここまで似ていると、浜でとれる塩にも大きなちがいがなくなってくる。丸亀塩も赤穂塩と同じようにに質がいい。ちがうのは、浜から眺める沖合の景色ぐらいなもの。丸亀の浜の沖合には常に塩飽三十余島の島影が近ぢかと立ちはだかっていて、沖合の開けた赤穂の海に馴れた目にはやや窮屈かもしれない。しかしこのことにさえ目をつむれば、丸亀は赤穂と同じだ。そういう次第で、赤穂浅野家から浪々の身になった士《さむらい》衆が、この津右衛門を頼って丸亀の塩浜に移り住んでくれればよいと、切に望んでいるのだ。いかがかな、喜兵衛どの、この津右衛門の案内で金毘羅詣《こんぴらもう》でにお出にならないか。そしてそのまま丸亀の塩浜に住みつかれたらよろしい。なになに、塩の釜を一基ふやせば、いっぺんに仕事もふえる。釜一基につき、四、五十人の働き手が要《い》るようになります。仕事がないのではないかという心配は無用です。じつをいうとこの津右衛門、江戸で辛い毎日を送っておいでの、かつての浅野家の朋輩衆を全員、丸亀の塩浜へお誘いしようと考えて、本日の正午、江戸へ着いたところなのです。おお、木枯しがまたも長屋の障子をがたびし鳴して吹き過ぎて行く。寒さのきびしいところだ、この江戸は。日本橋からこの新麹町の平河天神の裏へたどりつく間に、すっかり風邪を引いてしまいました。喜兵衛どの、こんなに寒さのきびしい、土ぼこりと乾いた馬糞《ばふん》の舞う町で、いつまでもちぢこまって暮していることはないと思うのだが、いかがかな。

口をへの字に結んでただじっと天井を睨んでおいでの喜兵衛どのを見ていると、「ウムウムの喜兵衛」という渾名《あだな》が思い出されますな。昨年の三月弥生《やよい》の十九日の朝も、喜兵衛どのは一ト言も発せず、ただウムウムと唸《うな》っているばかりであった。ほれ、養子に入った先のわが里村家を嫌って出奔し行方不明《ゆくかたしれず》になっていたあなたの御次男新六どのの探索方《かた》について談じておったときのことですよ。殿様のお許しを得た上で結んだ養子縁組だというのに、養子の新六どのが理由《わけ》もいわずにわが里村家から飛び出してしまった。そのままでは里村家が潰れてしまう。そこでこの津右衛門、額に青筋立ててあなたに詰め寄った。ところがあなたはただウムウムと唸って、天井を睨んでおいでだった。そこへ小者《こもの》が駆け込んできた。

「江戸から御城《おしろ》の塩屋門へ、早水《はやみ》藤左衛門様と萱野三平様が早打ちの御駕籠《かご》で御到着なされたとのことでございます。噂では江戸城大廊下にて御殿様が高家《こうけ》吉良様に御切り付けあそばしたとか……」

こう呼び立てる声に、わたしなどはほとんど腰を抜かしかけたが、喜兵衛どのは相変らずウムウムの一点張りだった。あのあと早打ち駕籠と飛脚便が六波まであり、知らせが届くたびに、殿様御生害、江戸御屋敷取り上げ、赤穂の御城は明け渡しと事態は思いがけない方角へ突っ走って行った。赤穂は上から下まで思いつめた顔色の者ばかり。城内では三百石と十人扶持が、御城下では士《さむらい》と魚売りが、日頃の身分の隔《へだ》てを忘れて、赤穂の運命を声高に論じ合っていた。上下が老若が男女があれほどさかんに喋《しゃべ》り合ったのは、おそらく赤穂はじまって以来のことだと思うが、喜兵衛どの、あなたばかりは別だった。あなたはいつものどかな表情をしてウムウムと呟《つぶや》き、暇をみつけては野山へ出かけて趣味の薬草採《と》り。

「ここがどうしてわかった」と申されたか、喜兵衛どの？　ウムウムの喜兵衛どのが珍しく口をきいてくれたのはうれしいが、声音《こわね》に針が含まれていたのは気に入らないな。従兄弟《いとこ》がはるばるたずねてきたのではないか。その上、われらは新六どのの実父と養父、「義理の」という但書《ただしがき》がつくものの、兄弟同士ではないか。もそっと暖かいものの言い方をしてくれてもよさそうなものだが、まあ、よかろう。問いに答えて進ぜよう。丸亀の塩田の仕事が思いのほかうまく行きはじめたので、人手を求めに赤穂へ渡ったのだ。御存知のように赤穂はこの九月から永井伊賀守《いがのかみ》様の御領国となった。となれば赤穂の在に散った浅野家の元家来はずいぶん肩身の狭い思いをして辛い毎日を送っているにちがいない。そういう浪人衆に、「丸亀の静かな浜辺に安息の地があるよ」と教えてやりたい。そう考えてこの十月の末、赤穂へ出かけて行ったのだ。最初にたずねたのが喜兵衛どののところだ。お菊どのが畑仕事をしておいでだった。

「喜兵衛どのと久し振りに酒を汲み交したくてやってきました」

と云うと、お菊どのはこう答えた。

「主人は江戸へ発《た》ちました。伜《せがれ》の十次郎も一緒です。津右衛門どのにいつか一ト言詫びを申さねばと思っておりましたが、無断でお宅を飛び出した次男も父親や兄と一つ屋根の下で寝起きすることになるようです。どうか新六のことは許してやってくださいね」

「御家《おいえ》がなくなってしまったのだから、もう里村家が潰れようがどうなろうが、だれ一人気にしてはおりませんよ」

とわたしは云った。お菊どのはうれしそうな顔になり、わたしを縁側へ招いて茶を入れてくれた。そのときだよ、お菊どのが喜兵衛どのから届いたばかりだという書状を見せてくれたのは。「江戸新麹町四丁目裏町七郎右衛門店《だな》　杣庄《そまのしょう》喜斎」という所書きが眼の底に焼き付いてしまった。どこにいてもこの二十字が忘れられない。そこで母や妻や女《むすめ》を預けてある丸惣に寄って路銀を借り、そのままこの江戸に向けて旅立ったのだ。赤穂から江戸まで百六十里を十四日間で、というのがきまりだが、わたしは三日も少い十一日間で歩き通してしまった。少しでも早く喜兵衛どのの顔を見たいという思いが、この津右衛門の足を急がせたらしいのだ。

ここへ着いたのは、喜兵衛どのが帰られる一刻《いっとき》（約二時間）ばかり前、旅の疲れがどっと出て、無断で悪かったが、夜着を借りて一ト眠りさせてもらった。

ところで医者で生計を立てておいでなのだな、喜兵衛どのは。この、奥の部屋の隅に転がっている薬研《やげん》や薬研車《ぐるま》が雄弁にそのことを物語っておる。そこの棚の上には大中小、三種の乳鉢《にゅうばち》が並んでいるし、それから、戸口を入ってすぐの壁にも薬棚が吊ってある。薬棚に小壺《こつぼ》が二つしか並んでいないところがどうも気にかかるな。わずか二種類の薬で四百と四つもある病いが治せるものかしらん。壺の胴に、なにか書きつけた紙が貼りつけてありますな。「茴香《ういきょう》」。たしか胃の薬でしたな。

ウム？「風邪にもよく効《き》く」？

それは願ってもない。あとで酒と一緒に服用いたそう。酒はわたしが買わせてもらうよ、喜兵衛どの。ほう、粒《つぶ》になっていますな。一二三《ひふみ》の四粒《よつぶ》。これは鮒《ふな》の浮き袋だな。浮き袋に茴香の粉《こ》がつめてあるのだな。このまま嚥《の》み下《くだ》せば腹の中で浮き袋が溶ける。つまり苦い薬が苦くなく嚥めるというわけですか。発明ですな。こちらの壺は……、「石見銀山《いわみぎんざん》」。こっちも鮒の浮き袋で粒《つぶ》ごしらえになっている。

喜兵衛どの、医者の薬棚に毒薬《どくぐすり》が並んでいるとは、穏やかではないな。

ウン？「鼠《ねずみ》殺しもやっておる」？

なるほど。大坂でも赤穂でも、また丸亀でも鼠殺しの請負人が商家の蔵《くら》に出入りしているが、喜兵衛どのは現在、医者と鼠殺しとの二股《ふたまた》道で生計を立てておいでなのか。苦労なさっておりますな。おや、水屋の横においてあるのは薬簞笥《くすりだんす》ではないか。五列四段で小《こ》引出しが二十か。薬が二十種あれば、四百四病にそれぞれよく効くやつを調合できよう。これで安心しました。ここがいかにも医者の家らしく見えてきた。しかしどうして入ってきたときにこの薬簞笥に気がつかなかったのであろうな。

……喜兵衛どの。いつまで下らぬことを並べ立てて時を潰していてもはじまらぬ、ぼつぼつとはるばるたずねてきたその理由《わけ》を申そうか。この津右衛門は百五十石、喜兵衛どのは百石取りの御勝手吟味役、その頃にかえって言葉を改めさせてもらうぞ。喜兵衛どのがお菊どのへ認めた書状に納得できぬ一条があった。おぬしはたしかこう書いていたはずだぞ。

「里村は臆病者の血筋、その上、小利口《こ》者ゆえ、神文《しんもん》返しに『諾』と応じることは、最初から分っていた。その里村へ、新六を養子に出したことが、拙者がこの六十九年間に犯した唯一のあやまち」

ひどい言い草ではないか。口惜しさのあまり夜も眠れなかったぞ、喜兵衛。

この八月上旬、丸亀の塩田へ大高源五、貝賀弥左衛門の両名がやってまいった。両名の口上は、

「浅野内匠頭どの御舎弟大学どのは、このたび閉門を免じられ、浅野宗家の本国芸州《げいしゆう》広島へ永預《ながあず》けときまりました。内匠頭どのの跡目御相続、あるいは新知御取立てという、われら一党の願いは一切空《むな》しくなったわけであります。つまり主家の再興は絶望となりました。そこで、主家再興のその日まで一味同心を日本《ひのもと》の神慮に誓った神文《しんもん》の判形をお返しにまいりました」

大石どのの古狸《ふるだぬき》め！　そう思った。いや、それよりなにより悲しかった。大学どのの左遷となれば、次はもう〈吉良殿御首級《みしるし》頂戴〉しかない。では神文に署名した百三十余名の同志のうち、何名がその企てに加わるのか。主家に復帰することだけを願っている

のはだれか。主家再興がならぬときは吉良邸へ討ち入っても亡君の恨みを晴らそうと志しているのはだれか。それを見分けるための神文返し。それはわかっているが、大石どのはなぜこの里村津右衛門を試みようとするのか。自分はそれほど信用がなかったのか。そう思って心が冷え込んだ。大高と貝賀の両名に向い、

「日本の神慮に対してお誓い申しあげたことを、そう簡単に取り下げられると思うのか。顔を洗って出直してこい」

と怒鳴りつければ、大石どのの信用は回復できるだろう。だが、それでよいのか。試みられて口惜しくはないのか。この津右衛門は即答を避けて大高と貝賀の両名に一晩泊って行くように云った。

さて、その夜、つくづく考えるのに、このたびの御大変《ごたいへん》はどこかおかしい。その筆頭が内匠頭どのである。殿中で刃傷に及べば、その身は切腹、御家は断絶、御城はお取り上げ、そしてその家臣団が禄を失うだろうことは分り切っている。にもかかわらず、内匠頭どのは殿中で小サ刀《ちいがたな》を抜いてしまわれた。ご当人は覚悟の上でなされたこと、たとえ切腹を仰せつけられようがさほど心残りはないであろう。だが、後に残された者どもがどのような悲運に見舞われるか、小サ刀の柄に手をおかけになる前に、ちらとでもお考えいただきたかった。これは江戸へ下る途中で小耳にはさんだ噂だが、大坂へ出たある者はわが子を乞食にして物乞いをさせ、ようやっと生きのびているという。また京へ

出たある者は妻女に夜な夜な遊客の袖を引かせてかぼそく暮しの煙を立てているという。さらに桑名では、赤穂の浪人と名乗って夜盗を働いた者があったという。むろんこれらは特別な例だろうが、少くとも、これだけははっきりと言い切ることができると思う。すなわち、あの御大変のあと、赤穂に禄を喰《は》んでいた者で、以前より仕合せになった者はただの一人もおるまい、とな。御大変以後、赤穂浅野家ゆかりの者は、だれかれの区別なく少しずつ不仕合せになっているのだ。現にわれら二人してからがそうではないか。赤穂水軍三十隻《せき》の軍船を采配《さいはい》ひとつで西へ東へと思うがままに動かしていたこの里村津右衛門は、いまでは塩浜の一親方にしかすぎぬ。そして御城の御勝手もとに眼光鋭く睨みをきかせていた間喜兵衛は、いまや江戸の裏店《うらだな》に住んで鼠殺しの毒団子をこねながら侘《わび》しくその日送りをしている。これみなすべて内匠頭どのの御短慮から発したことではないか。そうとも、喜兵衛、内匠頭どのは後あとのことにまでお考えの及ばない暗愚なお方であったのさ。

同じことが大石内蔵助どのについても言えそうな気がする。御首級頂戴と吉良邸に討ち入るのはいい。だが、後に残されたものはどうなるのか。内匠頭どの切腹、赤穂浅野家断絶、御舎弟大学どの永預け、そして吉良どのにはお咎《とが》めなし、これらはすべて大公儀のお裁きである。そこで御首級頂戴と吉良邸に討ち入ることは、大公儀のなされようにたいする不服の申し立てにほかならぬ。事の成否にかかわらず、大公儀を恐れざるの段、不届き至極ときびしい断罪が下されよう。当人たちは覚悟の上で討ち入ったのだから、膾《なます》に刻まれても悔いはないだろうが、後に残された者はまたもや泣くことになる。ま、軽くても一味徒党の伜どもは遠島になるだろう。夫を失い、頼みの綱のわが子を島流しにされた女たちは、その後、どう生きて行けばよいのか。いったい大石どのはそこまで考えているのだろうか。

内匠頭どのの御短慮によって不仕合せになった浅野の元《もと》家中のこれからのこと、また、大石どのを頭とする押し込み徒党によって不仕合せになるだろう女子《おんなこ》どもたちの先行きのこと、これらについて思い悩むうちに、この津右衛門の脳裡《のうり》に閃めいたことがある。もっというなら津右衛門に天啓が下った。

「丸亀城外のこの塩浜を、それらの人びとの安息の地たらしめよ。ここを赤穂浅野家ゆかりの人びとの安住の地とせよ」となる。

そこであくる朝、わたしは大高と貝賀の両名に、こう告げた。

「自分にはなすべきことがある。そのためには生きのびなければならない。神文の判形は返してもらおう」

はっきりとことわっておくが、わたしは命が惜しくて神文を返してもらったのではない。後あとのことまで考えをめぐらせた末、塩の釜を一基、また一基とふやしつづけることがこの津右衛門のつとめであると心を定めたのだ。喜兵衛、これは臆病とはちがうぞ。深慮といってもらいたい。小利口ともちがう。いうなら遠謀といえ。だれだ、笑っているのは。ほう、新六か。いつからそうやってわたしのうしろに坐っておったのだ？

なに？「おやじどのを喜兵衛と呼び捨てにしはじめたあたりから」？

そうか、おまえの渾名を思い出したぞ。たしか「猫」と呼ばれていたはずだ。いつのまにか、風のように座敷に入ってきて、人の話を立ち聞きしていたかと思うと、あっという間に煙のように姿を消してしまう。母や妻が気味わるがって、「ひょっとしたら猫の生れ変りかもしれない」などと云っていたものだが、あいかわらず猫の性が抜けないとみえるな。まあ、そんなことはどうでもいい。新六、おまえはなぜ里村家から失踪《しっそう》してしまったのだね。その理由《わけ》を聞いて帰って、赤穂「丸惣」にいる母や妻への土産にしたい。いや、なによりも女《むすめ》のお貞がその理由を聞きたがるだろう。お貞はおまえを慕っていたのだよ。おまえのことが気に入って、丸惣から里村家へ養女に入って、おまえを婿にむかえたのだ。

「津右衛門どのみたいな骨無《ほねな》しになるのは我慢がならなかった」だと？

わたしが骨無しか。おまえはそういうふうにこの津右衛門を見ていたのか。骨無し津右衛門を軽蔑《けいべつ》し、自分もやがてわたしと同じようになるのではないかと怖れたのだな。そしてそのうちに、舟問屋の丸惣から来た女どもに反論一つ試みようとしないわたしを憎みはじめた。そうだな、そういうことだったのだな。新六、里村家の後継ぎとして十年間もわたしと寝起きを共にしていながら、おまえはいったいなにを見ていたのだ？　よいか、赤穂水軍は舟問屋丸惣に支えられておったのだぞ。おまえと同じように、この津右衛門は八歳の春から里村家へ養子に入った。そのとき、実家《さと》の実父は餞別《せんべつ》の代りだよと前置きして、こんなことを聞かせてくれた。

「おまえの母となる人は丸惣の出だよ。そして妻と定められている人も丸惣の出だ。つまり、赤穂浅野家の舟奉行里村家へ養子に入るということは、瀬戸内の海でも一、二を争う舟問屋である丸惣の赤穂御城内の出店《でみせ》へ養子に入るのと同じことなのだ。母となる人にさからってはならぬ。妻と定められた人に好かれるよう努力いたせ。そういう努力の一つ一つが回り回って殿様および御家《おいえ》への忠義となって実を結ぶことになるのだ。これを肝に銘じて里村家の人となるがよい」

実父の云っていた通りだった。たとえば舟奉行の大切なお役目のうちに、水路や舟路の整備がある。熊見川の底渫《そこざら》い。御米《おこめ》屋敷の横と遠林寺下の、二ケ所にある船入場《ふないりば》の修繕や改修。熊見川から海へ至る舟路の手入れ。これらの仕事を実際にやっていたのはだれか。監督していたのはたしかに舟奉行所だが、人手は丸惣から借りていた。

またたとえば、殿様が、

「舟足の速い船で熊見川を下り、沖合から赤穂の浜を眺めてみたいものじゃ」

と申されたとしよう。まず御座船を新しく造らねばならぬ。こんなとき、舟奉行の駆け込む先はきまっている。そうとも、駆け込む先は丸惣の奥座敷。丸惣の費用《かかり》で御座船を新造するわけさ。このように舟奉行はなににつけ、かににつけ、丸惣の手を借りてお役目をつとめなければならぬが、その際、母や妻の口添えがあれば事はよりなめらかに運ぶ。そして仕事は上首尾のうちにおわる。

新造の御座船にお運びなされた殿様が、

「この船、大いに気に入ったぞ。津右衛門、でかした。よくやった」

と上機嫌でねぎらってくださる。そのとき津右衛門は心の内でこうつぶやいて涙を雨のように降らせるのだ。

(母の嫌味に耐え、妻の暴言を聞き流し、女《むすめ》の憎まれ口にも気付かぬ振りをし、ひっくるめて女どもの騒々しいお喋りを耐え忍んで、女どもが実家へ駆け込み訴えをするのを防いだおかげで、今度もお役目を無事につとめあげることができた。辛かったな、津右衛門。しかしよくぞ辛抱してくれたな)

わかるか、新六。ことあれば金持風を吹かせ、二言目《ふたこと》には、「実家《さと》の丸惣の後楯《うしろだて》があるからこそ、あなたにも舟奉行がつとまっているのですよ」とほざく女どもに決して口答えをせぬこと、これがわたしの忠義の道であったのだ。口答えをしたり、理屈で問い詰めたり、あるいは横ッ面《つら》を張ったりしてみろ。女どもめ、毛筋ほどのことを入道雲ぐ

らいにまでふくらませ、実家《さと》へ駆け込む。そして丸惣の主人に、

「津右衛門どのがわたしを殺そうとしました。ああ、おそろしい」

　などと吹き込むのだ。そうなると丸惣の主人の態度が変ってくる。

「御座船新造の件ですが、御家《おいえ》には、まだ一万両もお貸し申しあげたままになっております。五百両、いや三百両でもよろしい、いくらかでもお返しいただきましょうか。相談事は、その上で、ということにさせていただきます」

　こんなことを云い出しかねない男なのだよ、あの丸惣は。わたしの、その頃の夢がどんなものだったか、新六にはわかるまい。暗い夢だった。茶飲み話のお茶うけがわりにわたしをこきおろしている女どもを叩き斬って、自分も割腹して果てるのが、わたしの夢だった。あるいは石見銀山で一家心中の夢。実際にそんなことができたら、どんなにせいせいすることだろう。そう思いつづけて暮していたものさ。命を捨てるのはたやすいことだ。しかしそれでは舟奉行所が立ち行かぬ。そこで歯をくいしばって生きていた。

　そのわたしを骨無しと見た新六は、まだまだ思慮が浅いよ。

　では、なぜ、そこまで丸惣を頼りにしなければならなかったか。喜兵衛、お主はお勝手吟味という仕事柄、御家の内証《ないしょう》に通じておったはずだからよく知っていよう。そうとも赤穂浅野家は塩田の開拓に総力をあげていた。塩浜の者どもにありったけの金を貸しつけ、一枚でも多くの塩田をと血眼《ちまなこ》になっていた。おかげでわれらの舟奉行所なども

その皺《しわ》寄せを喰らって、いつもてぶらで仕事をしなければならなくなっていたわけだが、丸惣はそのへんの事情をよく知っていたのだ。そういうことなのだよ、新六……。おい、新六。仮りにもこの津右衛門はおまえの父親だったこともある男ではないか。その津右衛門が話をしている最中だというのにぷいと立って水を飲むとは無作法にもほどがある。ここへ戻ってこい。わたしの前に正座して、よっく話を聞け。

よい機会だから本音を吐こう。大石どのや、それから喜兵衛や新六などと一味徒党を組んで吉良邸押し込みの企てに加わろうとしないのにはもう一つ理由があるのだ。正直なところ、わたしは丸惣から来た女どもに辟易《へきえき》している。御大変のあと、丸亀へ渡ったのも、連中と一ツ屋根の下に住むのが辛抱できなくなったせいで……、いやいや、もちろん第一の理由は、先ほどから申しているように、あくまでも赤穂浅野家ゆかりの人たちのための安息地づくり安住地づくりにある。だが、この仕事をしている間は丸亀で一人で暮せるというところに、じつは大いに惹《ひ》かれたわけさ。さて、新六、赤穂の浪人が吉良邸へ押し込んで、みごと上野介どのの白髪首を掻き取ったとしたら、世間はどんな噂をするだろうか。

大公儀の処断は、さっきも申したように、いやが上にもきびしいことだろう。押し込み徒党に命はない。倅どもは島流し。妻や女《むすめ》どもは、夫や子を失い、父や兄をなくして悲嘆にくれる。暮しも立ち行かなくなる。そこで皆は、この津右衛門が心掛けておいた丸亀の塩浜に落ちのびて、塩を煮ながら暮しを立て直そうとする。やがて世間の噂が聞えてくる。噂はおそらく赤穂の浪人の企てをほめそやしているだろう。「忠義の士よ」、「誠実なる人びとよ」と噂はいうことだろう。皆は、そういった噂に励まされ、ついに芯《しん》から立ち直る。すばらしいことだ。うるわしい話だ。がしかし、ここに例外がある。ほかでもない、丸惣からきた里村家の女どもだ。連中には暮しの心配がない。それどころか、

「御大変が起ったおかげで実家《さと》に帰ることができて、うれしい」

などとほざいておる。事実、毎日のように、やれ茶の会だ、茸狩だ、紅葉狩だといって遊び呆《ほう》けている。そこへ「里村津右衛門は忠義の士だ、誠実なる人だ」という噂が入ってみなさい。ますます有頂天になるにきまっている。生きていた時分のわたしに対しては、「丸惣あっての舟奉行でしょう」だの、「いつもわたしたちの顔色を窺《うかが》ってばかりいる覇気のカケラもない出来損い」だのと悪態口を叩いていたくせに、そのわたしがひとたび忠義の士ということにでもなれば、その悪態口をケロリと忘れて、「夫は温厚な人柄でしたが、その底に梃子《てこ》でも動かないという勁《つよ》さがあって……」などと云い、そっと目頭をおさえるという、その手の芝居の得意な連中さ。これは断言してもよいが、大がかりな法要を営み、大きな碑を立てたりして、しばらくの間はこの津右衛門をだしにして楽しむことだろうよ。つまり丸惣から来た女どもは、自分が主役でありさえすれば

この世は仕合せという手合いなのだ。そんな女どもにそういつまでもいい目を見せてやってなるものか。だからわたしはお主たちと一緒には動かない。命を捨てるのはたやすいが、しかし丸惣の女どもを除いた、あとに残される人たちのことを思えば、たとえどんなに辛かろうと生きのびて、それらの人びとの杖《つえ》にも柱にもならねばならぬ。命を捨てるよりはるかに辛い仕事がこの津右衛門を待ち受けている。わかってくれるか、喜兵衛。わかってくれたな、新六。

命が惜しければ、素直に、命が惜しいといったらどうです。そして丸亀に引っ込んだまま、甲羅《こうら》の中に首を縮めて大人しくしていればいい。津右衛門どの、それならだれもあなたを責めやせぬ。だが、そこがあなたの嫌な性格《ところ》で、のこのこ、この江戸まで出張《でば》ってきて、命惜しさを隠そうとしてただダラダラとだらしなく無駄な言葉を並べたてている。そこが嫌いだな。あなたのそういう性格《ところ》が我慢できずに、この新六は里村の家から出奔したのだ。あなたの手の内は、おれにはすっかり読めている。昔、あなたは遠雷が聞えると、さっそくだれかに蚊帳《かや》を吊らせ、中に入って一心にお経を唱えていた。そこまでは正直でいい。だれも責めやしない。だが、あなたはその次に、おれに向って、「雷を軽く見てはいかん。ドコソコのダレソレは、雷を怖がるのは臆病な証拠だ、と云って、夕立ちの真ッ只中へ飛び出して行き、雷に打たれて死んでしまった。生きていれば殿様に忠義をつくすことができたかもしれぬのに、雷を軽く見て不忠者になってしまった。おまえも充分に心せねばならぬぞウンヌン」と説教した。おれは理屈をこねて自分の弱いところをあれこれ言いつくろうあなたが嫌いだった。こんなやつ、殺してやりたいと思ったことさえある。そういえば、あなたは蜂を怖がっていた。座敷に蜂が迷い込むと、あなたは頰冠《ほおかむ》りして押入れに隠れた。その蜂をおれが棒切れで叩き殺すと、あなたはおれをほめてくれるどころか、平手打ちを喰わせながら、こう怒鳴りつけた。「ドコソコのダレソレは蜂を追い回しているうちに、あべこべに刺されて熱発《ねつぱつ》し、それがもとで死んでしまった。せっかく親から授かったかけがえのない身体だ、うんと大事にせねばならん。蜂を軽く見ないこと、それが孝のはじまりである。その点でおまえはまだまだ思慮が足らん」。このときもおれはあなたを殺してやりたいと思った。いかがかな、津右衛門どの、ご自分の狡《ずる》さがすこしは呑み込めたかな。あなたは自分の弱味を嘘や小《こ》理屈で塗り隠して、自分をよく見せようとする偽善者だ。いや、それぐらいならまだ辛抱のしようもある。我慢がならぬのは、命が惜しいという本音を隠すために、赤穂浅野家ゆかりの人たちの仕合せを計ろうとしているなどと結構な図面を引いてみせたところだ。その手つきは嫌いだな。

なに？「真心からそう思っているのに、疑われたのは口惜しい」？

そんなに口惜しければ、おれと親父の前で勇気のあるところを見せてはどうだ。

ほほう、「石見銀山を嚥み下して死んでみせよう」だと。おみごと。いささかの躊躇《ちゅうちょ》もなく、石見銀山の壺から粒《つぶ》を摑み出し、一気に嚥み下したところなぞはじつに立派だ。しかし津右衛門どの、おれはあなたのことをよく知っている。そうとも、あなたの裏を掻いてやったのだよ。昔、あなたは書院の棚に形が同じの、鉄製の水差しを二個並べておいていた。一つには砂糖水《すい》が入れてあった。あなたが目を細めて水差しの注ぎ口をちゅうちゅう吸っているのを見て、おれもこっそりお相伴に与《あずか》ることにした。あなたが書院を空けたときに、すばやく忍び込んで一気に吸ってしまうわけさ。砂糖水の入った水差しは台のところがちょっと欠けていた。それが目印だった。ところでもう一つには「つばき油」が入っていた。鬢《びん》の毛を撫《な》でつけるのに、あなたはその頃、つばき油を使っていたわけだが、さて、ある日のこと、おれはいつものように砂糖水をくすねに行った。台のところが欠けている水差しを摑み、注ぎ口を咥《くわ》えて思い切り吸った。ところが、おれが飲んだのはつばき油だった。あのときは腹をこわして一ト月は寝ていたのではなかったかな。そう、あなたはおれに灸《きゅう》を据えてやろうとして、中味をこっそり移しかえていたのだ。

ところで、あなたがさっきから「命など惜しくはない」と繰り返すのを聞いているうちに、おれはいま話した水差しの中味の入れ替えを思い出していた。ここにいるのは自分をよく見せるためならどんな小狡いことでもする男だ。この男は自分が命なぞなんとも思っていないことを見せようとして、石見銀山の壺から粒々《つぶつぶ》を摑み出し頬張るかもしれぬ。そして苦しむ振りをして、どさくさにまぎれて長屋から逃げ出してしまう。この男はそう目論《もくろ》んでいるのではないか。ただ本当に石見銀山を頬張ったのでは命がない。そこで中味を入れ替えておく。この男は今度もきっとその手を使うにちがいない。あなたの話を聞くうちにおれはそう見抜いた。そこでおれはさっき水を飲みに立つ振りをして、もう一度、中味を入れ替えておいた。つまり、あなたとおれとが二度、中味を入れ替えたことで、石見銀山の粒々《つぶつぶ》は石見銀山の壺に、茴香の粒々《つぶつぶ》は茴香の壺に、きちんと正しく戻ったのだ。津右衛門どの、あなたは中味を入れ替えたのは自分だけであると思い込み、茴香の粒を頬張ったと信じておられるようだが、じつは石見銀山の粒を嚥み込んでしまったのだ。そろそろ胃の中で鮒《ふな》の浮き袋が溶け出す頃だ。胃の中に石見銀山がこぼれ出ると、途端にガンと丸太ン棒で殴られるようなはげしい痛みが来て、それでおしまいになる。津右衛門どの、命が惜しければ、真ッ直、井戸端へ駆けて行き、咽喉《のど》に指をこじ入れて、吐き出されるがよい。

なに、「わたしは中味を入れ替えたりしていない」だと！

すると、津右衛門どのが嚥んだのはたしかに石見銀山か。ただし、おれが茴香といれかえておいたから……、つまり……。

津右衛門！　お主の心底、この喜兵衛がたしかに見届けたぞ。赤穂浅野家ゆかりの人びとの仕合せはお主にまかせた。

元ノ絵図奉行　川口彦七

凧《たこ》だ、凧だ、凧だ。この白金《しろがね》の御下屋敷は火消し役人の一隊にしっかりと見守られております。これなら火事がおきても大事には至らぬ。心丈夫なことでございますな。……接伴役《せっぱんやく》の林兵助、下之間《しものま》でお寛《くつろ》ぎの皆様方へ、御障子の外より立《たち》のまま申しあげます。御屋敷の外空《そとぞら》に凧が上っております。めでたい初春《はつはる》の長閑《のどか》な午下《ひるさが》りの青空に七つ八つ九つと凧が浮んでおります。それも普通《ただ》の凧ではない、あれは討入りの夜の皆様方の晴れ姿を絵凧に仕立てあげたもの。火消し役人よろしく火事場装束に身をかためた皆様方がはるかに空の高見《たかみ》からこの御屋敷を眺めおろしておいでです。いかがですか、皆様方、御廊下へお出になって御自分の絵姿と睨めっこをなさっては。御障子を開《あ》けさせていただきますぞ。

この林兵助が察しますにあの凧は、白金村の子どもたちから皆様方への御年始の挨拶でしょうな。子どもたちは凧を介して皆様方へ、「御慶《ぎょけい》」を申しているわけです。これはあまり大きな声では申されませんが、火事場装束のあの絵凧を大公儀《おかみ》は渋いお顔をして眺めておいでのようです。だがしかしいくら大公儀《おかみ》が渋いお顔で絵風を没収なさろうが、どこかで誰かがせっせと作り、それを誰かがせっせと上げる。皆様方の人気のほどがしのばれるではありませんか。火事場装束の絵凧がさかんなのは、ここ細川御家《おいえ》の白金屋敷ばかりではありません。伊予《いよ》松山松平家の三田屋敷、長門長府《ながとちょうふ》毛利家の日ケ窪《ひがくぼ》屋敷、そして三河《みかわ》岡崎水野家の三田屋敷、――赤穂の御浪人衆をお預かりしている御屋敷の上にはどこにも火事場装束の絵凧が四つ五つ浮び、

「亡主の意趣を継いだ忠義侍、ここに憩う」

と凧に逆って唸り声をあげているとのこと。……おっと、潮田又之丞《うしおだ》どの、そのように力まかせにお髭《ひげ》を引き抜いては、お肌を咎《とが》めてしまいます。咎めたあとが膿《う》みでもしたら一大事……。わかりますよ、お気持は。どういうわけか大公儀《おかみ》から、まだ髪さかやき髭剃り爪切りのお許しが出ない。そこで皆様方は面壁《めんぺき》九年の達磨《だるま》大師もかくやと思われるむさ苦しいお姿で新しい春をお迎えにならざるを得なかった。さぞやむしゃくしゃなさっていることだろうと推察いたします。髪さかやき髭剃り爪切り、全部いっぺんに済ませてさっぱりした気分になりたいと、そうお思いにちがいない。その思いが、只今の潮田どのの仕草によく出ておりました。これまた大声では申されませんが、潮田どの、この数日のうちに髪さかやき髭剃り爪切りのお許しがおりるのではないでしょうか。じつはわれらの殿様がいま大公儀《おかみ》にそのことを働きかけておられますから……。潮田又之

丞どの、隣の小座敷までちょっとお運びいただけますまいか。なに、埒《らち》もない問いを一つ差しあげるだけです。決してお手間はとらせません。

はてな、この兵助が目を離した隙《すき》に凧が消えてしまいましたぞ。凧が止《や》んだのか、それとも町奉行配下の手の者が凧を飛ばしている子を叱り歩いているのか。それにしても赤穂の浪人衆の勲功《いさおし》をただただ称《たた》えたくて凧上げに精を出している子どもたちの心根は立派です。下手をすれば町奉行配下の手の者に横ッ面《つら》を張られてしまう。御褒美といったら痛い思いをするだけですから、これは算盤《そろばん》抜きの仕事です。邪心もなければ野心もない。そこが立派だ、頭がさがります。それに引きかえ、大人どもの考えつくこととき たら打算が丸見え、時の人にすがって少しでも財布や巾着を脹《ふく》らませたいという卑しい魂胆が丸見え、この兵助、ほとほと手を焼いております。たとえば三日前のこと、裏門に日本橋石町三丁目の饅頭《まんじゆう》屋の亭主がやってきた。その亭主、門番に向って云うには、
「大石内蔵助様が垣見《かけひ》五郎兵衛という御変名で石町三丁目の小山屋に潜《ひそ》んでおいでの頃、ほとんど毎日のように、うちの饅頭をお買い上げいただきました。うちの饅頭がよほどお好きだったように思われます。最後にうちへ見えたのは討入り当日の正午《おひる》すぎ、あれから二十日は経《た》ちました。きっと大石様はうちの饅頭を夢に見ておいでにちがいない。そこで今朝は店の者総出で三百ばかり拵えて、こちらへ運んでまいりました。大石様に一口なりとも召し上っていただくわけにはまいりませんでしょうか」

門番は心を動かされて、

「お預かりの浪人衆への差し入れの音物《いんもつ》は一切受け付けぬことになっている。だが、饅頭屋、おまえの口上はまことに殊勝である。その気持を当家の接伴人衆へお伝えしてくる故《ゆえ》、しばらく門外にて待て」

と云いおいて、この兵助のところへ飛んできた。聞いてわたしも胸がジーンといたしましてな、裏門へ出かけて行きました。

「気の毒だが、音物は持って帰ってもらわねばならぬ。しかしそれではおまえたちの気が済むまい。そこで接伴人のこの林兵助が二、三個、喰ってやろう。よくよく味わってその味その風味を必ず大石どのにお伝えいたす。ただは帰さず大石どのの代理人として饅頭を喰らってやる。こういうのを武士の情けというのだ」

ところがその饅頭を手にとってみて驚いた。皮の表に、二《ふた》つ巴《ともえ》の焼判が捺《お》してある。いうまでもなく二つ巴は大石内蔵助どのの御定紋。亭主のやつめ、揉み手をしながら、こうほざきました。

「大石様の御好物のこの饅頭を、この春から『内蔵助討入り饅頭』と名付けて売り出そうと思っております。この饅頭がある限り大石様のお手柄が忘れ去られることはございますまい。どうかこのことも大石様のお耳にお入れくださいますようお願い申します」

三百個の饅頭を皆、道にぶち撒《ま》けてやりましたわい。昨日、裏門を叩いた婆さんなど

はもっとひどい。婆さんは後に控えた娘をちらちら目顔で指し示しながら、

「細川様にお預けの浪人衆の中に、原惣右衛門とおっしゃる年輩のお侍がおいでになるはずでございます。この娘《こ》をその原惣右衛門様に一ト目、逢わせてやりたいと思います」

「親類縁者のご面会さえ差し止めになっているのだぞ。どのような事情があるかは知らぬが、面会は許されぬ。疾《と》く引き取るがよい」

　この兵助、そう云って潜《くぐ》り戸を閉めようとすると、婆さんはわたしの袴《はかま》の裾を摑み、

「後生でございます。原様からこの娘《こ》にやさしいお言葉を一ついただければ、それでよろしいのでございます」

　と云い立てます。そこで事情を聞くと、その事情というのが振っていて、こうです。

「……わたしどもは原様が和田元真という偽名で新麴町六丁目の喜兵衛店《だな》にお住いになり、お医者をなさっていたころの知り合いでございます。同じ長屋の薄い壁一つはさんでの隣り合せ、そこで煮物をすれば小鉢に取ってお裾分け、ときには小袖を縫ってさしあげたりもいたしました。原様もこの娘《こ》をとても気に入ってくださって、半襟などは何本も買っていただいたものです。去年の霜月《しもつき》（十一月）の初旬《はじめ》、この娘の太股《ふともも》に性悪な腫物《はれもの》が出来ましたが、原様は切開してくださったばかりか、もったいなくも腫物に直接《じか》にお口をつけてくださり、膿《うみ》をすっかり吸い取っておしまいになった。さて、このたび

娘が理由《わけ》あって新吉原へ住み込むことになりました。遊芸ひとつ出来るわけでなく器量にしたところで十人並み、これでは毎晩、お茶を引くに決まっております。そこで思いついたのは原様の御厚情のこと、いまを時めく赤穂浪人衆の内、原惣右衛門様の『江戸妻』という金看板を背負わせてこの娘《こ》を新吉原へ送り込みたいと考えたのでございます。その金看板があれば全盛のお職《しょく》になれることはまちがいない。原様から一言《ひとこと》、『達者で暮すがよい』とか、『短い間ではあったが楽しかった』とか、なにかそれらしいお言葉が頂戴できれば……」

兵助はものも云わず婆さんの向脛《むこうずね》を蹴っ飛ばし、御門内に引き揚げてきましたよ。こういう手合いを捌《さば》くのもわれらの役目、接伴役もこれでなかなか楽ではありません。世の中の欲得ずくで動いているところがちらちらと見えて、そのたびに気が萎《な》えてしまうのですな。

ところで潮田又之丞どの、あなたのその右の後頭部、髻《たぶさ》の斜め右下《みぎした》、髪で隠れたあたりに、四文銭《しもんせん》ほどの大きさの禿《はげ》があるでしょうか。これが問いです。「然《しか》り」、さもなくば「然《しか》らず」と、短くお答えいただければ、それで用件はおしまいです。お待ちください、潮田どの。お腹立ちはごもっとも。たしかにいきなり禿の有無をうかがったのは、この兵助、あんまり粗忽《そこつ》すぎました。どうも話の後先《あとさき》を間違えてしまったようです。話の糸口を引き出し損ねてしまったらしい。この兵助がどうして只今のようなばかばかしい問いを発せざるを得なかったか、その事情《わけ》をゆっくりと順を追って申しあげましょう。遠回りのように見えて、じつはその方がずっと近道かもしれません。潮田どの、この小座敷の冷え込みようはまた一入《ひとしお》、どうか座布団をお当てください。

ここ肥後《ひご》熊本五十四万五千石細川家の白金の御下屋敷の対面所に、今、南町奉行所の年番与力《ねんばんよりき》で渡辺一蔵《いちぞう》と申される御仁《ごじん》が見えております。潮田どのもよくご承知のように、大名家の監督と監察は大目付《おおめつけ》のお役目、そこでこの兵助、内心では、

（大公儀《おかみ》の大目付なら分るが、いったい町奉行所の者がこの細川御家《おいえ》に何の用だろう。町奉行所の者が大名家の御門の内外《うちそと》をちょろちょろいたすはとんだお門ちがい、そんな暇があったら町方《まちかた》で蠅《はえ》でも追っているがよい）

とぶつくさ云いながら対面所に臨みました。渡辺一蔵どのは年恰好《かっこう》が五十凸凹《でこぼこ》といったところ。眼光炯々《けいけい》、陽に灼《や》けて赭《あか》ら顔の、鬼のお面のような顔つきをしておりました。おまけに両頰は痘痕《あばた》で凸凹《でこぼこ》、右頰の一つなどはよほど深く抉《えぐ》れていて、蚊《か》が二、三匹潜んでいそうです。なるほど、この顔があればこそ年番与力にまでなれたのだ、と思いました。罪人《ざいにん》どもはこの顔を見ただけで震え上り、「何も彼《か》も包み隠さずに申しあげます」とたちまち恐れ入ってしまうにちがいない。与力にとっては顔の造作も責め道具の内《うち》かもしれません。

「御当家お預かりの赤穂浪人の内、筆頭国絵図奉行の潮田又之丞どのにひと目、お目に

かからせていただけませんか」

渡辺一蔵どのは深々と首を垂れました。

飛んでもないことです。逆立ちしても出来ない相談です。義盟の連判状の巻軸《かんじく》たる大石内蔵助どの、大石どののよき補佐役で大石主税どのの後見を勤めた吉田忠左衛門どの、同じく大石どのの片腕としてめざましい働きをした原惣右衛門どの、切腹の場へ向う主君と対面しその遺言を託された片岡源五右衛門どの、義盟の黒子《くろご》役を全《まっと》うされた間瀬久太夫どの、六十一歳ながら吉良家の付き人を大勢討ち取った小野寺十内どの、槍の名人間《はざま》喜兵衛どの、吉良家の者に蠟燭《ろうそく》を出させ、それを各座敷に点《とも》したアッパレなる気働きの礒貝《いそがい》十郎左衛門どの、最年長者で短槍《みじかやり》の使い手の堀部弥兵衛どの、討入りの際、庭石につまずいて泉水に落ちた近松勘六どの、母の肌着を身につけて討入った富森助右衛門どの、強弓を引いて吉良勢をふるえあがらせた早水《はやみ》藤左衛門どの、吉良邸へ引き返し竈《かまど》や炉《ろ》に水を注いで失火を防いだ智恵者の赤埴《あかばね》源蔵どの、堀部安兵衛どのと肩を並べる剣術家で、一尺六、七寸もの長柄《つか》を据えた大太刀をふるった奥田孫太夫どの、斬り結ぶうちに切ッ先が折れ、そこで敵の刀を拾って戦った矢田五郎右衛門どの、原惣右衛門どのと同時に第三の早打ち駕籠に乗って江戸赤穂間百六十里を五日で駆け抜け、主君の切腹を赤穂に知らせた大石瀬左衛門どの、そして京にあった大石内蔵助どのの懐《ふところがたな》刀と して江戸の同志たちとの連絡にあたった潮田又之丞どの、これら十七名の勇士は大公儀《おかみ》からの大事なお預かり物、もうひとつ申さば天下の大宝物《だいほうもつ》、鼻風邪をお引かせ申してさえ御家《おいえ》の面目は丸潰《まるつぶ》れ、そこで世間の風《そと》に当てぬよう細心の注意をもってお預かり申しあげておる。このように風にさえやすやすとはお当て申さぬ勇士たちをどうして、お引き合せできましょうか。

　兵助がそう云って断わりますと、渡辺一蔵どのの例の炯々たる眼が、急にしょぼしょぼとなってしまいました。両国広小路の雑踏の中を泣きじゃくって歩く迷子の童子のような、途方に暮れて、もうどうしてよいか分らないといったような眼をしたのです。兵助も少々、気の毒になり、

「事情だけでも伺っておくことにしましょうか」

と助け舟を出しました。接伴役という役目柄《がら》、この林兵助、自慢ではないが十七名の浪人衆については自分のこと以上に詳しい。潮田又之丞どのの代理人となって年番与力の話を聞き、この兵助に答えられることがあれば、答えておこう、それがよほどの重大事ならば、話だけでも潮田どのに取り次ごう、僭越《せんえつ》ながらそう考えたのです。渡辺一蔵どのはしばらくのあいだ目をつむって、さて何から先に話したものかとしきりに考えをまとめておいでのようでしたが、やがて、こう申された。

「去年の葉月《はづき》（八月）晦日《みそか》の川口彦七殺しをおぼえておいででしょうか」

川口彦七殺し。残忍な、気味の悪い殺しでした。この白金屋敷の御長屋でも一ト頃は

この殺しの噂で持ち切りでした。潮田どのはたしか、葉月十日に京から江戸へお着きになりましたね。京の円山《まるやま》安養寺の重阿弥寮に皆様方がお集りになり、その席上、大石内蔵助どのが「今や御舎弟浅野大学どのの安否も定まり、この上、心にかかることはなにもない。あとは亡君の御遺志を継ぐばかりである。そこでそれがしは十月には江戸表へ下向する所存である。それまでは方々も抜け駆けの功名をなさらぬよう願いたい」と最終の方策を打ち出された。この円山安養寺での会合を、われら接伴人は勝手に《円山会議》と呼んでおりますが、潮田どのはこの円山会議で決まったことを江戸の同志に伝えるために、堀部安兵衛どのと連れ立って江戸へ下られた。その江戸への到着が、いま申したように葉月十日でした。二日あとの葉月十二日、こんどは江戸の同志が遊山の船を二隻仕立てて隅田川に遊んだ。われら接伴人はこれを《隅田川船中会議》と呼んでおります。この隅田川船中会議で潮田どのは江戸の同志に大石どのの意向を伝え、同時に江戸の様子や吉良邸の動静を聞き取り、五日後の葉月十七日、近松勘六どのと二人で江戸を発ち、京へ引き返されました。潮田どのがふたたび江戸に現われるのは、たしか神無《かんな》月《づき》(十月)の二十四日、でしたな。つまりあの川口彦七殺しは、潮田どのが江戸においでにならない間に起ったわけです。だがしかし京へもこの殺しの噂は届いたはずです。それほどこれはむごたらしい殺しでした。とりわけ赤穂の浪人衆にとっては忘れられない殺しであったのではないか。殺された川口彦七が、五年前の元禄十年(一六九七)秋、浅野内匠頭《たくみのかみ》様の勘気《かんき》に触《ふ》れ、永《なが》の暇《いとま》を仰せつけられる前までは百五十石取りの侍だったからです。「自分たちのように亡君の仇を討とうとして燃えている者があると思えば、ついに帰参がかなわずそれどころかむごたらしく死んで行った者もある。はかなき世かな。思いがけぬ世かな」と、皆様方はしばし粛然となさったと思います。潮田どのの場合はもっと打ちひしがれてしまった、林兵助はそのように推察いたします。なぜなら、当時、川口彦七は潮田どのにとってかけがえのない同僚だったからです。あなたは筆頭絵図奉行、下役たちにすこぶる人徳があり、川口彦七は次席絵図奉行、量地《りょうち》（測量）と作図に関しては天才という評判があった。お二人が揃えば、鬼が金棒持ってついでに虎皮の褌《ふんどし》を新調したようなもの、ほれぼれするような御国絵図《おくにえず》をおつくりになった。参《さん》覲《きん》のたびに内匠頭様はお二人のつくられた御国絵図を携えて御出府なさる。その内匠頭様を幕閣の方々が心待ちにしておられたそうでございます。皆様、赤穂の御国絵図が見たくてたまらないのですな。それは絵図というよりは、そう、一幅《いっぷく》の絵でありました。

　といったようなわけで潮田どのもあの殺しについてはよく御存知のはず、そこで細部は端折《はしょ》ってその大略のみを復習してみましょうか。葉月晦日の早朝、両国橋の西詰《にしづめ》の橋下に、顔をぐちゃぐちゃに潰された男の死体が転がっていた。下帯一つの半裸、腹に風呂敷包がくくりつけてあった。着衣は傍に丸めて捨てられていた。さて、奇ッ怪なのは風呂敷包の中味で、分度器、規《ぶんまわし》、矩《ものさし》、定木、十字《じゅうじ》などが入っていた。十字とは、ある角が直角かどうかを調べる道具だそうで、……あ、筆頭国絵図奉行に向って作図道具の講釈は、それこそ釈迦《しやか》に説法でした。この他に、日本図の下描きと思われる図面が十五、六枚、小さく畳んで入っていた。図面はいずれも血で赤く染まっていた。

その日の正午《ひる》すぎ、大公儀《おかみ》の表絵師《おもてえし》の狩野良信《よしのぶ》から町奉行所へ次の如き届け出があった。

「自分の雇人の川口彦七という絵図師の行方が知れなくなった。噂によれば、今朝、両国橋橋下で殺された男は、腹に作図道具を巻きつけていたというが、ひょっとしたらその男は、深川黒江町からわが屋敷内の絵図小屋に通ってきている川口彦七ではあるまいか」

狩野良信は同心の案内で深川の大番所に行き、そこに安置されていた亡骸《なきがら》と対面しました。道具を改め、図面をひろげていた狩野良信が、やがて嗚咽《おえつ》を洩《もら》しはじめた。つまりここにおいてその亡骸は川口彦七のものと確定されました。狩野良信が川口彦七を雇い上げたのは元禄十一年の春だったそうです。ということは、川口彦七、赤穂から何の道草も喰わず真ッ直に江戸へ下ってきたわけですな。当時、狩野良信は大公儀《おかみ》の命により三十七枚組の日本御絵図の作図に着手しようとしていた。大公儀《おかみ》の撰《せん》による日本御絵図は正保《しようほう》年間（一六四四〜四八）に一度行われたきり。ですからこれは五十年ぶりの大事業。そこで狩野良信は人材を集めにかかっていた。川口彦七はそのことを知っていて、迷わず江戸へ下り、この表絵師の門を叩いたのでしょう。

「もう一ト月か二タ月で日本御絵図が出来上るというこの大事な時期に、どうしておまえはこんなことになってしまったのだ」

亡骸に取り縋って狩野良信はいつまでもさめざめと掻き口説いていたといいます。兵助、思いますに、日本御絵図の作図は川口彦七を中心に行われていたのではないでしょうか。でないと、川口彦七のぐちゃぐちゃに潰れた顔に、狩野良信が自分の顔を押し当てていつまでも泣きじゃくっていたというその理由がわからない。

川口彦七殺しの下手人が捕まったのは、霜月（十一月）の中旬《なかば》のことでした。日本橋小田原町の、さる裏店《うらだな》の連中が南町奉行所へ、

「ちかごろ長屋に住み移ってきた久造という男がどうも怪しい」

と訴えて出た。久造の留守に、長屋の子どもたちが勝手に上りこみ、そのへんを引っ掻き回しているうちに、神棚の上に独楽《こま》の親類のようなものを見つけ、それを外へ持ち出した。親が見咎《みとが》めて取り上げると、なんとそれは南蛮《なんばん》流の磁石である。しかも裏に「川口彦七」と刻んであった。さっそく当番与力一騎と平《ひら》同心三人が張り込む。とは露知らぬ久造、夜に入って間もなく、鼻唄を唸って上機嫌で帰ってきた。大捕物。大番屋送り。そして翌日の夕方、久造は小伝馬町《こでんまちょう》の牢屋敷へ送り込まれました。久造の顔には刀傷が五筋《すじ》六筋と走っていて、一ト目見たら三日は魘《うな》されそうな、物凄い面付《つらつき》だったと

いいますな。

こうして川口彦七殺しがまたも噂の種になりました。あなたがた赤穂浪人衆の討入りがなければ川口彦七殺しの話題で去年が暮れ、今年が明けていたでしょうよ。だがしかし人心は現金なもので、極月《ごくげつ》（十二月）十五日からこっち誰一人として、川口彦七の名を口にいたしません。口の端にのぼることがあれば、「川口彦七はいいときに殺されたのではないか。彼とても赤穂の浪人、いま生きていたらきっと肩身のせまい思いをしただろうからね」とか、「いやいや、川口彦七も絵図師に身をやつしながら、その秋《とき》のくるのを心待ちにしていた同志の一人だったかもしれない」とか、討入りにからめて語られるときに限られます。あの久造についても同じこと、御吟味《ごぎんみ》がまだ続いているものやら、お裁きがもう下されてしまったものやらとんと不案内。

「久造はじつにしぶとい奴《やつ》です。五枚も石を抱かせましたが、白状もしなければ、前歴についても口を割ろうとしません。御吟味のたびに、『川口彦七のことなど知らぬ。磁石がなぜ神棚の上に置いてあったのか、それも知らぬ。おれはだれも殺していない。おれは無実だ。牢から出してくれ』と喚き立てるばかりです。久造にはほとほと手を焼きました」

渡辺一蔵どのによれば、石を五枚抱かせても口を割らなかった囚人は、小伝馬町牢屋敷はじまって以来だそうです。渡辺一蔵どのの受け売りですが、石はこの六十余州でもっとも堅く、もっとも重いといわれる伊豆石。一枚十三貫、これが五枚で六十五貫、それを膝で支えるのですから、口は泡を吹き、鼻は水を垂らします。たいていの囚人は二枚か三枚で降参してしまうらしい。洗い浚《ざら》い吐いてしまうそうです。吐くことがなければ嘘を拵えてでも吐く。それほど石抱きは恐しい拷問なのですな。ところが久造は、「おれは何も知らぬ。無実だ。牢から出してくれ」といつもの文句を繰り返すばかりで他のことは何一つ云わない。

「これには吟味方《かた》のほうが音《ね》をあげてしまいました。川口彦七と名の入った南蛮流磁石を証拠に押さえておきながら、まったくだらしのないことで……」

「なにをおっしゃりたいのですか」

渡辺一蔵どのの喋り方が小娘のようにおどおどしている上に、話がいつまでも核心に触れてこない。はじめのうちこそ御吟味の仕方などをうれしがって聞いておりましたが、そのうちにこの兵助、すこし焦《じ》れてきた。

「その久造と当家お預かりの潮田又之丞どのとなにか関係があるのでしょうか」

「昨日、久造が突然、口を割りました」

「それはめでたい。川口彦七殺しを白状したわけですな」

「いや、川口彦七はこの自分である、と云い出しましたので……」

一瞬、なにがなにやら分らなくなってしまいました。ただ目を白黒させているばかり

です。渡辺一蔵どのは、

「昨日のわれわれもしばらく二の句がつげずに、いまの林どののようにぽかんとしておりました」

と慰めてくれ、それからこう話してくれました。牢屋敷には毎夕、数人の新入りが送り込まれてくる。多いときは十人を超えることもある。これらの新入りを介して、囚人どもはじつによく世上の噂に通じている。ほかに小銭を摑ませればたいていのことはやってくれる囚人の世話焼き役の下男《しもおとこ》がいる。この下男を使って、囚人たちは大いに新知識を仕込む。このたびの討入りについても、囚人たちは細かいところまで知っている。

「たとえば牢内の者は、細川様の筆頭接伴役は堀内伝右衛門どので、次席が林兵助どのであるとそこまで承知しているのですよ」

さて、極月十五日から久造は変った。ひどく落ち込み、命の綱の物相飯《もっそうめし》にも箸をつけない。ところが年が明けてからは別人の如く陽気になって、昨日などは立て板に水、息をもつがずこう喋りまくったというのです。

「……わたしが殿様の御勘気を蒙ったのは、竹光《たけみつ》で金打《きんちよう》したからでした。友人となにか約束をとりかわすときに、刀の刃《やいば》や鍔《つば》を相手のそれと打ち合せるのが、その頃、赤穂で流行《はや》っていたのです。ところが磁石は金気を嫌います。近くに金気があると狂ってしまいます。そこで竹光を差していたのでした。しかし内匠頭どのには絵図奉行のそういう心配りがおわかりにならない。『どのようなもっともらしい理由があっても、余は竹光で金打する者を当家の家中とは認めない。川口彦七、その方に永の暇をつかわす』……。江戸へ下って狩野良信どのの仕事を助けることになりました。しかしいつかきっと帰参の叶う日が来るにちがいないと信じ込んでおりましたから、あの御大変には色を失い、一ト月も寝込んでしまいました。……亡君の御鬱憤《ごうつぷん》を晴らそうという志を抱く人たちのいることをはっきりと知ったのは葉月の中旬《なかば》です。そのときのわたしは狩野良信どののお供をして隅田川を下っていました。隅田川の曲り具合を測っていたのです。と、十二、三間ばかり離れたところをゆっくりと漕ぎ上って行く二隻の船が目に入りました。先の船には潮田又之丞どのの懐しい笑顔が見えます。後の船からは片岡源五右衛門どのの涼しい笑い声が聞えてきます。そのほか乗り合せている人の数はざっと二十余人。(狩野良信どのの手前、追って行くわけには行かぬが、あの顔ぶれならきっとなにか策を立てている)とそう確信しました。……数日後、狩野良信どのに『仕事をやめたい』と申し入れました。仕事をやめて暇をつくり、江戸中、歩き回って同志たちの居所を突き止め、義盟に加えてもらおうと思ったのです。しかし狩野良信どのは許してくれません。日本御絵図の作図がちょうど最後の追い込みにかかっているところで、これは『やめさせてくれ』という方が無理です。しかし無理は承知でも、ここは押さねばならぬ。狩野良信どのにまた喰い下りました。狩野良信どのはわたしの顔をのぞきこむようにして見ていましたが、やがてこう云いました。『江戸にいま、赤穂浪人がそろそろなにかやりそうだという噂が流れているようだが、噂はどうやら真実のようだね。おまえもその一味なのだろう。だったら仕事をおりていいよ。そのかわりわたしはその日のうちに、町奉行所へ訴えて出るからね』……。これではうかつに動けません。葉月の晦日は朝早くから神田川をさかのぼり、その曲り具合を調べることになっていました。そこで星をいただきながら黒江町の長屋を出ました。両国橋にさしかかると、橋の欄干《らんかん》から身を乗り出すようにして、ものを吐いている男があります。柳橋の船宿あたりで夜を徹して飲んだのでしょうか。とにかく飲み過ぎて悪い酒になってしまったようです。見兼ねて背中をさすってやりました。そのうちに、その男が、年恰好、背丈《せたけ》、肉づき、顔の輪郭、どこをとってもどことなく自分と似ていることに気付きました。幼いころ、古老の云っていた〈この世には自分とよく似た人間が誰にも三人ずついるものだよ〉という言葉を思い出し、ぞっとして男から離れました。橋の半ばまでも行かぬうちに、背後で、西瓜《すいか》を地面に叩きつけるような、いやな音がしました。振り返ると、橋の下に今しがたの男が伸びています。このときです、狩野良信どのに川口彦七が死んだと信じ込ませようと思いついたのは。男の顔は、すでにぐしゃぐしゃに潰れていましたから、仕事はすぐに済みました。着物をすりかえ、男の腹へ、量地や作図の道具の入った包みをくりつけると、四谷村まで行きました。いま思えば、磁石もそのまま置いてくるべきでした。その磁石は内匠頭どのからの御下賜金で入手したもの、だから手離したくなかった。しかし磁石にこだわったことが、運のつきる因《もと》になりました。四谷村で食物や金瘡《きんそう》薬を手に入れると、空《あ》き小屋に閉じ籠り、わたしは自分の顔に傷をつけました。またどこかで狩野良信どのとばったり顔を合せないものでもない。そのときに備えて顔をかえてしまおうと思ったのです。四十日ほど四谷村で過し、顔の傷が塞がったところで日本橋小田原町の裏店に入りました。そして朝から晩まで日本橋に立って見張っておりました。一ト月ほどたった霜月中旬《なかば》のとある夕方、わたしはついに潮田どのと巡り合った。あとをつけました。石町三丁目の小山屋という旅籠《はたご》の前で、潮田どのは突然、こっちを振り返り、

『なぜ、わたしを尾行《つけ》ているのか』

　こっちをぐいと睨みつけてきた。

『わたしですよ、潮田どの。川口彦七です』

『川口彦七だと。なにをばかな』

『川口彦七は生きていたのだよ』

『消えろ』

『潮田どの、この顔をよく見てくれ。傷の下に、まだ面影《おもかげ》がのこっていると思うが』

『いったい貴様は何者だ。川口彦七の名をどこで仕入れてきた。潮田などという名をどこで聞き知ったのだ』

『川口彦七が川口彦七を知っていて、なぜ悪いのですか。川口彦七が親友の名を知っていて、どこが悪いのですか』

『云っておくが、わたしは潮田ではない。わたしは原田だ。原田斧右衛門じゃ』

人集《ひとだか》りがしはじめていました。変名を使っているところを見ると、小山屋を隠れ家にしているのだろう。これ以上さわぎ立てるのはまずいと思いました。少し口惜しい気がしないでもないが、今日のところはここまでで引き下ることにしよう。そこでわたしは、『人ちがいであった。御免』

と大声で告げて小田原町へ帰ってきました。潮田どのに禿のあることを思い出したのは長屋の木戸を潜ろうとしたときです。木戸には長屋の住人の名を紙に書いて貼り出してあります。中には木戸に焼き印《いん》を捺《お》すことで間に合せている者もある。その焼き印が、潮田どのの後頭部の禿を思い出させてくれたのです。五歳のときだったと思いますが、どちらが我慢強いかを競って、おたがいの後頭部に焼き印の当てっこをしたことがあります。その記念にわたしの後頭部には潮田家の家紋である細輪に三の字が残り、潮田どのの後頭部には川口家の家紋の蛇の目が残った。そうだとも、明日、小山屋へ出かけて行って禿の見せっこをすればいい。しかしそれは永久にできない相談になってしまいました。それからすぐ、この川口彦七は川口彦七を殺したかどで捕まってしまいましたから。新入りの囚人から、赤穂の浪人が吉良邸に討ち入ったと聞いたときは、口惜しくて食を断って死のうと思いました。しかしこの頃はちがうことを考えています。わたしが討入りに加わりたい一心で、自分が川口彦七であること、そして久造が架空の人物であることをあくまで証し立てようとしていたら、討入りそのものが出来なくなっていたかもしれぬ。つまり自分は討入りに加わらぬことで、じつは討入りに加わっていたのではなかろうか。そう考えるようになったのです」

まったくよく出来たお話ですな。この久造という男は、赤穂の浪人衆について、いまではたいていの者が知っている事実を組み合せ、自分を川口彦七にすりかえようとしている。川口彦七になりおおせてしまえば、殺しそのものが存在しなくなる。そこで無罪放免とこうなるわけですな。こんどの討入りを利用することにかけてはこの久造が一番図太い。ぴか一です。これにくらべたら、石町三丁目の饅頭屋の亭主や新麴町の婆さんの遣り口など可愛いものだ。この兵助、渡辺一蔵どのにそう進言しました。それでもまだ渡辺一蔵どのは、「やはり禿が気になりますでな」だの、「禿が決め手にならぬでもありませんので」だのと、ぐずぐず云っておられましたな。ばかばかしい。殺しか、殺しではないか、それが蛇の目の恰好をした禿のあるなしで決まるなぞこの年になるまで聞いたことがない。おや、いま、なにか申されましたか、潮田どの？　はて、「髪さかやき髭剃り爪切りのお許しが出たら、わたしの蛇の目の禿をとっくり見せて進ぜましょう」ですと？

江戸給人百石　松本新五左衛門

お床《とこ》に入ったらさっそく目を閉じてすぐに眠りに落ちるのが、武士のたしなみというものですよ、坊っちゃま。そうでないと寝《ね》が足らなくなって、今度はなにか事《こと》がおこったときにすぐ目をさまして床を蹴って跳《と》び起きることができなくなってしまいますからね。ましてや坊っちゃまは三百五十石取りの御《お》旗本津田家の御跡継《おんあとつ》ぎ、この正月で五歳《いっつ》におなりになったのですから、あと二年もすれば御《ご》元服、大伯父さまと御一緒に将軍様《おかみ》に御目見得《おめみえ》なさって、幼いながらもその背に三百五十石の御家《おいえ》をお背負いにならなければなりません。ですから赤ちゃんみたいにいつまでもお床の中でぐずぐずなさっていてはなりませんよ。

まだ、お目々を開いたままですね。お咲《さき》は怒りますよ。御旗本といえば武士の中の武士、ほかのお侍がたの御手本でしょう。さあ、はやくお目々を閉じて、さっそくすやすやと寝息を立てて、このお咲を安心させてくださいね。

昔話を聞かないと眠れないと、そうお顔に書いてありますね。仕方がありません、昔話をしてあげます。けれど坊っちゃま一つだけですよ。附録《おまけ》はありません。一つ聞いたらおとなしくお眠りなさること、いいですね、これは金打《きんちょう》ですからね。

この葛飾郡《かつしかごおり》西葛西《にしかさい》領一帯の新田《しんでん》を拓《ひら》いたのは、お咲のおじいさんにあたる八右衛門というお百姓でした。いまから七十年も前の寛永《かんえい》年間（一六二四〜一六四四）に、八右衛門じいさんは仲間と一緒に北の足立《あだち》郡というところからここへやってきて、じめじめした沼地を立派な田んぼに仕立てなおしたのです。沼地を三百石ものお米の穫《と》れる田んぼにしたのですから大手柄、公儀《おかみ》から御褒美をいただいたばかりか、「新田の名を八右衛門新田といたせ。また、八右衛門とその子孫は末永く新田の名主をつとめて、いっそう多くの田畑を拓くように」というありがたいお言葉を頂戴しました。ところで八右衛門じいさんとその仲間のお百姓たちはそれまで沼地を田んぼにするのに一所懸命でしたから、江戸のごくごく近くにいるのに、一度も日本橋や江戸の御城《おしろ》というものを見物したことがありません。そこで新田開拓の大仕事にもようやく一区切りついたことだし、年の暮ですこしは閑《ひま》もできたし、このへんで手分けして江戸見物に出かけようではないかと相談がまとまりました。最初に出かけたのが一本柳の太兵衛さんです。太兵衛さんというのは、ほら、坊っちゃまの遊び友達の、あの太助の曾《ひい》おじいさんのことですよ。太兵衛さんは日本橋の旅籠《はたご》にひと晩泊まって、あくる日の日暮れどき、八右衛門新田へ帰ってきて仲間のお百姓たちに土産話をして云うことには、

「なによりかによりおどろいたのは、『かかみどころ』という看板を掲げた店のあったことじゃ。だからわしは半日、その店先に坐り込んで、そこの嬶《かか》さまをとっくりと拝んできたわい。見世物にするほど器量よしだとは思わなかったが、さすがはお江戸じゃ、奇体な店もあればあるものよ」

太兵衛さんの話にみんなは目をまるくしましたが、そのなかでも二番新田の吾作さんはその嬶見所《かかみどころ》の嬶さまが見たくてたまらなくなり、それがどこにあるのか場所をよく聞いて、年が明けるとさっそく江戸へ出かけていきました。二番新田の吾作さんというのは、坊っちゃまと仲よしの吾平の曾《ひい》おじいさんです。

さて、二番手の吾作さんの土産話はこうでした。

「太兵衛の教えてくれた店には『ことしゃみせん』と書いた看板がさがっておった。今年ゃ見せん、というのだから仕方がない、かわりに日本橋を十回も行ったり来たりしてきたが、それにしても惜しかったのう」

坊っちゃまはお利口だから二人のお百姓がなにをどんなふうに勘ちがいしたか分りますね。そのお店は「鏡所《かがみどころ》」から「琴三味線《ことしゃみせん》」の稽古所に看板をかえていたのでした。

とんぴんとん……。

泣いていますね、坊っちゃま。播巻《かいまき》でお顔を隠しても、このお咲には分りますよ。なにが悲しくて泣いているのか、その見当もつきます。じつはお咲は坊っちゃまが太助や

吾平を相手に口争いをしているのを聞いていたのです。口争いのおしまいに太助と吾平が声を揃えて、

坊っちゃまの父様《ととさま》は弱虫だーい
坊っちゃまの母様《かかさま》は気が触れたーい

と囃《はや》し立て、怒った坊っちゃまは二人を追いかけた。太助には逃げられてしまったけれど吾平には追いつき、その場にねじ伏せた。吾平は坊っちゃまに打《ぶ》たれて泣きながら、「だってみんなが云ってるもの、坊っちゃまの父様《ととさま》は途中で命を惜しんで大石内蔵助との一味同心《いちみどうしん》から脱《ぬ》けた臆病者だよ、って。それからみんなはこうも云っているぞ、坊っちゃまの母様《かかさま》はそれが因《もと》で気が触れて名主さんところの座敷牢に押し込められなさったんだよ、って。だからおいらが悪いんじゃないや。おいらはただみんなの口真似をしただけだい」

途端に坊っちゃまは紙風船をつぶしたようにぺちゃんこになってしまった。その隙に吾平は坊っちゃまを撥《は》ね除《の》け突き倒し、「君打《ぶ》って、僕《ぼく》失敬」と三つも四つも拳固《げんこ》をふるって逃げ帰ってしまった。いつもの坊っちゃまならどんなことをしてでも借りを返すのに、今日はちがっていました。しゃがみ込んだままいつまでも足許の土をいじってい

た。お咲は裏庭で洗い張《は》りをしながらその一部始終を余さず見ていたのです。坊っちゃまは吾平や太助の云ったことが気になって、それで眠れないでいるのですね。

起きてくださいますか。これからお咲は坊っちゃまに五年前の秋から翌年にかけておこったことをお教えいたします。お咲はいつかはこのときがくるものと思っておりました。さ、お風邪を召してはなりません、掻巻をしっかりと羽織って、こちらを向いて。

お咲は八右衛門新田の名主の末娘として二十三年前に、ここ、この座敷で生れました。十二歳までは別にお話しすることもない、ごく普通の娘として育ちました。お咲の身の上に変ったことが起きたのは十三歳の春でした。坊っちゃまの母様の御屋敷へ行儀見習のために奉公にあがることになったのです。お咲が御屋敷へあがるについてはこんな話があるそうです。その七年ばかり前の秋のある一日、津田の御殿様が麴町から葛西領へ馬で遠駆《とおが》けをなさったことがあった。この御殿様は母様のお父上、坊っちゃまにはおじいさまに当られるお方ですけれど、大病をなさったあとの体馴《からだなら》しに毎日のように遠駆けにお出になっていたのですね。ところでこの八右衛門新田は坊っちゃまも知っておいでのように蛇の名所です。何百何千もの蛇がいる。そのなかの大将株の、松の根っ子ほども太いのが、どういう風の吹き回しか御殿様のお馬の前を横切ろうとした。お馬は驚いて竿立《さおだ》ちになりました。そのお馬、それまでそんな太い蛇に出あったことがなかったのでしょうね、それですっかり胆を潰してしまったのです。

お腰をしたたかに打って苦しんでおいでの御殿様を野良から帰るお百姓たちが見つけて、「だれか戸板をもってこい。名主屋敷へお運び申すのだ」、「だれかお医者さまのところへ突っ走れ」、「早く馬の口綱をとれ」と大騒ぎになりました。お馬はね、可哀相《かわいそう》なことになりました。朽縄《くちなわ》ごときに驚いて主人をほうり出したことを恥じたのでしょう、その日から食が細くなり、とどのつまりはこの八右衛門屋敷の馬屋で、自分から飢えて死んでしまったということです。お馬のことはあまりよく憶えていないけれど、御殿様のおやさしかったことは忘れられません。お咲はちょうど今の坊っちゃまと同じような年齢《とし》でした。ただし坊っちゃまほどは利口じゃなかったかもしれません。なぜって御殿様のことを「親戚の、偉いおじさん」ぐらいに考えて、お花を摘んできて差し上げてはその御褒美にお話をせがんだり、お人形づくりのお仲間に誘ったり、雨の日遊び相手に困ると御殿様の前に双六盤《すごろく》を持ち出したりしていたのですから。あの頃のことを思い出すたびに恥しくて体が火を吹いたように熱くなってしまいます。御殿様はこの八右衛門屋敷に五十日ばかりおいでになりましたが、小春日和《びより》のとても暖い日の正午《ひる》、立派な御駕籠《かご》がうちの門の前にとまりました。御殿様のお腰の痛みがようやくとれたので麴町からお迎えがきたのです。小名木《おなぎ》川までは御駕籠で、そこから先は御舟でお帰りになったそうですが、お見送りのために門の前でべそをかきながら立っていますと、御殿様はわざわざそばへおいでになり、お咲の頭を撫でてくださいました。そしてこうおっしゃったのを今でもはっきりと憶えています。

「わたしにもお咲と同じ年齢《とし》の女《むすめ》がおる。安基《あき》姫といってな、たいそうな淋しがり屋じゃ。お咲が麴町へ来て安基姫の相手をしてくれたら嬉しいが、どうじゃ、お咲、来てくれる気はないか」

お咲の一生はあのときに定《き》まったのだと思います。自分と同じ年齢《とし》の淋しがり屋のお姫様、その方のお相手をし、その方の支えになること、それが一生の仕事だと、子ども心にも自分の将来《さき》を見究めたのですね。とまあ、お咲が麴町へ奉公にあがるについてはそういう前日譚《ぜんじつだん》があったのでした。

御屋敷のお庭が広いといってもお咲はそんなに驚きはしませんでしたよ。なにせお咲は名主の娘、生意気にもこの八右衛門新田を自分のところの庭と心得ていましたもの。何万坪もの八右衛門新田とくらべれば御屋敷の四百坪のお庭は猫の額《ひたい》のように狭く感じられたのです。御屋敷のお食事にしても同じこと、名主のお膳の上のほうがよほど賑《にぎ》やかでした。けれど十三歳の春に麴町へ上って、二十歳の春に姫様をお連れしてこの名主屋敷へ戻ってくるまでの七年間、お咲はただの一度も宿下《やどさが》りをしたことがなかった。姫様がお咲を一日もお離しにならないのです。お咲にしても想いは同じ、一日としても、いいえたとえ半日でも姫様のおそばから離れては暮せない。姫様とお咲とはまるで双子《ふたご》の姉妹のようでした。

組み合せがよかったのだと思いますよ。たとえばお咲は出しゃばりのお喋り屋、ひきかえ姫様は引っ込み思案の聞き上手、一事が万事この伝でたがいの凸凹《でこぼこ》がぴったり合っておりました。坊っちゃまと同じように母様《かかさま》もお咲の昔話がお好きでしたよ。なかでもお気に入りは「西行《さいぎょう》のはね糞《ぐそ》」というお話でした。

昔、西行法師が仏法修行と和歌の道にはげもうと陸奥《むつ》へ旅をなさったとき、足立郡で雪に閉じ込められてしまうということがありました。それでも法師は雪を漕いで先へお進みになります。そのうちに法師は雪隠《せっちん》を探しはじめました。けれど見渡すかぎりの雪野原、あたりに人家らしきものも見当りません。そこで法師はその場にしゃがんで野糞をなさいました。するとそのぬくみで雪が溶け、萩《はぎ》の木がぴんとはねあがってきました。野糞も一緒でした。でもさすがは後に和歌の神様とうたわれる方だけあって、あわてて顔の汚れを落そうだなんてことはなさいません。それどころかこんな和歌さえお詠みになったといいます。「西行も長き旅をばしたれども萩のはね糞今日がはじめて」。さすがではありませんか。

坊っちゃまにもこの話はお聞かせしたことがありましたね。坊っちゃまはあまり嬉しそうになさいませんが、姫様はとてもお好きで、お袖ですっぽりとお顔をお隠しになって小さなお声でくっくっとお笑いになるのが常でしたよ。それまでこういう品の悪い昔話をお聞きになったことがなかったのですね。それで珍しくお思いだったのでしょう。

思い出しました。姫様のお好きなものの一つにこんなのもありましたっけ。

八右衛門新田一本柳の太兵衛の末ッ子で太吉という若者が下総国《しもうさのくに》市川の名主さんのところへ聟入《むこい》りしました。太吉は働き者で気のやさしい若者でしたが、難をいえば喰いしん坊、そのせいでそれまで何度も失敗していました。祝言には柿の実をくるみと豆腐で和《あ》えた御馳走が出ました。頬っぺたが落ちそうにおいしいので太吉はもっとたべたいと思い、夜ふけにそっとお勝手へ忍び込み、腹いっぱい詰め込みました。そのへんでやめておけばよかったのでしょうが、なにせ八右衛門新田で一番の喰いしん坊、食べれば食べるほど欲が出て、太吉はふんどしを外すと柿の実の和え物をそれに包みはじめました。寝床へ持ち込んでゆっくり味わおうと考えたわけです。ところが囲炉裏端を通ったとき、ふんどしの包みが運悪く自在鉤《かぎ》に引っかかってしまいました。慌てていたもので取ろう取ろうと焦るたびにふんどしはいっそうややこしく鉤にからみついてしまいます。灯《ひ》を点《つ》けるわけには行きませんから暗がりの中でああでもない、こうでもないと手さぐりでやっているうちにやがて一番鶏《どり》が鳴きました。起きてきた舅《しゅうと》がふんどしを引っ張っている太吉を見て呆れ、

「こんな男にうちの身上《しんしょう》と一人娘を預けるわけにはいかない」

と云い、太吉を八右衛門新田に追い帰してしまいました。

この話を聞いて八右衛門新田の若い衆が太吉を可哀相に思い、ある日、市川の名主の

屋敷へ押しかけて行きました。そしてお茶菓子をいただくとすぐ、めいめいがふんどしを外して囲炉裏の自在鉤に引っかけはじめました。舅が、

「このあいだ聟にきた男も似たような真似をしていたな。それはいったいどういうおまじないかね」

と聞きましたので、若い衆の一人がさっそくこう答えました。

「葛西領の八右衛門新田では、よその家でおいしいものをいただいたとき、その家の自在鉤に自分のふんどしを引っかけて感謝の気持をあらわすのが最高の礼法となっております」

　これを聞いて舅はぽんと膝を打ち、

「そうだったのか。するとあの男はじつに礼儀正しく振舞っていたというわけだな」

とさっそく太吉を呼びに八右衛門新田へ使いを出しましたとさ。とんぴんとん。

毎日毎晩、姫様が話をおねだりになりますので、さすがのお咲も息が切れて、

「今夜は、こわくておかしくて悲しい話をいたします。鬼めが屁《へ》をひって死にました。とんぴんとん」

などといってごまかしたりするときもありましたけれど。

　悲しいこともありましたよ。お咲が御屋敷へあがって七年目の夏、御殿様がおなくなりになり、そのあとを追うようにして奥様も黄泉《あのよ》へ旅立っておしまいになった。姫様も

お咲も十九歳、もう充分に大きかったのですが、毎晩泣いてばかりおりました。昔話をしてさしあげる習慣がふっとやんでしまったのはそのときでした。なにしろどんなにおもしろい昔話をしてさしあげても、姫様はもうお笑いにはなりませんでしたからね。御屋敷うちの様子もがらりと変りました。神田佐柄木町《さえきちよう》から大伯父様がおいでになって、ああせいこうせいと口やかましくお指図をなさいます。そうして毎晩のように姫様の前で御殿様と奥様のことを悪し様《あざま》におっしゃるのです。

「一人娘が十九にもなるのに聟養子の手配もつけずにほったらかしにしていたとは呆《あき》れて口もきけぬわ。本家のこのわしが小普請組《こぶしんぐみ》の組頭《くみがしら》に小判を詰めた菓子折を贈って繋いでいるからよいようなものの、そうでもなかったらこの家は潰されておったところだ」

そのうちに悪口の矛先《ほこさき》が姫様に向けられてくる。

「安基も安基だ。おまえは二言目には『病弱ですから』といって持ち込まれてくる縁談を片っ端から断わってきたそうだな。少しは家のことも考えなくてはいかん。まあ、よい。これまでのことは仕方がない。だが、これからはわしの言いつけは大人しく聞いてもらうぞ」

毎晩、この繰り返しです。大伯父様のおっしゃる意味も分らないではありませんが、これでは毎日がつらい。姫様は日毎《ひごと》にやつれて行き、お床から起き上れない日が多くなりました。

大伯父様が気にしておいでだった小普請組の組頭というのは、たいそう力があるのですよ、坊っちゃま。すこし話が難しくなりますけれど、坊っちゃまにはいつの日か、かならず役に立つはずですから辛抱して聞いてくださいね。大雑把《おおざっぱ》にいって御旗本には、なにかの御役《おやく》についておいでの方々と、役職におつきではない非役《ひやく》の方々との二通りに分けられます。非役の方々は家禄を戴いておりながらお仕事がないので肩身狭く思っていらっしゃる。そこで家禄の一部を公儀《おかみ》にお返しになるのが規則《きまり》になっています。そんなわけで非役の方々の御内証《おないしょう》はなかなか楽ではありません。これに引きかえ、御役についておいでの方々は家禄の一部をお返しする必要はありませんし、それどころか家禄に加えて役料《やくりよう》とか足高《あしだか》とか特別なお手当も戴けます。ですから非役の方々は、それぞれ寄合《よりあい》や小普請組に編入されながら、御役のつく日の来るのを一日千秋の思いで待っていらっしゃいます。麴町の御殿様、坊っちゃまのおじいさまも小普請組のうちのお一人でした。

ではいったいだれが非役の御旗本を御役に抜擢《ばつてき》するのでしょうか。それは組頭の御役目。組頭は普段から組のうちの御旗本衆をよく見ていて、御役に空席《あき》が出来たときは、シカジカノ者ガ最適任デアルト思ワレマスと公儀《おかみ》に申しあげるのですね。組頭の後押しがあれば、その人事は十中八九まで実現いたします。そこで非役の御旗本衆は組頭によく思われたいとそればかりお考えになって、いろんな努力をなさいます。一番効《き》くのは佐柄木町の大伯父様のように組頭へこっそり黄金《こがね》の贈物をすること。二番目が組頭の言いつけに従順であること。……とこんなところで難しい講釈はとんぴんとん。

さて、姫様の御気分のすぐれぬまま季節は秋になりました。ある日のこと、佐柄木町の大伯父様が上機嫌で姫様の居室へおいでになって、

「効いたぞ、効いたぞ、黄金の小判入りの菓子折が」

とおっしゃった。

「神田明神北側の三枝左兵衛の弟がこの津田家の聟養子ときまった。組頭が縁結びの神じゃ。これでこの家にもようやっと陽がさすことであろう。組頭は自分の世話した男をいつまでも非役のまま放ってはおくまいからな」

「どんなお方がこの津田家へきてくださるのですか」

姫様がおたずねになりますと、大伯父様はとんと胸を叩いて、

「松本新五左衛門といって途方もない美男じゃ。腕も立つ。念流を能《よ》く使うという。学問もある。おまけに養子の経験もある苦労人じゃ。万事都合がよろしい」

「養子の経験があるとおっしゃいますと……」

「赤穂浅野家の江戸給人《きゆうにん》で百石取りの松本隼人のところへ十七歳で養子に入ったそうじゃよ。ところが去年の春の、浅野内匠頭の殿中刃傷によって御家は断絶。以来浪々の

身で現在は兄の三枝左兵衛のもとで徒食しているとか」

それから一ト月後の秋の終り、御屋敷で祝言があげられました。お咲はむろんのこと姫様さえも、新五左衛門様のお顔を拝見するのはその日が初めてでしたけれど、一ト目みて、このお方ならお咲の大切な姫様をきっと仕合せにしてくださるにちがいないと思いました。お年は二十四歳、目もと涼しく口もときりり、体は鍛え抜かれて鋼《はがね》のようで凜々《りり》しくも頼もしいお姿をしておいででした。なによりも物腰が堂々としていて、かといって思い上ったり高ぶったりしたところは微塵《みじん》もありません。気にかかることといえば、よほど悲しい目にあったのか、ときおり、目の色が淋しくかわること。御家断絶のときの悲しみが目にあらわれるのかしらと思いましたけれど、じつは新五左衛門様はそのとき、もっと辛い目にあっておいでだったのです。そのことを知ったのは後になってからでしたけれど。いずれにせよ、坊っちゃまの父様《ととさま》はどなたが見てもほれぼれと見とれてしまうようなお方でした。

姫様は祝言のあくる日から目に見えてお元気になられましたよ。そして口癖のように、

「亡くなった父様と母様があの世からこの安基のことを気にかけていてくださっているのだわ。こんなに立派な夫を授かったのもきっと父様や母様のお導きによるものにちがいない」

とおっしゃっておいででした。もっとも十日に一度か二度は、

「あの方はときおり魂をだれかに抜き取られてしまったようになってしまう」

と深々と溜息《ためいき》をなさいます。ときどき茫《ぼう》とした目になってどこか遠くをごらんになることがあって、そうなると声をおかけしても返事をしてくださらない、とのことでした。

そうこうするうちに、あの極月《ごくげつ》十五日の朝がやってきました。お咲の給仕でお二人は朝餉《あさげ》のお膳に向っておいでででしたが、そこへ若党の勇蔵が駆け込んできて、

「赤穂浅野家の浪人衆が吉良様の御屋敷へ押し入ったそうでございます。吉良上野介様はその白髪首をみごとに掻かれてしまったとか。町方《まちかた》では大変な評判でございますよ。大工は道具箱をうっちゃらかし、振売《ふりうり》は天秤《てんびん》棒をほうり出して、泉岳寺へ向う赤穂の浪人衆のあとをついて歩いているといいます」

新五左衛門様は呪文《じゆもん》をかけられてしまったようにぴくともお動きになりません。やがて御飯の上にはらはらと涙をお落しになり、小声で、

「安兵衛どの、そして孫太夫どの、新五左衛門はつくづく羨《うらやま》しい」

とおっしゃいました。それからあとは不断《ふだん》の通り、ゆっくりと箸を動かしておいでになっていた。

数日のうちに赤穂の浪人衆の「押し入り」は、「討入り」とか、「義挙」とか呼ばれるようになりました。それどころか「赤穂の浪人衆」という言い方もされなくなってしまいましたよ。上野寛永寺の公弁法親王《こうべんほうしんのう》様が「赤穂の義士たち」とおっしゃったというこ

とが江戸市中に伝わって、いつの間にかだれもが「赤穂義士」というようになりました。そして、そういう世間の動きと歩調を合せるようにして佐柄木町の大伯父様の額に皺《しわ》がふえて行きました。

あと数日で元禄十五年（一七〇二）も終るというある日のこと、神田明神北側から新五左衛門様のお兄様が御屋敷へ見えられた。御書院へ煎茶《せんちゃ》と茶うけを運んで行ったお咲は、内部《なか》からの話し声を耳にして廊下に釘づけになってしまいました。そのときの対話《やりとり》はこうでした。

「兄上はこの新五左衛門に、自裁をせよ、と申されるのですか」

「そうは云っていない。ただ、組頭の腹立ちをどうおさめたらよいか、その智恵が借りたいのだ。いまも申したように、組頭は、『不忠不義の臆病者の養子先の世話をしたというので、わしはあちらでもこちらでも白い目で睨まれる。まったく往生する。ほとほと弱り果てた。左兵衛、たのむ。わしの顔が立つように計ってくれ』といまにも泣き出しそうな顔をする。つまりこの左兵衛は組頭から涙声で恫喝《どうかつ》されているわけだな」

「顔を立ててくれぬなら御役にもつけてやらぬ、と脅しているのですね」

「そういうことになる」

「しかし兄上、この聟養子の話を最初に持ち込んできたのは組頭ではありませんか」

「そうだよ。『津田家で養子を探している。わしはおぬしの弟に白羽の矢を立てたが、弟にうんと云わせることができるかな。うんと云わせてみよ。御役のことは請け合うぞ』と云ってきたのは組頭だった。さっそくわたしはおまえにこの話をした。おまえは断わりつづけた」

「当時はこの新五左衛門には大望がありました。ですから相手にしなかった。そのうちに兄上は刀の柄に手をかけて、『なぜ、断わる？　その理由を云え。云わねば斬る』と申された。そこでわたしは義盟のことをつい打ちあけてしまった。これこれしかじかの大志を抱いている身だから聟養子の口は一切断わります、と申しあげた。あれがこの新五左衛門の一代の不覚……。兄上はますます気色《けしき》ばんで、『内匠頭どのは天下の御法に照して切腹を仰せつけられたのだ。それを恨みに思って徒党を組み仇《あだ》を報じようなどとは立派な反逆罪ではないか。三枝家から逆徒を出しては祖霊に申し訳が立たぬ。どうしても仇を報ずると云い張るなら公儀《おかみ》に訴人して出る』と申された……」

「もうよい」

「同志との誓いを全《まつと》うしようとすれば兄上の口から大事が洩れる。そこで新五左衛門は堀部安兵衛どのや奥田孫太夫どのに事情を打ち明け、どうしたらいいか指示を仰いだ。二人は、秘密を守るためだ、勇んで聟に行け、と答えました。あのときは男泣きに泣きました。しかし兄上の追及に音をあげて大事を洩した罰、これは誰をも責めようがありません。兄上はこちらの事情も考えず、ただただ、なぜだ、なぜだと問い詰めた。これは兄上のあやまち。そして組頭はとんだ男に聟養子の口を持ち込んだ。組頭としては人を見る目に欠けていたわけです。つまり三方に落度があった。しかるになぜ組頭だけが自分の顔を立てろと騒ぎ立てているのですか」

「たしかにそれは理屈だが、組頭はここの本家の佐柄木町の大伯父にきびしく迫られているらしい。それで弱り果てているのだ」

「どう迫られているのですか」

「……新五左衛門を離縁したい。ついてはその口きき役を引き受けてもらいたいと迫っているという。どうだ、新五左衛門、もう一度、神田明神北側へ戻ってくる気はないか」

お咲の聞いた対話《やりとり》はここまでです。佐柄木町の大伯父様が新五左衛門様と姫様との仲を割《さ》こうとしてらっしゃると知って体が震え出し、それでお咲は慌てて御勝手へ逃げ帰ってしまいました。

さあ、これでお分りになりましたね、坊っちゃま、父様は臆病者ではなかった。ただ、お兄様に大事を打ち明けなくてはならなくなったのが不運でした。そしてその大事がお兄様のお口から洩れるのを防ごうとして泣く泣く脱盟なさったというのが真相だったのですよ。

この先で起ったことは坊っちゃまがもっと大きくなられてからくわしく話してさしあ

げます。もっとも母様のお気持が最後までたしかだったということを説明するには、ほんの輪廓だけでもお話ししておかなくてはなりませんけれども。父様はお兄様のお供をなさって神田明神北側の三枝家へいらっしゃると、そこの裏庭でお腹《なか》を召しておしまいになりました。これなら佐柄木町の大伯父様も組頭も厄介払ができます。三枝のお兄様も御役がつくことでしょう。実際、間もなくお兄様には御役がつきました。そしてなによりも父様はお腹を召すことでご自分が臆病者ではないことを証し立てることがおできになった。けれど父様に姫様のことを考えてほしかった。ましてやそのときには姫様に小さな生命《いのち》が宿っていたのですから。

世間では、姫様の気が触れて、懐剣を逆手に佐柄木町の大伯父様めがけて切りつけた、そこで八右衛門新田の名主屋敷に押し込められたのだと噂していますが、そんなことはありません。姫様がお子を宿しておいでだと知って佐柄木町の大伯父様が、

「庭の築山から飛びおりて子を下しなさい。明日にも組頭が新しい聟を見つけてきてくれるはずだから。さ、きなさい」

と庭へ引き立てようとなさったのを姫様が懐剣で防いだだけのことです。そして姫様はここへお移りになってご自分の生命と引き替えに坊っちゃまをこの世へ送り出されたのです。ね、ですから気が触れていたのは佐柄木町の大伯父様や小普請組の組頭のほうかもしれませんよ。

さあ、こんどはこの名主屋敷に伝わる昔話ですよ。それを聞いたらお目々をつぶってくださいね。八右衛門名主が書物に夢中になって火の消えた煙管《きせる》をすうすう吸っていました。着物を縫っていた娘がそれに気をとられて袖口を縫い合せてしまい、釜からお櫃《ひつ》に御飯を移していた婆さんはそれに気をとられて御飯をお櫃の外にあけてしまい、草鞋《わらじ》を編んでいた作男《さくおとこ》はそれに気をとられて三尺もある長い長い草鞋をつくってしまいましたとさ。とんぴんとん。

不忠臣蔵年表

各項の冒頭の数字は、月、または月・日を、太字は本巻に登場する不忠臣の動向を示す。

寛文元 1661	肥前佐賀藩主鍋島光茂、殉死を禁じる。
寛文3 1663	幕府、殉死禁止令を出す。
延宝3 1675	3 浅野長矩（9）、赤穂浅野家を継ぐ。 **春 安井彦右衛門（21）、江戸留守居添役となる。** 6 山鹿素行（54）、寛文6年（1666）11月よりの赤穂藩御預けが赦免

		となり、江戸へ去る。
	秋	小山田一閑、赤穂城下長安寺で大石良雄らに山鹿素行の学問を講釈する。
延宝5 1677	1	大石良雄（19）、家を継ぎ内蔵助と称す。
延宝8 1680	8	徳川綱吉、五代将軍となる。浅野長矩、内匠頭に任ぜられる。
貞享元 1684	8・28	若年寄稲葉石見守正休、大老堀田筑前守正俊を殿中で刺殺する。
貞享2 1685	9	山鹿素行（64）、江戸にて没。

貞享4 1687	1	最初の生類憐みの令。
	秋	灰方藤兵衛、浅野内匠頭より備前長船長光の小サ刀を研ぐことを命じられ、京へ発つ。
	11・晦	灰方（35）、赤穂への帰路、淀で常陸国牛久沼山口家浪人村木隼人（40）と会う。この年、阿波浪人の息子片山忠兵衛（20）、奥絵師狩野常信より「毛抜き忠兵衛」の異名をさずかる。
元禄5 1692	秋	片山忠兵衛（25）、赤穂浅野家に仕官する。
元禄7 1694	2	中山安兵衛（25）、高田馬場の決闘。堀部弥兵衛、中山を養子に迎える。
元禄8 1695	12	浅野内匠頭、疱瘡にかかり、舎弟大学長広を養子とする。

元禄10 1697	秋　川口彦七、浅野内匠頭の勘気に触れ、浪人となる。
元禄11 1698	春　川口彦七、表絵師狩野良信に雇われる。
元禄13 1700	5　鍋島光茂（69）没。山本神右衛門常朝（42）出家し、佐賀郡金立村黒土原に隠栖する。 10　渡辺半右衛門、塩荷船で赤穂より江戸へ発つ。翌14年正月8日江戸を発つ。
元禄14 1701	2・4　幕府、浅野内匠頭に勅使饗応役を命じる。 3・11　勅使・院使江戸に着。 3・13　饗応御能興行。

3・14　午前10時ごろ浅野内匠頭（35）、松の大廊下において吉良上野介義央に斬りつける。夕刻、浅野内匠頭、田村右京大夫邸にて切腹。遺臣、主君の遺骸を泉岳寺に送葬。**遺骸を送葬した6名の中に、中村清右衛門あり。**

3・15　浅野大学長広閉門。内匠頭の後室阿久里、出家し寿昌院と改め、麻布今井町の備後三次浅野長澄屋敷に移る。**このとき阿久里、護衛の中沢弥市兵衛に「お身をお大切にな」と声をかける。**

3・17　赤穂浅野家鉄砲州上屋敷（赤坂南部坂下屋敷19日、本所屋敷22日）公収される。**大森三右衛門、江戸南八丁堀の蕎麦店で信州上田仙石政明の家人弓削佐次馬と饅頭のたべくらべを行った末、喧嘩となり、佐次馬を斬殺。**

3・19　払暁、江戸より第一の使者早水藤左衛門・萱野三平、赤穂着、刃傷を報告。夕刻、第二の使者原惣右衛門・大石瀬左衛門、赤穂着、切腹を報告。旗本梶川与惣兵衛頼照、松の廊下で浅野内匠頭を抱きとめた働きにより5百石加増される。

3・26　吉良上野介義央辞職。

3・27〜29　赤穂城中大評定。

4・6　寿昌院、瑤泉院と改める。
4・11　赤穂城中大会議。
4・12　浅野家臣、赤穂より退散はじまる。
4・14　浅野内匠頭の墓碑が泉岳寺に完成。赤穂では堀部安兵衛ら、大石内蔵助に籠城を説く。
4・19　赤穂城明け渡し。この日より5月21日まで、大石ら34名、遠林寺にて残務処理を行う。渡部角兵衛、大石の片腕となって残務整理に尽力する。
4　中沢弥市兵衛、麻布今井町の桶屋桶徳に職人として住み込む。
初夏　岡田利右衛門、織田刈右衛門の変名を用い、幕臣梶川与惣兵衛の物書役となる。
6・24　赤穂花岳寺・江戸泉岳寺にて浅野内匠頭百ヵ日法要。渡部角兵衛、大石内蔵助より、備前・土佐・筑後・肥前・肥後を回り大石の仕官断りの書状を届けることを命じられる。6月晦日出発。
6・25　大石内蔵助、赤穂を去って山科に向う。
6・28　大石、山科に着、隠栖。
7・29　渡部角兵衛、肥前鍋島家領内に滞在中、山本常朝を訪ねる。8月中旬赤穂帰着。
8・19　吉良義央、呉服橋より本所松坂町へ移転を命じられる。
8・20　村上金太夫、北本所の医師山形道庵方に住み込む。
秋　酒寄作右衛門、白金に蕎麦屋を開く。
9・下　大石内蔵助、江戸の急進派を宥めるため原惣右衛門・潮田又之丞・中村勘助・進藤源四郎・大高源五を派遣。
11・3　大石ら山科から（10・20）江戸に着、三田松本町の前川忠太夫方に入る。一行の中に、中村清右衛門・岡本次郎左衛門あり。
11・7　橋本平左衛門（18）、曾根崎新地蜆川淡路屋の遊女お初と心中。前後して佐々小左衛門（天満屋惣兵衛）、急進派より脱退。
11・10　大石内蔵助、前川忠太夫方に江戸の同志を集め、第一回の会議をもつ。
11・23　大石、江戸を発ち、12月5日山科に帰着。
12・12　吉良義央致仕、孫の左兵衛義周が継ぐ。

元禄15
1702

2・15《山科会議》近畿の同志、山科に会す。大学長広の処分の後、挙行決定とする。
3・8 吉田忠左衛門、堀部安兵衛ら急進派を説得。
3・14 花岳寺で浅野内匠頭一周忌の法要。
3・下 大石、神崎与五郎を江戸に遣わし、前原伊助とともに吉良家偵察を命じる。
4・15 大石、妻りくを離別。
4・21 灰方藤兵衛の妹いよ(小野寺十内の義妹にして養女)没。灰方(50)、村木隼人(55)と再会。
6・29 堀部安兵衛、江戸より京に着。
7・7 村上金太夫、乞食に身をやつして吉良屋敷附近の抜け穴を探索中殺される。
7・18 浅野大学長広、閉門を免じられ広島の浅野宗家綱長の許に左遷。御家再興の望み絶たれる。
7・27 江戸の吉田忠左衛門・近松勘六、新麹町六丁目に一戸を借りる。
7・28《円山会議》大石内蔵助、挙行を宣言。

7・末　赤穂で、間十次郎と渡辺半右衛門、重大な籤を引く。籤をつくったのは岡島八十右衛門。
8・初　岡本次郎左衛門、旗本江戸船手頭向井将監の用人となる。
8・5　大石、大高源五・貝賀弥左衛門を近畿・赤穂に遣わして浪士に神文を返し、志の有無をはかる。
8・上　丸亀の浜で塩田開発中の里村津右衛門を、大高と貝賀が訪れる。里村は神文を受け取り脱盟。
8・10　堀部安兵衛、江戸帰着。本所林町五丁目に長江道場を開く。
8・12　《隅田川船中会議》江戸の同志に挙行を告げ、吉良義央の動向を聴取。
8・13　灰方藤兵衛、大石に義盟脱退の口上書を送る。
8・17　潮田又之丞・近松勘六、山科の大石の許へ発つ。
8・下　加東郡福積村の渡部角兵衛を貝賀が訪れ、渡部は神文を受け取り脱盟。
8・晦　両国橋西詰にて、いわゆる川口彦七殺し発生。
閏8・25　毛利小平太、江戸に着、堀部方に同宿。

9・1　下野烏山城主永井伊賀守直敬、赤穂へ転封。
9・中　渡部角兵衛、肥前鍋島領国黒土原に着。
9・24　大石主税ら6名、江戸に着。
秋末　松本新五左衛門、旗本津田家の娘安基の聟養子となる。
10・7　大石内蔵助ら6名、京を発つ。
10・17　原惣右衛門ら4名、江戸に着。19日小野寺十内、江戸に着。
10・20　大石主税ら、石町三丁目小山屋弥兵衛方に移る。
10・21　大石内蔵助、鎌倉着。26日川崎平間村着。
10・30　中村清右衛門・鈴木田重八、江戸に着。堀部方に同宿。
11・初　毛利小平太、京橋三十間堀の茶器店岡崎屋に住み込む。また小平太は吉良屋敷の後架から出る肥《こえ》の量から、屋敷内の人数を割り出す。
同じく11・初　里村津右衛門、新麴町平河天神裏に隠れ棲む間喜兵衛・新六を訪ね、己が勇気を示すために石見銀山をのむ。
11・5　大石内蔵助、江戸に着。石町の小山屋に投宿。
11・7　吉田忠左衛門ら、討入り起請文を書く。
11・中　赤穂尾崎村の渡辺半右衛門の許へ、間十次郎より母と妾の世話を頼む旨、書状届く。
同じく11・中　江戸の川口彦七殺しの下手人久造逮捕。
11・下　毛利小平太、新宿紀伊国屋の薪割競争に参加。
11・29　大石内蔵助、主家の公金を決算し、瑤泉院用人落合与左衛門に報告。
11・晦　この朝、小山田庄左衛門（29）、小山屋に大石内蔵助を訪ねる。そして正午、父一閑を訪問。金二十五両を父に手渡す。翌日、医者寺井玄達を訪ね、金二十五両を無心。
12・1　片山忠兵衛、肥後熊本藩主細川綱利より、亡き側室花宴の姿絵を依頼される。
12・2《深川会議》討入りの時期・部署を定める。片山忠兵衛、深川会議出席の後、細川家下屋敷に参上。
12・4　中村清右衛門脱盟。11月末に同志55名おれど、12月に入って8名脱。
12・5　将軍綱吉、柳沢吉保邸へお成りのため、吉良邸討入りを延期。大森三右衛門、両国の蕎麦店で饅頭を喰う。だが、その最中、弓削佐次馬の実弟竹村一学・妻琴・息子吉之進・琴の実弟矢田新兵衛・下僕五平により敵討される。

12・初　鈴木田重八、関宿で川夜船転覆に遭い負傷。
12・９　肥後熊本細川家芝白金下屋敷において片山忠兵衛、細川公の亡き側室花宴の姿絵を描きあげる。ただし、その絵姿の内股にチョンと墨を入れてしまったことが、忠兵衛の運命を変える。
12・10　討入りを14日と決める。
12・13　毛利小平太、京橋の材木置場で木村岡右衛門と密談。同夜、灰方藤兵衛、念友の村木隼人に死をもってはげまされ、仇討に加わるために京を発つ。だがこの時代の交通手段では、翌14日に江戸に姿を現わすことは不可能だった……。
12・14　同志、別々に泉岳寺詣。夜、本所の三ケ所に集結。
12・15　明け方4時ごろ討入り。6時ごろ吉良義央の首を挙げ本懐成就。8時ごろ泉岳寺に着、内匠頭の墓に報告。幕府、四十六士を4家へ分け預ける。肥後熊本細川越中守綱利邸へ17名、伊予松山松平隠岐守定直邸へ10名、長門長府毛利甲斐守綱元邸へ10名、三河岡崎水野監物邸へ9名。
12・16　大石内蔵助ら17名、明け方細川邸に着。片山忠兵衛（35）、肥後熊本細川家の芝白金下屋敷において自刃。

12・18　小山田庄左衛門の父十兵衛一閑（81）自刃。
12・18および24　細川綱利、愛宕山へ義士の助命祈願。
12・中　中村清右衛門、神田明神下に道場を開く。
12・末　松本新五左衛門（24）、津田家より離縁され切腹。
12・大晦日　渡部角兵衛、佐賀城外黒土原で自殺を図る。
この年9月以降、本所に連続放火事件発生。その犯人は岡本次郎左衛門であった。

元禄16
1703

1　川口彦七殺しの下手人久造、川口彦七と自称し、「潮田又之丞どのには蛇の目の形の禿がある」と謎の発言を行う。
1・27　四十六士、自署の親類書を提出。
2・3　幕府、4家に明4日切腹の内示。
2・4　浪士切腹、午後2時ごろより5時ごろまで。4家、浪士の遺骸を泉岳寺の内匠頭の墓側に埋葬。吉良義周領地召上げ、信州高島に幽閉される。
2・5　安井彦右衛門、行方不明となる。

宝永元
1704

2・6　幕府、浪士の遺子19名に流刑を宣す。
2・中　安井彦右衛門、石見国津和野の近くで刺殺さる。
2・16　赤穂義士を脚色した『曙曾我夜討』が江戸山村座で上演と伝。3日で取り止めとも。
2・末　鈴木田重八、伊勢崎酒井家家中小関文之進に伴われ伊勢崎に至る。
桜の頃　神田明神下界隈の大工の肝煎源さんと左官の肝煎六さん、神田明神下界隈の150人の大工や左官を引率して飛鳥山で花見を挙行。
同じく桜の頃　中村清右衛門、巷をうろつくお犬さまめがけて斬りかかる。
4・7　大坂の醬油商手代徳兵衛、曾根崎新地蜆川天満屋の遊女お初と心中。
4・12　近松門左衛門、大坂曾根崎新地の遊女屋天満屋を取材。
5・7　『曾根崎心中』(浄瑠璃、近松門左衛門作）大坂竹本座で初演。
12・14　酒寄作右衛門、泉岳寺わきの清浄庵に妙海尼を訪ねる。手土産は浅草海苔二帖、宇治茶一壺。

宝永2 1705	6・21 徳川綱吉の母桂昌院（79）没。
宝永3 1706	6・1『碁盤太平記』（浄瑠璃、近松門左衛門作）大坂竹本座で初演。赤穂事件を脚色した現存最古の浄瑠璃。
宝永5 1708	12 中沢弥市兵衛、桶徳が麻布今井町から神田橋御門近くの三川町へ移転するさい、辞す。
宝永6 1709	1 中沢、麻布今井町の桶徳の隣の豆腐屋白壁屋に見習職人として住み込む。 1・10 徳川綱吉（64）没。 1・20 幕府、生類憐みの令を廃止。 5・1 徳川家宣、六代将軍となる。

	6・3　柳沢吉保致仕。
正徳2 1712	10・14　六代将軍徳川家宣（51）没。
正徳3 1713	1・27　狩野常信（78）没。 4・2　徳川家継、七代将軍となる。
正徳4 1714	6・3　瑤泉院（41）没。中沢弥市兵衛、謎の自刃。
享保元 1716	4・30　徳川家継（8）没。 8・13　徳川吉宗、八代将軍となる。 この年、宝永7年（1710）より、山本常朝口述、田代又左衛門陣基が筆

	録していた『葉隠』できる。
享保4 1719	山本常朝（61）没。
	岡田利右衛門、幕臣梶川与惣兵衛を睨み殺し損ねて、梶川家から暇を出される。
享保8 1723	8 旗本梶川与惣兵衛（77）没。『梶川氏筆記』を遺す。
寛延元 1748	春 岡田利右衛門、大坂の竹本座をたずね、狂言作者の竹田出雲らに『梶川氏筆記』を資料として提供。
	8・14『仮名手本忠臣蔵』（浄瑠璃、竹田出雲・三好松洛・並木千柳作）大坂竹本座で初演。

解説——文学と人生における演劇性の追求

関川夏央

『不忠臣蔵』は「すばる」一九八〇年五月号から一九八四年十二月号まで、四年半にわたって断続連載された。単行本の刊行はさらに一年後、八五年十二月である。それは井上ひさしの四十五歳から五十一歳まで、もっとも多忙多産な時期にあたる。断続連載も余儀なかったと思われる。

おなじ赤穂事件を扱った芝居『イヌの仇討』は、八八年九月から十月にかけて東京・紀伊國屋ホールで初演された。脚本を収録した単行本刊行は同年十月である。

『不忠臣蔵』では討入り後に一挙不参者の事情が語られるが、『イヌの仇討』は討入り当夜をえがく。ところは吉良邸内部、上野介と彼に仕える女性たち、護衛役の侍たち、それに盗賊一人と御犬様一匹が避難した炭部屋兼物置である。初日は八八年九月二十二日に予定されていたが、作者の執筆遅れのため二十六日に延期された。井上ひさしの台本完成はいつも初日ぎりぎり、ときに間に合わなかった。

『不忠臣蔵』文庫版には「不忠臣蔵絵図ノ内第五図・吉良邸周辺図」が載っている。

「第五図」とあるから、少なくともあと四図ある。十分な資料の読みこみと調査を行った末に、井上ひさしはしばしば手描きの精密な地図を作成したが、それはためらいを払って執筆のはずみをつけるために欠かせない作業、あるいは儀式だった。

井上ひさしが「忠臣蔵」（赤穂事件）を主題にえらんだ動機は、まず「反権力」だろう。十八世紀初頭に起きたこの一連の事件は、三百余年間、浄瑠璃、芝居、小説、映画、テレビでとりあげられつづける。歌舞伎の場合は、出せば必ず当る狂言なので「独参《どくじん》湯《とう》」と呼ばれた。万能薬の意である。

しかし物語化のおおむねは、とくに近代では赤穂浪人らの「義挙」を称揚する。ゆえに赤穂事件は「忠臣蔵」であり、浪人は「義士」である。要するに、日本人は恨みをのんで死んだ主君の復仇を、家臣らが困難を超えて実行する物語が好きなのだ。それが井上ひさしの不満だった。

人の世の真の姿は「義士」「不義士」、どちらにあるか。「死は軽くして易し。生は重くして難し」と近松門左衛門『出世景清』にあるが、「義士」として討入りする方が、「不義士」として生きつづけることより易きにつくことではなかったか、と作家は疑ったのである。

この時代の武士で命を惜しむ者は多くない。再就職を見込めない失業武士で、日々生活苦がつのる状況にあっては、復仇は人生の区切りをつけるのによい機会である。そのうえ、日本国中どこにいるのかわからぬ相手を探し歩く敵討ではない。所在ははっきりしているし、ひとりではなく徒党を組めるのである。そうして、生涯縁なしとあきらめていた「合戦」ができるのである。

当時すでに世界最大の都市であった江戸の住民は、みな赤穂浪人の吉良邸討入りを期待した。江戸庶民は、吉良上野介がお城近くの呉服橋門内から、大川を越えた一つ目橋の屋敷に移されたことを、公儀も仇討ちを無言のうちに認めていると受けとった。

このような空気が、堀部安兵衛をはじめとする江戸在住浪人たちの行動意欲をかき立てた。というより、むしろ「輿論《よろん》」が彼らの行動を促した。

江戸庶民は、たんに赤穂浪人に同情したのではなかった。背景には、ときの政治への不満、より具体的には五代将軍綱吉への恐怖と嫌悪があった。

綱吉は一六八〇年（延宝八）に襲封すると、八二年（天和二）には孝行者を表彰する令を出した。火事装束をはじめ、華美なよそおいと奢侈品《しゃしひん》の長崎輸入を禁じた。綱吉は「仁政」の実践家たろうとしたのである。

悪名高い綱吉の「生類憐みの令」だが、当初はゆるやかなものだった。しかし綱吉が一人息子徳松を失い、加持祈禱にもかかわらず男子を得ることができずにいた八七年（貞享四）、生母桂昌院の帰依する護持院隆光が、綱吉は戌年生まれだからいっそう犬を愛護すべきだと説いたときから、病的な様相を呈するようになった。荻原重秀の意見を入れて貨幣改鋳（改悪）を行った九五年（元禄八）には、江戸西郊・中野の十六万坪の敷地に御犬小屋をつくり野犬を収容した。翌年には、それまで遠島であった犬殺しの罪が獄門に改められた。犬殺しの訴人（密告者）の報償は三十両とされた。

蚊の大量発生と伝染病の流行に悩み、長屋のどぶをさらった名主は、蚊を殺したかどで遠島になった。吉良上野介に城中で刃傷沙汰におよぶ以前から短気と移り気で家臣を悩ませていた浅野長矩《ながのり》だが、原因は蚊が媒介するマラリアの定期的な熱発ではなかったかとも考えられる。とすれば長矩も「生類憐みの令」の被害者である。

少しのちの一七〇七年（宝永四）五月末、神田鍋町の民家床下で野犬が子を二匹生んだときのことを、露伴の弟、幸田成友が随筆に書いている。

町内は大騒ぎである。五人組、名主、犬医者、町奉行所与力と同心、徒目付《かちめつけ》、小人目付《こびとめつけ》と関係者はたちまち拡大した。調書がまとめられて、中野御犬小屋に「御犬」とその「子御犬」たちを同道できたのは約二カ月余りのちである。その後、骨を折った役人たちを接待し、金包みを渡したのだが、その費用合計は十二両二分におよんだという。元禄改鋳でインフレ趨勢だったとはいえ、町内の負担は現代の価値で二百五十万円ほどにもなった。「仁政」転じた「悪政」に、庶民はほとほと疲れた。

赤穂事件約四十年前の寛文年間（一六六〇年代）から経済権力は商人が握って、武家が寄生階級になりさがったのは平和の帰結である。戦国時代の面影をとどめた武家の猛々しい気風はもはや有害だったから、武家の「現代化」を促す意味で「生類憐みの令」は有効といえなくもなかったが、いかんせん度が過ぎた。綱吉政権への強い不満の蓄積が赤穂浪人の復仇行動を江戸市民に待望させ、討入り必然の情勢をつくった。

綱吉は華美な火事装束を禁じたと書いたが、大名火消し（奉書火消し）を問題としたのである。浅野長矩の祖父長直は大名火消しの名人といわれた。その記憶が、赤穂浪人と火事装束を結び付けさせたのだが、実際の討入りでは、装束各自勝手だった。敵味方識別のために袖口に山型の白い布を縫いつけ、上着の下に鎖帷子《かたびら》を着込む、それだけが申し合わせで、彼らは、戦闘に不具合のない範囲の「華麗な夜盗のいでたち」（丸谷才一）をして、「なかなか遊戯気分」（徳富蘇峰）で討入ったのだともいえるが、背景には経済成長がもたらした「衣料革命」があった。また、そこに見られる一種の演劇性こそが時代精神だった。つまり、討入りは決死の行為であるとともに、彼らにとっては晴れの舞台でもあったのである。

五万三千石の播州浅野家には三百八人の家臣がいたが、一挙に参加したのは四十七人だった。ただし隠居一名、部屋住みでまだ一人前とはいえぬ若者八名、足軽一名、それに元家臣一名がまじり、現役だった家臣は三十六名にすぎない。さらに五十歳以上のものが十人いる。うち六十歳以上が六人で、最高齢は七十七歳、当時としては相当な高齢者が中核だった。家臣の少数派には違いないが、世の暗黙の支持を得ているから心のありようは多数派である。

井上ひさしは逆に浅野家中の多数派、しかるに少数派の立場に追いやられた者たちの言い分を聞くという態度で『不忠臣蔵』を書いた。そしてそれは、一人芝居かそれに近い構成で語られた。

復仇事業に参加する方が楽なのはわかっていても、性格に欠陥あった主君に義理立てしたくなかったというものがいる。犬を殺して捕縛されてしまったものがいれば、長矩未亡人、瑤泉院への「忍ぶ恋」に殉じたものがいる。使った偽名が実在する敵持ちのものだったため敵として追われたものがいる。乞食姿に身をやつして吉良邸の抜け道探索中に、赤穂浪人に味方する長屋の住人に殺されたものがいる。大石内蔵助から託された書状を佐賀藩に届けたとき山本常朝を知り、その古典的封建武士道徳の影響下に脱盟したものがいる。

事情はさまざま、それこそが人の世の実相だと井上ひさしはいうのである。

大坂・蜆川《しじみがわ》の娼婦、淡路屋お初と脱盟者・橋本平左衛門の事情調査に赴いた近松門左衛門に井上ひさしは、「どうせいやしい生業さ。しかしそのいやしい筆の穂先から、真実の一滴《ひとしずく》が落ちるときもないではない」といわせた。それは彼の文学者としての態度の表明であった。

　ところで『仮名手本忠臣蔵』にしても『東海道四谷怪談』にしても、その真の主人公は「不義士」である。早野勘平や民谷伊右衛門、あるいは加古川本蔵がいなくては芝居にならない。客が満足しない。客は討入りシーンを見たいわけではない。どうにもならない立場に陥ったときの、人間の苦しみと「心の涼しさ」を見たいのである。『不忠臣蔵』もたしかにその流れのうちにある。その意味でも井上ひさしは、演劇的日本の正統を継ぐ巨人であった。

　芝居『イヌの仇討』では、ついに大石と浪士たちの真意が明らかにされる。彼らは主君の仇討ちなど実はどうでもよかった。意地をつらぬいて、綱吉の愚策に命を懸けて異を立てたのである。避難先の炭小屋兼物置でそう心づいた吉良上野介も、その異常かつリアルな演劇を完成させるべく、付け人たちとともにむしろ積極的に討たれるのである。

　『不忠臣蔵』とその発展形といえる『イヌの仇討』、どちらも亡くなるそのときまで文学の演劇性を追求しつづけた井上ひさしの記念碑的作品といえる。

この作品は、「すばる」一九八〇年五月号～一九八四年十二月号に断続連載され、一九八五年十二月に集英社から単行本として刊行、一九八八年十月に文庫化されました。

この度、再文庫化にあたり、新たに編集いたしました。

集英社文庫　目録（日本文学）

犬飼六岐　青藍の峠　幕末疾走録
犬飼六岐　ソロバン・キッド
井上荒野　森のなかのママ
井上荒野　ベーコン
井上荒野　そこへ行くな
井上荒野　夢のなかの魚屋の地図
井上荒野　綴られる愛人
いのうえさきこ　圧縮《ぎゅぎゅっと》！　西郷どん
井上ひさし　ある八重子物語
井上ひさし　不忠臣蔵
井上真偽　ベーシックインカムの祈り
井上麻矢　夜中の電話　父・井上ひさし最後の言葉
井上光晴　明日　一九四五年八月八日・長崎
井上夢人　あくむ
井上夢人　パワー・オフ
井上夢人　風が吹いたら桶屋がもうかる

井上夢人　the TEAM　ザ・チーム
井上夢人　the SIX　ザ・シックス
井上理津子　親を送る　その日は必ずやってくる
今邑彩　よもつひらさか
今邑彩　いつもの朝に(上)(下)
今邑彩　鬼
伊与原新　博物館のファントム　箕作博士の事件簿
岩井志麻子　邪悪な花鳥風月
岩井志麻子　瞽女《ごぜ》の啼く家
岩井三四二　清佑《せいゆう》、ただいま在庄《ざいしょう》
岩井三四二　むつかしきこと承り候　公事指南控帳
岩井三四二　室町もののけ草紙
岩井三四二　「タ」は夜明けの空を飛んだ
岩城けい　Masato
宇江佐真理　深川恋物語
宇江佐真理　斬られ権佐

宇江佐真理　聞き屋与平　江戸夜咄草
宇江佐真理　なでしこ御用帖
宇江佐真理　糸車
植田いつ子　布・ひと・出逢い　美智子皇后のデザイナー　植田いつ子
上田秀人　辻番奮闘記　危急
上田秀人　辻番奮闘記二　御成
上田秀人　辻番奮闘記三　鎖国
上田秀人　辻番奮闘記四　渦中
上田秀人　辻番奮闘記五　絡糸
植西聰　人に好かれる100の方法
植西聰　自信が持てない自分を変える本
植西聰　運がよくなる100の法則
上野千鶴子　〈おんな〉の思想　私たちは、あなたを忘れない
上畠菜緒　しゃもぬまの島
植松三十里　お江《ごう》　流浪の姫
植松三十里　大奥延命院醜聞　美僧の寺

集英社文庫

不忠臣蔵《ふちゅうしんぐら》

2012年12月20日　第1刷
2023年8月12日　第3刷

定価はカバーに表示してあります。

著　者　井上《いのうえ》ひさし
発行者　樋口尚也
発行所　株式会社 集英社
東京都千代田区一ツ橋2-5-10　〒101-8050
電話　【編集部】03-3230-6095
【読者係】03-3230-6080
【販売部】03-3230-6393(書店専用)

印　刷　凸版印刷株式会社
製　本　凸版印刷株式会社

フォーマットデザイン　アリヤマデザインストア　マークデザイン　居山浩二

ISBN978-4-08-745017-0 C0193